Otto Brahm

Schiller

Zweiter Band.

Otto Brahm

Schiller
Zweiter Band.

ISBN/EAN: 9783743401662

Hergestellt in Europa, USA, Kanada, Australien, Japan

Cover: Foto ©Andreas Hilbeck / pixelio.de

Manufactured and distributed by brebook publishing software (www.brebook.com)

Otto Brahm

Schiller

Schiller.

Von

Otto Brahm.

Zweiter Band,
erste Hälfte.

Berlin 1892

Verlag von Wilhelm Hertz.

(Bessersche Buchhandlung.)

Inhalt.

Drittes Buch.

Körners Freund.

———•••———

Neues Leben.

Meine Bekanntschaften sind auch die Geschichte
meines Lebens.

Schiller an die Gräfin Schimmelmann.

Wie schön liegt die Zukunft vor meinen Augen,
wie fange ich jetzt an mich meines Lebens zu freuen,
weil ich es würdig genießen will. Ich sage mit
Julius von Tarent: In meinen Gebeinen ist Mark
für Jahrhunderte.

Schiller an Körner.

In freudiger Erwartung war Schiller nach Sachsen auf=
gebrochen; und wie er einst, Stuttgart entfliehend, in der Pfalz ein
Eldorado sich erhoffte, so sah er nun das neue Dasein an der Seite
der Freunde in lockendem Scheine vor sich liegen. Aber wenn ihm
der Eintritt in die Mannheimer Welt Enttäuschung und Fehlschläge
gebracht ohne Unterlaß, so fand er, in Leipzig angelangt, enthusiastisch
alles erfüllt, worauf er gehofft, und er gestand dem Freunde in über=
strömender Empfindung: 'Eine dunkle Ahnung ließ mich so viel, so
viel von Euch erwarten, als ich meine Reise nach Leipzig beschloß, aber
die Vorsehung hat mir mehr erfüllt, als sie mir zusagte, hat mir in
Euren Armen eine Glückseligkeit bereitet, von der ich mir damals auch
nicht einmal ein Bild machen konnte.'

An Körner richtete Schiller dies begeisterte Wort; und Körners
Wesen, seine männlich=treue Freundschaft war es auch, welche
dem Dichter das frohe Gefühl des Glückes und neu aufquellender
Kraft zuerst erweckte: in dem Quartett der Leipziger Verehrer, deren
Ruf Schiller aus dem südlichen ins nördliche Deutschland herüberge=
zogen, war Christian Gottfried Körner die erste, führende Stimme.

1*

Körner war drei Jahre älter als Schiller und stand an der Pforte der Ehe, als ihn der Dichter zuerst sah: ein fertiger Mann in äußerer und innerer Rücksicht, durch Amt, Besitz und geistige Cultur in gesicherter Lage. Schillers schwäbische und pfälzische Freunde (von dem einzigen Scharffenstein vielleicht abgesehen) hatten einen Einfluß auf ihn nach keiner Richtung üben können, weder die Hoven und Petersen, noch die Streicher und Beck: sie waren Verehrer und wackere Männer, aber nichts als ein Echo der Begeisterung kam von ihnen dem Dichter zurück. Jetzt zuerst sah er einen Mann sich gegenüber, von eigenen Anschauungen, von gefesteten, selbständigen Ueberzeugungen; und voll Achtung blickte er zu der Sicherheit der Lebensführung empor, zu welcher der Freund, glücklicher als er, gelangt war: 'Es ist Deine Sache, lieber Körner', so schreibt er noch 1788 mit Rücksicht auf sich und Huber, 'weil Du doch von uns Dreien mit Dir selbst am meisten fertig geworden bist, der Aufseher über uns zu sein und, wenn ich so sagen soll, die zwei Uhren nach der Deinigen zu stellen.'

Aus einem vornehmen Bürgerhause war Körner hervorgegangen: der einzige Sohn eines ordentlichen Professors der Leipziger Universität, Superintendenten und Domherrn zu Meißen. Die Bürde theologischer Beschränkung hatte auf seiner Jugend gelastet, und nur allmälig, in Studienjahren und auf ausgedehnten Reisen, hatte er gelernt, sie abzuwerfen. In mancherlei Wissenschaften hatte er sich umgetrieben, hatte zuerst klassische Autoren ediren, dann im Geiste Garves, des von Schiller Verehrten, Philosophie treiben wollen, war in die Jurisprudenz übergegangen, von da in die Mathematik und Naturwissenschaften gerathen und hatte sich zuletzt zur Rechtslehre nur eben zurückgefunden: als Privatdocent der juristischen Facultät ließ er sich, zu Ostern 1781, in Leipzig nieder. Völlig kennzeichnet dieses Schwanken und Umirren Körners Begabung: fleißig hatte er überall gelernt und beobachtet, aber zu einer entschiedenen Theilnahme war er nirgends gelangt. Er war keine productive Natur, kein heftiger Drang wissenschaftlicher oder literarischer Aeußerung lebte in ihm; sondern ihn erfüllte das gelehrte und schöngeistige Interesse einer

klugen Receptivität: Jurist, Schriftsteller, Historiker, Komponist —
alles miteinander ist er, in allem besteht er mit Ehren, aber sein
zauderndes, durch tausend Bedenken gehemmtes Schaffen kommt über
die höchst ehrenwerthen Leistungen eines Liebhabers doch nicht hinaus.
Seltsam contrastirt mit der Schwerfälligkeit dieser Production die
spielende Leichtigkeit der Formgebung, welche in Körners Sohn Theo=
dor lebte. 'Mein Hang war immer mich dahin zu stellen,' so bekennt
Körner, 'wo es gerade an Arbeitern fehlte. Die interessanteste Be=
schäftigung hatte für mich nichts Anziehendes mehr, sobald mir eine
dringendere aufstieß. So flog ich von einer Gattung Wissenschaft zur
anderen.' Deutlicher konnte Niemand es aussprechen, als Körner hier
gethan hat: daß er wohl Talente, aber kein Talent besaß.

Allein eine Gabe schreibt Schiller dem Freunde zu, die ihm in
Schillers Lebensgeschichte seinen einzigen Platz giebt: das 'Talent zur
Begeisterung'. Diese war es, welche ihn den Entfernten zum Freunde
gewinnen ließ, sie war es, welche den Dichter festhielt durch so viel
Wechselfälle des Schicksals und die Folge der Zeiten. Mit Körner
gemeinsam zu leben, zu wirken, an der Seite seiner Begeisterung
beglückt zu schaffen, ward ihm ein Ideal. Und er lernte im steten
herzlichen Verkehr mit dem älteren Freunde den Ueberschwang
dämpfen, den er zuerst in diese Verbindung hineingetragen; an dieser
spröderen, norddeutschen Natur mäßigte sich des Dichters unstet auf=
flammende Empfindsamkeit, und so ward der Briefwechsel zwischen
Schiller und Körner zu einem der mächtigsten Denkmale geistiger
Freundschaft: nachdem die schwärmende Zeit des ersten beseligten
Findens vorüber ist, bleibt ruhige, offene Sachlichkeit der stete Grund=
ton. Das Ringen um die Wahrheit, ohne jede andere Rücksicht als
die der inneren Ausbildung, erfüllt die Freunde; und mit einer be=
wunderungswürdigen Schärfe, mit einer rührenden Lauterkeit der
Selbstkritik sprechen Schiller und Körner oft und oft es aus, wie
ihre Gaben sich begrenzen. Mit Recht schreibt Körner sich das
Talent zu, lesen zu können und meint, daß auch dies eine Kunst
sei, die geschätzt sein will; und er wird so Schillers idealer Leser,

derjenige, der aus einer allgemeinen Verehrung heraus, mit seinem schönen Talent zur Begeisterung, jedes einzelne Product entgegennimmt, und es dann mit ruhigem Blick und feiner Sicherheit zu erfassen strebt nach seinem Wesen wie nach seiner künstlerischen Absicht. Ueber die Richtung, in der Schillers Schaffen sich bewegen sollte, hatte er früh eine feste Vorstellung gehabt, und es mochte den Freund in Erstaunen setzen, als Körner ihm, bevor er noch von seinem 'Karlos' erfahren hatte, auf das große historische Drama hinwies: 'Alles, was die Geschichte in Charakteren und Situationen Großes liefert und Shakespeare noch nicht erschöpft hat', schrieb er ihm nach Mannheim, 'wartet auf Ihren Pinsel. Das ist gleichsam bestellte Arbeit.' Daß es ihm jedoch bei aller Sicherheit und Billigkeit des Urtheils an jener Selbständigkeit der Auffassung häufig mangeln konnte, welcher der Freund bedurft hätte, zeigt manche Körnersche Aeußerung: und Schiller selbst ist es dann, dessen eigene Kritik das Treffendste erst ausspricht.

Wie arg griff Körner etwa daneben, als er dem Freunde 1789 schrieb, daß er in dem lyrischen Fach einzig sei, während er im dramatischen an Goethe einen gefährlichen Nebenbuhler habe; und mit viel Einsicht und erschöpfender Klarheit nahm darauf Schiller als sein Eigenthum das Drama in Anspruch: 'Mit dem Dramatischen will ich es noch auf mehrere Versuche ankommen lassen. Mit Goethe messe ich mich nicht, wenn er seine ganze Kraft anwenden will. Er hat weit mehr Genie als ich, und dabei weit mehr Reichthum an Kenntnissen, eine sichere Sinnlichkeit, und zu allem diesem einen durch Kunstkenntniß aller Art geläuterten Kunstsinn. Hätte ich nicht einige andere Talente, und hätte ich nicht soviel Feinheit gehabt, diese Talente und Fertigkeiten in das Gebiet des Dramas herüberzuziehen, so würde ich gar nicht neben ihm sichtbar geworden sein. Aber ich habe mir eigentlich ein eigenes Drama nach meinem Talente gebildet, welches mir eine gewisse Excellence darin giebt, eben weil es mein eigen ist. Je mehr ich empfinde, wie viele und welche Talente mir fehlen, desto lebhafter überzeuge ich mich von der Realität und Stärke desjenigen Talentes, welches mich so weit gebracht hat, als ich schon bin. Denn ohne ein großes Talent von der einen Seite hätte ich einen so großen Mangel von der anderen nicht so weit bedecken können.'

In der Originalität seines Urtheils ward Körner von den größeren Freunden übertroffen, welche der Dichter noch finden sollte; aber worin ihn keiner übertraf, das war sein Herz. Das 'Talent zur Begeisterung' blieb nicht in den Lüften hängen, es stieg herab auf diese Erde und wirkte kräftig als thatenfrohe Opferlust. Daß der Freund dem Freunde, der Mensch dem Menschen helfen soll, erschien Körner allezeit als ein Selbstverständliches, von dem zu reden ihm widerstand; und als Schiller später von Kopenhagener Verehrern die Zusicherung einer jährlichen Gabe empfing, rief er aus: 'Eine traurige Empfindung mischt sich bei mir in die Freude über Dein Glück — daß wir in einem Zeitalter und unter Menschen leben, wo eine solche Handlung angestaunt wird, die doch eigentlich so natürlich ist.' Ohne Zögern hatte er dem Freunde geholfen, als es galt, ihn von Mannheim frei zu machen, und ohne Zögern half er immer von Neuem; und was eben so viel zählte wie klingender Beistand — unermüdlich wußte er die Zuversicht des Dichters zu heben, er gab ihm das Gefühl, empfangen zu dürfen, was Freundeshand bot, und er verschmähte, um nur Schillers Selbstvertrauen zu stärken, auch die Mittel frommer Täuschung nicht: offen half er, und im Stillen, mit Wort und mit That. Als Schiller 1789 für den Geldverleiher Beit den Theil einer alten Schuld ihm einsendet, da meldet er ganz trocken: 'das Geldgeschäft ist besorgt, und ich freue mich, daß Du etwas hast abzahlen können' — obgleich er selbst schon vor Jahren heimlich diese Schuld getilgt hatte; und erst als Schiller 1792 auch den Rest zahlen will, bekennt er ruhig: 'Beits Wechsel sind schon lange in meinen Händen. Du schicktest mir vor ein Paar Jahren etwas auf Abschlag und gabst mir Auftrag, das Übrige zu prolongiren. Beit machte zu große Forderungen, und nach Deinen Briefen sah ich die Unmöglichkeit, daß Du ihm damals mehr bezahlen oder anderwärts das Geld aufnehmen konntest; also legte ich es einstweilen für Dich aus.' Die gleiche ruhige Güte aber, welche

Körner dem großen Freunde erwies, hatte er auch für ungezählte Andere bereit, die ihm nahe kamen; und weder die Enttäuschungen, die seine edle Absicht erfuhr, noch eine ängstliche Rücksicht auf die wachsende Zahl der Seinen konnte den immer Hilfsbereiten aufhalten.

Die Frau, welcher Körner sein Herz geschenkt hatte, stammte aus einem Künstlerhause; und der Sohn des Theologen hatte zu kämpfen gehabt, ehe er das Kind des Kupferstechers Stock, die arme, hilflose Waise, öffentlich seine Braut nennen konnte. In jenem alt=berühmten Breitkopfschen Hause zu Leipzig, in dem die alte und die junge Literatur sich einfand, seit den Zeiten Gottscheds des Würdigen her, hatte Körner Dora und Minna Stock zuerst getroffen; sie bewohnten in dem Hause die Zimmer unter dem Dache, wie zu Leb=zeiten ihres Vaters, da der lernbegierige Student Wolfgang Goethe die Mansarde des 'silbernen Bären' erklomm, dem Meister Stock aus Nürnberg die Geheimnisse des Aetzens abzusehen: 'ich attachirte mich sehr an den Mann', so erzählt er, 'der bei seinem anhaltenden Fleiße einen herrlichen Humor besaß und die Gutmüthigkeit selbst war. So saß er an einem breiten Arbeitstisch, an einem großen Giebelfenster in einer sehr ordentlichen und reinlichen Stube, wo ihm Frau und zwei Töchter häusliche Gesellschaft leisteten; sie sind lebenslänglich meine Freundinnen geblieben.' Die künstlerische Begabung und den Humor des Vaters scheint die ältere Tochter geerbt zu haben, während auf Minna seine Gutmüthigkeit und Liebenswürdigkeit kam: sie war es, die Körners Neigung gewann und das Glück seines Lebens ward. Eine sächsische Lieblichkeit lacht uns aus ihren Zügen entgegen, wie Graff sie dargestellt: das lockige Blondhaar von einem seidenen Bande zusammengehalten, das Auge unschuldig glänzend, und der zierliche Mund halb geöffnet. So sanfte Reize lockten in Dora nicht, die schärferen, doch nicht unschönen Züge zeigten ein selbständiges Geistesleben an, festen Willen und Eigenwillen. Von Gestalt war sie nicht groß und ein wenig verwachsen; und vielleicht hat auch ihr Humor etwas von der Bitterkeit der Verwachsenen gehabt. Es gab

Augenblicke, wo sie durch ihre heftigen Launen die liebsten Menschen
verletzte, und andere, wo sie dem Aufschwung der Freunde nicht zu
folgen vermochte, und den Bund der 'heiligen Fünf' zu stören schien:
zwar den ersten Anstoß, die Verbindung mit Schiller zu knüpfen, hatte
einst sie gegeben; aber selbst der maaßvolle Körner klagte 1789: 'An
D'ora) fange ich an zu verzweifeln. Ihre Seele scheint gar zu sehr
von prosaischer Natur zu sein.'

Die Gegensätze ziehen sich an: die energische Dora hatte ihre
Neigung Ludwig Ferdinand Huber geschenkt, einem um fünf Jahre
jüngeren Mann in ungewisser Stellung, von schwanker Gesinnung.
Der hübsche Junge mit den verschwimmenden Zügen war der Sohn
eines bayrischen Bauernkindes und einer liebenswürdigen Französin,
deren weiche Bestimmbarkeit auf ihn übergegangen war: 'so schwach,
daß nur Eindrücke des Augenblicks sie leiten und füllen', nennt er
selbst die Mutter, und auch sein eigenes Wesen hat er damit ausge=
sprochen. Unter übergroßem Zwange aufgewachsen, gerieth er nur
aus einer Abhängigkeit in die andere, da er Doras Bräutigam ward:
der lange, zwanzigjährige Mensch blieb schüchtern und gedrückt, und
im Bunde der Fünf ward er auch geistig der Jüngste, das zu behütende
Kind. 'Es gehört zu meinen schönsten Träumen, die Epoche seines
Geistes lenken zu helfen', sagte Schiller 1785; und: 'auf diesem In=
strument wird noch mancherlei gespielt werden', sagte er noch 1788.
Für den Verlobten eines achtundzwanzigjährigen Mädchens klang das
bedenklich genug; und in der That sollte das Ungesunde in diesem
Verhältniß bald offenbar werden. Hubers ungewisse Aussichten, die
auf eine diplomatische Carriere und seine flinke Schriftstellerfeder mit=
einander gegründet waren, ließen eine Verbindung in absehbarer Zeit
nicht zu, und so gab es früh Mißverständnisse; Freunde mischten sich
mit Klatschereien ein, und schon 1787 dachte man daran, das Ver=
hältniß aufzulösen und ein anderes für Dora anzubahnen. Aber erst
nach weiteren fünf langen Jahren kam es, auf Körners Andrängen,
zu einer Erklärung: Huber gestand, daß er sich verändert fühle, und
gab Dora ihr Wort zurück. Schiller urtheilte hart über ihn, noch

ohne den Grund des Bruches zu kennen: 'Huber hat sich benommen, wie zu erwarten war', sagte er, 'ohne Charakter, ohne alle Männlichkeit. Ich bin nicht überrascht, und er hat auch bei mir weiter nichts dadurch verloren, denn auf denjenigen Werth, den Grundsätze und Stärke des Geistes geben, mußte man bei ihm Verzicht thun. Er bleibt was er ist, ein räsonnirender Weichling und ein gutmüthiger Egoist.' Erst später erfuhr man, daß neue Neigung die alte verdrängt und daß Huber zwei Freunde zugleich hintergangen hatte: er hatte in Mainz an Georg Forster und dessen Frau sich nahe angeschlossen, und mitten in den Wirren der Mainzer Clubbistenzeit erklärte Therese Forster nun, demjenigen offen folgen zu wollen, dem sie heimlich schon lange angehört hatte. Sie ward Hubers Gattin; und in einem angestrengten Literatenleben verzehrte sich der schwache Mann vor der Zeit und starb 1804, kaum vierzigjährig. Dora blieb unvermählt.

Nur Huber und die beiden Schwestern fand Schiller in Leipzig vor, als er am 17. April 1785 eintraf; Körner hatte das Leipziger Docententhum, da die Schüler ihm ausblieben, an den Nagel gehängt und war als Oberconsistorialrath nach Dresden gegangen. In einem Billet aus dem 'blauen Engel' begrüßte der Dichter Huber und bezeigte sich 'voll Ungeduld', ihn kennen zu lernen: 'Verschweigen Sie, mir zu Lieb, unsern Mädchen', bat er, 'daß ich hier bin. Wir wollen erst einen kleinen Betrug miteinander verabreden.' In den Ton der harmlosen Neckerei, des freundschaftlichen Spaßes und Spottes, der in diesem Kreise herrschte, stimmte er so von Anfang an ein; und bald ward er in der Mansarde des 'silbernen Bären' heimisch, ein frohbegrüßter Gast. Er hatte eine angestrengte Fahrt hinter sich, aufgeweichte Wege, Schnee und Morast hatten seine Ungeduld aufgehalten: 'Unsere Hieherreise war die fatalste, die man sich denken kann', so meldet er an Schwan, den 24. April. Er spricht die ersten Eindrücke Leipzigs aus, aber schnell wendet er sich von der sächsischen Gegenwart zur pfälzischen Vergangenheit zurück, und was er mündlich zu bekennen gezaudert, das wagt er nun zu sagen: um die Hand

Margarethens bittet er den Vater. Das Studium der Medicin, das am Horizont seiner Absichten abermals auftaucht, soll seine Stellung befestigen, und die Verbindung mit dem Herzog von Weimar, dem er seine Neigung eröffnet hat, schon in Darmstadt, soll helfen ein Glück zu vollenden, das seit der bewegten Abschiedsstunde doppelt lockend vor ihm steht: 'Ich fühl' es, wie viel ich begehre', sagt er, 'wie kühn und mit wie wenigem Recht ich begehre. Von Ihrer Entscheidung, der ich mit Ungeduld und furchtsamer Erwartung entgegensehe, hängt es ab, ob ich wagen darf, selbst an Ihre Tochter zu schreiben.' Das ist die Sprache der Leidenschaft nicht; und der Dichter selbst, in den Worten des Musikus Miller, hatte zu sagen vermocht, wie echte Neigung wirbt: 'Einem Liebhaber, der den Vater zu Hilfe ruft, trau ich — erlauben Sie — keine hohle Haselnuß zu. Da! hinter dem Rücken des Vaters muß er sein Gewerb an die Tochter bestellen. Machen muß er, daß das Mädel lieber Vater und Mutter zum Teufel wünscht, als ihn fahren läßt — das nenn ich einen Kerl! Das heißt lieben!' Und wohl wußte Schiller solchen Weg zu gehen, als die Stunde seiner Liebe endlich schlug; hier aber, da er beim Vater um Margarethen warb, wie er um Lotten geworben bei der Mutter, ward seine Hoffnung enttäuscht: Schwan, dessen Ideal eines Tochtermannes weniger genial und mehr zahlungsfähig aussehen mochte, lehnte den Antrag ab, weil, wie er wohlwollend meinte, Margarethens Charakter für Schiller nicht passe. Die Tochter selbst, die Schiller freundlich gesinnt war, ward nicht befragt. Ihrer Neigung gewiß, hatte Schiller schon das Spiel gewonnen geglaubt und seinem Vater am 4. Mai geschrieben: eine Neuigkeit aus Mannheim sei zu erwarten. Daß der Fehlschlag auf ihn sehr tief gewirkt habe, ist nicht erkennbar; und bald mögen die Erlebnisse an dem neuen Ort, unter den neuen Freunden die Erinnerung an die schöne Mannheimerin verdunkelt haben.

Schiller war zur Meßzeit in Leipzig eingetroffen und willig ließ er sich von dem bunten Gewühl der zuströmenden Menge umfangen. Es mochte ihm ergehen wie Goethe, als er zwanzig Jahre zuvor,

gleichfalls um die Meßzeit, aus Süddeutschland nach Leipzig ge=
kommen — 'woraus ihm ein besonderes Vergnügen entsprang': 'Ich
durchstrich den Markt und die Buden mit vielem Antheil,' erzählt er,
'besonders aber zogen meine Aufmerksamkeit an sich, in ihren seltsamen
Kleidern, jene Bewohner der östlichen Gegenden, die Polen und Russen,
vor allem aber die Griechen, deren ansehnlichen Gestalten und wür=
digen Kleidungen ich oft zu Gefallen ging.' Schiller liebte es, diese
ganze mannigfache Gesellschaft von Fremden und Einheimischen in
'Richters Kaffeehaus' zu beobachten, einem prächtigen, palastartigen
Hause am Brühl. Man spielte, zechte, schwatzte; und manche Schil=
derung und manches Bild hat das belebte Treiben in dieser 'Assem-
blée publique' festgehalten, an dem theilzunehmen Schillers 'angenehmste Erholung' ward. Bekanntschaften aller Art machte er hier
im 'Getümmel', angenehme und lästige, er ward von mittelmäßigen
Scribenten, die sich 'einiger vollgeklexter Bogen wegen, zu Collegen
aufwarfen', angegafft und umlagert; aber er hatte auch nach wenig
Tagen schon die ganze Leipziger Literatur in Person kennen gelernt,
Christian Felix Weisse, Lessings alten Freund, Oeser, den Lehrer
Goethes, Zollikofer, den liberalen Theologen, den Lustspieldichter
Jünger, den Schauspieler Reinecke und viele Andere. Auch Sophie
Albrecht und ihren Gatten fand er in Leipzig wieder, und wohnte als
ihr Nachbar im kleinen Joachimsthal nahe dem Markt, in einem von
Huber besorgten, bescheidenen Studentenzimmer, das der Freund
mit ihm theilte.

Eine nähere Berührung mit den schriftstellerischen Größen Leip=
zigs war für Schiller nicht möglich; diese angejahrten Berühmtheiten
waren hinter dem Tage zurückgeblieben, und seinen jungen Idealen
hatte ihre Betriebsamkeit nichts zu sagen. Aber der Einblick in eine
vielfach bewegte literarische Welt brachte Nutzen, und derjenige, der
auf publicistische Wirksamkeit jetzt all sein Hoffen gestellt hatte, fand
sich hier, am Mittelpunkt des Buchhandels, eben recht am Ort. Auch
Körner, von dem Geist der Stadt erfaßt, hatte einen Theil seines
Vermögens dem Buchhandel anvertraut und war als stiller Theil=

haber in Göschens Verlag eingetreten; so fand Schiller, aus dem lauteren Kreise der Leipziger Literaten in den stilleren der Freunde zurückkehrend, auch hier alle Interessen seiner gegenwärtigen Existenz wieder. Ideales Streben umgab ihn und heitere Geselligkeit, reges, jugendliches Leben und geistiges Genießen; dem Entfernten in Dresden aber, dem Bräutigam und Freunde, galt das Gedenken jedes Tages. Lebhaft ging die Briefpost hin und her zwischen Schiller und Körner; und ehe sie noch einander von Angesicht zu Angesicht gesehen, ward das brüderliche Du zwischen ihnen getauscht, nach Körners Wunsch.

Körner zuerst treibt es an, bevor ihre persönliche Bekanntschaft das Letzte hergiebt zur Vollendung der Freundschaft, die Summe seines Lebens zu ziehen und in voller Offenheit darzulegen: wie er geworden, wer er sei, und wohin er strebe. Er schildert seine Wanderung durch die Reihe der Wissenschaften, und daß er jetzt erst anfange zu leben wie ein Mann: 'bisher habe ich nur vegetirt und zuweilen vom künftigen Leben geträumt.' Glücklich zu werden hält auch er, mit den Garve und Genossen, für das Ziel des Menschen, allein er will, aus einem strengeren Sinn heraus, sein Glück nicht empfangen, ohne es verdient zu haben, er will 'einen Theil seiner Schulden dem Glücke abtragen': 'um ganz glücklich zu sein', ruft er, 'das heißt beim Genuß der angenehmsten Empfindungen mit mir selbst zufrieden zu sein, muß ich so viel Gutes um mich her gewirkt haben, als ich durch meine Kräfte zu wirken fähig bin.' Und hier ist es, wo seine Freundschaft einsetzt und ihre ethische Begründung erfährt: wenn er 'seinen Schiller an seiner Seite hat', empfindet er, wird er alles erfüllen, wonach er ringt: 'Einer wird den Andern anfeuern, einer sich vor dem andern schämen, wenn er im Streben nach dem höchsten Ideal erschlaffen sollte.' Solche Gesinnung traf ganz in Schillers Sinn, und mit enthusiastischem Wort sprach er dem Freunde Zustimmung aus, sogleich nach seiner Art die knappe Sachlichkeit Körners in eigenen, zuströmenden Ideen aufnehmend und weiterführend. Neues Leben, frohes, aufquellendes Gefühl begeisterter Vorsätze spricht aus

dem Schreiben, das er an Körner nun sendet; gemeinsam mit dem
Freunde nach dem Höchsten zu streben, von ihm begleitet die 'roman=
tische Reise zur Wahrheit, zum Ruhme, zur Glückseligkeit anzutreten'
— der Gedanke erfüllt ihn freudig und nimmt sein ganzes Herz ge=
fangen. 'Einzeln können wir nichts', ruft er aus, aber 'Verbrüderung
der Geister ist der unfehlbarste Schlüssel zur Weisheit.' Nichts scheint
ihm zu existiren, in dem ganzen unermeßlichen Reiche der Wahrheit,
über das er, dem edelsten Freunde verbündet, nicht sollte Meister
werden; über die Grenzen der Menschheit sich zu erheben, schwärmt
er, und den Zusammenhang der thierischen und geistigen Natur zu
durchbrechen, treibt es seinen unausrottbaren Idealismus von Neuem
an: 'Tausend Menschen gehen wie Taschenuhren, die die Materie auf=
zieht', klagt er. 'der Körper usurpiert sich eine traurige Dictatur über
die Seele; aber sie kann ihre Rechte reclamiren, und das sind dann
die Momente des Genius und der Begeisterung. Den preise ich
selig, dem es gegeben ward, der Mechanik seiner Natur nach Gefallen
mitzuspielen und das Uhrwerk empfinden zu lassen, daß ein freier
Geist seine Räder treibt.' Der Begeisterung gilt sein Wort, der
großen Macht seines Lebens; und wie viel Enthusiasmus wirken kann,
sucht er dem an strengere Normen glaubenden Freunde zu erweisen:
'Enthusiasmus', sagt er, 'ist der erste Gewinn von unserm Bunde.
Danken Sie dem Himmel für das beste Geschenk, das er Ihnen ver=
leihen konnte, für dies glückliche Talent zur Begeisterung.' Gedanken
seiner Frühzeit, nur feiner entwickelt und freier aufblühend, werden in
ihm wieder lebendig, die Vorstellung der Freundschaft greift über in
philosophisch=begeistertes Erfassen des Weltganzen, und abermals er=
kennt er Liebe als die treibende Macht des Universums: 'dies lag
aufgedeckt vor dem großen Meister der Natur, darum knüpfte er die
denkenden Wesen durch die allmächtige Magnetkraft der Geselligkeit
aneinander.' Und ungleich dem bedächtigeren Freunde, fühlt er sich zu
productiver Gestaltung jener Anschauungen schnell fortgetrieben: 'über
den Bau unserer Freundschaft habe ich tausend Ideen', sagt er, er
will die 'unzähligen, zuströmenden Gedanken in seinem Kopfe läutern

und reinigen', und Philosophie und warmes Blut miteinander sollen formen, was er 'den Riß zu dem schönen, stolzen Gebäude der Freundschaft' nennt. Mit seinem Karlos schien Schiller dem Freunde damals zuzurufen: 'Arm in Arm mit dir — So fordr' ich mein Jahrhundert in die Schranken'; und er gestaltete die Gedanken dieser Zeit in den 'philosophischen Briefen', in dem 'Lied an die Freude' noch einmal enthusiastisch aus.

Die Pläne der Freunde waren auch Schillers Pläne; und so beschloß er sogleich, als er erfuhr, daß die Schwestern Stock und Huber den Sommer auf einem nahen Dorfe zubringen würden, auch seinerseits diesen Aufenthalt zu wählen: nach wenigen Wochen, mit dem kommenden Frühjahr, verließ er Leipzig wieder und siedelte sich in Gohlis an: 'Ein sehr angenehmer Spaziergang durch das Rosenthal', so meldete er an Schwan, führt dahin.

Noch nicht lange war unter den Leipzigern die Sitte aufgekommen, den Sommer über, wie Schiller sagt, 'auf den benachbarten Dörfern zu campiren und das Land zu genießen'; und besonders der Aufenthalt in Gohlis hatte noch ganz den Reiz der ersten Frische und einer unberührten Natur. In dem kleinen Orte von nicht mehr als 450 Einwohnern war der Besitzer des prächtigen, von Oeser ausgemalten Schlosses, der Erb-, Lehn- und Gerichtsherr auf Gohlis der erste Mann; Hofrath Böhme zuerst hatte es inne gehabt, der Lehrer Goethes, dessen kluge Gattin dem jugendlichen Dichter die 'schönen bunten Wiesen' der Pleißenpoesie einst unbarmherzig niedergemäht; dann war Hofrath Hetzer ihm gefolgt, mit dem Schiller bald freundliche Beziehungen knüpfte. Für die Cultur des Ortes hatten sie eifrig gewirkt, und von der 'dasigen Gemeinde' wurden sie zum Danke fleißig angesungen; als ihr Verdienst ward es bezeichnet, wenn man sich heimisch fühlte:

> In Gohlis wo Kunst und Natur
> So schön verbunden ist:
> Wo Fluß und Wiese, Wald und Flur
> Wo alles reizend ist.

Böhme hatte erreicht, daß 1777 ein neuer Weg durch das Rosenthal (oder wie das Volk sagte, durch den Rosenthal) gelegt wurde, den die ehrbare Welt gehen konnte: denn einen großen Theil des Gehölzes hatten allerlei lustige und freche Leute in Besitz genommen, und man nannte ihn bezeichnend 'das wilde Rosenthal'. Aber der alte, von Dichtern und Philosophen anerkannte Ruhm des Wäldchens hatte davon nicht gelitten, und schnell belebte es sich nun auf diesen Wegen, unter diesen Buchen, Linden, Eichen. Hier waren einst Paul Fleming und Christian Günther sinnenden Gemüthes geschritten; hier, 'dans le petit bois agréable, nommé le Rosendal', hatte Leibniz ganze Tage meditirend verbracht, und Gellert war auf seinem berühmten Schimmel einhergetrabt; hier hatte, vor Schiller, Goethe geweilt und spät noch erinnerte er sich des 'wirklich herrlichen Rosenthals'. Zu Fuß und zu Schiffe, in Gondeln und Gesellschaftskähnen durchzog man das von der Pleiße und der Elster umflossene Gehölz: doch sei bei dieser Flußfahrt, meinte ein Chronist, 'vorher Geduld zu empfehlen, welche in Hinsicht der Langsamkeit dieser Fahrzeuge nöthig ist'. Durch wechselnd enge und weite Pfade wandelnd, durch schweigendes Gebüsch und schönen Laubwald, dessen freien Wuchs die französische Scheere nicht gehemmt hatte, an Schneißen und malerischen Durchblicken vorüber, gelangte man, immer zur Rechten des Thales an der baumbestandenen Pleiße verbleibend, an eine Wassermühle inmitten des Holzes, deren Räder der Fluß munter trieb; umsäumt vom Laub lag die Schenke 'zum geselligen Vergnügen' da, und das kräftige Grün ringsum ward von dem Grau der Esche und der dunkleren Tanne gedämpft; der Sang der Vögel begleitete den Wandernden, Friede der Natur umfing ihn, bis er zuletzt, an breiten Wiesen, an weidenden Kühen vorbei, nach Gohlis gelangte, zu den ehrwürdigen Lindenalleen und allem Duftenden und Blühenden ringsum, das der Frühling gebracht hatte. Bis unmittelbar an das Dorf hin reichte damals noch das Gehölz, und eben hier nahm Schiller die Wohnung, mit hübschem Blick auf das grünende Thal und die Mühle: in einem kleinen Bauernhause miethete er sich ein, im oberen Stockwerk der Besitzung, welche dem ehrsamen Gohliser Christian Schneider gehörte. Die ganze rührende Anspruchslosigkeit der Zeit und der Menschen stellt sich uns vor Augen, in dieser nichts weniger als geräumigen und einladenden Wohnung: zu winzigen Fensterchen drang das Licht herein in die niedrige, holzgetäfelte Mansarde und auf das bescheidene Tischchen am Wandpfeiler, das Schiller zu seinem Schreibtische erhoben hatte; die Wände waren einfach gekalkt, die Möbel spärlich. Aber draußen vor der Thür, zwischen Haus und Scheune, erhob sich ein großer Lindenbaum, und er ward ein Lieblingsplatz für den sinnenden Poeten, dessen früh erschlossener Natursinn in dieser Zeit von Neuem emportrieb. Und wie ihm überall die Einsamkeit nicht einsam genug war, wie an allen Orten das Andenken die Plätze bezeichnet, an denen die Naturliebe des Dichters geweilt, die Buchen über Bauerbach, das Gartenhaus auf der Mühlau und den Freischützengarten zu Mannheim, so fand er auch hier, im großen Park des Schlosses und bei gastfreundlichen Nachbarn, stille Orte zum Träumen und Schaffen sich aus.

Seine liebsten Nachbarn fand er gleich im Nebenhause vor: die Schwestern Stock, die bei ihrem Stiefbruder, dem Kupferstecher Endner einquartiert waren; und der freundschaftliche und heitere Verkehr mit ihnen entfaltete sich nun, in der Zwanglosigkeit des Landes, erst völlig. Damals hat Dora Stock den Dichter gemalt und in einem energischen Bilde sein Wesen festgehalten: mit klugem, festem Blick sieht er dem Beschauer entgegen, die Nase, 'eine wahre Künstlernase', wie ein Leipziger Verehrer sagte, zeichnet sich scharf ab, den schlanken Hals giebt der lose Hemdkragen ungezwungen frei, und das erhobene Haupt und die sichere Haltung vollenden den Eindruck männlicher Kraft und Entschlossenheit.

Ein neuer Freund trat mit Georg Joachim Göschen in den Kreis ein: er war eben, zu Ende des Mai, aus Weimar zurückgekehrt und brachte nun begeisterte Anschauungen von der Größe der Weimarer Poeten mit. Auch er nahm im Hause Christian Schneiders Wohnung, als Schillers Stubengenosse; bald schlossen sich neue Freunde an, der

Lustspieldichter Jünger, der Landschaftsmaler Reinhart, der Kaufmann
Kunze, und ein heiteres geselliges Treiben begann, vom Anhauch der
Natur, der Jugend und Poesie umspielt, das für allezeit unvergeß=
lich blieb. 'Einen der vergnügtesten Sommer seines Leben mit Schiller
verbracht zu haben', bekannte Jünger dem Intendanten Dalberg; und
Reinhart schrieb noch 1808 aus Rom im Gedenken an diese Tage:
'Wer möchte sich auch nicht mit Vergnügen des Frühlings erinnern!
und jene Zeit war unser Frühling!' Zwangloses Beisammensein
brachte jeder Abend, der im 'geselligen Vergnügen' auf der Mühlinsel
die Genossen vereinte; beim frugalen Mahl, beim Merseburger Bier
und der landesüblichen Gose feierte man in hellen Sommernächten
Symposien, und alle guten Geister deutscher Fröhlichkeit umschwebten
die von jugendlicher Thatenlust und idealen Plänen erfüllten Zecher.
In solcher Stimmung ward selbst der grimme Recensent von 'Kabale
und Liebe', Karl Philipp Moritz von Schiller freundlich empfangen;
und nach einem angeregten Abend war man einander so weit nahe ge=
kommen, daß Schiller am nächsten Morgen dem Kenner der 'deutschen
Verslehre' Scenen aus seinem 'Karlos' vorlas. Als ein Bund der
Strebenden, als eine Vereinigung, die zur geistigen Vollkommenheit
die Theilnehmer führen sollte, erschien dem Dichter auch dieser Kreis,
und 'mit dem größten Ernst, mit hinreißender Beredsamkeit, mit
Thränen in den Augen' forderte er die Freunde auf, 'alle Kräfte an=
zuwenden, um Menschen zu werden, die die Welt einmal ungern ver=
lieren möchte'. Göschen, der uns dieses Zeugniß überliefert hat, fügt
noch hinzu: 'Wir alle haben Schiller viel zu verdanken; und in der
Stunde des Todes werd ich mich seiner mit Freude erinnern. Ich
habe mit ihm ein halbes Jahr auf einer Stube gewohnt, und er hat
mir die zärtlichste Achtung und Freundschaft eingeflößt. Es ist mir
sein sanftes Betragen und die sanfte Stimmung seiner Seele im ge=
selligen Cirkel, verglichen mit den Produkten seines Geistes, ein großes
Räthsel. Ich kann nicht sagen, wie nachgebend und dankbar er gegen
jede Kritik ist, wie sehr er an seiner moralischen Vollkommenheit
arbeitet.'

Zu all diesem angeregten Verkehr aber brachte der Anfang des Juli das Beste: Schillers persönliche Bekanntschaft mit Körner. Auf dem stattlichen Rittergute Kahnsdorf, bei Körners Verwandten hatte sich das Brautpaar Rendezvous gegeben; und Schiller, Huber, Göschen begleiteten die Schwestern und verlebten mit Körner den 1. Juli. War auch die Zeit zu kurz für Schillers Wünsche gewesen und hatte die Gegenwart so vieler Menschen den unmittelbaren Austausch der Empfindung gehemmt, so ward doch dieser Tag ein unvergeßlicher, und höher noch stieg der Sinn enthusiastischer Hingebung in Schiller an. Am 2. Juli, ganz erfüllt von den Eindrücken der ersten Begegnung, begab er sich auf den Heimweg; gemeinsam mit Huber und Göschen gedachte er, noch ohne den Namen auszusprechen, des theueren Mannes, und wogende Vorsätze künftiger Thaten traten ihnen vor die Seele. Mit Beschämung, doch nicht verzagend, blickte Schiller zurück in die vergangene Zeit, mit fester Gewißheit blickte er voraus in die herrliche kommende: 'ich fühlte die kühne Anlage meiner Kräfte', bekennt er dem Freunde, 'das mißlungene (vielleicht große) Vorhaben der Natur mit mir. Eine Hälfte wurde durch die wahnsinnige Methode meiner Erziehung, die zweite und größere aber durch mich selber zernichtet. Tief, bester Freund, habe ich das empfunden, und in der allgemeinen feurigen Gährung meiner Gefühle haben sich Kopf und Herz zu dem herkulischen Gelübde vereinigt, die Vergangenheit nachzuholen, und den edlen Weltlauf zum höchsten Ziele von vorn anzufangen.' Wieder empfindet er Freundschaft als die hebende, spornende Macht für alle: 'Mein Gefühl war beredt', ruft er, 'und theilte sich den anderen elektrisch mit. Unsere Augen begegneten sich und unser heiliger Vorsatz zerschmolz in unsere heilige Freundschaft. Es war ein stummer Handschlag, sich wechselweise fortzureißen zum Ziele — sich zu mahnen und aufzuraffen, einer den andern — und nicht stille zu halten bis an die Grenze, wo die menschlichen Größen enden.' In solcher Stimmung traten die Reisenden in eine Schenke ein und tranken mit thränendem Auge auf Körners Gesundheit; und so feierlich ward ihnen zu Sinne, daß Schiller an die Einsetzung des

Abendmahls sich gemahnt fand: 'Dieses thut, so oft ihr's trinket, zu meinem Gedächtniß.' Jetzt erst fiel es ihnen auf die Seele, daß der Tag Körners Geburtstag war; ohne es zu wissen, hatten sie ihn heilig gefeiert.

'Ich habe jetzt einige Fragen an dich zu thun, deine Verbindung mit Göschen betreffend', fährt Schiller fort und gelangt damit aus der Sphäre der idealen Vorsätze zu den näheren realen, welche über seine Zukunft bestimmen sollen. Er denkt an eine neue Ausgabe des 'Fiesko' in der Theaterform, an eine verbesserte Ausgabe der 'Räuber' nebst dem Nachtrag 'Räuber Moor's letztes Schicksal', er plant die Fort= setzung der 'Thalia' und des 'Karlos': und alle diese Werke soll Göschen in Verlag oder in Commission nehmen, sei es nun, daß Körner und Schiller an dem Ertrage direct oder indirect theilhaben. Die Nothwendigkeit treibt ihn an, diese Arbeiten zu unternehmen; denn vergebens hat er für die Rheinische Thalia von der Mann= heimer Post Subscriptionsgelder erwartet, er hat keinen Heller em= pfangen und muß dem Freunde gestehen: daß er völlig auf dem Sande ist, und Honorar sich wünscht, je eher, je lieber. Körners Antwort auf diese Fragen muß man im Wortlaut lesen, sie zeichnet den braven, herzlichen Menschen völlig. 'Ueber die Geldangelegenheit', schreibt er, 'müssen wir uns einmal ganz verständigen. Du hast noch eine gewisse Bedenklichkeit mir deine Bedürfnisse zu entdecken. Warum sagtest Du mir nicht ein Wort in Kahnsdorf davon? warum schriebst Du mir nicht gleich, wieviel Du brauchst? Kommt es blos darauf an, einige currente Ausgaben zu bestreiten, so ist vielleicht das hinreichend, was ich hier beilege. Aber sobald Du im mindesten in Verlegenheit bist, so schreibe mit der ersten Post und bestimme die Summe. Rath kann ich allemal schaffen. — Wenn ich noch so reich wäre, und Du ganz überzeugt sein könntest, welch ein geringes Object es für mich wäre, Dich aller Nahrungssorgen auf dein ganzes Leben zu über= heben: so würde ich es doch nicht wagen, Dir eine solche Anerbietung zu machen. Ich weiß, daß Du im Stande bist, sobald Du nach Brod arbeiten willst, Dir alle Deine Bedürfnisse zu verschaffen. Aber ein

Jahr wenigstens laß mir die Freude, Dich aus der Nothwendigkeit des Brotverdienens zu setzen. Was dazu gehört, kann ich entbehren, ohne im Geringsten meine Umstände zu verschlimmern. Auch kannst Du mir meinethalben nach ein paar Jahren alles wieder mit Interessen zurückgeben, wenn Du im Ueberfluß bist.'

Hatte Körner in diesem Schreiben die Aufgabe erfüllt, schön zu geben, so mußte Schiller nun die schwerere zu lösen: schön zu empfangen; und auf das knappe, aller Rührung scheinbar trocken ausweichende Anerbieten antwortete er mit einem herzlichen, lautern Dank. 'Du hast recht, lieber Körner,' schreibt er, 'wenn Du mich wegen der Bedenklichkeit tadelst, dir meine Verlegenheit zu gestehen. Ich hätte zu mir selbst sagen können: Dein Freund kann unmöglich einen größeren Werth in seine Glücksgüter setzen, als in sein Herz, und sein Herz gab er dir ja schon.' Für die schöne, edle Absicht Körners erklärt er, nur einen einzigen Dank zu wissen: die Freimüthigkeit und Freude, mit der er sie annimmt. 'Durch dich, theurer Körner', ruft er, 'kann ich vielleicht noch werden, was ich je zu werden verzagte. Meine Glückseligkeit wird steigen mit der Vollkommenheit meiner Kräfte, und bei Dir und durch Dich getraue ich mir, diese zu bilden. Die Thränen, die ich hier an der Schwelle meiner neuen Laufbahn, Dir zum Danke, zur Verherrlichung vergieße, werden wiederkommen, wenn diese Laufbahn vollendet ist. Werde ich das, was ich jetzt träume — wer ist glücklicher als Du? Eine Freundschaft, die so ein Ziel hat, kann niemals aufhören. Zerreiße diesen Brief nicht. Du wirst ihn vielleicht in zehn Jahren mit einer seltsamen Empfindung lesen, und auch im Grabe wirst Du sanft darauf schlafen. Leb tausendmal wohl. Mein Herz ist zu weich. Lebe wohl.' Doch auch diese rührenden Worte vertrieben Körner aus der ruhigen Zurückhaltung nicht, hinter der der hilfsbereite Freund seinen milden Sinn verschanzt hatte; und mit knapper Sachlichkeit antwortete er noch einmal: 'So ist's recht, daß die Geldangelegenheit ganz durch Briefe abgethan ist. Ich hoffe, daß es nun keiner mündlichen Auseinandersetzung darüber bedürfen wird. Von jeher habe ich das Geld so gering geschätzt, daß es mich immer geekelt hat, mit Seelen, die mir theuer waren, davon zu reden. Nicht einen Augenblick habe ich gezweifelt, daß ich bei umgekehrten Verhältnissen eben das von Dir zu erwarten hätte. Ich hoffe also nicht, daß Du das jemals in Anschlag bringen wirst, wenn von dem, was wir einander sind, die Rede ist. Lebe wohl jetzt, wir sehen uns bald.'

Ein zweites Zusammentreffen folgte nun; Körner war nach Leipzig gekommen, um die letzten Anordnungen für seine Hochzeit zu treffen, und froh empfing ihn der dankbare Freund. Auf den 7. August war die Trauung angesetzt, und mit Geschenken und poetischen Gaben, mit einem umfangreichen Hochzeitsgedicht und immer neuen Wünschen nahte Schiller den Vermählten. Er brachte ihnen Vasen dar und schilderte in einer jener kleinen Paramythien, wie sie Herder ausgebildet hatte, Streit und Versöhnung der glückbringenden drei Gottheiten: Tugend, Liebe und Freundschaft; er erbat neben der Seligkeit der jungen Ehe für die Freundschaft sich einen Platz, und sang in weichen Klängen zu Ehren Körners. Vergleicht man dies Gedicht etwa mit dem Bauerbacher Hochzeitsliede, so fällt der mildere Ton sogleich auf, den Schiller jetzt findet; das Kämpfende, Polemische, das sich dort eindrängte, der Widerspruch gegen die socialen Bedingungen der deutschen Gegenwart ist geschwunden, und nur in allgemeinen menschlichen Empfindungen, in rhetorischen Schilderungen bewegt sich die Betrachtung des Dichters. Selbst das Versmaß dort und hier scheint den Gegensatz auszusprechen: der kräftige Jambus des Bauerbacher Liedes ist von dem bei Schiller eigenthümlich singenden, vierfüßigen Trochäus abgelöst, welcher von nun an für ihn ein Lieblingsmaaß wird. Aus der Wirklichkeit des Lebens einzelne Züge aufzufassen, und das Bild derjenigen, welchen sein Lied gilt, in charakteristischem Detail festzuhalten, treibt es den Dichter nicht; nur das Glück der typischen Liebe, der typischen Ehe stellt er dar, nicht das Körners und Minnas; und er contrastirt, wiederum in allgemeinen Linien nur, in gedankenmäßiger Aufzählung, die den Ruhm der Welt begehrende geistreichelnde Schöne und die

dem Manne treu sich anschmiegende Gattin nach seinem Sinn,
welche:

> Jauchzet, wenn Du fröhlich bist,
> Trauert, wenn Du klagest,
> Lächelt, wenn Du freundlich siehst,
> Zittert, wenn Du wagest.

Das Fest, welchem dies Gedicht galt, ward in Körners Gartenhaus an der Pleiße, draußen in der grünenden Vorstadt, gegenüber
dem alten Schlosse Pleißenburg, gefeiert; man versammelte sich am
Nachmittag, um fünf Uhr, zur Trauung, und ein fröhlicher Kreis der
Freunde beging Körners und Minnas Ehrentag in herzlicher Lust,
mit vollem Antheil an dem Glück der Liebenden, das nach so viel
Hemmungen und Kämpfen schön sich krönte. Noch einige Tage verweilte das junge Paar in Leipzig, dann ward nach Dresden aufge-
brochen, wo Körner für die Gattin und Dora das neue Heim mit
liebender Sorgfalt hergerichtet hatte. Den Trennungsschmerz erleichterte für Schiller die Aussicht, in einiger Zeit nachkommen zu
dürfen; und er gab den Scheidenden, gemeinsam mit Huber, zu Pferde
das Geleit. Bei Hubertusburg trennten sich die Freunde. Auf der
Rückreise erlitt Schiller einen Unfall; er stürzte mit dem Pferde und
quetschte sich die rechte Hand. 'Mir war ein bißchen bange für die
Folgen,' erzählt er dem Freunde, 'doch hoffe ich nun das Beste, und
ein kleines Ueberbleibsel an der Hand soll mir herzlich lieb sein, weil
es mich mein Leben lang an Deinen glücklichen Einzug in Dresden
erinnert, — und was wären unsere Freuden, wenn sie uns nicht auch
etwas kosteten?' Noch im Anfang des September ward ihm das
Schreiben schwer, die Hand zitterte und er dictirte die Veränderungen
des 'Fiesko', welche er für das Leipziger Theater vornahm, einem
Schreiber. Das Drama sollte in vierzehn Tagen gespielt werden;
allein Schillers Lust, die Vorstellung abzuwarten, war gering: nach
den begeisterten Tagen im Kreise der Freunde erschien ihm der
Aufenthalt in Gohlis nun traurig und leer, und in einsiedlerischer
Verstimmung lebte er dahin. 'Was soll ich denn auch hier', fragt er.

'Die Natur selbst war nicht mehr schön — düstere feindselige Herbsttage mußten sich mit Eurem Abschiede verschwören, mir den Aufenthalt hier schmerzlich zu machen. Ich gehe an den vorigen Tummelplätzen meiner Freude, wie der Reisende an den Ruinen Griechenlands, schwermüthig und still vorüber.' Noch einmal wird der Dichter, wie in den Tagen da er die Heimath floh, da er aus Mannheim ging, mit unbezwinglicher Gewalt zum Scheiden angetrieben, er glaubt einem Müssen zu gehorchen, und mit einem plötzlichen Entschlusse, einem heftigen Ruck wirft er alle früheren Pläne um und zerreißt die Fesseln des Gegenwärtigen. Es war verabredet, daß er gemeinsam mit Huber, sobald dieser nach Dresden in den diplomatischen Dienst berufen werde, den Freunden folgen solle; aber seine Ungeduld findet nun plötzlich, daß diese Angelegenheit sich allzusehr verzögere, und daß er unmöglich ihre Entwickelung abwarten könne: 'Ich muß zu Euch', ruft er, 'und auch meine Geschäfte fordern Ruhe, Muße und Laune. In Eurem Zirkel allein kann ich sie finden. Schreibe mir, bester Körner, mit dem ersten Posttag — nur in zwei Zeilen — ob ich kommen kann und darf.'

Es war am 6. September, daß der Dichter, mit dem ganzen Affect seines Begehrens, diese Fragen aussprach, die Körner sogleich bejahte; und schon fünf Tage später, am 11. September Nachts, fuhr seine Ungeduld mit Extrapost über die große Elbbrücke in Dresden ein.

In Dresden.

Ich fühle es schmerzlich, daß ich noch so erstaunlich viel lernen muß, säen muß, um zu ernten.
Ich wollte, daß ich zehen Jahre hintereinander nichts
als Geschichte studirt hätte. Ich glaube, ich würde
ein ganz anderer Kerl sein. Meinst Du, daß ich
es noch werde nachholen können?

Schiller an Körner.

Ich habe es oft bedacht, und mags bedenken
Wie ich es will — auf diesem schönen Boden,
Wohin das Glück dich zu verpflanzen schien,
Gedeihst du nicht. Du solltest dich entfernen!

'Tasso.'

'Guten Morgen in Dresden, lieber Körner!' ruft Schiller dem
Freunde zu, am 12. September 1785. 'Die vorige Nacht um 12 Uhr
kam ich hier an.' Aus seinem Gasthaus, dem goldenen Engel in der
Altstadt, ließ er sich am Vormittag, bei strömendem Regen, in einer
Portechaise zu Körners in die Neustadt tragen und genoß in vollen
Zügen die Freude des Wiedersehens: 'wie im Himmel' befand er sich
inmitten seiner Lieben, und beglückt fühlte sich der lang Heimath-
lose nun 'endlich zu Hause'. Nachmittags gegen 5 Uhr fuhr man nach
Loschwitz hinaus, dem kleinen Ort stromaufwärts an der Elbe gelegen,
an einer Biegung des Flusses. Hier hatte Körner, kurz vor seiner
Vermählung, einen großen Weinberg nahe der Elbe erworben, nebst
einem freundlichen Garten; ein kleiner Pavillon krönte den Berg, mit
schönem Blick nach dem gegenüberliegenden Blasewitz und den Hügel-
reihen der Sächsischen Schweiz; und der Poet, der auch jetzt die

unberührte Natur und die Stille bald suchte, machte hier oben sich heimisch, auf die Cultur des großen Wohnhauses verzichtend. Der Contrast von Hügel und Fluß, Weinbergen und Wäldern erfreute ihn, und daß die neue Heimath ihm das Gedenken an die alte und einen Hauch der Kindheit heraufführte, stimmte ihn froh: 'Meißen, Dresden und seine Gegenden', rief er entzückt, 'gleichen ganz in die Familie meiner vaterländischen Fluren.'

Gleich der erste Abend auf dem Weinberg erschien dem Dichter von guter Vorbedeutung für alle folgenden, und es trieb ihn an, Huber, den Zurückgebliebenen, zum Theilnehmer seiner Stimmung zu machen. Während die 'lieben Weiberchen' auspackten und sich den häuslichen Beschäftigungen hingaben, hatten er und Körner philosophische Gespräche, und Schillers Schaffenskraft schien sich auf den Freund übertragen zu wollen: 'Jetzt wird er anfangen thätig zu werden', ruft Schiller, 'das sollen göttliche Tage werden.' Als ein liebes Hausweib erschien ihm Minna, und ihr frauenhaftes Thun erfreute ihn herzlich; in feierlicher Procession ward er Abends auf sein Zimmer geleitet, wo er alles aufs Beste hergerichtet fand, und in frohem Behagen fühlte er sich mit den liebsten Menschen unter einem Dache. Beim Erwachen hörte er über sich auf dem Klavier spielen: 'Du glaubst nicht, wie mich das belebte,' sagt er, 'wie viel Stimmung mir das giebt.' So trat er in den Kreis der Freunde nun völlig ein, mit herzlichem Antheil an dem Kleinen und dem Großen, an den Freuden des Tages und der Seligkeit jungen Glückes, das über dem Paare ruhte; inmitten dieser gesicherten Existenzen, dieser Heiterkeit und sächsischen Gemüthlichkeit wollte die Noth vergangener Tage, die Ungewißheit der kommenden verblassen, und ein Froher unter Frohen erschien der Dichter. Seine gute Laune und jenes 'bequem-Gesellige', das Goethe ihm nachrühmt, entfaltete sich nun frei, an aller Lustigkeit, an allen Späßen des Kreises, der sich so eng zusammenschloß, nahm er unbefangen Theil, und er sprach, nach seiner Art, auch dichterisch die herzliche, von aller empfindsamen Verstiegenheit entfernte Zwanglosigkeit dieses Verkehrs aus. Gleich im Herbst 1785, wenige

Wochen nach seiner Ankunft, richtete er ein 'unterthänigstes Pro Memoria an die Konsistorialrath Körnersche weibliche Waschdeputation', und schilderte mit harmlosem Humor die Situation des 'Haus- und Wirthschafts-Dichter F. Schiller in seinem jammervollen Lager ohnweit dem Keller', als die scharrende Küchenzofe das poetische Sinnen ihm störte, und klatschende Waschfrauen Prinzessin Eboli feind wurden:

> Schon ruft das schöne Weib Triumph
> schon hör ich — Tod und Hölle!
> Was hör ich? — einen nassen Strumpf
> geworfen in die Welle.
> Und weg ist Traum und Feerey,
> Prinzessin, Gott befohlen!
> Der Teufel soll die Dichterei
> beim Hemderwaschen hohlen.

Auch zu Körners Geburtstag lieferte Schiller nun humoristische, nicht pathetische Beiträge; und hatte er für seine Glückwünsche zum 2. Juli 1785 noch den allgemeinen mythologischen Apparat, von Seraph und Elysium, spielen lassen, so ging er 1786 und 1787 mit gesunder Realistik in das Detail des täglichen Lebens ein, als Maler, wie als Dichter. 'Avanturen des neuen Telemachs oder Leben und Exsertionen Körners des decenten, consequenten, piquanten u. s. f. von Hogarth in schönen illuminirten Kupfern abgefaßt und mit befriedigenden Erklärungen versehen von Winckelmann, Rom 1786', so nannte sich die eine Gabe; Winckelmann war Huber, Schiller war Hogarth, und mit ergötzlicher dilettanthafter Ungeschicklichkeit erprobt er seine Zeichen- und Tuschkünste an kleinen Scenen aus dem Leben der Freunde. Mit einer Freiheit des Geistes, welche die gesunde Natürlichkeit dieses Verkehrs kennzeichnet, spottet Schiller selbst, der Körners Güte in so ernsten Tagen erfahren, der unvorsichtigen, über Gerechte und Ungerechte gleichmäßig scheinenden Mildthätigkeit des Mannes, und stellt ihn dar, wie er an einem kritischen Momente mit 'bewunderungswürdiger Gelassenheit' spricht: 'ich zahle für alles.'

Auf einem andern Bilde sieht man das Brautpaar, Dora und Huber, sich küssen, während aus dem Munde Minnas, auf einem ausdrucksvollen Zettel, ein strafendes 'Allezeit' geht; und dieses nämliche Wort, ein Lieblingswort der Hausfrau offenbar, wendet sie auch gegen Schiller, als er Körners Vorbereitungen zum Gang ins Amt unterbricht:

Da steht er wieder und hält meinen Mann auf. Sieht er denn nicht, daß er in's Konsistorium muß? — Hanswurst!

Schiller. Nu! nu! ich sage nur —

Minna (steht lange in einer arbeitenden Stellung, endlich mit schröklichem Durchbruch) Allzeit!

Der Satz steht in einer kurzen dramatischen Scene, die Schiller zum 2. Juli 1787 dem Freunde darbrachte, und die in ergötzlichem Durcheinander, mit lauter knappen, eilenden Sätzen eine Fülle von Menschen vorführt, wie sie zu Körner sich hineindrängen und seinen Vormittag stören; so zwar, daß der gutmüthige, schwerfällige, von Hinz und Kunz überlaufene und geplagte Mann die schöne freie Zeit, die er hat nutzen wollen, dahinschwinden sieht, und zuletzt sogar vor lauter Nichtsthun sein Amt versäumt: 'Da ist's zu spät ins Consistorium! Lauf er hinein, Gottlieb! Ich lasse mich für heute entschuldigen.' Und auf die erstaunte Frage von Dora und Minna, Huber und Schiller, womit er denn diesen ganzen Vormittag verbracht habe, antwortete er 'in wichtiger Stellung: Ich habe mich rasiren lassen!' — und der Vorhang, nach diesem Trumpfe, geht herunter. Völlig ungezwungen, in vielen realistischen Zügen, und doch wieder mit freier humoristischer Steigerung des Wirklichen, hat der Dichter hier abgeschildert, was er im Dasein der Freunde geschaut hat, ganz steht er auf dem Boden der Beobachtung, und er entnimmt mit keckem Griffe dem Leben des Tages den Reichthum des Details, im Kleinen jetzt, wie einst im Großen seines 'bürgerlichen Trauerspiels': Satiriker dort und hier, stellt er den Körnerschen Kreis, bis herab auf den Diener Gottlieb, mit voller Deutlichkeit dar, er verspottet die

Wichtigthuerei des Einen, die aristokratischen Manieren des Andern, und auch wo die Deutung des Einzelnen uns entgeht, glauben wir noch die Sicherheit der Zeichnung zu erkennen, glauben wir das Gelächter der leicht Getroffenen zu hören. Für Schillers immer ins Allgemeine strebende Pathos war solche Production, Gelegenheitsdichtung im besten Sinne, eine gesunde Cur; und wie lange die Erinnerung an diese Zeit in ihm fortwirkte, zeigte sich, als er an 'Wallensteins Lager' schritt, und auch hier eine Anspielung an die alte Zeit auftauchen ließ: 'Was? der Blitz! Das ist ja das Gustel aus Blasewitz!' ließ er den Holkischen Jäger sagen, zum Ergötzen der Dresdener Freunde, die gleich dem Dichter die schöne Wirthstochter Justine Segedin aus Blasewitz nicht vergessen hatten. Noch einmal hatte hier Schiller, an der Schwelle einer neuen Kunstanschauung, den Realismus seiner Jugend walten lassen, und wie er von Moor und Schweitzer in die Räuber eingeführt, so führte er die lustige Blasewitzerin in seine große historische Tragödie unbefangen ein.

Aber noch ein anderes Gelegenheitsgedicht hat diese Zeit geboren, eines, das an weithinstrahlender Wirkung alle anderen übertraf: das Lied 'An die Freude'. In demselben Herbst 1785 muß es gedichtet sein, der Schiller nach Dresden brachte, damals, als Huber gegen Ende des October dem Freunde nachkam, und das fünffache Kleeblatt sich nun endlich, wie man es so lange erträumt hatte, vereinigt sah. Körner hatte für Schiller und Huber eine gemeinsame Wohnung aus-gemittelt, seinem eigenen Hause gerade gegenüber; beim Hofgärtner Fleischmann am Kohlenmarkt fanden sich die Freunde eingemiethet, in einem friedlichen Winkel der Neustadt, mit dem Blick auf die Elbe und den hübschen 'japanischen Garten': zwei Schritte über die stille Gasse, und sie waren bei Körner, dessen Gastlichkeit sie Tag für Tag erfuhren. Als man nun in Körners Garten, so wird erzählt, zum ersten Mal tafelnd beisammen saß, brachte Schiller einen Trinkspruch aus; beim Klingenlassen der Gläser zerstieß er im Affect Minnas Glas, und so ließ man dieser unfreiwilligen Opferung die vier anderen sogleich folgen: der Inhalt ward ausgegossen, die Scherben flogen empor, und ein feierliches Gelübde ewiger Freundschaft ward abgelegt. Darauf wurden, an Stelle der zerbrechlichen Pokale, fünf silberne Becher erworben, welche noch lange als Symbol des Bundes galten: und im Gedenken an dieses Erlebniß scheint es, als ein Stiftungslied der 'heiligen Fünf', ist das Lied 'An die Freude' entstanden. Elemente der Wirklichkeit, wie in jenen humoristischen Gedichten, schimmern auch hier hervor: beim 'goldenen Wein' vereinigt, schließt sich der 'heilige Zirkel dichter', und feierliche Gelübde steigen auf zum Himmel; der Pokal, der volle Römer kreist, und das goldene Blut der Traube (man darf auch an den Aufenthalt auf Körners Weinberg denken) wird gepriesen; und glücklich wird der genannt, der, gleich Körner, ein holdes Weib errungen, glücklich der, dem, gleich Schiller, der große Wurf gelungen: eines Freundes Freund zu sein.

Aber nicht im Kreise der Nächsten verbleibt der Dichter, von dithyrambischer Begeisterung fortgerissen. Wieder strebt sein Gefühl ins Allgemeine auf; und wie einst Karl Moor, am Glücke verzweifelnd, allem was Menschenantlitz trägt, geflucht hatte, so schließt nun der beglückte Poet alles Menschliche in sein Empfinden ein: 'Seid umschlungen Millionen! Diesen Kuß der ganzen Welt!' Der Gedanke einer großen Verbrüderung, vollzogen unter der fortreißenden Macht der Göttertochter Freude, erfaßt ihn, er sieht vereint, was Vorurtheil und Mode getrennt haben, sieht den Menschen gerührt in des Menschen Arme sinken: 'Bettler werden Fürstenbrüder, wo dein sanfter Flügel weilt'. Wie einst in den Stuttgarter Tagen die 'Liebe', so sieht er nun 'Freude' überall herrschen, sieht Freude die Welt bewegen und die Herzen rühren; und zu den unbekannten Sphären im All, zu den Sonnen, die des Himmels Plan durchfliegen, und der Pracht des Firmaments schwingt sich der Dichter, entzückter Anschauungen voll, in schöner Trunkenheit auf. Die Lebenden und die Todten, die Gerechten und die Sünder umfaßt sein stürmisch dahinrollendes, vom Chorgesang umfluthetes Lied; und nur vor dem Hochmuth des Tyrannen hält die alles verzeihende Milde inne: 'Männerstolz vor Königsthronen — Untergang der Lügenbrut'.

Nicht in einer gedankenmäßigen Folge, — mit den kühnen Sprüngen einer fortgerissenen Phantasie bewegt sich das Gedicht, dem die Stärke der Empfindung und ein feurig tönendes und schwingendes Pathos dennoch die innere Einheit giebt; und diesen ganzen wogenden und klingenden Gehalt im Liede zu fassen, hat es die Componisten ange= trieben, die kleinen und die großen, die Körner, Schubart, Zumsteeg, Zelter, bis daß der Gewaltige des Tones den größten Platz ausfand für Schillers Schöpfung, bis daß Ludwig Beethoven den Hymnus an die Freude in dem triumphirenden Finale seiner Neunten unsterblich fortleben machte.

Das Dasein inmitten der Freunde, welches jenes Lied entstehen ließ, nahm den Dichter jetzt ganz hin; und da er mit Körner und Huber, Minna und Dora sich vereinigt fand, entschwinden uns die Zeugnisse völlig, die von seinem innern Leben erzählen. Seine Correspondenz, während des ganzen Winters, verstummt, und nur einige Geschäftsbriefe an Göschen schreibt er, die vom Fortgang der 'Thalia' knapp berichten. Er sendet ihm Manuscript ein, zwei Monate später als versprochen und mißt die Schuld dafür der Anziehungskraft des Körnerschen Kreises bei: 'machen Sie mir vorher meine lieben Freunde zu schlechten Gesellschaftern', ruft er, 'wenn Sie haben wollen, daß ich fleißiger sein soll.' Allein mancherlei Anzeichen lehren, daß nicht nur die Lust der neuen Existenz ihm die Arbeit aufhielt: auch vor schwere innere Hemmungen sah Schiller sich bald gestellt, und die Reaction blieb nicht aus, die den Dichter der 'Freude' in einen 'Hypochonder', einen 'Menschenfeind' wandelte.

Schon sehr früh, während Huber noch in Leipzig ist, treten die ersten Anzeichen einer sich verdüsternden Stimmung auf. In nicht ganz klaren Worten, hinter denen aber eine starke Enttäuschung dennoch sichtbar wird, wendet sich Schiller, am 5. October, dem jüngern Freunde zu: 'Ich habe Dir viel zu sagen,' schreibt er, 'doch bin ich ungewiß, ob ich dirs sagen werde. Meine Seele ist beklemmt, gieb Dir keine Mühe, Sinn aus meinen Worten zu ziehen, und wenn Du nach Deiner Ankunft mich fragen solltest und ich Dir ausweichen will,

so forsche nicht weiter.' Und nun bekämpft derjenige, welcher eben
erst die allwirkende Macht der Begeisterung gepriesen, in einer bilder=
reichen, blühenden Sprache — die Begeisterung: 'Enthusiasmus
und Ideale,' schreibt er, 'sind unglaublich tief in meinen Augen ge=
sunken. Ich lobe die Begeisterung und liebe die schöne ätherische
Kraft, sich in eine große Entschließung entzünden zu können. Sie ge=
hört zu dem besseren Mann, aber sie vollendet ihn nicht. Das Knaben=
jahr unseres Geistes wird jetzo aus sein, wie ich mir einbilde. Laß
unsere Herzen sich männlich anschließen aneinander, wenig schwärmen
und viel empfinden, wenig projectieren und desto fruchtbarer
handeln.' Er erinnert sich an eine Stelle in Werthers Leiden,
welche sein Schicksal, alles menschliche Schicksal umschreibt, und wie ein
Orakel über sein ganzes Leben scheint ausgesprochen zu sein: 'Es ist
mit der Ferne wie mit der Zukunft. Ein großes dämmerndes Ganze
liegt vor unserer Seele, unsere Empfindung verschwimmt sich darin,
und wenn das Dort nun Hier wird, ist alles nach wie vor und unser
Herz lechzt nach entschlüpftem Labsal.'

Den Menschen und den Poeten zugleich scheint die Enttäuschung
getroffen zu haben, welche hier nach Ausdruck ringt. Zu hoch war
die begeisterte Vorstellung gestiegen, von dem befreienden, spornenden
Beisammensein mit den Freunden, als daß ein Rückschlag der
Empfindung hätte ausbleiben sollen. Grade im Beginn der neuen
Lebensepoche stockt nun dem Dichter die Production, und was ihm von
geistiger Anregung zuströmt, philosophisches Erörtern und historisches
Forschen, kann die Arbeit zunächst nicht treiben, nur hemmen. Er
hat, von Körners Gründlichkeit berathen, in Watsons Geschichte
Philipp des Zweiten eifrig gelesen, und die neue Kenntniß will seine
Gestalten umbilden: 'meinem Philipp und Alba drohen wichtige
Reformen', sagt er. 'Mit Kleinmut und Schrecken sehe ich die chaotische
Masse des Karlos an. Liebster Freund, warum wird mir noch immer
so schwindelnd, wenn ich am Enceladus Shakespear hinaufsehe!' Er
vergleicht sein Talent einem Pfirsichbaum, der in leerer Erde steht
und dem, um volle, saftige Blätter zu treiben, das Elementare fehlt,

der Stoff, 'ich muß ganz andere Anstalten treffen mit dem Lesen', schreibt er, er bekennt, daß ihm die Geschichte täglich theurer wird, und daß die Gattung von Philosophie, wie sie etwa in Thomas Abbts Schriften sich darstellt, unendlich viel Anziehendes für ihn habe: 'Eine solche Mischung ungefähr von Speculation und Feuer, Phantasie und Ingenium, Kälte und Wärme meine ich zuweilen an mir zu beobachten. Uebrigens auch diese Anarchie der Ideen, welche, wie ich fast glaube, durch eine Zusammengerinnung der Ideen und des Gefühls, durch eine Ueberstürzung der Gedanken erzeugt wird.' Während aber das gelehrte Interesse in ihm vordringt, läßt die Freiheit dichterischen Schaffens nach, und er steht, wie im Herbst 1785, so im Frühjahr 1786 voll Unmuth vor dem stockenden 'Karlos': kaum eine Seite hat er in acht Tagen gearbeitet, weil Wärme und Laune ihn verlassen haben; und verstimmt und unlustig, wie er ist, hat er nur neuen Wissensstoff sich angeeignet, und statt zu produciren, hat er 'viel gelesen'.

Allein neue Bedrängniß kam hinzu, Schillers Stimmung zu verfinstern. Die Frage nach der Zukunft trat bang vor seine Seele, und er erkannte, daß er in einer unhaltbaren Position auch jetzt noch stand. Welche tiefere Begründung hatte seine Existenz in Dresden, welche Aussichten erwarteten ihn hier? Einzig die Rücksicht auf die Freunde, auf den zufälligen Umstand, daß Körner Dresdener Consistorialrath war, hatte ihn in die sächsische Hauptstadt geführt; aber er sollte bald inne werden, daß nur den Antrieben des Gemüths zu folgen, demjenigen sich verbot, der noch mit ehrgeizigem Begehren und idealem Fordern inmitten einer heftigen Entwicklung stand. Keinen Wiederhall seines Wollens fand er außerhalb des Freundeskreises, ein Zug von Zagheit und Mattheit ging durch die Dresdener Gesellschaft, und eine sächsische Geschliffenheit konnte über den kleinlichen Geist, der Adel und Bürgerthum hier erfüllte, nicht lange forttäuschen. Als eine 'Wüste der Geister' erschien dem Dichter die Stadt, als ein 'seichtes, zusammengeschrumpftes, unleidliches Volk' erschienen ihm die Dresdener; und ein anderer Zeuge, Heinrich Beck bestätigte, daß an

diesem Ort 'der Geschmack gar nicht zu Hause, der Hof bigott, der
Adel steif, der Bürger arm und feig' sei. Von dem katholischen
Hof kam Bedrückung und Beschränkung herab auf das geistige Leben
der Stadt, und zumal das Theater stand unter einer ängstlichen Censur,
welche selbst die Worte 'Gott' und 'Beten' aus religiösen Rücksichten
auf der Bühne verpönte. Und ein solches Theater vor Augen, das
von einem kunstfremden Italiener, Bondini, geleitet ward, sollte der
Dichter Stimmung finden, seinen 'Karlos' zu vollenden.

Doch auch in dem stillen Winkel des 'Kohlenmarkts', welcher das
Beste seiner Dresdener Existenz umschloß, wich nicht aus Schillers
Seele alle Bedrängniß dieser Zeit. Er hatte die Güte des Freundes
in Freimuth empfangen; aber nicht nur, daß Stunden kommen mochten,
in denen die Wohlthat ihn bedrückte — auch neue Sorgen um das
tägliche Leben entstanden, und es ward Schillers Wunsch, aus eigener
Kraft sie zu lösen. Wieder und wieder bittet er Göschen, seinen Verleger, um schnelle Zahlung: 'ich bin ganz erstaunlich en peine', bekennt er um Weihnachten 1785, und ersucht das Jahr darauf um
neue Sendung 'etwas bald': 'denn ich brauche Geld'. Und nicht zu
Unrecht hatte Hauptmann Schillers gesundes Urtheil von Anbeginn
an auch die Kehrseite der Verbindung mit Körner wahrgenommen:
'wir besorgen aber gar sehr', so hatte er geschrieben, 'Er möchte dorten
in solche Verbindlichkeiten gerathen, die Ihm eine anderweite Veränderung des Orts, in dem Verfolg eines besseren Glücks, schwer
machen dürften.' Gefesselt in der That mochte sich Schiller nun zu
Zeiten fühlen; gefesselt von der zartesten, liebendsten Freundschaft,
aber doch gefesselt. Zwar giebt er sich noch immer dem traulichen
Verkehr von ganzem Herzen hin und nimmt an den kleinen Erlebnissen
des Hauses, an dem Spott über lästige Freunde und allen familiären
Interessen Theil; zwar empfindet er die lebhafteste Sehnsucht, als
Körner und die Frauen im April und December 1786 kurze Reisen
unternehmen, und er klagt über die 'freundelose Einsamkeit'; aber sein
inneres Dasein, scheint es, leidet unter manchem Zwange und jener
Tyrannei der Freundschaft, der auch die Besten nicht leicht entgehen:

'es ist traurig', so klagte er später, 'daß die Glückseligkeit, die unser ruhiges Zusammenleben mir verschaffte, mit der einzigen Angelegenheit, die ich der Freundschaft selbst nicht zum Opfer bringen kann, mit dem innern Leben meines Geistes, unverträglich war. Hätte ich nicht die Degradation meines Geistes so tief gefühlt, ehe ich von Euch ging, ich hätte Euch nie verlassen.'

Auch als die Freunde im Frühjahr 1786 nach Dresden zurückkehrten und die erste Lust des Wiedersehens verklungen war, zeigte sich Schillers Stimmung in nichts erheitert. 'Ich bin jetzt fast unthätig', schreibt er den 1. Mai an Huber, der noch in Leipzig zurückgeblieben war; und für Schiller, dessen innerstes Wesen Thätigkeit, war damit alles bereits ausgesprochen. 'Ich bin mürrisch und sehr unzufrieden,' fährt er fort, 'kein Pulsschlag der vorigen Begeisterung. Mein Herz ist zusammengezogen und die Lichter meiner Phantasie sind ausgelöscht. Sonderbar, fast jedes Erwachen und jedes Niederlegen nähert mich einer Revolution, einem Entschlusse um einen Schritt mehr, den ich beinahe als ausgemacht vorhersehe. Ich bedarf einer Krisis — die Natur bereitet eine Zerstörung, um neu zu gebären. Kann wohl sein, daß Du mich nicht verstehst, aber ich verstehe mich schon. Ich könnte des Lebens müde sein, wenn es der Mühe verlohnte zu sterben.' Ohne Zweifel ist der Entschluß, welchem Schiller entgegenzuschreiten meinte, der Abschied von Dresden, und die 'Revolution' in ihm will abermals zu einem Wechsel des Aufenthaltes, wie in Stuttgart und Mannheim, treiben; aber mehr als ein Jahr noch sollte diesmal vergehen, ehe die Absicht Wirklichkeit ward, und eine letzte Krisis Heilung brachte.

Auf Weimar richtet sich Schillers Blick zuerst. Mitte Mai war Schwan nach Dresden gekommen, von seinen Töchtern begleitet; und Schiller, der den Besuch mit Spannung erwartete, war ihnen nach alter Art freundschaftlich entgegengekommen, ohne doch seine Werbung wieder aufzunehmen. Als nun Schwan nach Weimar weiterging, gab Schiller ihm mündliche und schriftliche Aufträge an Wieland mit, zu dem er in flüchtiger Beziehung bereits stand. Er bat, die gütigen

Gesinnungen, welche Wieland gegen ihn hege, bis zu einer eifrig
erhofften persönlichen Bekanntschaft fortdauern zu lassen, und schilderte
seinen Aufenthalt in Dresden, unter Freunden, deren Anhänglichkeit
und Liebe sein Dasein verschöne; für die Zukunft sei er dennoch
nicht völlig bestimmt, und es werde seiner Ueberlegung schwer, einen
Entschluß für's Leben zu fassen: 'Die schwankende Lage meines
Schicksals hat mich gezwungen, manche Idee abzuweisen, die meine
Phantasie sich gebildet hatte. Unabhängigkeit, die ich sonst für das
höchste Gut gehalten, wird mir nunmehr eben dadurch lästig, weil sie
mir aufgedrungen wird.' Kurz, aus allen Wendungen und Windun-
gen des Briefes blickt der Wunsch hervor: eine Anknüpfung zu finden,
eine Einladung vielleicht zu erhalten, die ihn nach Weimar bittet.
Auch die Verbindung zum Herzog Karl August suchte der Dichter in
dieser Zeit zu erneuen, und erbat sich von Göschen, am 2. Juni, ein
gut conservirtes Exemplar des ersten Thalia-Heftes: 'Ich möchte es
gern meinem Herzog von Weimar schicken', schreibt er. 'Aber es
e i l t.'

Manche Projecte erfüllten, als die Antwort von Weimar ausblieb,
die unruhige Phantasie des Dichters: er schrieb an Lotte Wolzogen
und an seine Schwester Christophine, die inzwischen Reinwalds
Gattin geworden war, von einem längeren Besuch in Meiningen, er
blickte nach Wien hin, wo Kaiser Josephs Theilnahme für das National-
Theater Gutes zu verheißen schien. Und er ergriff sogleich, als er
von Beck erfuhr: Schröder in Hamburg sei für die Fragmente des
'Karlos' interessirt, den Gedanken einer näheren Verbindung mit dem
Hamburger Theater, und setzte sich mit Schröder, am 12. September
1786, in Verbindung. Zu solchem Schwanken und Umirren trieb den
Dichter die Zerrissenheit der deutschen Zustände und der Mangel
einer Hauptstadt: Shakespeare, als seine Stunde gekommen war,
empfand, daß sein Weg nach London nur gehen konnte; Schiller
mußte seine Gedanken in alle Richtungen der Windrose umherschicken,
von Weimar nach Wien, von Wien nach Hamburg, und den natürlichen Mittelpunkt dramatischen Wirkens suchte er vergebens.

Noch am selben Tage, da er Becks Mittheilung erhielt, schrieb Schiller an Schröder: daß der Freund ihm in Ausführung eines alten Wunsches zuvorgekommen sei. Er spart die Höflichkeiten für Schröder den Schauspieler und Schröder den Autor nicht und ruft: 'Lange schon, ich gestehe es Ihnen, habe ich mir die angenehmsten Hoffnungen in der Verbindung mit einem Manne gebildet, der im ganzen Deutschland der einzige ist, alle meine Ideale über die Kunst zu erfüllen.' Grade zwei Jahre waren damals verflossen, seit Schiller aufgehört hatte, Theaterdichter zu sein, und das Interesse am Bühnenleben will in ihm um so lebhafter nun wieder aufwachen, als die vorrückende Arbeit des 'Karlos' den Wunsch nach einer Aufführung nahe bringt. Zwar war grade in Dresden, wo die realistische Richtung der Schauspielkunst in Reinecke einen ebenso hervorragenden, wie engherzigen Vertreter hatte, die Aussicht gering, ein Drama in Versen auf das Theater zu bringen; aber selbst der Forderung Reineckes, den 'Karlos' in Prosa aufzulösen, zeigte sich Schiller geneigt und nahm zugleich den Anlaß, das breit anschwellende Werk für die Bedingungen des Theaters zurechtzurücken. Auch Schröder gegenüber denkt er zumeist an den 'Karlos', den er mit Ende des Jahres zu vollenden hofft: 'Mein Verlangen nach Ihrer Bekanntschaft', sagt er, 'ist sehr eigennützig. Ich habe bis jetzt Forderungen an die Schaubühne gemacht, die noch keines von allen Theatern, die ich kenne, befriedigte. In Mannheim habe ich vollends, aus Ursachen, die hier zu weitläufig wären, beinahe allen Enthusiasmus für das Drama verloren. Jetzt fängt er wieder an in mir aufzuleben, aber mir graut vor der schrecklichen Mißhandlung auf unsern Bühnen. Mit ungeduldiger Sehnsucht habe ich bisher nach derjenigen Bühne geschmachtet, wo ich meiner Phantasie einige Kühnheiten erlauben darf und den freien Flug meiner Empfindung nicht so erstaunlich gehemmt sehen muß. Ich kenne nunmehr die Grenzen recht gut, welche bretterne Wände und alle nothwendigen Umstände des Theatergesetzes dem Dichter vorschreiben, aber es giebt engere Grenzen, die sich der kleine Geist und der dürftige Künstler setzt, das Genie des großen Schauspielers und Denkers aber überspringt. Von diesen Grenzen wünsche ich freigesprochen zu werden, und darum ist der Gedanke mir um so willkommener, durch eine genauere Verbindung mit Ihnen ein Ideal zu realisiren, das ich ohne Sie ganz verloren geben muß. Wenn ich mir schmeicheln kann, daß Sie mir hierzu die Hände bieten wollen, so sollen alle meine Stücke für Ihre Bühne bestimmt sein, und ich werde sie unter dieser Aufsicht mit um so größerer Begeisterung schreiben.'

Die Hand, welche Schiller dem Theater entgegenstreckte, suchte Schröder mit festem Griff zu erfassen. Er antwortete, am 18. October, mit einer Wärme, welche zeigte, daß seine alte Abneigung gegen Schiller vor dem 'Karlos' zu schwinden begann. Schillers Absichten, schrieb er, seien ihm die willkommensten, und nichts wünsche er so sehr, als sich mit Schiller zu verbinden, mit Schiller, der allein seine Ideen verwirklichen könne. Aber müsse nicht ein dramatischer Dichter an derjenigen Bühne, für welche er wirke, auch leben? 'Sind Sie frei?', fragte er, 'können Sie Dresden gegen Hamburg vertauschen? und unter welchen Bedingungen?' Damit aber Schiller nicht, durch die Pfälzischen Erfahrungen geschreckt, vor dem neuen Antrag zurückscheue, fügte er hinzu: nie soll er in Hamburg einer Behandlung begegnen, wie jene, die ihn aus Mannheim getrieben. Sei er aber am Kommen völlig gehindert, so möge er alles, was er für die Bühne schreibe und schreiben werde, an Schröder sogleich senden.

Mit seiner Antwort nahm sich Schiller diesmal Zeit. An dem Project einer Hamburger Thätigkeit hatte er sich, nach seiner Art, erfreut; nun es Ernst werden sollte, kamen Bedenken und eine bessere Ueberlegung. Zwischen Gehen und Bleiben schwankt er: denn er war nun wirklich in Dresden 'in solche Verbindlichkeiten gerathen, die ihm eine anderweite Veränderung des Orts, in dem Verfolg eines besseren Glücks, schwer' machten. Er wollte gehen — und wollte doch wieder nicht; und so deutlich der Gedanke des Scheidens vor ihm stand, so deutlich stand auch vor ihm die Erinnerung an alles Hohe und Heitere, das dieser Kreis umschloß. Auch mochten ihn aus Schröders Worten, wie freundlich sie gestellt waren, alle jene Nothwendigkeiten der

Theaterwelt erschreckend anblicken, vor denen er entflohen war, der Zwang des Alltäglichen, die Rücksichten auf das Publikum, die wirklichen oder eingebildeten Gesetze der Scene; er mochte erwägen, wie sein Streben nach sich vertiefender Bildung und die drängende Unruhe des Bühnenlebens einander widerstreiten würden — und so erwiederte er, am 18. December, ausweichend, hinhaltend, diplomatisch. Er giebt Schröder zu verstehen, daß er glaube, auch aus der Ferne für Hamburg wirken zu können — so begierig er übrigens sei, die persönliche Bekanntschaft Schröders zu machen; er meint, daß bei guten Bühnen auf die lokalen Bedingungen weniger Rücksicht zu nehmen sei und schreibt sich eine gewisse, in Mannheim und auch in Dresden erworbene, theatralische Fertigkeit zu, welche jenen Mangel an Lokalkenntniß wohl ersetzen könne. 'Außerdem glaube ich überzeugt zu sein,' fährt er fort, 'daß ein Dichter, dem die Bühne, für die er schreibt, immer gegenwärtig ist, sehr leicht versucht werden kann, der augenblicklichen Wirkung den dauernden Gehalt aufzuopfern, Classicität dem Glanze — vollends, wenn er in meinem Fall ist, und noch über gewisse Manieren und Regeln sich nicht bestimmt hat. Und dann, glauben Sie mir, gewinnt auch mein Enthusiasmus für die Schauspielkunst dadurch sehr, wenn ich mir die glückliche Illusion bewahren kann, welche wegfällt, sobald Coulissen und papierne Wände mich unter der Arbeit an meine Grenzen erinnern. Besser ist es immer, wenn der erste Wurf ganz frei und kühn geschehen kann, und erst beim Ordnen und Revidiren die theatralische Beschränkung und Convenienz in Anschlag gebracht wird. Auf diese Art, glaube ich, lassen sich Kühnheit und Wahrheit mit Schicklichkeit und Brauchbarkeit vereinigen.'

Das Schreiben kennzeichnet die Anschauung gut, in welcher Schiller damals stand: im Uebergang zu einer neuen Kunstansicht lebt er, welche auf 'Clasicität' hinstrebt, aber noch sind 'Kühnheit und Wahrheit' ihm Ideale, wie in den Tagen seines bürgerlichen Trauerspiels. Ueber die Schranken der Bühne hinaus drängt die Weite seiner Erfindung; und mit einem ästhetischen Dualismus, welcher die erste Conception von der Ausführung schärfer scheidet, als dem Drama nützlich sein kann, glaubt er die Erfordernisse der Scene im Anfang bei Seite setzen, und sie dann später von Außen hinzutragen zu können. War er einst, in 'Kabale und Liebe', der Besonderheit eines bestimmten Theaters so weit entgegen gekommen, daß er selbst auf die Typen ihrer Mitglieder hin seine Gestalten regelte, so lehnt er nun die Rücksichtnahme auf lokale Bedingungen ab: und einzig inneren Forderungen will derjenige gehorchen, welcher der noch vorschreitenden Entwickelung seines Talentes zu unentdeckten Regeln gewiß ist. Von solchen Auffassungen aus mußte das Bündniß zwischen Schiller und dem Theater scheitern; und so löste sich die bedeutsame Beziehung wiederum, welche in Schillers Production tief hätte eingreifen können, und nicht Hamburg ward das Ziel des in die Welt Hinausstrebenden.

Vielleicht hatte die letzte Entscheidung für Schillers Antwort an Schröder jene Frau hergegeben, welche in seine Lebensgeschichte nun wiederum eingreift: Charlotte von Kalb. Die Beziehung zu ihr hatte fortgedauert, auch als Schiller Mannheim verließ; und schon im ersten Monat seines sächsischen Aufenthaltes, noch in Leipzig, empfing er ein Billet Charlottens, voll des Ausdruckes ihrer Sehnsucht und Neigung. 'Nach einem wüsten lermenden Tag', schreibt sie ihm, am 11. Mai 1785, 'zu Ihnen mein Bester! zu Ihnen — denn bey Ihnen war meine Seele in diesem lerm .... Ich wußte nicht wie verlassen, wie Einsam ich werden würde, als Sie giengen! Gütiger Gott was sind sich unsere Herzen gewesen! was sind sie sich noch! Sie — mein bester! meinem Geist so viel! — meinem Herzen immer mehr — wenn sich die Hoffnungen erfüllen, die von Ihnen habe. .... Die Empfindungen können wiederholt, nicht erhöht werden! Die Erinnerung giebt sie mir im Trauergewande. Wie ich ängstlich das Bild eines Entschlafenen hervorrufe, so rufe ich Dein Bild hervor!' So ausdrucksvolle Klagen sollten nicht ungehört verhallen; schon zwei Tage später empfing Charlotte von dem Freunde einen 'lieben', einen 'vortrefflichen' Brief, sie ward durch Uebersendung der Thalia-Hefte erfreut, und als sie Mannhein verließ, um nach ihrer thüringischen Heimath zurückzugehen, verstand es sich von selbst, daß eine persön liche Begegnung, früher oder später, erwartet wurde. Schon im April 1786 hatte Schiller durch Beck erfahren, daß Charlottens Abreise von Mannheim beschlossene Sache sei, und daß sie ihn in Dresden überraschen wolle — ihn und die Freunde: denn auch zu diesen sah sich Charlotte, als eine Genossin im Bunde schöner Seelen, in Beziehung gebracht. Als er dann hörte, daß sie auf ihr Gut Kalbsrieth übersiedele, machte er ihr den Vorschlag, sie dort einige Monate zu besuchen; aber auch diesmal bereute er, kaum daß er ihn ausgesprochen, den Plan, und der unerwünschten Trennung von den Freunden gedenkend, schrieb er am 30. December: 'Ich hoffe, daß meine Wünsche — in Kalbsrieth — einige Zeit unentschieden bleiben werden.' Mehrere Monate darauf, in der Mitte des April 1787, erfuhr er von einem neuen Plan der Frau von Kalb: 'Charlotte wird einige Monate in Weimar zubringen', schrieb er an Körner: 'Sie läßt sich euch herzlich empfehlen.' Ohne Zweifel hätten Schillers Absichten auf Weimar aus dieser Mittheilung neue Nahrung geschöpft, — wäre nicht grade damals sein Empfinden von einer neuen Erscheinung ganz erfüllt gewesen: die geistige Macht Charlottens verblaßte vor dem Bilde von Schönheit und Reiz, welches in Henriette von Arnim vor ihn trat.

Auf einem Maskenball, gegen Ende des Januar 1787, war Schiller von einer wahrsagenden Zigeunerin angesprochen worden, welche sein Interesse festhielt, auch als die Carnevalslaune des heitern Abends verflogen war: denn eine der anziehendsten Erscheinungen der Dresdner Frauenwelt hatte sich hinter der Larve verborgen, die neunzehnjährige Elisabeth Henriette von Arnim. Schiller suchte und fand Gelegenheit, dem schlanken Mädchen mit den funkelnden, lebenslustigen Augen und dem goldblonden Haar näher zu kommen; bei Sophie Albrecht, wo eine frohe, aus mancherlei Elementen zusammengesetzte Gesellschaft sich gern einfand, traf er Henriette wieder, und ihr graziöser Reiz und die vollendete Anmuth ihres Wesens nahm ihn nun ganz gefangen. Bald ward er in das Haus der Geliebten geladen, in die Schloßgasse, wo Henriettens Mutter, die prachtliebende

Wittwe eines Offiziers ohne Vermögen, und Gouvernante der Hof=
fräulein Wohnung genommen hatte: eine Dame von nicht eben großen
moralischen Qualitäten, welche das Glück ihrer Tochter, so oder so,
gemacht wissen wollte. Die Stellung der beiden Frauen war zwar
in der Gesellschaft nicht ganz erschüttert, aber doch auch die sicherste
nicht: 'elles sont trés-sujettes à caution', sagte man von ihnen.
Mancherlei Verehrer hatten sich eingefunden, von Henriettens pran=
gender Schönheit angezogen; ein reicher jüdischer Banquier ward von
einem corpulenten Aristokraten, Graf Waldstein=Dux abgelöst, und
mit diesem hatte nun Schiller den Kampf aufzunehmen. Er schien
zu siegen, soweit Henriette in Frage kam; und er brachte, die Mutter
zu gewinnen, auch reellere Gaben als seine liebende Zuneigung ins
Haus. Eifrig ist er damals bemüht, die Theaterbearbeitung seines
'Karlos' zu verkaufen, gegen gutes Geld: von Schröder, von Groß=
mann, von Bondini in Dresden, von Koch in Riga wünschte er zu ge=
winnen, was man in der Schloßgasse zu schätzen wußte. Vergebens,
daß Körner und Huber und nicht zum Wenigsten die Frauen den
Dichter aus seiner Verzauberung zu lösen strebten: er blieb gefangen,
wie er war, und sein ganzes Denken nahm Henriette nun hin.

Endlich, zu Ostern 1787, als Arnims einige Zeit verreisen, und
der Dichter, aller dringenden Arbeit zum Trotz, in seinem 'Karlos'
nicht vorrücken will, als ihm Dresden leer und reizberaubt und das
Leben kahl erscheint, versucht es Körner mit einer Gewaltskur: er be=
redet Schiller zu einer Ortsveränderung und bringt ihn selbst, am
17. April, in die schönen Berge von Tharandt hinaus, daß er den
aufwachenden Frühling genieße und zur Freude am Dasein zurück=
kehre. Allein alles, Inneres und Aeußeres, schien sich verschworen zu
haben, Körners Plan zu durchkreuzen: ein rauhes Aprilwetter trat ein
und scheuchte den gelangweilten Dichter in ein ödes Wirthshaus zurück,
wo seine verfinsterte Laune sich einen Robinson nennt, auf wüster Insel
ausgesetzt: 'Eine reizende Landpartie, weiß Gott!' ruft er, mit er=
zwungenem Humor. 'Da sitz ich drei Tage und kann nicht vor's Haus.
Schnee und Hagel wirft mir beinahe Thür und Fenster ein. In diesem

erbärmlichen Zustande soll ich mich — nicht nach Dresden zurücksehnen! Es ist eine Aufgabe, die schwer zu beantworten ist: ob ich es schlechter hätte treffen können? Doch will ich mir einbilden, daß ich für begangene Sünden büße!' In einer schnellen Folge kurzer, hastiger, zerstreuter Billets, die in dem, was sie sagen und nicht sagen, die ganze wogende Unruhe ahnen lassen, die den Dichter damals erfüllte, wendet er sich an die Dresdener Freunde: an Körner, an Huber, aber auch an Arnims gehen Briefe ab, und sorgsam erkundigt sich Schiller, ob sie auch alle richtig ankommen, und ob die interessanten Reisenden schon zurück= gekehrt sind. In einem Zustande innerer Zerrissenheit lebt er, der nicht enden will, wie tapfer er ihn auch zu besiegen sucht: 'Ich bin noch betäubt und kann nicht viel Gescheidtes denken', ruft er. 'Gearbeitet habe ich doch. Wie? Darauf kommt's nicht an. Viel Kluges erwartet nicht von meinem Fleiße. Der Wille ist gut, aber Wind und Wetter kämpfen dagegen.' Alle Ruhe und allen Schlaf droht ihm der Wirbel der Empfindungen zu rauben, und schon beim Tagesgrauen treibt es ihn vom Lager: 'Ich stehe jetzt immer um 5 Uhr auf', sagt er. 'Ich weiß nicht, woher es kommt, denn mein ernstlicher Vorsatz ist es nicht, auch weckt mich kein Geräusch.' Und in drängenden Worten erbittet er sich, die Zeit zu betrügen, zerstreuende Lectüre: 'Schick mir um Gottes willen Bücher. Ich habe des Tages ein halb Dutzend fürchterlich leere Stunden, wo ich melancholisch werden müßte, wenn ich sie nicht verlesen könnte.' Körner glaubte die passendste Wahl zu treffen, wenn er dem Freunde Goethes Werther und die 'Liaisons dangereuses' schickte: den einen zur Warnung, die andern zur Cur. 'Von Werther habe ich noch keinen Gebrauch machen können', ant= wortet Schiller, aber die 'Liaisons dangereuses' finden seinen vollen Beifall und er wünscht: 'von diesen und ähnlichen Büchern die nachläßig=schöne und geistvolle Schreibart annehmen zu können, die in unserer Sprache fast nicht erreicht wird.'

Aber der Robinson sollte auf seiner Insel nicht allein bleiben; schon am siebenten Tage seiner Verbannung aus Dresden stellte ein Besuch sich ein: Frau und Fräulein von Arnim. Henriette mochte fühlen, welche Einflüsse gegen sie arbeiteten, sie mißtraute Körners, und indem sie nun von Neuem vor den Dichter hintrat, ließ sie das wirksamste Kampfmittel spielen: ihre eigene reizende Persönlichkeit. Doch Arnims waren nicht allein gekommen oder geblieben: Graf Waldstein störte das Beisammensein der Liebenden, und Schiller, von Zweifeln der Eifersucht erfaßt, forderte von Henriette eine Erklärung und wünschte die Briefe zu sehen, welche sie von diesem und andern Verehrern erhalten hatte. Henriette lehnte das Verlangen ab, indem sie ihrerseits auf Frau von Kalb sich eifersüchtig zeigte: sie habe diese Briefe, sagte sie, in denen wenig Erbauliches zu lesen, und die wie aus einem alten Roman geschrieben seien, kaum bewahrt; aber wohl möchte sie erfahren, wie es um diejenige denn stehe, welche Schiller als seine Freundin bezeichne: 'Da mag es doch wohl nicht ganz richtig sein, denn Sie thun ganz entsetzlich geheimnißvoll mit ihr, und darum wünschte ich doch diese liebe Freundin näher kennen zu lernen. Wollen oder können Sie das?' Dann wieder kommt sie dem Dichter entgegen, sie scheint in seine Abneigung gegen den Grafen einzustimmen und erzählt: 'Vorhin wurde ich gestört, es kam der dicke Graf, ich habe den ehrlichen Mann nun auch balde satt, er hat uns schon um manchen schönen Augenblick gebracht, besonders letzten Dienstag (in Tharandt). Daß er uns auch da störte, das vergebe ich ihm so balde nicht.' Und ein Ton wahrer Empfindung scheint durchzubrechen, wenn sie ausspricht, daß alle ihre Gedanken nur Schiller gehören, und daß er es sei, dessen leidenschaftliches Fühlen auch sie von der spielenden Koketterie früherer Tage zu echter Neigung emporgetragen habe: 'Der Gedanke an Sie', schreibt sie, 'ist jetzt der Einzige der mir wichtig ist. Alles Andere (und wenn es des Reichs Wohlfahrt beträfe) kann ich nur als Nebensache betrachten. Adieu auf heute, morgen erwarte ich einen Brief von Ihnen, schon diese Erwartung erheitert mich vor den ganzen Tag, nochmals Adieu, ewig unverändert Ihre Henriette.' Aber auch daß sie ihm mit solchen Worten ihre Seele ganz zu eigen gab, konnte den in der Sicherheit seiner Empfindung aufgestörten Dichter nicht begütigen; und er erwiderte, am 2. Mai, mit einem reflectirenden Gedicht,

das in der eifrig wiederholten Versicherung steter Freundschaft die
Entfremdung von der schönen Reuigen ausspricht, und jenes andere
Wort, welches Schiller sonst so leicht findet, sorgsam vermeidet: das
Wort Liebe. 'Ich kann dir nichts als treue Freundschaft geben', so
erklärt jetzt der Dichter; aber weder die Tochter, noch die auf Realitäten
dringende Mutter wird solches Versprechen erfreut haben, und seiner
Lösung schien das Verhältniß entgegenzutreiben.

Die Katastrophe beschleunigte sich noch durch eine Mittheilung, die
Huber dem Freunde nach Tharandt hinausbrachte, und die Schiller über
den eigentlichen Sinn einer Zeichensprache aufklärte, welche zwischen
Henriette und ihm verabredet worden. Oft, wenn Schiller am Abend
nach der Geliebten sich gesehnt hatte, war er durch ein am Fenster auf=
gestelltes Licht vom Besuch zurückgehalten worden; denn dieses Licht,
hatte Henriette ihm gesagt, bedeutete, daß sie an diesem Abend ihrer
Familie gehöre und ihren Anblick dem Dichter entziehen müsse. Aber
dasselbe Zeichen, welches Schiller fortwies, so hatte nun Huber er=
fahren, diente noch einem andern, wesentlichen Zwecke: es zog den
begünstigteren, vornehmen oder reichen Verehrer herbei und versprach
ihm ein ungestörtes Beisammensein. Die Mittheilung wirkte, wie sie
mußte; und vergebens sucht Henriette nun in einem zweiten Briefe,
vom 5. Mai, den Fliehenden zu halten. Sie setzt seiner Kühle ihre
wachsende Leidenschaft entgegen und fragt vorwurfsvoll: 'Gilt bei
Ihnen das vor kein Verdienst was ich mir doch darzu rechne, nehmlich
Sie über alles zu lieben? Das sehe ich leider recht gut ein, daß sie
von mir eine sehr conträre Idee haben. Was vor eine Ursache
könnte ich haben Ihnen Liebe zu lügen. Leben Sie wohl und ruhiger
als ich, und bedauren Sie zum wenigsten mich — nein nein um
Himmels Willen bedauren Sie mich nicht.'

Noch einen letzten Versuch wollte Henriette wagen, das Verlorene
zurückzugewinnen: sie stellte einen zweiten Besuch in Tharandt in
Aussicht, und es läßt sich vermuthen, daß der aristokratische Störenfried
diesmal daheimblieb. Aber der freiwillig Verbannte blieb stark; er
verweilte noch bis Mitte Mai in Tharandt, und als ein Genesender

kehrte er heim. Zu einem offenen Bruche kam es nicht, vielmehr blieb Schiller dem schönen Mädchen freundlich gesinnt, und noch scheint ein altes Gefühl lebhaft in ihm nachzuklingen, wenn er am 9. August an Huber schreibt: 'Im A(rnimschen) Haus empfiehl mich. Sage Jettchen recht viel schönes von mir. Ich muß gestehen, daß ich fast zu oft an sie denke. Treibe sie an mir recht bald zu schreiben. Meinen Brief wird sie doch haben?' Wie vielen Antheil auch der Antrieb der Sinne an Schillers Neigung gehabt hatte, ein Bedürfniß des Herzens hatte er auch in dieses Verhältniß hineingetragen: denn immer, sagt Caroline Wolzogen, 'war ihm die Liebe etwas Ernstes — eine Gottheit — der Jüngling, der mit Psyche sich vermählt, nicht der leichtsinnig flatternde Knabe.'

Nicht auf lange kehrte Schiller nach Dresden zurück. Sein Entschluß zu scheiden, war nun zur Reife gekommen; mehr als je war ihm die Stadt verleidet, und nur in neuen Verhältnissen konnte er volle Genesung hoffen. Charlottens Gestalt, nachdem die Macht Henriettens gebrochen war, erschien von Neuem lockend vor ihm, und abermals richtete er auf Weimar den Blick. Auf den 'Karlos' gestützt, der nun endlich fertig dalag, und der in zwiefacher Gestalt, als dramatisches Gedicht und als Bühnenstück in Prosa, vor die literarische und theatralische Welt treten sollte, hoffte er in Weimar in Ehren bestehen zu können; und es trieb ihn an, die Meinung der Großen der Poesie nun endlich zu vernehmen, in persönlicher Begegnung. An einem für alle Zeit unvergeßlichen Abend las er den Freunden, im Walde gelagert, noch die letzten Akte des 'Karlos' und nahm, am 20. Juli, von Dresden Abschied. Nicht eine dauernde Abwesenheit, nur ein längerer Besuch war geplant; und nur allgemach löst sich, jetzt in Dresden wie einst in Bauerbach, der Dichter aus dem Kreis der Freunde los. Auch einen Besuch in Hamburg stellte er Schröder in Aussicht; und er gedachte, wenn er dann nach Dresden wiederkehrte, dem Bund der Fünf in Charlotten ein neues Mitglied zuzuführen.

Nach einem Aufenthalt von zwei Jahren scheidet so Schiller aus Dresden; und was ihn aus dem Cirkel der Freunde im Letzten

getrieben, das hat Huber ausgesprochen, als er beim Erscheinen des
'Tasso' an Körner schrieb: 'Tasso lebt für uns in Jemand, dessen Bild
bei seiner Trennung von uns mich nicht verlassen hat, von dem Augen=
blick, da Tasso nach Rom will.' Und wirklich, wie es Tasso, eben da
er sein Werk vollendet, nach Rom zieht, so zieht es den Dichter des
'Karlos' unwiderstehlich nun nach Weimar, und er mochte sprechen,
mit dem Helden Goethes:

> Am meisten liegt mir mein Gedicht am Herzen.
> Ich habe viel gethan und keine Mühe
> Und keinen Fleiß gespart; allein es bleibt
> Zu viel mir noch zurück. . . .
> Ich finde viele Männer dort versammelt
> Die Meister aller Art sich nennen dürfen.
> . . . Dort möcht ich in die Schule
> Aufs neue mich begeben.

So, auf den 'Karlos' und seinem Stern vertrauend, ein rastlos
Strebender, trat Schiller in Weimar ein.

Don Karlos.

I.

Den ersten Gedanken an einen 'Karlos' hat Schiller im Sommer 1782 gefaßt, und abgeschlossen hat er die Dichtung im Sommer 1787: fünf volle Jahre laufen vom Augenblick der aufdämmernden Conception bis zur letzten Ausgestaltung. In Stuttgart und Bauerbach, in Mannheim, Leipzig und Dresden hat ihn das Werk, in Plan und Ausführung, festgehalten, und noch in Weimar, im Sommer 1788, wird er zu erläuternden 'Briefen über Don Karlos' fortgeführt. So langgestreckte Dauer des Schaffens hat die Einheit der Dichtung durchbrechen müssen, und Schiller selbst gestand damals: er habe das Unglück gehabt, während der Arbeit sich zu verändern, weil er noch im Fortschreiten sei und also am Ende eines solchen Products anders als bei dessen Anfang denke und empfinde: 'Oft', so schrieb er an

Körner, 'kann mich eine einzige und nicht immer eine wichtige Seite des Gegenstandes einladen, ihn zu bearbeiten, und erst unter der Arbeit selbst entwickelt sich Idee aus Idee. So war's beim Karlos.' Das eigene Zeugniß des Dichters treibt uns also an, dem Werden des Dramas nachzugehen und zu ergründen: von welcher Seite aus er den Gegenstand zuerst erfaßte, und wie sich ihm, in währender Arbeit, die Ideen entwickelten, in denen das vollendete Werk ruht.

Wie Schiller seinen Gegenstand erfaßte, dessen können wir nur inne werden, wenn wir sehen: wer ihn zuerst dem Dichter darbot. Wir fragen nach den historischen Quellen des Dramas und gelangen an ein aus Geschichte und Fabel frei gemischtes Werk: 'Dom Carlos, nouvelle historique et galante' vom Abbé St. Real. Hundert Jahre vor Schiller hatte Real vom Leben, Lieben und Sterben des Karlos erzählt, und auf das 'galante' des Titels einen gar nicht priesterlichen Nachdruck gelegt; gleich der erste Satz seines Buches stellte das erotische Interesse in den Vordergrund und hob an: 'Alle Geschicht= schreiber des verflossenen Jahrhunderts, die von dem unglücklichen spanischen Prinzen reden, erwähnen zugleich seiner Liebe gegen seine Stiefmutter.' Und von eben dieser Seite ergriff nun Schiller seinen Gegenstand, und in zahlreichen Einzelheiten folgte er der Erzählung St. Reals.

Dom Karlos, so berichtet der Abbé, war der schönen Prinzessin Elisabeth von Frankreich verlobt worden und sah seiner Heirath mit Sehnsucht entgegen, als plötzlich sein Vater Wittwer ward: sogleich beschloß König Philipp sich von Neuem zu vermählen, und warb selbst um die Braut seines Sohnes. Die Kunde war 'ein Donnerschlag' für Karlos und warf ihn in tiefe Schwermuth; in der Einsamkeit verbarg er seinen Schmerz und lebte in völliger Zurückgezogenheit dahin, durch den Argwohn seines Vaters verfolgt, der ihn von der Sucht nach Herrschaft erfaßt glaubte. Inzwischen trat die junge Prinzessin die Reise nach Madrid an, und Dom Karlos, begleitet von Rui Gomez, Prinz von Eboli, und dem Prinzen von Parma, Alexander

Farnese, zog ihr entgegen; und wie er hier, beim erften Anblick der Elifabeth, in feiner Reigung fich fchnell beftärkte, fo wuchs im fteten Verkehr mit der Königin fein Empfinden leidenfchaftlich an, und mit Freiheit fprach er es aus. Elifabeth duldete feine Liebe, doch fie wußte ihn in Schranken zu halten; und was fie fühlte an der Seite eines Greifes, verfchwieg fie fcheu. So 'brachten die beiden erlauchten Perfonen die Zeit hin, als das Gefchick, welches müde war, fie zu begünftigen, Dom Karlos in eine Begebenheit verwickelte, die der erfte Urfprung ihres Unglücks wurde': Prinzeffin Eboli trat in die Handlung ein.

Sie war die Gattin des Rui Gomez, Prinzen von Eboli, eines Günftlings des Königs; fchön, begehrlich und ohne fittliche Scrupel, 'erwartete fie von ihren Reizen alles' und machte einen Anfchlag, den Prinzen für fich zu gewinnen, welcher fcheiterte: zwar nahm Karlos zuerft ihre Erklärungen mit einer unbefangenen Freundlichkeit auf, die ihr für Reigung galt; aber daß fein Herz nicht ihr gehörte, mußte fie bald inne werden, und die Verfchmähte fann auf Rache.

Um diefe Zeit ward Dom Karlos, welcher durch freimüthige Aeußerungen fich den Haß der Inquifition zugezogen, für eine Weile von Madrid entfernt und auf die Univerfität zu Alcala gefchickt. Eben dort angekommen, ftürzte er mit dem Pferd und fchien dem Tode nahe; er fandte der Königin durch feinen Freund und Vertrauten, den Marquis von Pofa, ein letztes Lebewohl und empfing von Elifabeth, unter dem Eindruck der traurigen Kunde, einen Brief fo voll von zärtlicher Theilnahme — daß er fogleich genaß. Nach Madrid zurück= gekehrt, fuchte er die alte Vertraulichkeit des Umgangs wiederzugewinnen, aber die Eiferfucht der Prinzeffin Eboli und der Haß der Höflinge beobachtete Elifabeth und Karlos fcharf, das Mißtrauen Philipps ward erweckt, und der Verkehr ftieß auf Hinderniffe.

So ftanden die Dinge, als zwei Fremde am fpanifchen Hofe eintrafen: de Bergh und Montigni aus Flandern. Sie follten zwifchen dem König und dem flandrifchen Adel vermitteln, wie vor ihnen Graf Egmont; und wie diefer, fanden fie die lebhaftefte Theilnahme für ihr bedrücktes Land bei dem Prinzen, in welchem eine ursprüngliche Neigung zum Ruhm und allen Heldentugenden lebte, Die Abgesandten erweckten in ihm den Wunsch: die Verwaltung der flandrischen Provinzen selbst zu übernehmen; und die Königin, um eine Neigung abzubrechen, welche immer bedrohlicher ward für beide, stärkte den schwankenden Willen des Liebenden, und so erbat denn Karlos, 'in seiner blinden Gefälligkeit für die Königin', von Philipp die Statthalterschaft über die aufrührerischen Provinzen. Mit halben Versprechungen hielt der König seinen Sohn eine Weile hin, und unter immer drückenderen Verhältnissen mußte Karlos in Madrid verbleiben; den Verkehr mit der Königin vermittelte jetzt sein Jugendgenosse Marquis von Posa, welchem der Prinz, ohne das Wissen des neugierigen Hofes, durch herzliche Neigung verbunden war. 'Trotz seines lebhaften Temperaments', so sagt Real, gehörte Posa doch 'zu jenen bevorzugten Naturen, die in gleicher Weise der Kraft wie der Mäßigung fähig sind; es hatte sich zwischen ihm und Dom Karlos ein Freundschaftsverhältniß gebildet, wie es zwischen einem Prinzen und einem Hofmanne selten ist, weil es allein auf gegenseitiger Bewunderung beruhte.' Dieser Posa nun ward der Vertraute der Liebenden; die Schönheit und die sanften Reize der Königin gewannen auch ihn, und Elisabeth und der Marquis faßten für einander 'die ganze Werthschätzung und Freundschaft, die sie beide verdienten'. Allein ihr Verkehr erweckte den Verdacht des Hofes und zuletzt des Königs, und als einst Posa bei einem Turnier für Elisabeth focht, stieg die Eifersucht des Philipp aufs höchste an: ohne Verzug ließ er den Marquis Nachts auf der Straße überfallen und tödten.

Eine erneute Bitte des Karlos, ihn in die Provinzen zu entlassen, ward abgewiesen, und Herzog Alba ging nach Flandern; so neigte sich der Prinz dem Vorschlag der Rebellen zu, gegen den Willen des Vaters das Königreich zu verlassen und sich an ihre Spitze zu stellen, er schloß Bündnisse ab mit auswärtigen Gegnern Philipps und war zur Flucht entschlossen, als die Wachsamkeit des Don Raimond von Taxis seine Vorbereitungen entdeckte: er ward gefangen,

der Inquiſition überliefert und ſtarb im Bade mit geöffneten Adern,
das Porträt der Königin bis zum letzten Athemzuge vor ſich. Bald
darauf ſtarb auch die Königin unter verdächtigen Umſtänden; Prin=
zeſſin Eboli aber ward die Geliebte des Königs, doch nur um einen
ſchnellen Sturz zu erfahren, und ihre Schuld, gleich den andern Theil=
nehmern an der Verſchwörung, durch ein unheilvolles Ende zu büßen.

Dies war der Inhalt der Erzählung, welche im Sommer 1782
Schillers Intereſſe weckte und ihm die Anſchauung gab: ein ſo be=
ſchaffener Stoff 'verdiene allerdings den Pinſel eines Dramatikers'.
Klar liegt vor Augen, was ihn an der Erzählung Reals anziehen
mußte, was er in dem Stoff damals ſah, und was er in ihn hinein=
trug. Das Grundthema, welches der Franzoſe angeſchlagen: Liebe
des Sohnes zur Mutter, erregte den Dramatiker; aber auch der
Satiriker in Schiller fand ſich den reichſten Stoff hier aus. Es war
in jener letzten Stuttgarter Periode, da ſeine Exiſtenz im Vaterlande
anfing, unhaltbar zu werden; eben hatte er die Tage des Arreſts
hinter ſich, eben waren ihm, in der bittern Stimmung dieſer Zeit, die
Umriſſe von 'Kabale und Liebe' erſchienen, als ihn auch der Gedanke
an einen 'Karlos' erfaßte: in der gleichen zweifelnden Laune, ver=
neinend und verſpottend, wie vor der gegenwärtigen deutſchen Welt,
ſteht Schiller nun vor den Zuſtänden ſpaniſcher Vergangenheit. Sein
Ausgangspunkt iſt ein polemiſcher, hier wie dort; und er kämpft, in
dem bürgerlichen, wie in dem hiſtoriſchen Trauerſpiel, gegen den
Zwang der Empfindung, welcher die Seelen feſſelt, die Ferdinand
und Louiſe, die Karlos und Eliſabeth, er kämpft gegen die knechtenden
Mächte im Staat, den abſoluten Fürſten und ſeine Diener, heißen ſie
nun Präſident Walter und Hofmarſchall Kalb, oder Herzog Alba und
Pater Domingo. Indem er in die Schilderung Reals ſein eigenes
ſtürmiſches Wollen hineinträgt, ſieht er den Karlos als einen 'feurigen
und empfindenden' Jüngling vor ſich ſtehen, als eine Sturm= und
Drangnatur, welche den Conventionen Krieg anſagt und Empörung
zuruft ſelbſt dem eigenen Vater; und ein neuer großer Feind der Frei=
heit, ihr mächtigſter, tödtlichſter Gegner tritt ihm in jener Inquiſition

entgegen, welche das Schicksal seines Helden bestimmt, und welcher sein ganzer Zorn gilt: 'Ich will es mir in diesem Schauspiel zur Pflicht machen', so schrieb er, 'in Darstellung der Inquisition die prostituirte Menschheit zu rächen und ihre Schandfleken fürchterlich an den Pranger zu stellen. Ich will, und sollte mein Karlos dadurch auch für das Theater verloren gehen, einer Menschenart, welche der Dolch der Tragödie bis jetzt nur gestreift hat, auf die Seele stoßen. Ich will — Gott bewahre, daß Sie mich nicht auslachen.'

Der Dichter schrieb jene Zeilen aus der Einsamkeit von Bauerbach, als er im Frühjahre 1783 ernstlicher zu dem Plane des 'Karlos' zurückkehrte. In Tagen der Wanderschaft hatte unterdessen Schiller, der Protestant, die Eindrücke einer streng katholischen Umgebung er= fahren, und vor der seelenbeherrschenden Macht der Capuziner von Oggersheim sich im Widerspruch gegen das Pfaffenwesen erst völlig befestigen können. Aber wenngleich er die Stimmung, in welcher der Gedanke eines 'Karlos' ihn zuerst erfüllt hatte, noch festhielt, so trug doch das neue, quellende Leben rings um ihn herum, all das Keimen und Sprossen der erwachenden Natur einen frühlingshaften Hauch in sein Drama nun hinein: der satirischen Stuttgarter Laune gesellte sich ein Bauerbacher lyrischer Zug bei. Damals, aus der Morgenstille der 'Gartenhütte', schrieb Schiller vom Karlos: daß er ihn auf seinem Busen trage, daß er mit ihm die Gegend durchschwärme. 'Julius von Tarent', das gefühlsam reflectirende Drama, dem die Verehrung des Akademieschülers einst gegolten, schwebt ihm nun von Neuem als Muster vor, und er ruft: 'Karlos hat, wenn ich mich des Maaßes bedienen darf, von Shakespeares Hamlet die Seele — Blut und Nerven von Leisewitz' Julius, und den Puls von mir.' Der Puls ist Schillerisch — das will sagen, der Dichter selbst empfindet den subjectiven Gehalt der Figur, ihren lyrischen Grundton: einen 'feurigen und empfindenden Jüngling' will er darstellen, und seinem eigenen Gemüth entfließt die Schilderung. Und Hamletisch nennt er die Seele des Karlos: in der Geberde des zweifelnden Willens sieht er ihn, in zerstreuter Schwermuth, in melancholischer Einsamkeit. Ein

'Familiengemälde aus einem fürstlichen Hause' will der Dichter entrollen, in welchem der Erbe der Krone gegen den König streitet, wie Hamlet gegen Claudius, in welchem der Held sein Geheimniß vor der Neugier des Hofes scheu verschließt, und es nur seinem Horatio vertrauend offenbart: dem Marquis Posa. Wie neben Hamlet sein Freund von der Wittenberger Schule, wie neben Julius von Tarent der getreue Aspermonte dienstwillig steht, so sollte neben Karlos sein 'akademischer Freund' Posa stehen, sein ergebenster Genosse.

In dieser Zeit hat Schiller einen Plan zum Karlos niederge= schrieben, eine kurze, schnelle Skizze nur, die aber den aufmerksameren Blick manches erkennen lassen kann. Der Entwurf, welcher fünf 'Schritte', will sagen Akte unterscheidet, lautet in seinen wesentlichen Zügen so:

Dom Karlos, Prinz von Spanien.

Erster Schritt.   Der Prinz liebt die Königin. Das wird gezeigt.

               Aus seiner Lage in ihrer Gegenwart.

               Seiner ungewöhnlichen Melancholie und Zerstreuung.

               Dem Korb, den die Prinzessin von Eboli von ihm bekommt.

               Seiner Scene mit dem Marquis de Posa.

               Seinen einsamen Gesprächen mit sich selbst.

             Diese Liebe hat Hindernisse und scheint gefährlich für ihn werden zu können — diß lehren:

               Karlos heftige Leidenschaft und Verwegenheit.

               Seines Vaters Neigung zur Eifersucht, seine Rachsucht.

               Interesse der Grandes, die ihn fürchten und hassen.

               Rachsucht der beschämten Prinzessin von Eboli.

               Auflauschung des müssigen Hofes.

Zweiter Schritt. Karlos Liebe nimmt zu — Ursachen:

               Die Hindernisse selbst.

               Gegenliebe der Königin, diese motivirt sich:

                   Aus ihrem zärtlichen Herzen, dem ein Gegenstand mangelt.

                   Aus ihrer anfänglichen Bestimmung und Neigung für den Prinzen. Sie nährt diese angenehmen Erinnerungen gern.

Aus ihren Aeußerungen in Gegenwart des Prinzen. Inneres Leiden. Furchtsamkeit. Antheil. Verwirrung.

Aus einem Gespräch mit dem Marquis.

Aus einer Szene mit Karlos.

Die Hindernisse und Gefahren wachsen. Dieses erfährt man:

Aus einigen Entdeckungen, die die Prinzessin von Eboli macht.

Aus der immer wachsenden Furcht und Erbitterung der Grandes, die vom Prinzen bedroht und beleidigt werden. Complott derselben.

Dritter Schritt. Die Gefahren fangen an auszubrechen.

Der König bekömmt einen Wink, und geräth in die heftigste Eifersucht.

Dom Karlos erbittert den König noch mehr.

Die Königin scheint den Verdacht zu rechtfertigen.

Alles vereinigt sich, den Prinzen und die Königin strafbar zu machen.

Der König beschließt seines Sohnes Verderben.

Der Prinz scheint allen Gefahren zu entrinnen.

Sein Heldensinn erwacht wieder und fängt an, über seine Liebe zu siegen.

Der Marquis wälzt den Verdacht auf sich, und verwirrt den Knoten aufs neue.

Der Prinz und die Königin überwinden sich.

Vierter Schritt. Der König entdeckt eine Rebellion seines Sohnes.

Diese erweckt die Eifersucht wieder.

Beide zusammen vereinigt, stürzen den Prinzen.

Fünfter Schritt. Regungen der Vaterliebe, des Mitleids u. s. f. scheinen den Prinzen zu begünstigen.

Die Leidenschaft der Königin verschlimmert die Sache und vollendet des Prinzen Verderben.

Das Zeugnis des Sterbenden und das Verbrechen seiner Ankläger rechtfertigt den Prinzen zu spät.

Schmerz des betrogenen Königs, und Rache über die Urheber.

Auch in dem Stadium, welches diese Skizze festhält, scheint 'Dom Karlos' dem bürgerlichen Trauerspiel Schillers noch sehr nahe zu stehen: das zeigt die Katastrophe vor allem, welche durch ein schicksals= volles 'zu spät' nur erfolgt, und welche mit einer eng moralisirenden Wendung 'Rache über die Urheber' verhängt. So hatte auch in 'Kabale und Liebe' an den Tod der Helden die Strafe für die Bösen sich sogleich geknüpft. Eine volle 'Rechtfertigung' reinigte den Prinzen, und seine Ankläger waren Intriganten, waren 'Verbrecher'. In der Erzählung Reals ist dieser Ausgang nicht unmittelbar gegeben; und wie hier, hat die Erfindung des Dichters an zahlreichen anderen Punkten nach einer engeren Verknüpfung des Geschehenden erfolgreich gestrebt, sie hat die in seiner Quelle noch unruhig hin und her wogen= den Ereignisse mit scharfem Verstand in streng causale Zusammenhänge gezwungen, wie sie die poetische Darstellung fordert, und an die Stelle von Zufällen hat sie dramatische Nothwendigkeiten gesetzt. Die Opferung des Posa, welche bei Real einem bloßen Irrthum des Königs entspringt, machte sie zu einer freiwilligen: der Marquis selber 'wälzt den Verdacht auf sich'; und sie that mit dieser Aenderung einen wichtigen Schritt auch für die Charakteristik Posas und seine Geltung im Drama, welche in der Folge für die Entwicklung des ganzen Werkes entscheidend werden sollte. Ueber eine episodische Bedeutung kam jedoch zu jener Zeit die Gestalt des Marquis noch nicht hinaus, er ist zunächst der Vertraute der französischen Tragödie, mit welchem man aufklärende Gespräche führt, und erst sein Opfertod erhebt ihn aus dieser Sphäre des confident; in die politische Handlung des Stückes greift er nicht ein, Karlos selbst, ohne Zuthun eines Be= rathers, fühlt 'seinen Heldensinn wieder erwachen'. Und erst spät, wie bei St. Real, tritt das Staatsinteresse des Dramas vor, die Mitte des dritten Aktes deutet es an, der vierte läßt es bis zum Vor= satz der 'Rebellion' erwachsen: geraume Zeit ist auch die Tragödie nur 'galante', und erst allmählig wird sie 'historique'. Schillers Auf= fassung und diejenige des Abbé gehen hier gut zusammen, der Dichter des 'Fiesko' hatte von der 'unfruchtbaren Staatsaktion' und ihren menschlichen Triebfedern nicht anders gedacht, und bis in die Zeiten des 'Wallenstein' und des 'Tell' hinein hielt seine Erfindung an dieser Vermischung von großen historischen Vorgängen und von Liebes= geschichte eifrig fest.

Auffallend ist in dem Entwurf, wie wenig eigentliche Situationen Schiller notirt: mit eindringender, dialektischer Schärfe entwickelt er die fünf 'Schritte' der Tragödie, er stellt dar, durch welche seelischen Affekte der Knoten sich schürzt, verwirrt und löst, aber die Anschauung von ausgeprägten Scenen, von dramatischen Bildern empfangen wir nicht. So wird wohl festgestellt, daß der Marquis 'den Verdacht auf sich wälzt', aber wie, durch welche Mittel dies geschieht, schreibt der Dichter nicht nieder — weil er vermuthlich selber den Weg noch nicht sieht, dieses aus allgemeiner schwärmerischer Empfindung für Freund= schaft theoretisch Geforderte nun auch poetisch zu verwirklichen. Aus der Erkenntniß heraus, wie vieles im 'Karlos' noch plastisch zu formen war, mochte er dann wohl klagen: daß er die chaotische Masse des Gedichts mit Kleinmuth und Schrecken ansehe; und in einer zögernden Ausführung des Geplanten verschob sich ihm die erste Intention, weil sie nicht mit voller, zwingender Deutlichkeit in die dichterische Anschauung hinausgetreten war.

Auch in der Form wird der 'Karlos' von Bauerbach dem bürger= lichen Trauerspiele noch nahe gestanden haben: Schiller wollte ihn in Prosa schreiben, in jener Sturm= und Drangprosa, welche durch Goethe, Klinger, Leisewitz das Ausdrucksmittel des Dramatikers ge= worden war, für das historische Schauspiel so gut wie für das moderne. Zumal 'Julius von Tarent' mit seiner stimmungsvoll gehobenen Sprache und dem lyrisch sanften Schwunge der Rede mag als Muster damals vorgeschwebt haben. Aber mit dem Sommer 1784, als der Dichter in Mannheim die Arbeit wieder begann, stand der Entschluß zu einer wichtigen Aenderung in ihm auf: zum ersten Mal griff er im Drama zum Vers. Wielands theoretische und viel= leicht auch Dalbergs praktische Rathschläge, vor allem aber Lessings Vorbild hatte ihn dabei geleitet. Er wählte den fünffüßigen Jambus.

wie er in 'Nathan dem Weisen' ausgebildet, und bereits im August 1784 konnte er Dalberg bekennen, daß er nunmehr 'Meister über den Jamben' sei: 'es kann nicht fehlen', schrieb er, 'daß der Vers meinem Carlos sehr viel Würde und Glanz geben wird.' Nicht mühelos ward diese Herrschaft über den Jambus erworben, sagt Streicher uns: seit zwei Jahren hatte Schiller so gut wie nichts in gebundener Rede geschrieben, und eifrig suchte er nun 'die ganz neue Art von Sprache', welche mit allem Fluß und Wohllaut sich schmücken sollte. 'Er mußte', sagt Streicher, 'seine Ausdrücke jetzt rhythmisch ordnen, er mußte, um die Jamben fließend zu machen, versuchen, schon rhythmisch zu denken.' Den beginnenden Proceß förderte das Studium der französischen Dramatiker, das er nun begann, und das er aus zwei Gründen zu betreiben erklärte: 'Fürs erste erweitert es überhaupt meine dramatische Kenntniß und bereichert meine Phantasie, fürs andere hoffe ich dadurch zwischen zwei Extremen, Englischem und Französischem Geschmack, in ein heilsames Gleichgewicht zu kommen.' Deutlich bereitet sich hier eine Abwendung von dem größten Muster des Sturmes und Dranges vor, von Shakespeare; und wie auf der Composition des 'Karlos', weil sie in St. Real fußte, ein französischer Accent bereits ruhte, so läßt auch das vollendete Werk, in dem zusammengehaltenen Bau und der gedrängten Folge der Scenen, in der Vermischung von Staatsaction und Liebeshandel, die Kunstweise des Racine deutlich nachklingen. Und eine unmittelbare Verwandtschaft im Stoff fand zwischen dem 'Karlos' und einem Hauptwerk des Racine statt, seiner 'Phädra': damals zuerst trat Schiller der Dichtung näher, welche er später für die Weimarer Bühne sollte gewinnen helfen.

Nicht nur die Form des Dramas, auch sein Gehalt erfährt in jenen Mannheimer Tagen Wandlungen, die durch Schillers Erlebnisse sowohl, als durch seine reifende Anschauung bestimmt werden. Das Interesse am Staatsleben und die Freiheitsideen drängen nun kräftiger vor; und ein erneutes Studium der Quellen, führte ihn zu einer veränderten Auffassung zumal der einen Hauptgestalt: des König Philipp. Für den satirisch gestimmten Stuttgarter Poeten

mochte der Repräsentant des Absolutismus in dunkelsten Farben
noch erscheinen, als ein kleinlicher, heimtückischer Tyrann: so zeichnete
St. Real ihn, so auch sah ihn verächtlich der Dichter von 'Kabale
und Liebe'. Aber der ruhiger werdenden Anschauung bot sich nun,
aus einem historischen, wie aus einem poetischen Bedürfniß heraus,
eine neue Gestalt dar: die französischen Quellen corrigirten sich
durch die spanischen, und der Tyrann gewann menschliche Züge.
Einseitig hatten die Franzosen (wie Brantome und Mercier) den
König ins Schwarze gemalt, so erkannte jetzt Schiller, einseitig
hatten die Spanier (wie Ferreras) den Karlos gelästert; zwischen
beiden will er die Mitte halten, doch so, daß er von jedem das
Gute nimmt: mit den Spaniern glaubt er an Philipp, mit den
Franzosen glaubt er an Karlos. Und im vollen Eifer einer eben
erst erworbenen Einsicht nennt er diese idealisirende Auffassung
die poetisch einzig mögliche: 'Wenn dieses Trauerspiel schmelzen
soll', sagt er im Vorwort, 'so muß es durch die Situation und den
Charakter König Philipps geschehen. Auf der Wendung, die man
diesem giebt, ruht vielleicht das ganze Gewicht der Tragödie. Man
erwartet — ich weiß nicht welches? Ungeheuer, sobald von Philipp
die Rede — ist mein Stück fällt zusammen, sobald man ein solches
darin findet, und doch hoffe ich der Geschichte — das heißt der Kette
von Begebenheiten getreu zu bleiben.'

In einem Punkte aber hielt Schiller an der Polemik der ersten
Conception noch fest: in dem Kampf gegen Inquisition und
Pfaffen. Jenes 'Ich will — ich will' des Bauerbacher Briefes
führt er aus in zahlreichen Versen desjenigen 'Karlos', welchen er in
seiner Mannheimer 'Thalia' zuerst veröffentlichte; er nannte den
Domingo in dieser Fassung einen 'gewesenen Inquisitor' und ließ
den Groll des Satirikers offen hervorströmen, in der Anklage des
Karlos:

> Bist du nicht der Dominikanermönch,
> der in der fürchterlichen Ordenskutte
> den Menschenmäkler machte?

> Bist du es nicht, der die Geheimnisse
> der Ehrenbeicht' um baares Geld verkaufte?
> Bist du es nicht, der unter Gottes Larve
> die freche Brunst im fremden Ehbett löschte,
> den heißen Durst nach fremdem Golde kühlte,
> den Armen fraß und an dem Reichen saugte?
> Bist du es nicht, der ohne Menschlichkeit
> ein Schlächterhund des heiligen Gerichtes
> die fetten Kälber in das Messer hetzte?
> Bist du der Henker nicht, der übermorgen,
> zum Schimpf des Christenthums, das Flammenfest
> des Glaubens feiert, und zu Gottes Ehre
> der Hölle die verfluchte Gastung gibt?

Zu alledem hatte St. Real, der Abbé, den Anlaß nicht gegeben, Schillers eigene Stimmung hatte die Schilderung hinzugetragen; Eindrücke des Mannheimer Lebens, vor und nach der Bauerbacher Zeit, mögen ihn auch hier geleitet haben, und in der streng katholischen Stadt erst bestärkte er sich recht im Widerspruch gegen die knechtende Macht der Priester. Er selbst hatte beobachten können, an dem Fall des ihm befreundeten, aus seiner Pfarre verdrängten Pater Trunk, an den Intriguen gegen die Ehe des Protestanten Beck mit der Katholikin Caroline Ziegler, daß 'die Pfaffen viel Böses zu stiften im Stande sind'; und noch spät gedachte er Mannheims als einer rechten Pfaffenburg: 'Dalberg', so berichtete er an Körner, 'ließ den Domingo als Jesuiten auftreten. Alles murmelte sich zu: Pater Frank! und dieser Umstand allein hatte dem Stück in einer Stadt wie Mannheim den Hals brechen können.' Was aus Mannheimer Eindrücken mit entstanden war, stellte sich so den Zuschauern als ein Abbild der Mannheimer Zustände, auch in dem spanischen Gewande, dar.

Noch von einer anderen, persönlicheren Seite trug Schillers Leben Stoff heran an seine Dichtung, und es wiederholte sich ihm in Mannheim beim 'Karlos', was er in Bauerbach bei 'Kabale und Liebe' erfahren hatte: dem schon in voller Entwicklung begriffenen

Werk kam zu Hilfe ein leidenschaftliches Erleben. Schiller hatte seine
Königin aufgefaßt, wie sie ihm aus St. Real und der eigenen poe=
tischen Anschauung entgegengetreten; nun lieferte ihm die Wirklichkeit
das reizvollste Modell: Charlotte von Kalb. Lebendiger ward jetzt
das Bild, wahrer, treuer; die Kenntniß der höheren Gesellschaft
erschloß sich im Umgang mit Charlotte dem Dichter des 'Karlos' eben
recht zur Zeit, und er, dessen Amalien und Leonoren blutleere
Gestalten gewesen, stellte nun mit sicherer Anschauung weibliche
Würde und milde Anmuth dar, und schuf einen seiner schönsten
Frauencharaktere in Elisabeth von Valois. Den Zwang des
Standes und der Empfindung, den er im Drama zu schildern
hatte, sah er jetzt lebend vor sich in dem Schicksal Charlottens; und
er selbst empfand gegenüber der Frau, die durch Ueberredung
und aristokratische Rücksichten einem ungeliebten Manne verbunden
war, was Karlos empfindet vor Elisabeth, in kühner 'Freigeisterei
der Leidenschaft':

> Die Rechte meiner Liebe
> sind älter als die Formel am Altar . . .
> Und weiß er auch wie reich er ist? Hat er
> auch warmes Blut, sich seines Raubs zu freu'n?
> Hat er ein Herz, das Ihrige zu schätzen?
> Allmächtige Natur! ein solch Geschöpf
> wie keines dir noch seit Jahrtausenden
> gelungen ist, wie in Jahrtausenden
> dir keines mehr gelingen wird —
> auf Krämerart gefeilscht, und dann dem Käufer
> nach abgeschloss'nem Handel ausgeliefert!

Schillers Arbeit am 'Karlos' war bis an den Beginn des zweiten
Aufzugs vorgerückt, als er von Mannheim nach Leipzig übersiedelte;
hier, zu Gohlis, Loschwitz, Dresden führte er die Arbeit zögernd
fort und war nach Verlauf eines Jahres, im Frühjahr 1786, bis an den
Schluß des zweiten Aktes erst gelangt. In seiner Zeitschrift Thalia
veröffentlichte er das Vollendete mit einigen Auslassungen, so daß
den Lesern im Mai 1786 der 'Karlos' bis zur Verschwörungsscene

zwischen der Prinzessin Eboli, Alba und Domingo verlag, bis zu
den Worten:

> Herzog, diese Rosen
> und Ihre Schlachten —
> Und Dein Gott — So will ich
> Den Blitz erwarten, der uns stürzen soll.

Hier aber, unmittelbar vor der Scene im Karthäuserkloster,
trat eine plötzliche Stockung ein; und erst ein halbes Jahr später, im
December, konnte das vierte Thalia=Heft die Fortsetzung bringen.
Wir stehen an dem wichtigsten Wendepunkt in der Entwicklung des
Gedichts: an der Stelle, wo Schillers Theilnahme sich von Karlos
abkehrt, dem Posa zu. 'Karlos selbst', so bekennt der Dichter in den
'Briefen' über das Drama, 'war in meiner Gunst gefallen, vielleicht
aus keinem andern Grunde, als weil ich ihm in Jahren zu weit
vorausgesprungen war, und aus der entgegengesetzten Ursache hatte
Marquis Posa seinen Platz eingenommen.'

Daß die Figur des Marquis eine Wandlung durchgemacht, stellt
somit das eigene Bekenntniß Schillers fest; und die Frage entsteht
noch einmal: welchen Platz Posa im Drama inne gehabt, vor jener
entscheidenden Aenderung? Die Frage steht: wie die Entwicklung
verlaufen, welche den getreuen Horatio des spanischen Prinzen zu der
beherrschenden Gestalt des Maltheserritters anwachsen ließ? Die
Aussprüche des Dichters, gemeinsam mit den Fragmenten der
Thalia, mögen uns helfen, die Antwort zu finden.

'Vier große Karaktere' nannte Schiller dem Mannheimer
Intendanten, als er ihm von Karlos, dem 'herrlichen Sujet', sprach:
Karlos, Philipp, die Königin und Alba; der Name Posa ward nicht
ausgesprochen. Aehnlich schrieb er an Reinwald zwar von dem
'grausamen, heuchlerischen Inquisitor', von dem 'barbarischen Herzog
Alba', welche er schildern wollte, aber von der Gestalt des Marquis hat
er nichts zu erzählen. Und noch als er den ersten Akt vollendet vor sich
sah, konnte er im Vorwort sagen: 'Der ganze Gang der Intrigue
wird schon in diesem Aufzug verrathen sein. Beide Hauptcharaktere

laufen hier schon mit derjenigen Kraft und nach derjenigen Richtung
aus, welche den Leser errathen läßt, wo und wann und wie heftig
sie in der Folge widereinander schlagen.' Beide Hauptcharaktere?
Kein Zweifel, daß der Dichter Karlos und Philipp meint; alle andern,
die Königin, Alba und Domingo, die Eboli und Posa sah er nur an
einem zweiten Platz. Er sah die Handlung, wie im Bauerbacher Plan,
noch beherrscht von Karlos, noch erfüllt von dem einen Gegensatz
zwischen Vater und Sohn; und diesem bewegenden Princip des
Stückes hatten alle anderen Elemente der Fabel sich unterzuordnen.
Nur daß der Conflict zwischen Philipp und Karl sich zum politischen
Gegensatz von Anfang an erweiterte, und daß Posa über den
Vertrauten hinauswuchs zu einem Berather des Fürstensohnes, welcher
an Stelle von St. Reals Bergh und Montigni Flanderns Wünsche
überbrachte: nicht als des Knaben Karlos Spielgeselle, — als ein
Abgeordneter der ganzen Menschheit stand er nun da, schon im ersten
Auftreten.

Aber 'Kammerjunker des Prinzen' nennt das Personenverzeichniß
der Thalia den Dom Rodrigo, Marquis von Posa, und dienstwilliger
Freund des Helden bleibt er auch jetzt noch: alle Initiative liegt in
Karlos, Posa führt aus. Er blickt bewundernd zu seinem Karl empor,
und als er ihn für die Bitten der Bedrückten taub findet, ruft er voll
Staunen aus:

> Spricht so
> der große Mensch — vielleicht der einzge, den
> die Geisterseuche seiner Zeit verschonte?
> Der bei Europas allgemeinem Taumel
> noch aufrecht stand — der gegen Priesterblize
> und eines Königs schlaue Heiligkeit
> und eines Volks andächtgen Rausch die Rechte
> der unterdrückten Menschheit geltend machte,
> der zu Madrid für Ketzer bat, am Thurme
> der Santa Kasa für die Duldung stimmte?

So, überragend und herrschend, blickte damals das Bild des
Karlos den Dichter an; und er sah, aus der gleichen Stimmung

heraus, Huber sich zur Seite stehen, wie Posa neben Karlos steht: 'Ich drücke Dich im Geiste an mein Herz — mein Rodrigo', schrieb er an Huber, den 5. October 1785, der aber antwortete aus dem nämlichen Sinne: 'Mein Karlos! Ich glaube, Du bedarfst eines Rodrigo, der zuweilen Deinen großen Genius bei seinem Namen ruft.' Dies also ist die Aufgabe, welche der jüngere Freund sich zuschreibt neben dem überlegenen Genius: ein Mahner zu sein und ein Berather — nicht ein Führer.

Und dieser Stellung Posas im Drama entspricht auch die flüchtige Art, in welcher die Gestalt exponirt wird: während in dem vollendeten Werk Posa eingeführt ist als einer, dessen Tapferkeit Elisabeth zuerst den Ruhm empfinden lehrte, spanische Königin zu sein, während er als ein Fürst in seinen stillen Mauern, als ein Freier, ein Philosoph gefeiert wird, ist vor dem Posa der 'Thalia' von alledem nicht die Rede: er vermittelt schnell die Unterredung zwischen Karlos und der Königin, nichts darüber. Ja, selbst in kleinen Zügen zeigen das Fragment und die Ausführung charakteristische Abweichungen, wenn etwa in der Thalia 'der Prinz den Marquis auffordert, ihm eine Zusammenkunft mit der Königin zu erwirken', während später Posa es ist, welcher den ersten Vorschlag macht und den muthlosen Karlos stärkt:

Wenn Sie die Königin
Geheim zu sprechen wünschen, kann es nirgends
Als in Aranjuez geschehen.

Karlos.   Das war auch meine Hoffnung
Doch ach, sie war vergebens!
Marquis.   Nicht so ganz.
Ich gehe, mich sogleich ihr vorzustellen.
Find' ich zu dieser Unterredung sie
Gestimmt — sind ihre Damen zu entfernen — . . .

Als dann der Infant aus dem Zusammentreffen mit Elisabeth zurückkehrt, entschlossen für Flandern zu handeln, als er 'ganz wieder Held sein, sich ganz dem Wohl seiner Völker hingeben' will, da theilt die Fassung der Thalia dem Marquis abermals eine untergeordnete, passive Aufgabe zu, in welcher der spätere Posa nicht zu denken ist:

Poſa, ſo heißt es nun in jenen erläuternden Sätzen, welche die Lücken
der Publikation ausfüllen, Poſa 'ſollte in Spanien bleiben und zwiſchen
der Königin und Karlos eine geheime Verbindung fortſetzen.' Erſcheint
ſo der Marquis der Thalia kleiner, ſo erſcheint ihr Karlos größer:
ungeſtümer wogt ſeine Leidenſchaft, kühner ſein Wort, und wild ſtürmt
er an, mit ungezügelter Geberde, gegen den Zwang des Ueberlieferten
in Sitte und Staat. Im Hochgefühl ſeines Ranges, ſtolz auf ſeine
Kraft wie auf ſein Empfinden, ein echter Held von Sturm und Drang
tritt er vor uns:

Dies Herz,

> groß wie mein Rang, der Menſchheit aufgethan,
> und weit genug, die Schöpfung zu umſchließen —
> dies Herz allein iſt mein Beruf zum Thron . . .
> Laut will ich's ihm in beide Ohren rufen,
> laut durch die ganze weite Erde ſchrei'n
> ein königlicher Dieb hat mich beſtohlen.

Auch den nächſten Akt, das zweite und dritte Thalia-Heft, beherrſcht
die Geſtalt des Karlos völlig: er ſteht vor Philipp, er gelangt zur
Eboli, gegen ihn wird das Complott geſchmiedet. Poſa tritt in dieſer
ganzen Scenenfolge weder in Perſon auf, noch wird ſeiner auch nur ein
einziges Mal Erwähnung gethan: er entſchwindet, als eine epiſodiſche
Figur, unſern Blicken völlig, und erſt nach zweitauſend Verſen gelangt
er wieder auf die Bühne — eben in jener Scene des Karthäuſer=
kloſters, mit welcher, nach der großen Pauſe, die Publikation in der
Thalia wieder anhebt.

Ein anderer als der Kammerjunker des Anfangs iſt es, der jetzt
vor Karlos hintritt. Nicht ſein Berather, ſein Leiter. So überlegen
ſteht er vor ihm da, ſo klein fühlt ſich vor ſeiner Erhabenheit Karlos'
Selbſtſucht, daß 'mit kaum unterdrücktem Weinen' der Prinz ausrufen
muß: 'Ich weiß, daß Du mich nicht mehr achteſt.' Und zugleich mit
den Geſtalten haben auch die Motive der Dichtung ſich gewandelt,
die Fabel verſchiebt ſich, Intentionen fallen zu Boden. Hatte Karlos
in der Scene mit der Eboli einen Brief des Königs, in welchem
Philipp um die Gunſt jener warb, triumphirend davongetragen, als

einen 'unſchätzbaren, ſchweren, theuren Brief, den alle Kronen Philipps
einzulöſen zu leicht, zu nichtsbedeutend ſind', und hatte er, noch in
der Karthäuſerſcene, den ſchickſalsreichen Irrthum geprieſen, der das
Schreiben in ſeine Hand gegeben:

Einen Irrthum, den
der Wahrheit Schöpfer abſichtsvoll erfunden.
... So vernünftig fallen
des Zufalls blinde Würfel nicht.

— ſo nimmt nun Poſas gewaltſames Eintreten in die neue
Handlung dieſer Erfindung jede dramatiſche Folge: mit raſchem
Entſchluſſe zerreißt der Marquis den Brief, durch welchen Karlos
auf Eliſabeth hatte wirken wollen, und er übt in unbeſchränkter
Sicherheit jede Thrannei der Freundſchaft. 'Ein wilder ſchöner
ſchrecklicher Gedanke' ſteigt ihm auf: der Gedanke an Karlos'
Flucht; doch ſtatt ihn, ein Freund dem Freunde, auszuſprechen, ruft
er nur:

Davon wenn es Zeit iſt mehr. Du haſt
mein Wort. Nun überlaß mir alles andere.

— und Karlos willigt ſogleich ein: 'Alles, Alles, was Du und hohe
Tugend mir gebieten.' Damit iſt ausgeſprochen, daß die Führung
der Handlung auf Poſa übergeht: weil Schiller dem Sturm und
Drange ſich entwachſen fühlt, wendet ſeine Theilnahme von dem
alten Helden ſich ab und geſtaltet die biegſamere Figur Poſas, mit
ihrer noch nicht individuell geformten Phyſiognomie, zu einem typiſchen
Freiheitshelden um, nach ſeinem Sinne. 'Neue Ideen, die indeß bei
mir aufkamen, verdrängten die frühern', geſteht er dann ſelbſt in den
'Briefen über Don Karlos'; und ſo völlig ins Gegentheil verkehrt
iſt das Verhältniß von Karlos und Poſa, daß derjenige, welchem
der Dichter einſt die Seele eines Hamlet zuſchrieb, Karlos, ihm jetzt
als ein Horatio erſcheint, während der Horatio von ehedem, Poſa,
ihm zum Hamlet anwächſt: 'Im Herzen ſeines Herzens', ſo ſagt er,
'würde Poſa den Karl getragen haben, wie Hamlet ſeinen Horatio.

Den ganzen dritten Akt hindurch läßt er nun Karlos nur einmal auf=
treten, er verurtheilt ihn in der großen Hofscene vor König Philipp
zur Statistenrolle und läßt ihn zwei Verse nur zu Medina Sidonia
sprechen; und auch im vierten Akt ist er der Geführte, nicht der
Handelnde, der fünfte Akt erst, nach Posas Opfertod, bringt ihm einen
neuen und großartigen Aufschwung. Dieser Opfertod aber, den der
Bauerbacher Entwurf noch nicht näher darzustellen weiß, liegt nun in
der Karthäuserscene dem Dichter klarer vor Augen, und auch nach
dieser Seite also bedeutet der Auftritt eine neue Wendung im Drama:
mit der Warnung 'Briefe nach Brabant erbricht der König' endigt die
Scene, und auf eben diesem Wege, durch einen Brief nach Brabant
voll falscher Angaben, welche den König gegen ihn aufstacheln sollen,
leitet dann Posa seinen Tod ein.

Und noch nach einer letzten, wichtigsten Seite hin hebt mit der
Karthäuserscene eine Wandlung in Schillers Intention an. Die
seelenbezwingende Macht der Freundschaft hatte er in den ersten
Auftritten zwischen Karlos und Posa in leuchtenden Farben dargestellt, so,
wie er ihr Wesen dichtend und sinnend erfaßt hatte, in der 'Anthologie',
in den Briefen an Reinwald und Körner; nun, da die ruhiger
werdende Anschauung des Dichters, eben unter dem Einfluß von Körners
Besonnenheit, den Ueberschwang abthat, da er sich den Idealen der
Geniezeit entfremdete, in welchen die Gestalt des Prinzen wurzelte,
fand er ihn auch der Freundschaft des Marquis nicht mehr würdig, er
dämpfte den grenzenlosen Enthusiasmus brüderlicher Hingebung, und
nicht die uneigennützige, herzliche Empfindung von Mensch zu Mensch
— das politische Interesse zumeist sollte jetzt Posa an den Erben der
spanischen Krone knüpfen. Als darum Karlos ihn 'Bruder seiner Seele'
nennt, da fragt der Marquis der Karthäuserscene bedeutungsvoll:
'Weißt du denn so gewiß, ob nicht geheime Wünsche, nicht Furcht viel=
mehr und Eigennutz mich leiten?'; und von hier aus schrittweise nach
vorwärts schreitend, hat nun der Dichter das Gefühl des Kosmopoliten
in Posa, die Hingebung an die allgemeinen Ideen immer höher an=
wachsen lassen, bis zuletzt der Verfasser der 'Briefe über Don Karlos'

aus ihr, nicht mehr aus einer persönlichen Freundschaft, den Opfertod
des Marquis abzuleiten versuchte:

> Wem bracht' er dies Opfer?
> Dem Knaben, meinem Sohn? Nimmermehr.
> Ich glaub' es nicht. Für einen Knaben stirbt
> Ein Posa nicht. Der Freundschaft arme Flamme
> Füllt eines Posa Herz nicht aus. Das schlug
> Der ganzen Menschheit — Seine Neigung war
> Die Welt, mit allen kommenden Geschlechtern.

— in diesen Worten, sagt Schiller, 'legte ich mein eigenes Urtheil
von dem Helden des Stückes nieder'; und ohne Weiteres nennt er
also, von solcher Auffassung aus, Posa den Helden des Stückes.

Denn auf die Unreife des Karlos, auf den 'Knaben' in ihm,
blickt er, eben weil die überwundene Anschauung eigener Entwicklung
hier dem Dichter entgegentritt, voll Geringschätzung herab; und er
empfindet Karlos gegenüber, wie er gegenüber Huber empfunden:
'Das Knabenjahr unseres Geistes wird jetzo aus sein. Laß uns weniger
schwärmen und desto fruchtbarer handeln.' Jetzt erst wird Schiller
die Scene ersonnen haben, welche in dem vollendeten Werk der geistige
Mittelpunkt ist, Posas Erscheinen vor Philipp; und jetzt erst ersann
er, den Marquis zu heben, eine ganze Reihe von charakterisirenden
Zügen (welche zum Theil neue Widersprüche heraufführen): er machte
ihn tapfer, uneigennützig, weise ohne Gleichen, er ließ ihn zum 'Erben
einer Million', zum Malteserritter werden, ließ ihn gegen die Türken
fechten und geheime Bündnisse schließen; und weil die Figur nicht von
Anbeginn an war psychologisch erklärt worden, so trug er immer
neues Detail im Verlauf des Stückes nach, und noch als Posa
gefallen, erfahren wir von geheimnißvollen, weitgreifenden Plänen,
welche die Gestalt immer gebietender emporsteigen lassen: spät erst,
als der Marquis aus dem Drama geschieden, wird uns sein Handeln
und Sein recht exponirt.

So, unter entscheidenden Aenderungen der ersten Intention,
mannigfach stockend und gehemmt, führte Schiller sein Werk zu Ende;
er schränkte den in der Thalia allzu reichlich fließenden Strom der

Jamben ein, milderte und nahm fort, was seinem gereiften Geschmack widerstrebte, das Bramarbasirende, das schwäbisch Ungebundene, und es geschah ihm dabei auch wohl, daß er, zugleich mit den Ueber= treibungen des Sturmes und Dranges, echten Ausdruck der Leidenschaft und wogender Empfindung abschnitt; und er bekannte zuletzt, als das Gedicht vollendet dalag, daß er in 'der erstaunlichen Eile' des Abschlusses viele glückliche Ideen, manche Forderung seines besseren Gefühls hätte abweisen müssen: 'Der Karlos ist bereits schon über= laden', schrieb er, 'und diese anderen Keime sollen mir schrecklich auf= gehen in den Zeiten reifender Vollendung.'

II.

Wie der 'Karlos' geworden, war das eine Problem dieser Betrachtung; wie der 'Karlos' ist, lautet nun die Frage. Form und Gehalt des so zögernd entwickelten Dramas gilt es zu kennzeichnen.

'Don Karlos kann kein Theaterstück werden', hatte Schiller ge= schrieben, inmitten der Arbeit; und als er das fertige Werk den Lesern vorlegte, nannte er es, nach Lessings Vorbild: 'ein dramatisches Gedicht.' Nicht nur der äußere Umfang des Stückes, seine mehr als 6000 Verse — auch sein Gedankengehalt schien ihm durch den Versuch, politische Anschauungen, 'die bis jetzt nur das Eigenthum der Lehrbücher gewesen waren, in das Gebiet der schönen Künste hinüberzuziehen', gegen die Grenze des Bühnenmöglichen anzustoßen. Aber diese 'Grenzenverletzung' zu überwinden und dem Werke dennoch die künstlerische Form zu wahren, ist bewußt und unbewußt Schillers Streben geblieben; und so sehen wir denn in diesem 'Karlos', trotz pfälzischer Erfahrungen und sächsischer Eindrücke, trotz alles Hemmenden und Ablenkenden den echten Dramatiker sich von Neuem aufrichten: über die äußeren und die inneren Hinderungen triumphirt ein geborener Bühnendichter.

Aus der bunten Folge der Situationen, welche die Erzählung des Franzosen ihm geliefert, greift Schiller mit festem Griff die

kräftigste heraus und läßt mit ihr die Tragödie sich eröffnen: die häufig
wiederkehrenden Begegnungen zwischen Elisabeth und Karl mochte
der Epiker uns schildern — der Dramatiker erhebt den Augenblick des
Zusammentreffens zu einem schicksalsvoll einzigen:

> Die Welt kann hundertmal
> Kann tausendmal um ihre Pole treiben,
> Eh' diese Gunst der Zufall wiederholt.

Er läßt den Conflikt nicht vor uns erst entstehen, sondern er zeigt
den Knoten geschürzt, schon im Beginn, und sogleich das erste Wort,
welches der Held spricht, trifft in das Herz der Tragödie:

> Mutter?
> O Himmel gieb, daß ich es dem vergesse,
> Der sie zu meiner Mutter machte!

Wie die Liebe des Karlos zu Elisabeth geworden, wie Philipp dem
Bräutigam die Braut geraubt, alles das rückt Schiller in die
Vorgeschichte, und stellt uns vor die eine fruchtbarste Situation
unmittelbar hin: daß der Sohn die Gattin seines Vaters liebt. Der
Conflikt liegt fertig da, als das Drama beginnt, hier so gut wie in
'Kabale und Liebe'; und wenn uns Shakespeare den Romeo zuerst
darstellt, den Othello, den Macbeth, wie sie das Schicksal sich schaffen,
an dem sie scheitern, so zeigt uns Schiller weniger das Anwachsen
tragischer Empfindung, als ihre Explosion, er zeigt uns, ein Schüler
von Sturm und Drang, die Leidenschaft sogleich auf ihrem Siedepunkt.

Ein in sich geschlossener Bau, von Reiz und eigener Form, ist der
erste Akt des Gedichts. Wir sind in dem königlichen Garten zu Aranjuez, in einem bestimmt angeschauten ländlichen Orte, für welchen der
Dichter die Localfarben aus dem Schwetzinger Park gewonnen hatte;
und schnell offenbart sich uns, mit mancherlei anschaulichem Detail,
in den lebendigen Scenen von Karlos und Domingo, von Karlos und
Posa, von Elisabeth und den Hofdamen die Lage der Dinge: der
Zwang der Convenienz, unter dem Elisabeth, das Mißtrauen des
Vaters, unter dem Karlos lebt, seine vor nichts zurückschreckende Liebe
und seine hingebende Freundschaft für den Marquis. Gleich geht die

Handlung vorwärts zu dem Entschlusse einer Zusammenkunft zwischen
Karlos und Elisabeth; auf den Plan folgt die rasche Ausführung, und
der Bote tritt zurück vor dem Herrn. Alles drängt nun der Dichter
in diese eine Scene zusammen: das erste Geständniß des Prinzen
schildert er, seinen stürmenden Eigenwillen und sein verzweifelndes
Begehren; er setzt dem maaßlos Fordernden die schöne Sicherheit des
Maaßes in Elisabeth entgegen, dem von widerstrebenden Gefühlen
ruhelos Umgetriebenen die schlichte Ruhe unbeirrter Sittlichkeit; und
den Triumph reiner Weiblichkeit stellt er dar, welche in Karlos alles
Erstorbene aufweckt, und auf sein 'großes Amt' ihn begeisternd weist:
'Elisabeth war Ihre erste Liebe, Ihre zweite sei Spanien.' Ein
poetisches Gegenbild zu Frau von Kalb scheint zumal hier zu sprechen,
und mit aller Hoheit der Seele schmückt Schiller die geliebte Gestalt
aus; sein eigenes, starkes Empfinden aber trägt er auf Karlos über:
ein 'großes Amt', so fühlte auch er, harrt seiner, und hatte noch der
Bauerbacher Dichter in romantischen Fluren der Liebe nur leben
wollen, so strebt nun der reifende Mann, selbstsüchtige Neigung
und allen Egoismus der Geniezeit zu überwinden, und der ganzen
Menschheit will er sich zu eigen geben. Ohne Zweifel hat in solcher
Stimmung Charlottens Wollen eine starke Idealisirung erfahren; und
sie jedenfalls würde nicht gesprochen haben, mit Elisabeth: 'Wie gerne,
guter Karl, will ich der besseren Geliebten weichen.'

Die Handlung strebt weiter, unmittelbar als ein Abschluß zwischen
Elisabeth und Karlos erreicht ist: 'Der König!' ruft der aufhorchende
Marquis, und Karlos enteilt und nimmt die Botschaft aus den Nieder=
landen mit sich. Philipp erscheint, und auch hier trifft sogleich das erste
Wort mitten in die Empfindung, welche den König beherrscht: 'So
allein Madame?' ruft er, und all das geheime Bangen des alternden
Mannes um sein junges Weib drängt in diesen einen Ruf sich
zusammen. Mit einer unwahrscheinlichen Verkettung der Scenen kehren
dann Karlos und Posa, nachdem der Hof gegangen, auf den nämlichen
Schauplatz zurück, den sie eben geflohen; der Entschluß, Flandern zu
retten, ist fertig in Karl, und mit dem begeisternden Ausblick auf

ruhmvolle Thaten, in hingebendem Enthusiasmus der Freundschaft endet der Akt: 'Arm in Arm mit dir, so fordr' ich mein Jahrhundert in die Schranken.'

An das Resultat des ersten Aufzuges kann nun der neue Akt sogleich anknüpfen: Karlos steht vor Philipp, Flandern zu erbitten. Die ganze Handlung scheint offen vor uns zu liegen, wir kennen die Gegner des Helden und seine Freunde, sein Verhältniß zum Vater, zur Mutter, zu Posa; und die fortreißende Heftigkeit seines Pathos, diese gegen die königliche Kälte sturmlaufende, unmittelbare Empfin= dung scheint den Erfolg sich erzwingen zu wollen, bis das Gebot des Herrschers alle Hoffnung abschneidet: 'Du bleibst in Spanien, der Herzog geht nach Flandern.' Aber überraschend nicht nur für Karlos, überraschend auch für den Zuschauer hebt eine neue Handlung jetzt an: plötzlich, wie in der Novelle des Real, schiebt sich die Intrigue der Prinzessin Eboli in die Fabel ein. Was Schiller der Vorlage hinzu= fügt, ist nicht glücklich gefunden: daß Karlos einem Mißverständniß verfällt und zur Königin zu eilen meint, da er zur Prinzessin gelangt, ist ein Lustspielmotiv von stets zweifelhafter Theaterwirkung; und nur durch eine erzwungene Wendung kann Karlos in der Handschrift der einen die der andern zu erkennen glauben, da er doch als theuerstes Andenken einen Brief von der Hand der Königin selbst verwahrt:

Stets hab ich
Auf meinem Herzen ihn getragen. Mich
Von diesem Brief zu trennen fällt mir schwer.

Aber der Gegensatz der beiden weiblichen Gestalten, der nur erkämpften Tugend in der Prinzessin und der natürlichen Sittlichkeit in Elisabeth, welche 'die schmale Mittelbahn des Schicklichen in angeborener stiller Glorie wandelt', zog den Dichter an; und es reizte ihn, Karlos mitten zwischen sie zu stellen, so wie er Ferdinand gestellt hatte zwischen Louise und Lady Milford, und wie Lessing und Goethe ihre Helden gezeigt hatten zwischen der sanften Tugend der Emilia Galotti und Maria von Berlichingen und der feurigen Leidenschaft der Orsina und Adelheid. In allen wechselnden Farben konnte er nun Karlos schildern.

und der schauspielerischen Darstellung gab er die reichste Aufgabe; die Schüchternheit des Jünglings vor dem seltsamen Abenteuer, und die unbesonnene Leidenschaft des Liebenden, die Feinheit des Hofmannes und die Würde des Prinzen — in jede Empfindung trifft der breite Schwung und die Prägnanz der Dichtung, und ihr Vers erreicht erst jetzt letzte Rundung und strahlende Wärme: der Ton des Poeten, in der glücklichen Stimmung der ersten sächsischen Zeit, hebt sich zu vollem Glanze, und die unberührte Frische der neu gefundenen Sprache, diese schöne Mischung von Natur und Stil reißt hin. In dem großen Monolog der verlassenen Prinzessin dann und in der Verschwörungsscene zwischen Alba, Domingo und der Eboli triumphirt die kluge Dialektik Schillers, und selbst für die grobe Hofintrigue noch weiß sein durchdringender Scharfsinn Interesse zu wecken: alles ist fest verknüpft in diesen Scenen, alles angeschaut, bis zu dem 'sparsam erleuchteten' Zimmer hin, in welchem die Gegner Karls ihr dunkles Werk beginnen; und in das eben gesponnene Netz der Alba und Domingo greift die Entdeckung der Eboli, von der verbrecherischen Liebe des Prinzen, unmittelbar ein: 'Nun ist alles reif', darf Domingo rufen, und das entscheidende Complott ist fertig. Nur daß König Philipp um die Prinzessin Eboli wirbt, ist eine jener Voraussetzungen, welche der Dichter mit theatralischer Raschheit hinzuwerfen geneigt ist, ohne vor ihrer Unwahrscheinlichkeit Halt zu machen: daß der König, welchen er vor uns hinstellt, der Philipp St. Reals nicht mehr ist, dem galante Abenteuer zuzutrauen waren, vergißt er in solchem Augenblick; aber nur aussprechen kann der Dichter diese Neigung, nicht sie zeigen, denn das Bild seines Philipp würde er völlig entstellen, wollte er ihn im Beisammensein mit der Prinzessin uns vorführen.

Dieses Bild voll zu entfalten, ist dem dritten Akt aufbehalten: dem König und dem Posa gehört er, nicht dem Karlos, der auf der Höhe des Dramas völlig passiv erscheint, ein machtlos Geschobener. Der Aufzug zerfällt in zwei große Hälften, welche die charakteristisch knappe Scene mit Medina Sidonia voneinander trennt: der erste Theil zeigt den König im Banne der Intrigue und im Kampfe wider sie, der

zweite Theil zeigt, wie er, den alten Vertrauten abgewandt, in Posa
findet, um was er die Vorsehung gebeten: einen Menschen. Mit
ergreifenden Accenten schildert der Dichter, mächtig der großen Empfindung und des starken Wortes, den inneren Widerstreit in Philipp, den
einsamen Schmerz des Gekrönten, dem kein Helfer naht und dem es
'König! und wieder König!' entgegentönt, da er Wahrheit fordert und
menschliche Theilnahme:

<blockquote>
Ich schlage
An diesen Felsen und will Wasser, Wasser
Für meinen heißen Fieberdurst — er giebt
Mir glühend Gold.
</blockquote>

Nicht mehr die jugendlichen Uebertreibungen der Thalia-Fragmente
sprechen hier, die den Philipp ausmalten, fast nach der Art des
Märchens, mit der Krone ewig auf dem Haupte und dem Königs-
mantel um die Schultern, und die mit Trompetenstößen den Herrscher
künden ließen: 'Mich ruft mein königliches Amt. Es ist die höchste
Zeit'; sondern in einfachen, starken Zügen schildert [der Dichter
fürstliche Größe und fürstlichen Schmerz, und gleich das kurze Selbstgespräch im Eingang des Aktes, da wir den ermattenden König, bei
hereinbrechendem Morgen, im Anblick der geraubten Briefe finden,
faßt die Situation energisch zusammen: 'So ist's erwiesen. Sie ist
falsch.' Wieder gewinnt der Scharfsinn des Dichters, alles, was in
ihm Verstand und durchdringendes Erwägen angeschauter Möglichkeiten ist, dem Hin und Her der Intrigue das Fesselndste und Beste ab;
und die Schlauheit der Alba und Domingo scheint sich des Königs
bemächtigen zu sollen, als grade ihre Uebertreibungen ihn zur Wahrheit
zurückführen: alle Höflinge überragend, steht nun der König da, der
das sorgsam aufgespannte Netz, Masche für Masche, Faden um Faden
zerreißt, und in voller Größe tritt er den Verleumdern entgegen, in
der Geberde des Herrschgewohnten:

<blockquote>
Ich bin der Bogen, bildet ihr euch ein,
Den man nur spannen dürfe nach Gefallen? —
Noch hab ich meinen Willen auch — und wenn
Ich zweifeln soll, so laßt mich wenigstens
Bei euch den Anfang machen.
</blockquote>

Die Figur, welche einst dem Dichter in dunkelsten Farben
erschienen war, ist so zu hoheitsvoller Würde emporgewachsen; und
indem er das eigene, starke Fühlen in die Gestalt hineinwirft, indem er
die spanische Starrheit erweicht durch deutsches Empfinden, weckt er
die Theilnahme auf für fürstliches Leiden. Eine ursprünglich gute, aber
in den Gefahren des Königthums verhärtete Natur erscheint Philipp
nun: 'Sie waren gut', so ruft ihm Posa zu, und Karlos spricht:
'Er ist nicht ohne Menschlichkeit, mein Vater.' Der Stuttgarter Poet
hatte sich in jener tyrannenfeindlichen Vorstellung noch bewegt, welche
den Großen dieser Welt das Ende ihrer Herrlichkeit vorhält, welche
ihnen das jüngste Gericht drohend ausmalt und sie darstellt als die
'gekrönten Thiere', die wollüstig 'unter den Menschen hinunter-
kriechen'; jetzt empfindet er, aus einem völlig andern Sinne heraus,
daß Fürsten Menschen sind, und mit poetischer Antheilnahme schildert
er das Sehnen der Großen nach Liebe, nach Freundschaft und Herzens-
treue, schildert er den Widerspruch, in welchen der über das Menschliche hinausstrebende Hoheitstraum zu menschlicher Gebrechlichkeit und
Bedürftigkeit geräth. 'Fürsten haben keinen Freund, können keinen
Freund haben', so hatte Lessing gesprochen; und dieses tief aus dem
Geiste der Zeit geschöpfte Wort durchklingt nun, in allen Tonarten
widerhallend, das Gedicht. Fürsten haben keine Eltern, so klagt
Karlos, sie sind Waisenkinder: 'Ich weiß ja nicht, was Vater
heißt, ich bin ein Fürstenknabe.' Und selbst Posa zweifelt, ob der
Karlos, welcher den Thron besteigt, ihm noch Freund sein, noch
Freund bleiben kann:

> Ein ungeheurer Spalt
> Reißt vom Geschlecht der Sterblichen ihn los,
> Und Gott ist heut, wer gestern Mensch noch war.

Dem Sohne aber, der ihm zum ersten Male liebend naht, und
dem es graut, 'auf einem Thron allein zu sein', erwidert der König
mit stiller Trauer: 'Ich bin allein'; und es wird nun die Aufgabe des
Dichters, diese furchtbare königliche Einsamkeit zu schildern in

dramatisch bewegter Scenenfolge, und aus ihr heraus den entscheidenden Umschlag in der Tragödie zu entwickeln.

Die Rathgeber, welche Philipps Thron umstanden haben bis nun, sind in ihrer eigennützigen Kleinheit erkannt; ein neuer Mensch wird gefordert, der dem Herrscher Wahrheit bringt, und mit einer schnellen Wendung, wie der Dichter sie liebt, findet der König, den er sucht, in Karlos' Freunde: den Marquis Posa nennt ihm seine Tafel, Marquis Posa soll kommen. Ein plötzlicher Einfall scheint hier zu wirken, welcher die in rechter Mitte des Dramas stockende Handlung wieder in Bewegung setzt: so hatte in den 'Räubern', auf der Höhe des Schau= spiels gleichfalls, ein zufällig ausgesprochenes Wort, der Name: Amalia! der von Kosinskys Lippen fällt, den ganzen Verlauf der Fabel bestimmt. Und wie dort die in zwei Gruppen bewegte Handlung sich nun erst enger zusammenknüpft, so knüpft auch hier die nachträgliche Erfindung alle Fäden fester: 'in Posa', sagt Schiller selbst in den Briefen über Don Karlos, 'drängt sich das bisher getrennte Interesse nun zusammen.'

Schiller folgte dem Vorbilde Lessings, als er den Marquis vor König Philipp treten ließ: wie der spanische Herrscher den Posa ruft, so hatte Lessings Sultan den weisen Nathan herbeigerufen, unerwartet. Von dem näheren Ziele der Unterredung fort war man ins Allgemeine aufgestiegen, hier wie dort: Rath und Hilfe in der Noth des Augenblicks hatte Saladin, hatte Philipp fordern wollen, aber um Toleranz, um Gedankenfreiheit geht die Rede mit weit ausgreifendem Schritt, und spät erst kehrt sie zu der Forderung des Tages zurück. Auch in der Form zeigen diese beiden Scenen sich verwandt, welche den geistigen Mittelpunkt der Dichtungen bedeuten; und wie der 'Karlos' im Ganzen für den Bau seines Verses dem Vorbilde des 'Nathan' verpflichtet war (nur daß der oft zerhackte Jambus Lessings nun zum volleren, gleichmäßigen Strome wird), wie manche Wendungen im Einzelnen und die Technik des Dialoges an 'Nathan' an= knüpfen, so scheint zumal hier der Einfluß jenes Musters unverkennbar. Ein Monolog des vor den Thron Gerufenen geht der entscheidenden

Unterredung vorher, bei Lessing, wie bei Schiller, ein Monolog, in welchem Nathan und Posa aus dem Zweifel, was zu thun sei, zur beruhigten Gewißheit gelangen: 'Er kömmt. Er komme nur!' ruft Nathan, 'In diesem Glauben will ich handeln', ruft Posa gefaßt. Was die Herrscher fordern, ist das Nämliche, hier wie dort: 'er will Wahrheit! Wahrheit', sagt Nathan, 'war es nicht Wahrheit, was ich wollte', fragt Philipp; und hingerissen von dem mächtigen Wort des Redenden, stehen König und Sultan gewonnen, besiegt da: 'Geh! Geh! — Aber sei mein Freund', ruft Saladin, und Philipp verkündet höchste Huld: 'Der Ritter wird künftig ungemeldet vorgelassen.'

Aber Lessing stand am Ende seines Lebens, als er sein Gedicht schuf, und die reife Weisheit des Mannes spricht Nathan aus; ein Abbild jugendlich feurigen Begehrens ist Schillers Held, und über die poetischen und die historischen Möglichkeiten steigt er kühn empor. Und Lessings Wollen verbleibt auf religiösem Gebiet, wo Schillers kühnere Tendenz die ganze Weite der politischen Welt umfaßt: am Vorabend der französischen Revolution fordert er Gedankenfreiheit, und das Bekenntniß seines Helden leitet das Wort ein: 'Ich kann nicht Fürstendiener sein.' Philipp und Posa und sechzehntes Jahrhundert scheinen zurückzutreten, und nur als Mittel zu gelten für den Zweck: den tiefsten Wünschen der Zeit das dichterische Wort zu finden.

In der nächtlichen Abschiedsstunde zu Mannheim hatten sich Schillers Zukunftspläne bis zu dem Bilde einer hohen Wirksamkeit im Staatsdienst emporgeschwungen: erst wenn er Minister geworden, sollte Streicher von ihm wiederum hören. Das war empfunden, in der Erregung des Augenblicks, wie aus dem Geiste Posas: 'Ich führe seine Siegel, und seine Alba sind nicht mehr'; das war ein Gedanke, ganz aus dem Geiste deutscher Gegenwart heraus: einen Fürsten zu gewinnen, durch die Macht der Wahrheit und Beredsamkeit, für alle Güter der Cultur, für Freiheit und Recht und Gleichheit der Stände. Das unumschränkte Herrscherthum, als es sich erhob zu der Vorstellung des aufgeklärten Despoten, hatte solches Ideal den Deutschen entstehen

lassen; und der Philosoph auf dem Throne, Friedrich der Zweite, der
in einem langen ruhmreichen Leben dem Interesse des Staates nur
gedient, die edlen Männer Karl Friedrich von Baden und Wilhelm
von Lippe, die in ihrem engen Kreise für bessere Zeiten gewirkt, schienen
als die lebendigen Vorbilder neuen Fürstenthums im Reiche nun
dazustehen. Man schrieb Abhandlungen, wie die Herrscher zu erziehen
seien, und Wieland, weil er einen 'goldenen Spiegel' der Fürstentugend
geliefert, ward in der That zum Weimarischen 'Prinzenerzieher' erwählt;
was sein weiser Danischmende am jugendlichen Tifan geleistet, das
sollte nun er im Leben leisten. Goethe aber, das bewunderte Vorbild
der deutschen Poeten, stieg auf zum Minister. Die Großen und die
Kleinen, die echten und die nachgemachten Genies waren in solchen
Vorstellungen einig; und wenn einst Herder sich gewünscht: 'ein Wort
ans Ohr der Kaiserin von Rußland zu bekommen', wenn er Gesetz=
geber und Bildner des ungeheuren Czarenreiches sich träumte, da er
auf weiter See dahinfuhr, so sollte an der Wende des Jahrhunderts
noch dem staunenden Dichter des 'Karlos' ein namenloser Student, 'ein
sonderbares Original von einem moralisch=politischen Enthusiasten',
verwandte, kühne Pläne vortragen: das Vertrauen eines deutschen
Fürsten wollte sich Johann Baptist Lach er aus Kempten unweigerlich
erwerben, eines Fürsten, der dann entweder auf seine Absichten
eingehen müsse, oder den er zu so falschen Maßregeln verleiten wolle,
daß das Volk zur Selbstrache schreite. Und wie die Einzelnen, so
strebten die geheimen Gesellschaften nach verwandten Zielen, und
Schiller selbst schrieb: 'Ich bin weder I(lluminat) noch M(aurer),
aber wenn beide Verbrüderungen einen moralischen Zweck mit einander
gemein haben, und wenn dieser Zweck für die menschliche Gesellschaft
der wichtigste ist, so muß er mit demjenigen, den Marquis Posa sich
vorsetzte, sehr nahe verwandt sein.' Es begreift sich von hier aus gut,
wenn Schiller den Posa selbst jetzt zum Mitglied eines Ordens
erhob, zum Malteserritter.

Indem aber Schiller diese in deutschen Köpfen unruhig wogenden
Gedanken, von einem erhofften socialen Vollkommenheitszustande

von einer goldenen Zeit erfüllter Ideale und freien Seins, im Bilde
nun aufgriff und gestaltete, that er den bedeutsamsten Schritt, die
Vorstellungen seiner Jugend zu überwinden: nicht mehr Kritik des Be=
stehenden spricht er aus, sondern er gelangt dazu, die positiven Forde=
rungen der Zukunft zu formuliren. Aus dem Zusammenprall zwischen
den idealen Anschauungen, die er tief in seiner Seele trug, und der
Wirklichkeit, die er klein und niedrig fand, waren seine Jugendwerke
hervorgegangen: so hoffnungslos war dem Dichter des Karl Moor
die deutsche Welt erschienen, daß er seinen Helden einzig in die
verzweifelte Selbsthilfe zu stoßen vermochte; so trüb war dem Dichter
des 'Fiesko' die Vergangenheit erschienen, daß er das erstrebte Neue
elend zu Grunde gehen und das abgelebte Alte wiederum Macht
gewinnen ließ; und so bitter hatte der Dichter von 'Kabale und Liebe'
noch die Gegenwart seines Volkes angeschaut, daß er einzig den
Zusammenbruch des Bestehenden schilderte, einzig die Verrottung und
die Krankheit, nicht die Aussicht auf Genesung. Jetzt zuerst wandelt sich
der Satiriker um in einen enthusiastischen Propheten besserer Zeiten;
er zeigt in Karlos und in Posa Gedanken mächtig, welche die Welt neu
gestalten werden; und wenn er auch ihre Träger unterliegen läßt in
diesem Kampfe, — die fortreißende Gewalt der Ideen bezeugt er
dennoch, für welche Posa in den Tod geht, welche Karlos zum Manne
reifen, und an ihren endlichen Sieg läßt sein begeistertes Wort uns
glauben:

> Er mache das Traumbild wahr,
> Das kühne Traumbild eines neuen Staates.
> Er lege die erste Hand an diesen rohen Stein.
> Ob er vollende oder unterliege. —
> Wenn Jahrhunderte dahin geflohen, wird
> Die Vorsicht einen Fürstensohn, wie er
> Auf einem Thron, wie seiner, wiederholen,
> Und ihren neuen Liebling mit derselben
> Begeisterung entzünden.

'Alle Grundsätze und Lieblingsgefühle des Marquis', so sagt
Schiller in den Briefen über Karlos, als es gilt Posas Wesen zu

kennzeichnen, 'drehen sich um republikanische Tugend.' Das ist, wie manches in den Briefen, nicht präcis genug gesagt, der Dichter, der sich dem Werk nach eigenem Geständniß entwachsen fühlt, bezeichnet seine Intentionen oft nur ungenau, und in entscheidenden Punkten haben sie sich ihm gar völlig verschoben. Näher bestimmt, geht Posas Bekenntniß: daß er nicht Fürstendiener sein kann, vielmehr von dem Gegensatz zwischen dem Herrscherthum im Geiste Ludwig des Vierzehnten und dem in Friedrichs Geiste aus: jenes stellt sich im König Philipp dar, für dieses, nur freier geformt und blühender entwickelt, spricht Posa. Wie Ludwig der Vierzehnte, wie jener Herzog Karl, dessen Wille über der Jugend des Dichters geschaltet, bekennt sich auch Schillers Philipp zu dem Glauben: der Staat bin ich; Posa aber kämpft mit Feuerzungen für den Herrscher, der sich den ersten Diener des Staates nennt: ehemals, so ruft Posa (in einer charakteristischen, später getilgten Stelle)

> Gab's einen Herrn, weil ihn Gesetze brauchten,
> Jetzt giebts Gesetze, weil der Herr sie braucht.

Alle weiter gehenden Forderungen, alle 'republikanischen' oder constitutionellen Ideale meidet er.

Wann freilich dies Ehemals gewesen, welches der Marquis wie mit Rousseauschen Accenten schildert, von einer vergangenen, goldenen Zeit träumend, das sagt uns der über die historische Realität fortbringende Dichter nicht; vielmehr läßt er dem König das Zugeständniß ausdrücklich werden: 'So überkamen Sie die Welt. So ward Sie Ihrem großen Vater überliefert', und hebt damit selbst das eben erst Ausgesprochene wieder auf. Und wie ihn hier sein ins Weite strebendes Pathos in Widersprüche verwickelt, so hat sich ihm auch sonst, über der idealen Tendenz der Scene, ihre Stellung in der Oeconomie des Dramas verschoben, und weder historisch noch politisch wird sie fest genug begründet: wie der Marquis, durch welche Bildungsbedingungen und Erlebnisse, diese vorgeschrittenen Anschauungen inmitten der katholischen Welt gewann, erfahren wir nicht; und erstaunt hören wir

den vertrauten Freund des Karlos auf die Frage des Königs: 'Bin ich
der Erste, der euch von dieser Seite kennt', ohne Zögern erwidern:
'Von dieser — ja!' Schärfer noch ist der Widerspruch, in welchem die
Versicherung des Marquis:

> Die lächerliche Wuth der Neuerung
> Wird mein Blut nie erhitzen. Das Jahrhundert
> Ist meinem Ideal nicht reif. Ich lebe
> Ein Bürger derer, die da kommen werden

zu der kurz vorher, in der Karthäuserscene, von Posa geplanten
Rebellion Karls gegen seinen Vater steht, für die dann der weitere
Verlauf des Gedichts die Ausführung liefert: überall reißt der allgemeine
Gedankengehalt der Scenen den Dichter über die realen Voraus=
setzungen des Dramas hinweg, und eine kühne Rhetorik legt sich mit
prächtigem Faltenwurf über die im Ursprung individuell angeschaute
Gestalt. Der Posa, welchen Schiller vor sich sah, als er die Scene
zuerst fand, mochte dem Fiesko noch verwandt sein, als ein genialer,
mit allen Mitteln der politischen Intrigue einem hohen Zweck zu=
strebender Held; auch hier konnte das deutsche Leben Vorbilder geben,
in jenen Illuminaten etwa, welche ihre aufklärerischen Ziele mit stark
jesuitischen Mitteln scrupellos anstrebten. Als ein dem Größten
zugewandter Neuerer stand Posa nun da, welcher vor dem Herrscher
allein sein stolzes Wollen aussprach:

> Mein Herz ist voll — der Reiz
> Zu mächtig, vor dem Einzigen zu stehen,
> Dem ich es öffnen möchte;

als der Mann genialer Selbstbeherrschung stand er da, der auch im
Augenblick enthusiastischer Hingabe sein letztes Wort nicht spricht, und
der mit einer Mischung von idealer Größe und diplomatischer Zurück=
haltung, mit einer aus Schillers eigener Seele entstammenden
Mischung von warmer Offenheit und schwäbischer Klugheit die
Situation ergreift und beherrscht. 'Was Schiller in seinem Posa
dichtete', sagt Caroline Wolzogen, 'hätte er sein können.'

Allein diese realistischen Züge werden im Verlauf der Scene überspült und fortgeschwemmt von dem mächtigen rhetorischen Strome, welcher alles in sich aufnimmt, Forderungen und Wünsche, die das Denken der Zeit bewegen; und nicht die concrete Figur, die Schiller zuerst sah — der abstracte Freiheitsheld mit seinem glühend fortreißenden Pathos ward die Lieblingsgestalt der Deutschen.

Die Schwächen des Gedichts, die im dritten Akte anhoben, treten, wie stets im Drama, mit dem vierten Akt noch deutlicher hervor. Gleich die erste Scene giebt uns Schwierigkeiten: 'Der Schlüssel fand sich also nicht', so beginnt die Königin, und nur mühsam entsinnen wir uns noch des Diebstahls der Eboli: zu vieles und zu schwerwiegendes hat der Dichter dazwischengeschoben. Wird hier mit einer gewissen Shakespearischen Völligkeit auch die Entwicklung in den Mitspielern offenbart, der Zustand der Prinzessin nach dem Diebstahl, die auf=lauernde Vermuthung der rivalisirenden Damen, so bringt dagegen die Scene des als Philipps Gesandter eintretenden Posa eine plötz=liche, abrupte Wendung: sie zeigt eine nahe Vertrautheit zwischen dem Marquis und der Königin, eine Wärme gegenseitiger Neigung, von welcher das erste Zusammentreffen im Parke von Aranjuez nichts gewußt: einen 'Engel' darf Posa die Königin jetzt nennen, und an seinem persönlichen Wollen und Sein nimmt Elisabeth den unmittel=barsten Antheil:

> Sie sind
> Der Träumer nicht, der etwas unternähme
> Was nicht geendigt werden kann....
> Daran erkenn' ich Sie.

Und auf den kühnen Plan der Rebellion, den er ihr vorträgt, geht sie unbedenklich ein, ob ihn gleich Posa selbst 'verwegen, wie Verzweiflung' nennt: 'Die Idee ist groß und schön — der Prinz muß handeln.' Wie er zum Philipp nun steht, vertraut aber Posa der Königin nicht an, er verschweigt seine tieferen Pläne ihr, wie er sie dem Prinzen verschweigt — und eben hier fließt die Katastrophe des Dramas aus, eben hier liegt der bedrohteste Punkt der ganzen Entwicklung.

Aus der gefahrvollen Stellung Posas zwischen Vater und Sohn
sein Schicksal abzuleiten, war an sich ein echt tragisches Motiv: gegen
keinen konnte der Marquis völlig wahr sein, und was ihm zum Heile
schien, das unerwartete Vertrauen, das ihm Philipp schenkt, grade
das mochte sein Unheil werden. In einer exponirten Lage, wo auch
der Redlichste strauchelt, sah sich Posa ohne sein Zuthun nun plötzlich,
zwischen feindlichen Mächten, welche jede für sich seinen Antheil
fordern, ungetheilt, ohne Rückhalt; umstellt von Lauschern und Neidern,
auf dem gefährlichen Boden des spanischen Hofes sah er sich, und
mochte das Loos des Mittlers, ins Tragische gewendet, an seinem
Theile nun erfahren. Aber diese Intention mit zwingender Einfachheit
auszugestalten, ist dem Dichter nicht geglückt, und in einer wirbelnden,
sich überstürzenden Scenenreihe häuft seine ermattende Erfindung
Gewaltsamkeit auf Gewaltsamkeit: wie in früherer Zeit, giebt
er an Stelle von Charakterentwicklungen 'Kabalen' und Zufälle.
Sehr glücklich zwar wird das Mißtrauen des Karlos durch einen jener
wohlmeinenden Warner geweckt, die in gespannten Situationen die
Gefahr zu vermehren pflegen: Graf Lermas freundschaftliche Zuneigung
ist es, die den ersten Argwohn des Prinzen aufrührt. Aber voller
Seltsamkeit, als gelte es Karlos' Zweifel absichtlich hervorzurufen, ist
das Betragen des Marquis nun: er steht dem Fragenden über die
Audienz beim Philipp nicht Rede, er zeigt eine plötzliche Sicherheit, die den
Prinzen in Erstaunen setzt, und verlangt als stärksten Vertrauensbeweis
die Brieftasche des Karlos. Erst als Karlos dann durch Lermas erneute
Warnung erfährt, daß diese Brieftasche in Philipps Händen ist,
und daß Posa des Königs Siegel führt, wird sein Zweifel lauter: 'Und
mir verschwieg er', spricht er in tiefem Grübeln, 'Warum verschwieg
er mir?' Auch der Hörer, weil der Zusammenhang der Intrigue ihm
zu entwischen droht, sucht vergebens nach den Gründen, die Posas
Handeln bestimmen; was der Marquis im Selbstgespräch gefragt:

> Warum
> Dem Schlafenden die Wetterwolke zeigen,
> Die über seinem Scheitel hängt? — Genug,

       Daß ich sie still an dir vorüber führe,
       Und wenn du aufwachst, heller Himmel ist

— scheint ihm mehr verwegen als klug, und erstaunt sieht er den Freund des Prinzen einen geheimen Verhaftsbefehl für Karlos fordern, dessen Zweck nicht zu erkennen ist. Immer überraschender wird nun der Gang der Fabel, Karlos wendet sich zur Eboli zurück, und begehrt mit einer stürmischen Hast, für die wir keine giltige Erklärung empfangen, 'zwei Worte mit seiner Mutter zu sprechen'; Posa findet, wir wissen nicht wie, Karlos grade in diesem Augenblicke bei der Prinzessin auf, und statt, wie so oft, seine unbegrenzte geistige Macht über den Prinzen zu brauchen, schreitet er, in dem unbestimmten Gefühl nur, etwas Schreckliches verhüten zu müssen, das er doch näher nicht kennt, zu dem folgenschwersten Entschlusse: der Verhaftung des Karlos; und nachdem er noch mit einer völlig theatralischen Wendung, den Dolch in der Hand, das Leben der Eboli bedroht hat, geht er mit einer geheimnißvollen Andeutung ab, welche den Zuschauer vor neue Räthsel stellt: 'Gott sei gelobt! Noch giebt's ein andres Mittel!' Schiller selbst, als er in den Briefen über Don Karlos alles erschöpft hatte, was zu Gunsten dieser Erfindung zu sagen war, wußte Posas Handeln nicht besser zu begründen, als durch die Erwägung, daß der Marquis 'nicht mehr Meister seiner Gedankenreihe ist', und daß er 'den richtigen Gebrauch seiner Urtheilskraft verloren hat'. Eine Motivirung, welche offenbar keine Motivirung ist; denn einen Helden, welcher den Gebrauch seiner Urtheilskraft verloren hat, das heißt, welcher im Wahnsinn handelt, duldet das Drama nur, wenn er dem Hörer in seinem Zustande völlig deutlich geworden: wir können Lear und Ophelia folgen, dem Posa des vierten Aktes nicht.

Auch die Scene, welche an die Verhaftung des Karlos sich anschließt, bringt keine völlige Aufklärung: selbst der Königin gesteht der Marquis seine letzte Absicht nicht, er weist sie an, den Plan der Rebellion in Karlos zu stärken, er spricht kurzweg aus, daß er die so klug eingeleitete Eroberung des Königs aufgegeben: 'Was kann ich auch dem König sein? In diesem starren Boden blüht

keine meiner Rosen mehr', — aber nur in halben Worten, in 'fürchter=
lichen Räthseln' deutet er es an, daß er das Spiel verloren, und daß
ihm recht geschehen:

> Denn wer,
> Wer hieß auf einen zweifelhaften Wurf
> Mich alles setzen? Alles? so verwegen,
> So zuversichtlich mit dem Himmel spielen?
> O, es ist billig!

Und auch in halben Worten nur spricht er aus, was dieser Scene
ihr Eigenstes giebt und was, weil es unbestimmt mitschwingt in
Obertönen, nicht von allen Hörern vernommen wird: Posas Liebe zur
Königin.

Erst inmitten der Arbeit scheint dem Dichter dieser Einfall
gekommen zu sein, zu dem die Andeutungen bei St. Real führen
konnten: und wie in der ganzen, weiten Handlung des Dramas Liebe
und Staatsaction sich vermischten, wie die Gestalten der Elisabeth und
der Eboli in die Fabel fort und fort eingriffen, so gewannen sie nun
auch über Posa Macht, und sein abstractes Freiheitspathos selbst ward
gekreuzt durch die allbeherrschende Liebe. Das spät erfaßte Motiv
erhielt in der Eile des Abschlusses nur unvollkommene Form: 'Jetzt
fängt es an sehr interessant zu werden', schrieb Schiller an Körner,
den 30. December 1786, als er 'mitten in der letzten Scene des
Marquis mit der Königin' stand, aber er zweifelte, ob die Ausführung
nicht unter, tief unter seinem Ideale bleiben werde: 'Noch habe ich
keinen Pulsschlag dieser Empfindungen, von denen ich eigentlich bei
dieser Arbeit durchdrungen sein sollte. Dein Herz wird kalt bleiben,
wo Du die höchste Rührung erwartet hättest. Hier und da ein Funken
unter der Asche, und das ist alles.' Solche Funken unter der Asche,
solche Andeutungen verhaltener Empfindung liegen etwa in den
vorwurfsvollen Worten der Königin zum Posa: 'Warum haben Sie
mir das gethan? . . . Mögen tausend Herzen brechen, was kümmert
Sie's?'; und mit deutlicherem Hinweis läßt die Theaterbearbeitung
in Prosa den Marquis aus der liebenden Klage der Königin ihr Gefühl

erkennen: 'tief erschüttert, die Hand vor der Stirne' ruft er aus: 'Was entdeck' ich? Entsetzliches Schicksal? Darauf war ich nicht gefaßt!' Und mit stärkerer Wirkung folgt nun auf dieses Wort unmittelbar der Schluß der Scene:

> Königin. Gehn Sie! Ich schätze keinen Mann mehr!
> Marquis (fällt vor ihr nieder, faßt ihre Hand mit einer fürchterlichen Bewegung) Königin! — Himmel! das Leben ist doch schön! (springt auf und stürzt aus dem Zimmer. Königin eilt in ihr Kabinet).

Schon die Zeitgenossen haben die Absicht dieser Scene verkannt, und als Schiller Gotter in Weimar auf den tieferen Sinn hinwies, glaubte Gotter mit Recht in der Ueberfülle der Motive einen dramatischen Fehler zu erkennen: 'Er erwähnte die Scene nur insofern,' berichtet Schiller, 'als er sagte, es verdrieße ihn, daß die Königin den Marquis um seines Opfers willen table. Als ich ihn auf die wahre Ursache aufmerksam machen wollte, zeigte sich, daß er nichts davon geahnt hatte. Er verwarf es aber ganz, was ich damit wollte. . . . Auch Charlotte verstand nicht gleich, was ich mit dem Ausgang der Scene wollte.' Auch Charlotte verstand es nicht — und doch hatte der Dichter, nach eigenem Geständniß, gewisse Stellen im Stück auf sie 'gleichsam berechnet'; weil Posa, nicht Karlos, Schillers individuelles Fühlen nun aussprach, so mußte auch er, der Marquis, zu Elisabeth, Charlottens Abbild, in entsagender Liebe aufblicken; Elisabeth aber klagte, wie Frau von Kalb in Mannheim, da Schiller den Weg seines Ruhmes ziehen wollte: 'Sie haben nur um Bewunderung gebuhlt.'

Nach dem durch gewaltsame und unklare Motive geschädigten vierten Akt bringt der fünfte Aufzug noch einmal gewaltige Höhepunkte der Dichtung und volle tragische Klarheit. In freier Aussprache mit dem Infanten deckt Posa alles Vergangene, seinen Irrthum und seine Sühne, endlich auf, und während noch Karlos neue Hoffnung zu wecken wagt, durchfährt schon die mörderische Kugel die Luft, welche Posas Leben endet. Und so rückt nun Karlos' Gestalt wiederum

beherrschend in den Vordergrund, groß und maaßlos im Schmerz, mit
erschütternder Klage auf den Mörder eindringend; in das Herz des
Königs zielt mit feuriger Rede der Held, der vor dem Leichnam des
Geliebtesten wie über alle irdische Rücksicht erhaben scheint, Richter
und Rächer zugleich:

Natur?
Ich weiß von keiner. Mord ist jetzt die Losung.
Der Menschheit Bande sind entzwei ... Morden Sie
Mich auch, wie Sie den Edelsten gemordet.
Mein Leben ist verwirkt. Ich weiß. Was ist
Mir jetzt das Leben? Hier entsag ich allem,
Was mich auf dieser Welt erwartet. Suchen
Sie unter Fremdlingen sich einen Sohn —
Da liegen meine Reiche.

So, mit echten Sturm- und Drangtönen, erhebt sich die Dichtung zu
voller Größe wieder, und auch wo Uebertreibungen des Affectes über
die Wahrheit der Situation hinwegeilen, bleibt die theatralische
Wucht der Scene ungemindert. Wie dann der Rückschlag der finstern
That den König in die tyrannische Starrheit für alle Zeiten völlig
hineintreibt, stellt der Dichter mit echt tragischer Wirkung in der
folgenden Scene dar, und schildert knapp und mächtig, wie das noch
menschlich bewegte Empfinden des Herrschers seinen Meister findet
an der unpersönlichen, unentrinnbaren Macht der Kirche. Plötzlich,
überraschend und groß, richtet sich hinter und über dem absoluten
Königthum der Katholicismus selber auf, in der Figur des blinden
Großinquisitors, zu dem die Menschlichkeit in keinerlei Gestalt den
Weg mehr findet: allen irdischen Rücksichten erstorben, einzig den
Sieg der finstern Idee ersinnend, steht er da, jedem Einwand gerüstet:

König. Es ist mein einziger Sohn. — Wem hab ich gesammelt?
Großinquisitor. Der Verwesung lieber als der Freiheit.

So viel eindringlicher in der Poesie sachliche Darstellung ist, als
tendenziöse Rhetorik, um so viel höher steht die Wirkung dieser großartigen Scene über den schwungvollen Tiraden der Mannheimer Zeit,

welche mit directer, subjectiver Polemik gegen den Katholicismus
noch anstürmen.

Die kurze Scene des Karlos bei Elisabeth endigt das Stück;
sie zumeist zeigt die Eile des Abschlusses und stellt mit einer etwas
abstract-programmmäßigen Wendung den Umschwung in dem Infanten
hin: wie ein Traum, so muß Karlos bekennen, liegt das Vergangene
hinter ihm, der Liebe zur Königin und allem Irdischen ist er abgestorben,
geläutert durch das große Erlebniß, und nur dem Vermächtniß des
Geschiedenen gilt noch sein Dasein: .

Ein reiner Feuer hat mein Wesen
Geläutert. Meine Leidenschaft wohnt in den Gräbern.

Und so hat sich denn, mit einem echt Schillerschen Contraste, das
Verhältniß des Karlos zur Königin jetzt umgekehrt: in der ersten
Begegnung blickte der Prinz ehrfurchtsvoll zur Königin auf, in der
letzten Begegnung bekennt Elisabeth staunend:

Ich darf mich nicht
Empor zu dieser Männergröße wagen;
Doch fassen und bewundern kann ich Sie.

Knapp und epigrammatisch spitz, wie der Dichter es liebt, ist nun
nach all dem breiten Pathos der Schluß des Dramas, des Königs
Eingreifen und Karlos' Auslieferung an die Inquisition: 'Kardinal,
ich habe das Meinige gethan. Thun Sie das Ihre.'

Die herrschenden Gestalten in diesem großartigen Akte sind
Karlos und Philipp, nicht Posa: auf den 'beiden Hauptcharakteren',
welche der Dichter im Beginn seiner Arbeit gesehen, nicht auf
demjenigen, welcher im weiteren Verlauf sein Interesse hinnahm, ruht
die tiefste Wirkung der Tragödie. Die Untreue, welche der Dichter
gegen seinen Helden beging, Posa zu Liebe, hat sich, sofern die Plastik
der Gestalten in Rede ist, nicht belohnt; und diese jüngste Figur des
Dramas beginnt uns Heutigen, weil sie in schwindenden Tendenzen
der Zeit mehr, als in poetischer Anschauung gründet, in ihrer Wirkung
zu verblassen. Sie war es, die Schillers festen Plan verrückte, und

den Bau des vierten Aktes umwarf; und wir erkennen es gut, wenn wir auf die Quelle des Dichters noch einmal zurückblicken, wie der schwere Schaden in diesem Organismus entstanden ist. In den überlieferten Figuren, in Karlos und Philipp, ist die sichere Größe des Werkes, sie, die der überbeweglichen Empfindung des Dichters und seiner reichlich combinirenden Phantasie Schranken setzten, sind grade in der Mischung von Gegebenem und frei Gefundenem zu voller poetischer Wahrheit erwachsen. Für Posa dagegen war das Entscheidende: sein Untergang, erst von Schiller zu erfinden, und hier sahen wir ihn von Anfang an der Anschauung und des festen Bildes beraubt: daß der Marquis einen Opfertod sterben soll, deutete schon der erste Entwurf an, und immer mehr im Fortgang der Arbeit erschien der Tod für einen Freund und für eine edle Sache zugleich dem Dichter als herrlichste That; allein die Schwierigkeit, dies nur Geplante zu einem innerlich Nothwendigen zu erheben, besiegte er nicht, und alle Gewaltsamkeiten des Stückes und seine gezwungenen Motive entstammen von hier. Zugleich aber entstammen von hier jene über das Poetische hinausdrängenden, unmittelbaren Wirkungen des Gedichts, welche durch ein Jahrhundert seinen Ruhm ausgemacht haben, und welche bis in unsere Zeit hinein, in der Dichtung und im Leben, auf der Tribüne und im politischen Kampf, Posas Gestalt als Typus und Muster fortleben ließen. Die Einheit des Kunstwerkes zwar ward so getrübt, aber seine Macht und Geltung für die deutsche Cultur ward erhöht; und wenn Schiller selbst es als ein 'Unglück' empfand, daß er noch im Fortschreiten sei und inmitten der Arbeit sich verändere, so schließt doch jenes Unglück einen echten Gewinn ein, welchen der im Künstlerischen strenger beharrende Geist verfehlt hätte.

Eine Fülle dramatischer Wirkungen war in dem so beschaffenen Werk vereinigt; aber die ersten Versuche, es der Bühne zu gewinnen, brachten kein volles Gelingen, wie bedingungslos auch Schiller dem Theater seiner Zeit entgegengekommen war. Ohne Zögern opferte er die Wirkungen der Form und schrieb, da für den Jambus eine Bühnentradition nicht vorhanden und die Zahl der Vershasser unter den

Schauspielern groß war, das Gedicht resolut in Prosa um; und er schnitt rücksichtslos ab, was den Bedingungen der Scene zuwiderlief, und was in politischer und religiöser Rücksicht Anstoß geben konnte: er strich den Großinquisitor, machte aus dem Pater Domingo einen farblosen Staatssekretär Perez und verkürzte die Scene zwischen Posa und Philipp. In so verstümmelter Form kam das Stück auf zahlreiche Theater, ohne starke Wirkung zu thun; in Hamburg gab es Schröder, als ein erklärter Freund des Verses, im Jambus und spielte selber, in reiner Natürlichkeit und ohne crasse Thrannenmanieren, den Philipp. Auch in Mannheim wurde der Vers gewählt, doch ohne volle Wirkung: grade hier, wo man schon den Fiesko 'viel zu gelehrt' befunden, war für die Welt, in welcher der 'Karlos' lebte, wenig zu hoffen. Aber in der preußischen Hauptstadt traf, wie der 'Fiesko', so auch 'Karlos' auf besseres Verständniß: der junge König selbst, Friedrich Wilhelm der Zweite, nahm Interesse an der Aufführung; und weil in jenen ersten Zeiten seines Herrscherthums Pläne 'zum Besten der Menschheit' ihn noch erfüllten, sah er dem Auftritt zwischen Philipp und Posa voll Theilnahme zu: 'Die Scene soll gut gespielt werden und Seiner Majestät dem dicken — sehr ans Herz gegangen sein,' berichtet Schiller, 'ich erwarte nun alle Tage eine Vocation nach Berlin, um Herzbergs Stelle zu übernehmen und den preußischen Staat zu regieren.'

Weit stärker jedoch als in der Darstellung, — hinreißend wirkte das Gedicht in seiner literarischen Form: mit dem 'Karlos' erst gewann Schiller den Beifall der Alten wie der Jungen, der Naiven wie der Gebildeten. Die unbedingte Zustimmung der Kritik empfing der Dichter jetzt, der berühmte, der meisterhafte Autor wird er, die anerkannte literarische Großmacht; und ausdrücklich setzt man das neue Product seinen älteren entgegen, und nennt es einen Höhepunkt der dramatischen Dichtung, der für den großen Haufen freilich nicht so viel bedeuten werde, wie ein Stück von der Art der 'Räuber'. Einwände im Einzelnen erhob man genug, gegen die verwickelte Intrigue des Stückes, gegen das unklare Märthrerthum des Posa,

und man trieb den Dichter so zu dem Rettungsversuch in den 'Briefen'
an; allein in dem Ganzen erkannte man begeistert ein herrliches
Nationalwerk und stellte es neben Lessings Nathan hin, neben Goethes
Iphigenie.

Den Weg auf das Theater, der dem Werk im Erscheinen
erschwert schien, hat es nun lange gefunden. Die fehlende Einheit,
die in der Geschichte seiner Entstehung gegründet ist, und die lockere
Verknüpfung der sozialen Tendenzen mit den dramatischen Vorgängen
hatten die Wirkung aufhalten müssen, aber sie gänzlich abzuschneiden
waren solche Mängel dennoch außer Stande; und so gewann der
'Karlos' die Bühnenexistenz um so sicherer, je tiefer das Gedicht
Wurzel schlug in der Seele des deutschen Volkes. Es gleicht darin
dem größten dramatischen Gedicht der Nation, Goethes 'Faust',
welchem auch eine oft unterbrochene Arbeit die letzte Konsequenz
geraubt hat, in dem auch die poetischen Schichten unvermittelt neben
einander liegen, und der dennoch, wie der 'Karlos', mählig vom
Buchdrama zum Bühnendrama geworden ist.- Werke von solcher
Beschaffenheit wachsen über die Normen der poetischen Gattungen
hinaus, sie bilden Wesen von ganz besonderer Art, die nach eigenen,
inneren Gesetzen nur leben; und wie dieser 'Karlos' nun ist, mit seinen
großen Fehlern und ewigen Vorzügen, mit seinen der Tiefe nationalen
Seins entstammenden Impulsen und der schwingenden Fülle seiner
Ideen, in der Hoheit seiner Gestalten und der stolzen Pracht seiner
Sprache steht er siegreich da, ein unvergängliches Denkmal deutscher
Kunst und deutschen Empfindens.

Zweifel und stockendes Schaffen.

Zwei Tage nach seiner Ankunft in Dresden, am 13. Sep=
tember 1785, schrieb Schiller an Huber: 'Der gestrige Abend hier
auf dem Weinberge war mir ein Vorschmack von allen folgenden.
Während daß Dorchen und Minna im Hause sich beschäftigten, hatten
Körner und ich philosophische Gespräche. Jetzt wird er anfangen,
thätig zu werden. O liebster Freund, das sollen göttliche Tage
werden.'

Die Hoffnung, soweit Körner in Frage stand, erfüllte sich
nicht: Körner blieb, was er war, die nur im Empfangen bewegliche
Begabung. Aber für Schiller brachte die erste, unmittelbare Berührung
mit einem auf der Höhe der Zeitbildung stehenden Geiste nun reich=
lichen Gewinn; und hatte er schon in Leipzig sich gewünscht, tausend
neue Ideen im persönlichen Umgange mit Körner zu formen, durch
Philosophie und Wärme der Neigung, so strömte ihm jetzt Anregung
über Anregung aus dem täglichen Verkehr mit dem Freunde zu, und
schnell schuf seine geniale Receptivität das eben Erhaltene sich zu
eigenem Besitze um, welcher der Welt wiederum mitzutheilen war.
Schillers philosophische und religiöse Anschauungen wandeln sich so,
sein geschichtliches Wissen erweitert sich und seine Menschenkenntniß
vertieft sich; in dem beherrschenden Werk jener Periode zeichnet sich

seine wachsende Einsicht am großartigsten ab, aber auch die begleitenden Schriften, die sich um den 'Karlos' gruppiren: die 'Philosophischen Briefe', die Erzählungen 'Verbrecher aus verlorener Ehre' und 'Der Geisterseher', sowie das Drama 'Der versöhnte Menschenfeind' erhalten ihr Eigenstes von hier aus: Körners Freund ist es, der sie geschrieben. Und als hätte die bedächtigere Art Körners sich auf Schiller dennoch ein wenig übertragen, findet er den Abschluß der reichlich ausströmenden Pläne jetzt nicht: alle Dresdener Conceptionen (die kleine Novelle ausgenommen) bleiben Fragment. Selbst für die beiden Gedichte, welche Schiller damals veröffentlichte, plante er eine Abrundung, welche dann nicht zu Stande kam: 'gänzlich widerlegen' wollte er die 'Freigeisterei der Leidenschaft' und die 'Resignation' durch ein drittes Gedicht, aber er gelangte über die Absicht nicht hinaus, und als das wichtigste lyrische Zeugniß aus jener Periode liegt nun 'Resignation, eine Phantasie' vor uns.

Klar spiegelt das Gedicht den Wandel in Schillers Anschauung ab; zwar ist es der 'Freigeisterei' wie ein Gegenstück beigefügt, allein es muß im Ursprung jünger sein, als dieses: ein unmittelbares Erlebniß, die Liebe zu Charlotte, spricht aus der 'Freigeisterei' mit aller Wärme des Augenblicks, und noch in Mannheim werden darum diese leidenschaftlichen Verse entstanden sein; nur im leisen Nachhall, als ein Entferntes, Ueberwundenes klingt jene Neigung in der 'Resignation' nach, und der Ton des Gedichts ist ein philosophisch-gedämpfter, wo dort Accente des innersten Kampfes pathetisch niederfallen. Und ein scharfer Gegensatz der Anschauungen trennt die 'Freigeisterei' von der 'Resignation': in dem älteren Gedicht nennt zwar die Leidenschaft des Liebenden den Preis der Entsagung hinieden allzu hoch für den Lohn in einem zukünftigen Leben — aber daß ihm dieser Lohn dereinst werden wird, das ist dennoch sein unerschütterter Glaube; in dem jüngeren Gedicht dagegen fällt aller Nachdruck auf die Erkenntniß, auf die neue und von nun an den Dichter beherrschende Erkenntniß: daß nicht eine Vergeltung im Jenseits den Menschen erwarte, sondern daß er das Gute thun müsse, allein um des Guten willen.

Ganz hatte der Schiller der Akademie, der Stuttgarter und der Mannheimer Dichter in den biblischen Vorstellungen des jüngsten Tages gelebt, jenes großen Weltgerichtes, das die Fürsten und die Franz Moore vor sich laden wird dereinst; und man ermißt den völligen Wandel der Anschauung, welchen nun die Worte aussprechen: 'Die Weltgeschichte ist das Weltgericht.' Aus dem Jenseits fort in das diesseitige Leben verlegt sich die Betrachtung: hoffe keiner auf eine Ewigkeit, welche verlorene Gegenwart ihm vergütete, so lehrt der Dichter; und wen nicht der reine Glaube an das Gute nur aufrecht erhält, der greife aus nach der lockenden Lebensblume: 'Genieße wer nicht glauben kann. Wer glauben kann, entbehre.'

Die Befreiung von der dogmatischen Auffassung und das Vordringen einer neuen Lebensanschauung, wie es sich in der 'Resignation' darstellt, giebt auch den 'Philosophischen Briefen' ihren Grundton; und hier wird es am deutlichsten offenbar, wie Körners Antheil den geistigen Proceß in Schiller beschleunigt hat: die philosophischen Gespräche vom Weinberg in Loschwitz gewinnen schriftstellerische Form. Zwei Freunde, Raphael und Julius, gehen einen Briefwechsel ein, für welchen etwa Mendelssohns philosophische Episteln ein Vorbild gewähren konnten; Raphael, der Ältere, welcher den Julius aus der Beschränktheit überlieferter Vorstellungen zu freierem Erkennen hinausführt, ist Körner, Julius ist Schiller, und jeder der Freunde verfaßte die Briefe selbst, in denen sein Abbild spricht. Damit ist bereits gesagt, daß die Briefe des Raphael nur spärlich fließen: der weitaus größere Theil fällt auf Julius. Mit heiterem Spott über die Langsamkeit des Freundes heißt es darum in 'Körners Vormittag':

Schiller. Ich komme, Deinen Raphael abzuholen. Du hast ihn doch fertig, Körner?

Körner. Auf meinem Schreibtisch liegt, was ich gemacht habe.

Schiller (liest) 'Ein Glück, wie das unsrige, Julius, ohne Unterbrechung, wäre zuviel für ein menschliches' — — — Wo gehts denn fort?

Körner. Das ist alles.

Schiller. Ach du lieber Gott! — Da bin ich wieder angeführt.

Aber der fertige philosophische Charakter ist dennoch Raphael, und er steht neben Julius da, wie der Malteserritter neben Karlos: mit Bewußtsein führt er ihn, den jugendlich Schwankenden, zu seiner Anschauung empor, und er besitzt, wie Posa, den entschlossenen Willen, welcher über den Freund mit reifer Sicherheit schaltet: 'alles dies ist nicht in meinem Plan,' schreibt er, 'du sollst zu einer höhern Freiheit des Geistes gelangen, wo du der Behelfe nicht mehr bedarfst.' Und Julius bekennt, wie ein gelehriger Schüler des Posa: 'Du hast mich in einen Bürger des Universums verwandelt. Ich fühlte mich ganz frei, denn die Vernunft, sagte mir Raphael, ist die einzige Monarchie in der Geisterwelt, ich trug meinen Kaiserthron in meinem Gehirn.' Der innersten Anschauung des 'Karlos' aber entspringt, was Julius über die Aufopferung für einen Freund oder für einen bewegenden Gedanken der Menschheit aussagt: 'Die Geschichte hat Beispiele solcher Opfer — und ich fühle es lebhaft, daß es mich nichts kosten sollte, für Raphaels Rettung zu sterben.... Denke dir eine Wahrheit, mein Raphael, die dem ganzen Menschengeschlecht auf entfernte Jahrhunderte wohl thut — setze hinzu, diese Wahrheit verdammt ihren Bekenner zum Tode, diese Wahrheit kann nur erwiesen werden, wenn er stirbt. Denke dir dann den Mann mit dem hellen umfassenden Sonnenblicke des Genies, mit dem Flammenrade der Begeisterung, mit der ganzen erhabenen Anlage zu der Liebe — und nun beantworte dir, bedarf dieser Mensch der Anweisung auf ein anderes Leben?' Mit solchen Worten lenkt die Schilderung wieder, aus der Anschauung einer Posaschen Idealgestalt, in den Gedankengang der 'Resignation' ein, und noch einmal erklärt Julius festen Muthes: 'Es muß eine Tugend geben, die auch ohne den Glauben an Unsterblichkeit auslangt. Rücksicht auf eine belohnende Zukunft schließt die Liebe aus.' Aber nicht ohne Kampf wird diese Erkenntniß in Schillers Abbild lebendig; er schwankt, er irrt, ihn ängstigen die Grenzen der Menschlichkeit und menschlichen Erkennens; und dem alten Glauben entfremdet, an dem neuen zweifelnd, erfleht er Rath und Hilfe von dem Entfernten: 'Du hast mir den Glauben gestohlen, der mir Frieden gab. Du hast mich verachten gelehrt, wo ich anbetete. Raphael ich fordere meine Seele von dir.'

Raphael=Körner antwortete auf die bewegliche Klage, nach seiner Art, mit knapper Sachlichkeit. Den Freund aus dem Traume geweckt zu haben, erklärt er, bereue er nicht; er verlangt, zu Julius' Heilung, den Gang seiner metaphysischen Anschauungen kennen zu lernen, und empfängt ein ausführliches Document, überschrieben 'Theosophie des Julius': ein älterer Entwurf Schillers aus Stuttgarter Tagen ist es, welcher dem stockenden Unternehmen mit dieser Wendung eingefügt wird. Körner ließ sich Zeit, sie zu prüfen: erst nach zwei vollen Jahren, im April 1788, empfing Schiller zu seiner Ueberraschung in Weimar einen neuen Brief des Raphael. 'Dein Weg geht vorwärts und Du bedarfst keiner Schonung mehr', rief der ältere Freund dem jüngeren nun zu; und er zeigte auf den überragenden Philosophen der Zeit hin, indem er eine Untersuchung 'über die Natur der menschlichen Erkenntniß' als die unentbehrliche Grundlage der Weltweisheit forderte: 'Ich müßte mich sehr irren,' antwortete Schiller, 'wenn das nicht eine entfernte Drohung — mit dem Kant in sich faßt. Was gilt's, den bringst Du nach? Ich kenne den Wolf am Heulen. In der That glaube ich, daß Du sehr recht hast; aber mit mir will es noch nicht so recht fort, in dieses Fach hineinzugehen.' Körner ist es nun, der den Freund um die Fortsetzung der 'Briefe' eifrig bittet und der die Frage wiederholt: 'Julius hat wohl nichts an Raphael zu schreiben?' Allein Schiller, aus den Träumen seiner Jugend einmal aufgeschreckt, hatte die unbefangene Sicherheit verloren, mit welcher er in der 'Theosophie' von Gott und Universum und der allmächtigen Liebe gehandelt, im Sinne einer dogmatischen Weltweisheit; und er empfand bedrückend das Eine nur: den Mangel an philosophischer Bildung. Wie er in Dresden mit Julius bekannt hatte: 'Ich bin arm an Begriffen, ein Fremdling in manchen Kenntnissen, ich habe keine philosophische Schule gehört, und wenig gedruckte Schriften gelesen', so bekannte er nun in Weimar, am 14. November 1788: 'Das Gefühl meiner Armseligkeit kommt nirgends so sehr über mich, als bei Arbeiten dieser Gattung.

Wenn Du überlegst, wie wenig ich über diese Materie gelesen, wie viel vortreffliche Schriften darüber vorhanden sind, die man sich ohne Schamröthe nicht anmerken lassen kann, nicht gelesen zu haben: so wirst du mir glauben, daß es mir immer eine schwerere Arbeit ist, einen Brief des Julius zu schreiben, als die beste Scene zu machen. Indeß will ich mich zusammennehmen und Dir eine Materie anspinnen, nur verlange sie so sehr bald nicht von mir; vor allen Dingen muß ich mich wieder in den Geisterseher hineingearbeitet haben.'

Schiller selbst nennt hier unwillkürlich den letzten Grund, der ihn hindert, den alten Plan fortzusetzen: während der bedächtigere Freund noch immer an den 'philosophischen Briefen' hängt, ist er längst zu neuen, fruchtbaren Entwürfen fortgeschritten. Die Fortsetzung des 'Geistersehers' beschäftigt ihn damals, und so fließt denn in diesen über, was Körner den 'Briefen' zugedacht hatte: die Anregungen des Raphael rufen eine philosophische Auseinandersetzung dennoch hervor, und zwei Monate nach jenem abwehrenden Bekenntniß, am 22. Januar 1789, schreibt Schiller: 'Stelle Dir vor, daß mir der Geisterseher anfängt lieb zu werden, und jetzt, da ich ihn hineilen muß. Ich habe dieser Tage ein philosophisches Gespräch darin angefangen, das Gehalt hat.'

In Körners Brief hatte Schiller den Vorwurf gefunden: daß sich sein Julius, ohne jedes erkenntnißtheoretische Bedenken, 'gleich mit dem Universum eingelassen'; und er schränkt sich darum, in jenem Gespräch, in das diesseitige Sein völlig ein und verzichtet, den 'Weltplan' nachzudenken, wie in alten Tagen. Er legt dem Helden des Romans Erörterungen in den Mund, welche zwar nicht in jedem Punkte seine eigene Meinung aussprechen, aber doch Schillersche Gedanken mehr, als Gedanken des Prinzen von *** sind: die Oekonomie des Romans forderte diese ausführliche Betrachtung nicht, Schillers persönliches Interesse hat zu ihr hingedrängt. In derselben Lage findet sich der Prinz, in der sich Julius, in der sich Schiller sah: seinen 'ehemaligen Lieblingsgefühlen' ist er entfremdet, und zugleich giebt ihm die Unzulänglichkeit der neuen Erkenntniß, dieses bloßen 'Vernunftgebäudes', ein Gefühl der Verlassenheit und der Freudlosigkeit. Weil aber glücklich zu werden auch sein Wunsch ist, weil die alten Vorstellungen von Glückseligkeit und Vollkommenheit den Dichter noch immer erfüllen, so will der Prinz in den schmalen Raum der Gegenwart sein ganzes Hoffen und Wollen einschließen: 'Der Augenblick ist unsre Mutter, und wie eine Mutter laßt ihn uns lieben', ruft er, gleichwie in der 'Resignation' der Dichter ausgerufen: 'was man von der Minute ausgeschlagen, giebt keine Ewigkeit zurück.' Denn dem Begriff eines Zweckes, einer bewußt waltenden Macht im Universum sieht der Prinz sich nun entfremdet: nicht an einen willkürlich ersonnenen 'Weltplan' will er ferner glauben — einzig die Gesetze der Causalität will er mit scharfem Eindringen objectiv erkennen. Statt Mittel und Zweck will er Ursache und Wirkung gesagt haben: 'Ihre Damit verwirren uns', ruft er dem Freunde zu, 'Ich kann Ihre Zwecke nicht leiden.'

Als der Baron von F. dem Grafen von O. dieses 'ewig lange' philosophische Gespräch mittheilt, da fügt er die Bemerkung hinzu: 'Ich weiß der Zustand seines Geistes ist Ihnen wichtig, und seine Handlungen, weiß ich, sind Ihnen nur wegen jenes wichtig.' Eine Bemerkung, welche wiederum dem Dichter persönlich gehört, und welche die Intentionen des Romanes heller beleuchtet: nicht nur die Reize einer bunten Fabel haben Schiller zum 'Geisterseher' hingeführt, sondern eben so sehr die Reize einer psychologischen Entwicklung, welche aus seinen eigenen innern Erlebnissen frei geschöpft war. Im engsten Zusammenhange mit der 'Resignation', mit den 'philosophischen Briefen' muß darum der Roman gesehen werden: in der zweifelnden Stimmung des Dresdener Schiller wurzelt auch er, in jener durch Körner aus ihrem unbefangenen Glauben an das Ueberlieferte aufgestörten, zu der Sicherheit einer neuen Weltanschauung noch nicht gelangten Stimmung von 1786. Ein Abbild des Dichters selbst, wenngleich ein individuell geformtes und umgestaltetes Bild, ist dieser Prinz von ***, der 'in seine eigene Phantasieenwelt verschlossen, sehr oft ein Fremdling in der wirklichen' ist; der Protestant ist durch

Geburt, 'nicht nach Untersuchung, die er nie angestellt hatte'; und dem eine 'bigotte, knechtische Erziehung' den Glauben an religiöse 'Schreckbilder', an das 'Grauenvolle und Derbe' nur aufgezwungen. Wie dieser Glaube ins Wanken geräth, und wie der Prinz durch eine Periode des Skepticismus hindurch schreitet, um zuletzt im Schooße der katholischen Kirche die verlorene Ruhe wieder zu finden, das eben ist das Grundproblem des Buches; und der Dichter hat nun eine eigene, reiche Kunst aufgewendet, er hat in die Zeitgeschichte tief hineingegriffen, um diese individuelle, psychologische Entwicklung zu einem fern ausschauenden, modernen Roman voll Leben und Spannung zu erweitern. Und aus derselben Stimmung heraus hat Schiller den Plan zu einem andern (es scheint epischen) Werke damals gefaßt, welches zur Ausführung nicht gelangte: den Kaiser Julian wollte er schildern, den Apostaten des Christenthums, der an der Religion seiner Jugend zweifelnd, zu einer älteren Glaubensform zurückkehrt, gleich dem Helden des 'Geistersehers'. In den 'Göttern Griechenlands' fand später Körner diese 'Ideen zum Julian' wieder.

Näher betrachtet, liegt das Besondere des Romans nun aber darin: daß die Entwicklung, welche in Schiller und in dem Julius der 'Briefe' eine offene, durch freundschaftlichen, geistigen Austausch geförderte ist, in dem Prinzen des 'Geistersehers' durch verborgene, zwingende Einflüsse geschieht, durch eine geheime Gesellschaft, welche zu weltlichen Zwecken die seltsamsten Mittel ergreift. Wie im 'Karlos', ist die Absicht: eines Fürsten sich zu bemächtigen, eines Thronfolgers vielleicht, dem die Zukunft seines Volkes gehört; und wie im 'Karlos', ist auch im 'Geisterseher' der Prinz von einer schwärmerischen 'Melancholie' erfüllt, ist er 'ohne schwach zu sein, dazu geboren, sich beherrschen zu lassen.' Nur daß an Stelle des einen Posa hier ein ganzer, vielverzweigter Bund steht, und daß das Ziel der Propaganda nicht die Freiheit, sondern die Knechtung des Gedankens ist; nur daß selbst die Liebe, welche den Karlos emporhebt, den Prinzen von *** in den Betrug vollends hineinzuziehen hilft. Konnte der Dichter dem Malteser gegenüber an die Maurer und

Illuminaten erinnern, so schwebt hier ihr Widerpart, der Jesuitismus vor; und die katholische Kirche, deren Einflüsse Schiller im Dresdener Hofleben nun beobachten mochte, wie er sie im Mannheimer Bürger= leben beobachtet, erscheint als die große, culturfeindliche Macht von Neuem, welcher der Erzähler mit überzeugter Polemik, wie im Sinne der Aufklärer, entgegentritt. Schiller selbst sagt uns, daß er Stimmen des Tages hier sprechen läßt, wenn er etwa an Körner berichtet: 'Bode (einer der wichtigsten Menschen im ganzen Maurerorden) ist mit den Berlinern über die drohende Gefahr des Katholicismus einig. Die jetzige Anarchie der Aufklärung meint er, wäre hauptsächlich der Jesuiten Werk. Magnetismus leugnet er nicht. Ein Agens nimmt er darin an, ohne zu ergründen, wie es wirke.' Auch die unmittelbare Verknüpfung der Gegenstände ist hier charakteristisch: die Fragen des Glaubens und der physikalischen Erscheinungen sah die Zeit ineinander fließen, und diese und jene Probleme zugleich zu lösen, verhießen die Wunderthäter alle, die Gaßner und Mesmer und Cagliostro. Es war der Rückschlag der Aufklärung, der hier empfunden ward, das Bedürfniß nach einem neuen Glauben, da der alte schwand. Wie lebhaft die Freunde an dieser Bewegung Theil genommen, nach innerm Antrieb, zeigen zahlreiche Aeußerungen Körners und Schillers: Cagliostro beschäftigt sie, die Illuminaten, die neuen Entdeckungen der Physik. Huber und er, so berichtet Körner, sprachen beim englischen Bier stundenlang 'von Illuminaten und geheimen Gesellschaften'; und Schiller schreibt ausführlich seine Meinung über den Stifter des Ordens, Weishaupt, welcher 'jetzt sehr das Gespräch der Welt' sei. Cagliostro, so meldet Körner dem Freunde zur selben Zeit, da in Palermo Goethe die Familie des Geisterbanners aufsuchte, 'Cagliostro ist aus London verschwunden und hat die Juwelen seiner Frau mitgenommen'; Schiller aber blickt aufmerksam empor zur Büste der Frau von Recke, Cagliostros ehemaliger Freundin, und gesteht: 'ich kann begreifen, wie sie Cagliostro Hoffnungen erweckt hat.' Und Körner erzählt, als ein Kenner der magnetischen Fragen: 'Graf Redern hat sich ziemlich für Magnetismus einnehmen lassen und

mehreren Versuchen beigewohnt. Ich bin begierig, ob er über Merk=
würdigkeiten dieser Art etwas Interessantes erfahren wird. Ich habe
ihm soviel Fingerzeige dazu gegeben, als ich gekonnt habe.'

Was aber so die Kreise des gebildeten Bürgerthums, in Für und
Wider, bewegte, das stieg empor bis an die Stufen des Thrones und
schien unmittelbare Wirksamkeit gewinnen zu wollen im Staate. In
Preußen waren Friedrich Wilhelm der Zweite und die ihm zunächst
standen, die Bischofswerder und Wöllner, für den Wunderglauben
interessirt: 'der König', so schrieb ein Zeitgenosse, 'läßt sich von verschie=
denen Favoriten leiten, so alle Geisterseher, wie der König sind: und wer
dieser Sekte nicht zugethan ist, kann dort zu nichts gelangen.' Und
wenn nun Schiller, wenige Monate nachdem der König auf den Thron
gekommen, einen Roman 'Der Geisterseher' zu veröffentlichen begann,
so begreift sich das Aufsehen, welches schon das erste Fragment in der
Thalia erregte: sogleich fing man an, die Zeitschrift 'für etwas zu
halten', und der Prinz von *** erregte die Neugier der Fürsten: 'der
Prinz von Coburg', berichtet Schiller, 'bittet mich angelegentlich, ihm
das Manuscript des Geistersehers noch vor dem Druck zu schicken.
Prinz Gallizin schreibt mir aus Paris um die Thalia.' Der Griff in
das Leben der Zeit, den Schiller gewagt, war so keck und fest, wie
nur der Dichter der 'Räuber' ihn zu thun wußte; mit unbefangenem
Naturalismus waren Elemente der Wirklichkeit in Fülle aufgegriffen
wie in Stuttgarter Tagen, und aus der Gegenwart und Vergangenheit
der deutschen Zustände hatte Schiller den Stoff zu einem ganz modernen
Romane gewonnen, einem Vorbilde der Gattung.

Von dem Glaubenswechsel eines Fürsten hatte schon seine
Kindheit gehört: Karl Alexander, der Vater Herzog Karls von
Württemberg, war Katholik geworden, seinem Volke zum Kummer.
Die sächsischen Herrscher, um politischer Vortheile willen, waren
denselben Weg gegangen. Und auch die kleineren deutschen Fürsten
hatten durch Religionswechsel Aufsehen erregt, ein Landgraf
Friedrich von Hessen etwa, der, wie Schillers Prinz von ***,
als Erbprinz in Italien gereist und später katholisch geworden war.

Von ihm wird ein seltsames Erlebniß berichtet, das ins Jahr 1760 fällt: auf einem Maskenball, in der Nacht vom 31. Januar zum 1. Februar, Schlag zwölf Uhr, trat ein Armenier an den Erbprinzen heran, zeigte auf die Saaluhr und sagte: 'Hochfürstliche Durchlaucht, soeben ist der Landgraf gestorben.' Der Armenier verschwand; zwei Tage später aber brachte ein Courier die Bestätigung der Todesnachricht nach Inhalt und Stunde. Dieses Geschehniß griff Schiller auf, und stellte es an den Beginn seiner Erzählung: ein Armenier tritt an den maskirt in Venedig lustwandelnden Prinzen heran und spricht: 'Wünschen Sie sich Glück, Prinz. Um neun Uhr ist er gestorben'; und die Folge bestätigt dann, daß der Erbprinz von *** zu dieser Stunde in der That verschieden ist. Und wie der Dichter hier Züge aus dem Leben unbefangen aufgefaßt, so hat er in der Charakteristik des Armeniers den Cagliostro deutlich nachgebildet, mit seiner aus Aegypten und den Pyramiden geholten Weisheit, mit seiner vorgeblichen Enthaltsamkeit und Unverwundbarkeit, seinem mythischen Alter; und hat zugleich in dem untergeordneten 'Sicilianer' auf Cagliostro noch einmal angespielt, dessen Identität mit dem Schwindler Giuseppe Balsamo aus Palermo eben damals bekannt geworden. Während, gegenüber dem gleichen Stoff, Goethe im 'Groß-Cophta' zu einer energisch concentrirten Fabel nicht gelangt, erfaßt Schillers sicherer Blick den culturgeschichtlichen Zusammenhang zwischen jenen Magiern und der religiösen Rückbewegung: er stellt dar, im Sinne der Zeitgenossen, wie die Cagliostro mit allen Mitteln Geschäfte der Jesuiten besorgen, und er giebt so seinem Buche den actuellen Gehalt, welcher es zu einem rechten Document der Zeit macht. Und auch mit dem Gedanken einer geheimen Gesellschaft, den Goethe nur zögernd durchgeführt im 'Wilhelm Meister', machte Schillers Entschlossenheit Ernst und ließ ihr planmäßiges Walten Schritt für Schritt dem Leser offenbar werden. Die Reize des Stoffes aber, die in all diesen Actualitäten gegeben waren, steigerte er mit künstlerischem Bewußtsein durch die Reize der Form.

Nicht directe Erzählung erhalten wir, sondern eine 'aus den

Papieren des Grafen von O.' gewonnene Niederschrift, deren
Kenntniß uns der Dichter, mit vielen Betheuerungen ihrer Ächtheit,
ihrer 'reinen strengen Wahrheit', nur vermittelt. Wie wir in dem
Lieblingsbuche des jungen Schiller, im 'Werther', aus den Briefen
Werthers seine Leiden erfahren, so lernen wir hier aus dem Munde
zweier Berichterstatter das Geschehene kennen: zuerst erzählt der Graf
von O., ein kluger, umsichtiger Mann; dann, als dieser aus dem Ort
der Handlung geschieden, lesen wir die Briefe des Baron von F., eines
jugendlicheren, befangenen Zeugen: und es reizt uns nun, auch
zwischen den Zeilen Dinge wahrnehmen zu können, welche dem
beschränkten Schreiber entgingen. Während F. in aller Unschuld
berichtet, wie der Kammerdiener Biondello, der Marchese von Civi-
tella das Vertrauen des Prinzen gewinnen, ahnen wir, daß auch sie
Mitglieder oder Werkzeuge der geheimen Gesellschaft sind, und daß
alle diese zufälligen Abenteuer in Wahrheit künstlichen Veranstaltungen
entspringen; wir blicken dem Briefschreiber beständig über die
Schulter, und durch seine subjective Auffassung hindurch erkennen wir
die Wahrheit. Mit großer, sicherer Kunst gewinnt der Dichter aus
dieser Einkleidung seine Wirkungen; er zeigt, zu Folge der freieren
Form des Memoires, auf das Kommende, aber gleichsam historisch
Bekannte, mit klug berechneten Wendungen hin, und sagt uns etwa,
wie entfernt der Prinz 'damals' noch von jeder herrschsüchtigen
Absicht gewesen, und wie tolerant oder gleichgültig er den religiösen
Fragen 'damals' gegenüberstand. Nur aus gelegentlichen, scheinbar
zufälligen Worten erfahren wir dann, gleichfalls weit vorausschauend,
von dem Tode des Prinzen und von seinen nach dem Thron
verbrecherisch zielenden Umtrieben: überall zieht der Dichter die
indirecte Mittheilung der directen vor und übt virtuos die Kunst des
Errathenlassens. Und so wird denn der Leser an die Aufgabe des
Erzählers nahe herangeführt, und das Spiel des Scharfsinns,
welches sich vor ihm entfaltet, spielt er gefesselt mit.

Aber nicht gleichmäßig sind diese Wirkungen der Form durch das
Werk vertheilt: nur ein Fragment empfangen wir, innerhalb dessen

die einzelnen Schichten sich deutlich scheiden. Zögernd, wie die Vollendung des 'Karlos', geschieht auch die Entwicklung des 'Geister= sehers'; und ein häufiges Abbrechen und Ansetzen bedroht die Einheit des Tones. In Dresden 1786 begonnen, wird der Roman in Weimar, Volkstädt und wieder Weimar aufgenommen und erst 1789 als 'erster Band' abgeschlossen. Unlust des Dichters an seinem Gegenstande wechselt mit der Neigung, ihn zu bemeistern; er nennt das Buch eine 'Farce', eine 'Schmiererei' und ruft im März 1788: dem 'verfluchten Geisterseher kann ich bis diese Stunde kein Interesse abgewinnen; welcher Dämon hat mir ihn eingegeben.' Dann wieder, als der Erfolg immer lauter spricht, dankt er dem guten Zufall, der ihm den Stoff zugeführt; er will ihn künstlich ausdehnen, und das schöne Honorar soll ihm helfen, Schulden zu zahlen. Aber so praktische Vorsätze durchzuführen, hat Schiller dann doch 'kein Herz', und zum drittenmale läßt er das Buch liegen, bis die Möglichkeit des philosophischen Gespräches sein Interesse noch einmal lebhafter aufweckt. Alle diese Wandlungen spiegeln sich in der Erzählung deutlich genug, und die Frische des ersten Anfangs hat der Dichter nicht mehr erreicht: mit schnellem Schritt setzt die Fabel ein, sie führt uns zu dem Abenteuer mit dem Armenier, zu der Scene der Geisterbeschwörung unmittelbar hin, aber schon der zweite Theil der Publikation (in der 'Thalia') zeigt ein Nachlassen des Interesses: nur eine umständliche, verstandesmäßige Auflösung der wunderbaren Geschehnisse erhalten wir, bei stockender Handlung. Nur die Enthüllung der Zauberkünste und ihre Wirkung auf den Prinzen sehen wir hier, sein Zergliedern des Geschehenen und seinen Unglauben; und ebenso werden wir im dritten Stück der Thalia lediglich vor eine geistige Entwicklung geführt, welcher der Reiz der Begebenheiten fehlt: der reflectirende Dialog überwiegt die epische Darstellung, und nur wie der Prinz, im Glauben an Wunder erschüttert, dem Glauben überhaupt entsagt, zeigt Schiller mit scharfsinniger, psychologischer Analyse. Erst das vierte Stück bringt ein neues Interesse hinzu: der Prinz liebt; und mit seinem Hinweis läßt uns der Dichter, wiederum mit indirecten Mitteln nur, ahnen,

daß auch diese schöne Griechin, welche in der Kirche der Giudecca dem
Prinzen entgegentritt, im Dienst der geheimen Gesellschaft steht,
und daß die Liebe zuletzt den Skeptiker katholisch machen wird: 'ich
glaubte', so ruft der Prinz, 'in diesem Augenblick felsenfest an den,
der ihre Hand umfaßt hielt. Sie machte mir ihn wirklich — ich folgte
ihr nach durch alle seine Himmel.' Und er spricht die Stärke seines
Eindrucks mit einer Leidenschaft aus, in welcher Schillers eigene
Erfahrung vor Henriette von Arnim noch nachklingt; ein einziges
niegewesenes Gefühl, so bekennt der Prinz, erfüllt ihn, welchem er
einen besseren Namen herbeiwünscht als den alltäglichen der 'Liebe':
'Liebe! — Erniedrigen Sie meine Empfindung nicht mit einem
Namen, den tausend schwache Seelen mißbrauchen! Welcher andere
hat gefühlt, was ich fühle? Ein solches Wesen war noch nie vorhanden,
wie kann der Name früher da sein, als die Empfindung? Liebe! Für
der Liebe bin ich sicher!' Aber auch dieses neue Interesse der Erzählung
führte den Dichter nicht dauernd zu seinem Plan zurück, und so
gab er in einer schnellen, die Hauptpunkte sehr geschickt skizzirenden
Niederschrift dem 'ersten Bande' den vorläufigen Abschluß.

Alle die Schwankungen in Schillers Erfindung aber und der
Wechsel in seinem Interesse konnten den Erfolg des 'Geistersehers'
dennoch nicht aufhalten: einen Erfolg, der sich in lautem Beifall des
Publikums und der Kritik, in vergröbernden Nachahmungen und in
unberufenen Fortsetzungen aussprach. Die tieferen Absichten der
Dichtung verkennend, belobte man über alles ihre romanhaften Reize;
Auflage folgte auf Auflage, und die angesehensten Beurtheiler
spendeten ungemessene Anerkennung. 'Recensent ist kein blinder
Bewunderer Schillerischer Werke', so schrieb der Kritiker der Jenaer
Allgemeinen Litteraturzeitung, 'und gesteht, daß er sehr anstehen
würde, irgend eine seiner bisherigen dichterischen Schriften ohne viele
Einschränkungen zu loben; allein dieser Geisterseher hat ihn mit einer
leidenschaftlichen Verwunderung erfüllt. Die musterhafte Kunst der
Composition und des Stiles, die dieses Werk Schillers auszeichnet,
giebt ihm mehr als alle andre den Anspruch auf eine Stelle unter

unsern wenigen classischen Schriftstellern.' Mit dem 'Geisterseher'
gewann so der Dichter vollends jene Kreise der besonnenen Bildung,
die seinen Jugenddramen noch widerstrebten, und deren Eroberung
der 'Karlos' erfolgreich eingeleitet; und weil eine tiefere, in Dresden
und Weimar ihm erwachsene Kenntniß der Welt und der Gesellschaft
das Werk gestaltet hatte, setzte auch die oberste Schicht des Publikums
ihr Siegel unter seinen Ruhm: Schiller trat in die Reihe der
classischen Autoren ein. Die reichlich ausfließende Bewunderung für
seine Erzählung führte ihn auf den Gedanken einer Fortsetzung dann
noch im Herbst 1790 zurück: 'eine Recension meines Geistersehers in
der Allgemeinen Literaturzeitung', so sagte er, 'welche mit Wärme und
nicht ohne Geist geschrieben ist, hat ihn mir ordentlich wieder in
Erinnerung gebracht. Mein Plan ist ungleich interessanter, als ihn der
Verfasser dieser Recension ahnet, und die folgenden Theile könnten
alles das Interesse in sich vereinigen, das dem ersten noch fehlt.'
Allein zu einer Ausführung ist der Dichter doch nicht geschritten; und
vielleicht liegt der letzte Grund für das Aufgeben des Planes in Schillers
Befreiung von der Stimmung der ersten Conception: die Zeit des
Zweifels war für ihn vorüber, und seinem stolzen Sinne war die
Knechtung des Gedankens, die es nun darzustellen galt, im Tiefsten
zuwider. Und weil er den Pessimismus in sich überwunden, jenen
wirklichkeitsfeindlichen Pessimismus, der über seinen Jugenddramen
gewaltet, so war auch der 'Geisterseher', mit seinem niederdrückenden
Stoffe und seinem geistig erliegenden Helden, ihm im Innern fremder
geworden, und erstaunt fragte er sich: welcher Dämon denn ihm diesen
Plan eingegeben?

Eine ganz ähnliche Entwicklung, Stocken und Abbrechen aus
verwandten Gründen zeigt das Fragment 'Der versöhnte
Menschenfeind': ein Vordringen der Reflexion und ein Zurück=
weichen der Erfindung auf der einen Seite, einen Wechsel der
dichterischen Stimmung auf der andern. Damals, als Schiller in der
Stille von Bauerbach die ersten Enttäuschungen seiner Weltfahrt barg,
als er sich selber einen Menschenfeind hieß, war ihm der unbestimmte

Gedanke an ein Drama aufgestiegen, das sich neben den bewunderten 'Timon von Athen' des Shakespeare stellen mochte: 'im ganzen Shakespear', so schrieb er in der Mannheimer Rede über die Schaubühne, 'weiß ich kein Stück, wo ich mehr Lebensweisheit lernte, als im Timon. Es ist wahres Verdienst um die Kunst, dieser Goldader nachzugraben.' Zwischen dem Plan einer Bearbeitung des 'Timon' und einem eigenen 'Menschenfeind' scheint er nun geschwankt zu haben: 'Timon von Athen durch Schiller' nennt Iffland im Herbst 1784 unter den zu erwartenden Neuigkeiten der nächsten Spielzeit, aber als er in Dresden, in einer Epoche da der 'schwarze Genius der Hypochondrie' ihn beherrschte, an die Ausführung schritt, ward ein völlig freier Entwurf gewählt: 'ein Stück, das ich schon Jahre lang im Kopf getragen,' schrieb Schiller an Schröder, den 12. September 1786, 'wird zu Anfang des nächsten Jahres fertig sein. Es heißt: der Menschenfeind, hat aber mit dem Shakespearschen Timon keinen Berührungspunkt, als den Namen.' Aber weder sah der Anfang 1787 das vollendete Stück, noch gelang es bei wiederholten Anläufen, bis ins Jahr 1790 hin, des spröden Stoffes Meister zu werden: in Volkstädt und Rudolstadt, als Schiller die Pfade neuer Liebe wandelte, war die Stimmung des Menschenfeindes nicht wiederzufinden, und auch sein zum Gegenständlichen strebender Sinn erkannte nun: daß 'für die tragische Behandlung diese Art von Menschenhaß viel zu allgemein und philosophisch' sei.

Nicht werden und wachsen, wie in Shakespeares Timon, sehen wir den Menschenhaß in Schillers Hutten: mit dem fertigen Pathos tritt er vor uns, gleich den Karl Moor und Karlos. Welche Erlebnisse den Helden in die Feindschaft gegen alles Menschliche getrieben haben, erfahren wir aus dem Fragment nicht; und nicht auf concreten Vorgängen aus Huttens Leben, auf seinem abstracten Empfinden liegt aller Nachdruck der Dichtung. In einer ländlichen Einsamkeit treffen wir ihn, für die das Bauerbacher Leben das Colorit und Rousseau die Stimmung hergab: ein wohlthätiger Gutsherr, schaltet er 'in diesen stillen Bergen' über seinen Bauern, wie Henriette von

Wolzogen über ihren Unterthanen, und huldigend sucht ihn darum die
Verehrung der Beglückten; aber sein bitterer Haß schüttelt sie ab, und
ihren Dank verabscheut er: 'Waschet erst die Verleumdung von euren
Lippen, den Wucher von euren Fingern, die scheelsehende Mißgunst aus
euren Augen. Reiniget euer Herz von Tücke, werft eure gleißnerischen
Larven ab.' Der Satiriker in Schiller spricht hier, der vor den realen
Mächten der Welt zurückscheuende Idealist; und wie schon der
Jüngling von dem 'possenhaften Lottospiel' dieser Erde sich enttäuscht
abgewendet, so faßt sich jetzt all seine Bitterkeit, aber auch all sein
Schillerscher Enthusiasmus, sein Menschenhaß und seine Menschenliebe
in die Worte zusammen, welche Hutten an die Natur pathetisch richtet:
'Natur — Zu dir flüchte ich dieses liebende Herz — Tritt zwischen
meine Menschlichkeit und den Menschen. Ich habe Ehrfurcht vor der
menschlichen Natur — nur die Menschen kann ich nicht mehr lieben.'
Das ist zugleich Rousseauisch empfunden, und zugleich aus der
individuellen Erfahrung Schillers auf der Wanderschaft und in
Bauerbach voll geschöpft: grade die allgemeine Menschenliebe der Zeit
und des Dichters, welche den Millionen zurief: seid umschlungen! hatte
zur Kehrseite diesen allgemeinen Menschenhaß, einen philosophischen,
reflectirenden Haß, von welchem Shakespeares 'Timon' und Molières
'Misanthrope' nicht gewußt hatten. Schon Karl Moor bezeugte solche
Maßlosigkeit des Empfindens, da er ausrief: 'Aus meinen Augen du
mit dem Menschengesicht', und da er dem ganzen Geschlecht, der
falschen, heuchlerischen Krokodilenbrut, Grimm und Verderben schwur:
aus Menschenfeindschaft ward er zum Räuber. Aber wenn in Schillers
Jugenddrama die ausströmende Glut der Rede fortreißt, so erkältet
im 'Menschenfeind' die Oberherrschaft der Reflexion: Karl Moor
handelt, Hutten spricht 'philosophische Briefe'. Ueber das Verhältniß
von Ideal und Leben, über den Reiz der verschleierten Wirklichkeit,
über die schönen Täuschungen der Liebe trägt er tiefsinnige
Betrachtungen vor, welchen jedoch eine poetische Form nicht gefunden
ist; und so zeigt denn das Drama dieser Zeit gleich dem Roman:
wie empfindlich das vordringende philosophische Interesse die Erfindung

des Dichters hemmt und seine Gestaltungsgabe schädigt. Das wissenschaftliche Studium, erkannte Schiller selbst, hatte 'viel Dichterkraft in ihm verdorben': 'ich fühle diese Veränderung lebhaft bei meinem Menschenfeind'.

Nur ein einziges Werk hat Schiller in dieser Dresdener Periode geschaffen, welchem zugleich mit der sich vertiefenden geistigen Auffassung auch die Rundheit der künstlerischen Form eignet: das ist der 'Verbrecher aus verlorener Ehre, eine wahre Geschichte'. Wie im 'Geisterseher', so betont Schiller auch hier, der poetischen Illusion zu Liebe, die Wahrheit des Ereignisses; aber dennoch geht sein Interesse, im 'Verbrecher' wie im 'Geisterseher', nicht von dem Reize der Begebenheit zumeist aus: weniger die Handlung, als ihre psychologischen Ursachen ziehen ihn an. Auch dieses Interesse ist ihm in Dresden, im Umgange mit Körner, voll erwacht, und er selber nennt einmal die Frage nach den 'Quellen der Handlungen' seine und Körners 'Lieblingsmaterie'. Im Einklang damit betont der Dichter im Beginn seiner Novelle: daß uns an den Gedanken des Helden und ihren Quellen mehr liegen müsse, als an seinen Thaten und ihren Folgen; und er gelangt dazu, als ein Vorläufer moderner Kunst, den Einfluß des Milieu, der umgebenden Welt auf die Entwicklung des Individuums kräftig zu kennzeichnen: 'warum achtet man nicht auf die Beschaffenheit und Stellung der Dinge, welche einen Menschen umgaben?' fragt er, und will scharf unterschieden haben zwischen 'der unveränderlichen Struktur der menschlichen Seele und den veränderlichen Bedingungen, welche sie von außen bestimmten'.

Auf eine neue Kunst weist Schiller mit so tiefgreifenden Erörterungen hin; aber der Einzelfall, an welchen er sie knüpft, ist ganz aus dem Geiste seines Jahrhunderts angesehen: für Toleranz kämpft er, für Milde des gesetzlichen und des moralischen Urtheils, und will darstellen, wie nur die 'verlorene Ehre' seinen Helden zum Verbrecher gemacht. Weil Armuth und Liebe den Christian Wolf dazu gebracht haben, 'honett zu stehlen', wird der Wilddieb zuerst ins

Gefängniß und dann, mit dem Zeichen des Galgens auf dem Rücken, in die Festung geschickt: denn 'die Richter sahen in das Buch der Gesetze, aber nicht einer in die Gemüthsfassung des Beklagten'. Und nun erst wird Christian ein Mörter und ein Räuber, ein Menschenfeind wie Hutten und ein Feind der Gesellschaft wie Karl Moor: 'Alle Menschen hatten mich beleidigt', sagt er. 'Ich betrachtete mich als den Märtyrer des natürlichen Rechts, ich gelobte unversöhnlichen glühenden Haß allem was dem Menschen gleicht, und was ich gelobte, hab ich redlich gehalten'. Es ist Schiller, welcher diese Idee an den gegebenen Stoff heranträgt; in der Ueberlieferung, wie sie etwa Schillers Lehrer Abel aufgezeichnet hat, finden sich kaum einige Ansätze dazu, und der Friedrich Schwan der Wirklichkeit und der Christian Wolf der Novelle stehen sich fern genug. Schiller idealisirt die Gestalt frei, er giebt seinem Helden nicht nur ein auffallendes Maß von Bildung, sondern auch ein verfeinertes, abstractes Ehrgefühl, an das wir nur schwer glauben; aber die feste Bestimmtheit seiner Schilderung und der natürliche Fluß der schön bewegten Sprache fesselt bis zuletzt, und eine sicher abwägende Kunst gliedert die Erzählung kräftig. Aus der directen Darstellung des Beginns leitet der Dichter über zu einem ausführlichen Bericht des Helden selbst, welcher die entscheidende Zeit seines Lebens, die Entwicklung vom 'honetten' Dieb zum Räuber umfaßt; er giebt ein wahres Meisterstück psychologischer Schilderung in der Darstellung von Christians erstem Morde, dem Schwanken vor dem Entschluß und den Qualen nach der That; und führt dann wieder aus der Ich-Erzählung des Helden in die eigene Darstellung, indem er die Katastrophe schnell entwickelt, die halb freiwillige Gefangennahme Christians, mit welcher der neue Moor 'sich selbst in die Hände der Justiz überliefert'. An directer Rede, an Monolog und Dialog fehlt es in dieser Novelle eines Dramatikers nicht, aber auch den echt epischen Stil weiß der Dichter zu treffen in kurzen, entschlossenen Schilderungen, und nur auf dem Wesentlichen verweilt die Erzählung, ganze, weite Epochen der Entwicklung überspringend: denn weniger dem Reize der Begebenheiten, als den

'Quellen der Handlungen' fragte Schiller nach, und alles, was 'nichts unterrichtendes für den Leser' hatte, ließ er darum bei Seite. So auch erklärt sich, daß der Dichter das mit glänzendem Erfolg betretene Gebiet dennoch wieder verließ: weder der Roman, noch die Novelle vermochten seinen auf das Ethische gerichteten Sinn dauernd zu fesseln, und nur vereinzelt stehen unter Schillers Werken diese reifen Proben epischer Kunst da.

In der Einleitung zur Novelle hatte Schiller, mit einer Abschweifung, welche auffällt, alles was er von der neuen Psychologie forderte, auch von der Geschichte gefordert; und er hatte, gleichwie für jene, auch für diese ein bestimmtes Ideal aufgestellt: die Geschichte so wie sie gegenwärtig ist, klagt er, 'muß sich mit einem armseligen Verdienste um unsere Neugier begnügen, anstatt eine Schule der Bildung zu sein; manches läßt sich gegen die gewöhnliche Behandlung der Geschichte einwenden, und hier, vermuthe ich, liegt auch die Schwierigkeit, warum das Studium derselben für das bürgerliche Leben noch immer so fruchtlos geblieben ist.' Deutlich nimmt man hier wahr, wie das Interesse des Dichters, sein productives Interesse, der Geschichte sich zuwendet, und wie er neue Ansprüche in das kaum betretene Land sogleich mitbringt. Mit Uebersetzungen begann Schiller, der Historiker: er verdeutschte, im Verfolg seiner 'Karlos'-Studien, Merciers Schilderung 'Philipp der Zweite' (nebst dem Gedicht 'Die unüberwindliche Flotte'), er beschloß die Herausgabe eines Sammelwerkes 'Geschichte der merkwürdigsten Rebellionen aus mittleren und neueren Zeiten' und entwarf selbst für dieses Unternehmen eine Darstellung des Abfalls der Niederlande. Unter der Hand aber wuchs ihm die Arbeit so stark an, daß er sie als ein selbständiges Werk, 'in zwei kleine Bände' getheilt, herauszugeben beschloß; und so begleitete denn den von Dresden Scheidenden, neben den andern Fragmenten, auch der Entwurf zu der 'Rebellion der Vereinigten Niederländer' nach Weimar.

Nach der deutschen Musenstadt hatte es den Dichter unwiderstehlich gezogen; aber eben hier, in der Stadt Goethes und Wielands, sollte

ihn sein mächtig emporbringendes geistiges Wollen von den Wegen
der Kunst völlig ableiten. Die Geschichte, die Antike, die Philosophie
bemächtigten sich seiner, er empfand, inmitten der gesteigerten Cultur
von Weimar, die Armuth seiner Bildung doppelt schmerzlich, und
indem er die in Dresden begonnene Entwicklung mit der vollen
Energie seines Wesens weiterführte, brachte er sich auf die geistige
Höhe der Zeit, wo die Kant und Goethe standen. Der Dichter wurde
zum Lernenden, zum Lehrenden; und erst nach einer weitgestreckten
Periode wissenschaftlichen Strebens geschah es, daß Schiller zu der
Beherrscherin seines Lebens zurückkehrte, als ein neuer Mensch.

Viertes Buch.

Lehrjahre.

———•·—

Weimar.

> Mich selbst zu würdigen, habe ich den Eindruck
> müssen kennen lernen, den mein Genius auf den
> Geist mehrerer entschieden-großer Menschen macht.
> Um nun zu werden, was ich soll und kann, werd'
> ich besser von mir denken lernen. Ich habe viel
> Arbeit vor mir, aber ich scheue sie nicht mehr.
>
> Schiller an Huber.

Weimars Bedeutung für die deutsche Cultur zählt seit dem
Tage, da Goethe die Stadt betrat: am 7. November 1775. Zwölf
Jahre später kam Schiller hin: den 21. Juli 1787. Ein anderes
Weimar fand er vor, als er geträumt; die goldene Zeit war
verrauscht, verhallt der Lärm der Feste, und in eine stille, unschöne
Landstadt trat er ein.

Als Goethe und Karl August sich fanden, war der Dichter 26,
der Herzog 18 Jahre alt: und beide waren 'der Tücke grundfeind,
sich jung zu fühlen und es nicht aussprechen zu wollen.' Geschwellt
von Jugendkraft und Genie, erobernd und fortreißend auch die
Widerstrebenden, so war Goethe in Weimar erschienen:

> Mit seinem schwarzen Augenpaar
> Zaubernden Augen mit Götterblicken
> Gleich mächtig zu trösten und zu entzücken,
> So trat er unter uns, herrlich und hehr
> Ein echter Geisterkönig daher,
> Und Niemand fragte: Wer ist denn Der?
> Wir fühlten beim ersten Blick: 's war Er!

So sang selbst Wieland begeistert, der Weimarische 'Prinzenerzieher', den Goethes Spott getroffen, und der nun einem Größeren die geistige Herrschaft lassen mußte.

Von dieser ersten Zeit Weimarer Daseins bekannte Goethe den Freunden: 'wir treiben's toll, wir machen des Teufels Zeug.' Aber die Lustigkeit verbrauste, und Tage ernster Sammlung folgten auf all diese Jagden und Bälle, auf Schlittenfahrt und Maskenfest und stürmendes Spiel der Kräfte. Ueber die Empfindsamkeit triumphirte ein fester Manneswille; und der Dichter des Crugantino hob Rekruten aus und sorgte um hungernde Strumpfwirker. War man einst in der 'Werthermontirung' einhergeschritten, der Etiquette Trotz bietend, und hatte man selbst im Conseil 'wertherisirt', so wurden nun Formen und Conventionen aus ihrer Verbannung wieder hervorgeholt; und während der Jägersmann Karl August zum Politiker ward, schloß Goethe den engsten Bund mit der Natur und fand sich im Garten= haus am Park den schönsten Platz zu stillem Sinnen aus. Der Trieb zur Poesie schien zu schweigen, vom Trieb zur Thätigkeit, zur wissenschaftlichen Erkenntniß übertönt; und erst nach einem Jahrzehnt Weimarer Dienstes, als aus dem Zwange der Pflichten der Dichter sich mächtiger emporrichtete, entfloh Goethe, der Sorge um Staat und Hof müde, mit plötzlichem Entschluß über die Alpen.

In ein Weimar ohne Mittelpunkt gelangte so Schiller: Goethe war fern; und der Herzog, in den Angelegenheiten des Fürstenbundes hin und widerreisend, hatte eben Schillers Weg bei Naumburg gekreuzt: 'jetzt ist er in Potsdam und man weiß noch nicht, wiebald er zurückkommen wird.' Still, von Niemand willkommen geheißen, als von Charlotte Kalb, kam Schiller an und nahm Wohnung im 'Erbprinzen'.

Großer Erwartungen voll, betrat er die Stadt: den 'Weimarischen Riesen' zu begegnen, war ein Abenteuer, dessen Wichtigkeit er laut empfand; und gespannt und aufgeregt, gleich ihm, harrten in der Ferne die Freunde des Ausganges. Zwar ein längerer Aufenthalt war in keiner Weise geplant, vielmehr schien die Wiederkehr

nach Dresden und die dauernde Vereinigung mit den Zurückgebliebenen
Aller Wunsch; aber doch kann sich Schiller nicht genug thun im
genauen, historischen Berichten seiner Erlebnisse, doch ermüdet Körner
nicht, immer neue Erzählung zu fordern: alles scheint ihnen von
Interesse, alles bedeutend, und in neun Tagen laufen fünf ausführliche
Schilderungen von Weimar nach Dresden.

Die Empfindungen jedoch, welche Schiller mitbrachte, wurden
von Weimar nur sehr unvollkommen erwidert. Was wußte man von
ihm, in Goethes Kreis? Nichts, so gut als nichts. Herder, der
bedeutendste Mann der Stadt in diesem Augenblick, war in Schillers
Verhältnissen 'erstaunlich fremd'; Wieland, wenngleich etwas besser
unterrichtet, sah doch mit mehr neugierigem, als theilnehmendem Blick
dem Kommenden entgegen: was wollte er denn in Weimar, dieser
Dichter der 'Räuber', der mit seinem revolutionären Pathos von
Wielands spielenden Grazien so fern war? Was hatte ihn hergezogen,
wer ihn gewünscht? Saßen die Genies einander nicht schon nahe
genug in dem kleinen Ort? Die Goethe und Herder hatte Karl
Augusts Wort einst gerufen; die Klinger und Lenz, die Lavater und
Kaufmann und alle die fahrenden Männer, sie waren als Freunde
der Führenden doch gekommen — aber wessen Freund war Schiller?
Wollte der weimarische 'Rath' sich seßhaft machen, suchte er Bündniß,
Stellung, Geltung bei Hofe? Es galt, mit dem neuen Ankömmling
diplomatisch vorzugehen, und zwischen Annäherung und Meiden die
geschickte Mitte zu halten.

Zwischen Schillers Wünschen und den Anschauungen der
weimarischen Welt bestand so ein völliger Gegensatz; und indem er,
heftig begehrend und anstürmend nach seiner Art, in sie eintrat, mußte
die herbste Enttäuschung ihn überfallen. Eine Reihe von dramatisch
bewegten, wechselreichen Tagen erwartete ihn, deren Zusammenhang
wir, im Großen wie im Kleinlichen, in seinen Briefen verfolgen; und
erst, als er in stiller Arbeit zu gewinnen suchte, was er im Anfang
erpochen und erobern gewollt, stellt sich ein besseres Verhältniß her,
zwischen Weimar und Schiller.

Zwei Tage nach seiner Ankunft, am 23. Juli, machte Schiller den ersten officiellen Besuch: 'durch ein Gedränge kleiner und immer kleinerer Creaturen von lieben Kinderchen' gelangte er zu Wieland. In der kleinen Stadt saß der trotz seiner 53 Jahre jugendlich bewegliche Mann aufmerksam da, bereit, alles Neue kennen zu lernen und die jungen Leute zu protegiren, welche ihm Hilfe leisten konnten: er suchte literarische Allianzen, er suchte Mitarbeiter für seine Zeitschrift 'Merkur', suchte Männer für seine vielen Töchter. So hatte er Reinhold, den Philosophen, gütig aufgenommen und ihm seine Tochter Sophie zur Frau gegeben; so empfing er ein Jahrzehnt später Heinrich von Kleist als seinen Gast und schien ihm seine 'sehr hübsche Tochter' anvertrauen zu wollen. Auch Schiller konnte als Candidat nach beiden Seiten gelten: für den 'Merkur' wie für die Töchterschaar; daher ward er freundlich empfangen, nicht wie ein Fremder, sondern wie ein bereits erwarteter Bekannter, den man nun sobald nicht wieder verlieren wird. Sehr schnell ward Wieland aufgeweckt, lebhaft, warm: 'ich fühlte, daß er sich bei mir gefiel', sagte Schiller, 'und wußte, daß ich ihm nicht mißfallen hatte, ehe ich's nachher erfuhr.' Dennoch standen die Beiden einander scharf beobachtend, ein Schwabe dem Schwaben, gegenüber, und ließen die letzte Absicht nicht blicken: 'Ueber meine Erwartungen', schreibt Schiller, 'habe ich, aus guten Gründen, in der ersten Unterredung kein Wort mit ihm verloren. Ueberhaupt kann ich, da der Herzog nicht sobald kommt, abwarten, bis er selbst davon anfangen wird. Es sollte mich wundern, wenn er nicht hierüber etwas im Schilde führte.'

Mit der gleichen beobachtenden Vorsicht trat Schiller Herder gegenüber: er achtet genau auf den Eindruck, den er macht, denn er empfindet ganz die Wichtigkeit dieser Unterredung und jedes einzelnen Schrittes, den er auf dem classischen Boden wagt. Er offenbart in dieser Zeit die ganze Schärfe, deren seine Natur fähig ist, aber auch die ganze Bescheidenheit naiver Größe zeigt er in der pietätvollen Scheu, mit der er, nicht ein Gleichberechtigter sondern ein noch Strebender und Suchender, vor die Meister der Literatur tritt. Das

Zusammentreffen mit Herder verlief freundlich, obgleich Schiller erkennen mußte, daß er hier völlig ein Fremder war: 'Herder ging mit mir um', berichtet er, 'wie mit einem Menschen, von dem er weiter nichts weiß, als daß er für etwas gehalten wird. Ich glaube, er hat selbst nichts von mir gelesen.' Damit Herder ihn besser kennen lerne, bat er ihn daher, das Werk zu lesen, das er vollendet nach Weimar mitgebracht, den 'Karlos'; und denselben Wunsch äußerte er gegen Wieland, der ihm sein genaues Urtheil versprach. Doch Wielands Kritik blieb aus; und auch sonst ließ der zuerst so Entgegen= kommende eine volle Woche lang nichts von sich hören. Vergebens, daß Schiller, um ihn zum Sprechen zu bringen, in einem kleinen Billet den Diderot bei ihm auslieh — Wieland schickte das Buch, aber blieb stumm.

Bald aber erfuhr Schiller dennoch, wie er zu Wieland und wie er zu Weimar stand: der 'Karlos' war bei Hofe vorgelesen worden — und hatte mißfallen. Auch Wieland, der nicht liebte, wenn man 'zur Unzeit brav' war, und der empfand, woher der Hofwind wehte, hatte in die Verurtheilung eingestimmt.

Gleich Karl August, war auch Luise, die regierende Herzogin, damals auf Reisen; aber die Mutter des Herzogs, Anna Amalia, Wielands alte Freundin war zu Hause und hatte Schiller, bald nach seiner Ankunft, auf ihren ländlichen Wohnsitz Tiefurt geladen; sie hatte ihn durch den Park geführt und am Abend gnädig entlassen: Schiller habe sie 'erobert', sagte Wieland. Schon am zweiten Tage war er wieder geladen und mit ihm Charlotte: 'Mein Verhältniß mit Charlotten', so berichtete er, 'fängt hier an ziemlich laut zu werden und wird mit sehr viel Achtung für uns beide behandelt. Selbst die Herzogin hat die Galanterie, uns heute zusammen zu bitten, und daß es darum geschah, habe ich von Wieland erfahren. Man ist in diesen Kleinigkeiten hier sehr fein, und die Herzoginnen selbst lassen es an solchen Attentionen nicht fehlen.' Aber gerade die Anwesenheit Charlottens sollte Schiller in Schaden bringen: während sie sonst die freie Sicherheit und den Anstand seines Wesens beloben konnte und ihn versicherte, er dürfe es mit seinen Manieren überall wagen, machte er jetzt einen argen Verstoß gegen die bei aller Zwanglosigkeit unverbrüchliche Hofsitte: auf einige Fragen, die ihm Anna Amalia that, antwortete er nicht dieser, sondern der Freundin und ließ die Herzogin stehen: 'es kann mir begegnet sein', bestätigt Schiller, nachdem ihm Charlotte seine Schuld vorgehalten, 'denn ich besann mich niemals, daß ich Rücksichten zu beobachten hätte.'

Nun traf es sich, als man nach Weimar zurückkehrte, daß eben ein Fremder angekommen war: Gotter, der Verfasser des 'schwarzen Mannes'. Er hing der französischen Bildung noch an und galt bei Hofe viel, als ein in Theaterdingen erfahrener, gewandter Mann; und er war es jetzt, der in einer Gesellschaft in Tiefurt, in Gegenwart Wielands, den 'Karlos' vorlas. Nur die erste Hälfte des Stückes that ihre Wirkung, die zweite versagte; und Gotter behauptete mit Eifer, daß diese durch Dunkelheit, Unwahrscheinlichkeit und durch das Zurücktreten des Karlos das Beste verlöre. Sein eng formales, doch nicht unzutreffendes Urtheil, welches Schillers liebste Gestalt, den Posa, mißachtete, empfand der Dichter als persönliche Unbill, und bitter ließ er sich jetzt gegen Körner aus, über Gotter, den Hof, das ganze Weimar: 'Gotter haßt mich,' schrieb er, 'und hatte vielleicht grade darum sich zur Vorlesung des Karlos erboten, welches ganz sein Gedanke war. Er grade ist der Mensch, der sich gegen jede Wirkung der Kunst sträubt, die ihm nicht auf dem Teller seiner Kritik zukommt, der nur durch die Regel genießen kann. Aber unangenehm war's mir doch immer, meinem Text allemal einen Commentar beifügen zu müssen. Gotter und Wieland haben sich in manchen Urtheilen darüber begegnet, und ich muß bei dem letzteren auf die alltäglichste Einwendung gefaßt sein.' Was aber Gotter und nach ihm Wieland meinte, das meinte die Herzogin, das meinte der Hof; und so war der weder in seinem Wesen noch in seinen Werken bestehende Poet gefallen, gleich beim ersten Eintritt.

Sehr ernüchtert schrieb nun Schiller, am 18. August, den Freunden: daß er wenig Merkwürdiges erlebe, und daß er an Abreise

denke; nach Meiningen und Bauerbach will er, zu Christophine und
Frau von Wolzogen: 'Ich brachte die Zeit sehr eingezogen zu', erzählt
er, 'und wenn ich sagte: angenehm, so müßte ich Euch belügen.'
Wieland sei verreist, Herder krank; die regierende Herzogin, die
inzwischen zurückgekehrt, werde er nicht sprechen, da es mit 'erstaunlichen
Zeremonien' verknüpft sei, und da er sich doch nicht lange mehr
aufhalte: 'Wie wenig ist Weimar', ruft er aus, 'da der Herzog,
Goethe, Wieland und Herder ihm fehlen.' Eilig meldete er an Frau
von Wolzogen, daß er mit Nächstem in Meiningen eintreffe und bat
um Quartier für sich und seinen Bedienten; was dann weiter geschehen
sollte, ob er zu Körner zurückkehren, ob er dem Rufe Schröders nach
Hamburg folgen wollte, erfahren wir nicht, aber entscheidend in jedem
Falle, für sein äußeres wie sein inneres Leben, hätte dieser Bruch mit
Weimar, dieser Fehlschlag all seiner Erwartungen wirken müssen.

Aber Schillers Absicht, zu scheiden, ward nicht erfüllt. Denn nun
geschah es, daß er einen Ausflug nach Jena unternahm, und den
freundlichsten Eindruck hier empfing, welcher alle seine Pläne umstieß.
Er fuhr mit Sophie Reinhold, Wielands Tochter, und Charlotte Kalb
hinüber und blieb sechs Tage Reinholds Gast: 'noch nie ist mir's in
einem fremden Ort so behaglich gewesen', bekannte er. In seinem Wirth
fand er einen begeisterten Kantianer vor, der ihm das Gefühl gab,
welches Körner vergebens zu wecken gesucht hatte: daß er in das
Studium Kants, jetzt oder später, werde ernsthaft eintreten müssen.
Die Bekanntschaft mit den Zierden der Universität brachte ihm neue
Anregung: er sah Schütz, den Begründer der umfassenden 'Jenaer
Litteraturzeitung', Hufeland, den Juristen, welchen er 'einen stillen,
denkenden Geist, voll Salz und tiefer Forschung' nannte, sowie den
Theologen Griesbach, von dessen großem Gartenhause er entzückt die
'ganz herrliche Landschaft' genoß. 'Hier waren wir zu zehn Personen
beisammen', erzählt er, 'und der Ton, den ich fand, gefiel mir ungemein.'
Nach den Erfahrungen in der Hofstadt Weimar sprach ihn die freiere
Lebensführung der Universitätsstadt um so lebhafter an; und da ihm
Griesbach die Vortheile der Hochschule schilderte, an der man wie in

einer Republik lebe, als unabhängiger Mann, der sich um keine
Fürstlichkeit bekümmere, da Reinhold ihn versicherte: er könne, ohne
ein Wort darüber zu verlieren, einen Ruf nach Jena erhalten, begann
Schiller den Gedanken einer Jenaer Existenz bei sich zu erörtern, und
Wissenschaft und freie Schriftstellerei gegeneinander abzuwägen. Selbst
der Ort gefiel ihm jetzt weit besser, als derjenige, aus welchem er
kam: 'Jena ist oder scheint ansehnlicher als Weimar', sagt er, 'längere
Gassen und höhere Häuser erinnern einen, daß man doch wenigstens
in einer Stadt ist.' In der That war Weimar mit seinen 6000
Einwohnern, seinen häßlichen, niedrigen alten Häusern und seinen
schlecht gepflasterten Straßen, damals noch ganz das 'Mittelding von
Hofstadt und Dorf', als das Herder es bezeichnet: 'Weimar,' so sagt
ein Chronist, 'ist ein mittelmäßiger Ort, dessen Gassen weder an
Reinlichkeit noch an Bauart der Häuser dem heitern und luftigen
Jena gleichkommen. Die Häuser sind meist alle dürftig gebaut, und
es hat fast alles das armselige Ansehen einer nahrungslosen Landstadt.
Man darf sich nicht weit von den Hauptstraßen entfernen, um in
Winkel und Löcher zu kommen, welche noch mehr dieses Ansehen haben.
Kein einziger Platz ist, der der Stadt eine residenzähnliche Ansicht
gäbe.'

Dem nach Weimar Zurückkehrenden erschien der Ort nicht
heimischer, die Gesellschaft nicht begehrenswerther, und er sprach
noch einmal kühl die Absicht aus, nach Meiningen abzugehen. Aber
in einem denkwürdigen Brief an Huber faßt er den Eindruck dieser
Tage und den Entschluß, den sie ihm gegeben, in kräftigen, stolzen
Sätzen zusammen, und er findet sich selber wieder in dem einen, festen
Vorsatz: Arbeit! 'Das Resultat all meiner hiesigen Erfahrungen'
so schreibt er, am 28. August 1787, 'ist, daß ich meine Armut
erkenne, aber meinen Geist höher anschlage, als bisher. Dem
Mangel, den ich im Vergleich mit andern in mir fühle, kann ich durch
Fleiß und Application begegnen, und dann werde ich das glückliche
Selbstgefühl meines Wesens rein und vollständig haben. Ueberlege
einmal, ob es nicht unbegreiflich lächerlich wäre, aus einer feigen

Furcht vor dem Unmöglichen und einer verzagten Unentschlossenheit sich um den höchsten Genuß eines denkenden Geistes, Größe, Hervorragung, Einfluß auf die Welt und Unsterblichkeit des Namens zu bringen. Das gestehe ich Dir, daß ich in dieser Idee so befestigt bin, daß ich mit Gelassenheit mein Leben an ihre Ausführung zu setzen bereit wäre.' Das Mittel aber, durch welches er zu diesem Ziel schreiten will, ist ein Besitz, welchen er bisher nur unvollkommen geschätzt: die Zeit; 'wie schön ist der Gedanke,' ruft er, (vielleicht unter der Nachwirkung Kantscher Anschauungen, wie sie ihm durch Reinhold in jenen Tagen nahegetreten) 'durch den bloßen richtigen Gebrauch der Zeit, die unser Eigenthum ist, sich selbst, ohne fremde Hilfe, ohne Abhängigkeit, alle Güter des Lebens erwerben zu können.' Aus jedem Worte leuchtet der Entschluß hervor, den die Weimarer Erlebnisse ihm gegeben: auf den eigenen Füßen nur zu stehen, und von keinem andern Herrn Befehle zu empfangen, als von seinem Genius.

Am selben Tage, da Schiller diesen Brief schrieb, begab er sich in Goethes Gartenhaus, zu Herrn von Knebel, der es in Abwesenheit des Freundes bewohnte: es galt, Goethes Geburtstag zu feiern, durch Souper, Illumination, Feuerwerk. 'Wir fraßen herzhaft,' erzählt Schiller, 'und Goethes Gesundheit wurde von mir in Rheinwein getrunken. Schwerlich vermuthete er in Italien, daß er mich unter seinen Hausgästen habe; aber das Schicksal fügt die Dinge gar wunderbar.' Sehr wohl fühlte sich Schiller in diesem Kreise nicht, wo eine Hingabe an den größten der 'Weimarischen Riesen' herrschte, die ihn übertrieben dünken mußte, und wo seinem zu philosophischem Betrachten geneigten Sinn das Evangelium reiner Naturbeobachtung entgegentrat: 'Goethes Geist', schreibt er, 'hat alle Menschen, die sich zu seinem Zirkel zählen, gemodelt. Eine stolze Verachtung aller Speculation, mit einem bis zur Affectation getriebenen Attachement an die Natur und einer Resignation in seine fünf Sinne bezeichnet ihn und seine ganze hiesige Secte. Da sucht man lieber Kräuter oder treibt Mineralogie, als daß man sich in leeren Demonstrationen verfinge. Es ist soviel Gelebtes, soviel Sattes und grämlich

Hypochondrisches in dieser Vernünftigkeit, daß es einen beinahe mehr reizen könnte, nach der entgegengesetzten Weise ein Thor zu sein.'

In den Absichten aber, die Schiller an Goethes Geburtstag ausgesprochen hatte, befestigte er sich nun immer mehr, und Arbeit, unermüdliche Arbeit ward seine Losung. Er begann, sobald er nur dem Drang zur Thätigkeit wieder genügen konnte, sich in Weimar wohler zu fühlen, und an Abreise ward nicht gedacht: 'Ich fange an', so schreibt er den 10. September, 'mich hier ganz leidlich zu befinden, und das Mittel, wodurch ich es bewerkstellige — Du wirst Dich wundern, daß ich nicht früher darauf gefallen bin — das Mittel ist: ich frage nach Niemand.' Ein Jeder in Weimar treibt es so, empfindet Schiller: 'So viele Familien, ebensoviele abgesonderte Schneckenhäuser, aus denen der Eigenthümer kaum herausgeht, um sich zu sonnen. In diesem Stück ist Weimar das Paradies. Eine stille, kaum merkbare Regierung läßt einen so friedlich hier leben und das Bischen Luft und Sonne genießen. Anfangs habe ich mir alles viel zu wichtig, zu schwer vorgestellt. Ich habe mich selbst für zu klein und die Menschen umher für zu groß gehalten. Jeden glaubte ich meinen Richter, und jeder hat genug mit sich selbst zu thun, um mich auszulauern.'

Die Briefe an Körner werden nun spärlicher; Schiller erlebt weniger und arbeitet mehr. Er stellte sich das Ziel: innerhalb eines Jahres Herr seines Schicksals zu sein, und weder von Körners Hilfe, noch von dem guten Willen irgend eines Andern ferner abzuhängen. Nur ganz obenhin macht er den Versuch, sich dem rückkehrenden Herzog vorzustellen, und hält sich von allem höfischen Leben so weit entfernt, als nur möglich: denn der 'Vorrath von Toleranz', den der nach Weimar Reisende eingepackt, war gründlich erschöpft. Scharfe, ja verbitterte Aeußerungen fallen nun, über die Empfindsamkeit und die Liebesabenteuer der Weimarer Damen, über die Flachheit der adeligen Gesellschaft, und nur Charlotte von Stein wird ausgenommen: 'eine wahrhaft eigene interessante Person, von der ich begreife, daß Goethe sich so ganz an sie attachirt. Man sagt, daß ihr Umgang ganz rein und untadelhaft sein soll.' Schillers Verkehr beschränkt sich jetzt auf Charlotte Kalb, Herder, den Hofrath Voigt, welcher seine volle Sympathie gewonnen hatte, und auf einige Andere; einen Tag die Woche besuchte er den Clubb, und zum Spaziergehen hatte er sich den 'Stern' erwählt, einen Theil des prächtigen Parkes, Weimars schönste Zier: 'die übrige Zeit', sagt er, 'bin ich zu Hause und arbeite.'

Mit voller Schaffenslust trat Schiller jetzt in das Studium der Geschichte ein: den 'Geisterseher' ließ er liegen, und allein der 'Abfall der Niederlande' beschäftigte ihn. Hatte er schon vor der Jenaer Reise nach dieser Arbeit wieder gegriffen, so war er ihr nun, da er den Gedanken einer akademischen Stellung erwog, vollends hingegeben. Die Weimarer Bibliothek, welche Schiller mit historischen Werken 'vortrefflich besetzt' fand, wird jetzt eifrig benutzt, zehn Stunden des Tages sitzt der einsame Arbeiter über Grotius, Strada, und die anderen Quellenschriften gebückt, und das frohe Gefühl des Gelingens hilft ihm über alle Mühen hinweg. Seine Laune wird besser, die Urtheile werden milder: 'ich kann nicht leugnen', schreibt er den 14. October, 'daß ich sehr wohl zufrieden bin; dabei finde ich, daß in uns selbst die Quelle der Schwermuth und Fröhlichkeit ist.' Zwei Weimarer Frauen, auf die ihn Körner aufmerksam gemacht und über die er zuerst ablehnend geredet, Corona Schröter und die reiche Erbin Caroline Schmidt treten ihm jetzt näher; und auch mit Wieland kommt eine Aussöhnung zu Stande, welche eine Verbindung Schillers mit dem Merkur zur Folge hat; ja, im ersten Enthusiasmus denkt Schiller sogar daran, seine Thalia in Wielands Zeitschrift aufgehen zu lassen, deren 'präsumtiven Erben' er sich nennt. Eifrig setzt Schiller dem Dresdener Freunde die Nützlichkeit dieser Verbindung auseinander, gerade im gegenwärtigen Augenblick: 'weil ich die Nothwendigkeit einsehe, viel zu lesen und dieses mit vielem Schreiben nicht wohl vereinigen könnte, wünschte ich einen Canal zu haben, in den ich gleich die ersten Resultate meiner Lectüre werfen könnte.' Und so heimisch wird es ihm nun in Weimar, daß er statt an die Rückkehr nach Dresden zu denken, den Freunden den Vorschlag hinwirft: sie alle sollten nach

Weimar übersiedeln — wo Wieland, Herder und viele andere zu ihrer Freundschaft 'einen recht schönen Hintergrund abgeben' würden. Natürlich wies Körner diesen Plan ab; zu dem Bündniß mit Wieland aber sprach er seinen Segen, und wirklich eröffnete im neuen Jahrgang des Merkur Schiller seine Mitarbeiterschaft mit der Einleitung zum Abfall der Niederlande; Wieland hatte den neuen Genossen schon zu Ende 1787 angekündigt, wie folgt: 'Es ist mir angenehm, die Nachricht geben zu können, daß der Rath Schiller mit bevorstehendem Jahrgang Antheil am Mercur nehmen will und vielleicht jedes Monatsstück mit einem Aufsatz von seiner Hand zieren wird, die schon in ihren ersten Versuchen den künftigen Meister verrieth und nun, da sein Geist den Punkt der Reife erreicht hat, die Erwartung rechtfertigt, die sich das Publikum von dem Verfasser des 'Fiesko von Genua' und des 'Don Karlos' zu machen Ursache hatte. Da ich selbst vom Mittagspunkte des Lebens schon einige Jahre herabsteige, so gereicht es mir zu nicht geringer Ermunterung, diesen vortrefflichen jungen Mann an meiner Seite zu sehen.'

Die Anknüpfung mit Wieland brachte aber auch den andern Plan wieder empor, welchen der töchterreiche Vater hegte; und der Gedanke wenigstens beschäftigte Schiller: Wielands Schwiegersohn zu werden.' In dem kleinen Orte, wo jeder jedem ins Haus sah, wurden solche Absichten bald bekannt, und bis zu Körner drang das Gerücht. Erst spät ward Schiller inne, daß hier etwas wie ein Wielandsches kluges Manöver zu Grunde lag: er hatte geglaubt, nur aus sich heraus den Plan zu fassen, wo er vielmehr der leisen Führung Wielands gefolgt war. Unsicher genug klingt, was er in solcher Stimmung an Körner, den 19. November, schreibt: 'Ich glaube wirklich, Wieland kennt mich noch wenig genug, um mir seinen Liebling, seine zweite Tochter nicht abzuschlagen, selbst jetzt nicht, da ich nichts habe. Aber ich weiß nicht, ob ich in diesen Kreis gehöre; ob ich ewig darin verharren, mich nie daraus sehnen, ob ich diesen Menschen werth bleiben kann — das weiß ich nicht. Du, dem mein Glück wie das seinige nahe geht, sage mir, ob alle Erfahrungen, die Du über mich gemacht, sich mit der Idee reimen, daß ich eine Frau habe, und ein mir so entgegengesetztes Wesen, eine unschuldige Frau. . . . Es ist sonderbar, ich habe hohe Begriffe von häuslicher Freude, und doch nicht einmal so viel Sinn dafür, um mir sie zu wünschen. Ich werde ewig isolirt bleiben in der Welt, ich werde von allen Glückseligkeiten naschen, ohne sie zu genießen.'

Schiller schließt die hin und her wogende Betrachtung mit den charakteristischen Worten: 'Charlotte weiß von diesem Monolog meiner Vernunft nichts.' Und hier liegt der Schlüssel zu Schillers Absichten: wieder ist das Verhältniß zu Charlotten auf dem Punkte angelangt, wo ein Abbrechen, eine Katastrophe unvermeidlich wird.

Der aus Henriette Arnims Fesseln entfliehende Dichter hatte bei Charlotten neues Glück gehofft, den Erfahrungen von Mannheim zum Trotz; und so beging er das Wagniß, ein Verhältniß wieder aufzunehmen, das zwei Jahre zuvor geendigt schien. Abermals trat er der fern vom Gatten lebenden Frau gefährlich nahe, abermals hob das alte Spiel von Locken und Meiden, von Begehren und Versagen an. Schiller suchte, was nicht freiwillig gegeben ward, durch Liebeslist zu erringen: 'er forderte schriftlich oft', erzählt Frau von Kalb, 'ich möchte doch zu ihm kommen, er könne nicht ausgehen. Obwohl geneigt, konnte ich doch wissen, daß solches unmöglich und Ungestümes bereiten müsse.' Die ganze Taktik Charlottens liegt in diesen Worten: 'obwohl geneigt', gewährte sie nicht, und hielt den Fordernden in erwartender Unruhe. Das konnte um so weniger dauern, als schon das erste Wiedersehen den Dichter eine Veränderung in Charlotte wahrnehmen ließ, welche seine Neigung unvermerkt beeinflussen mußte: 'Spuren von Kränklichkeit' fand er bei ihr, die sie oft an 'Sammlung des Geistes' hinderte. Ihr Begegnen hatte 'soviel Gepreßtes, Betäubendes', daß er schwer fand, es zu schildern; immer von Neuem wiederholt er dem Freunde, wie beinahe unmöglich es ihm ist, über Charlotte zu schreiben, so schwankend sei gegen sie sein Empfinden: 'Es ist mir wahrscheinlich, daß der Keim einer unerschütterlichen Freundschaft in uns Beiden vorhanden ist, aber er wartet noch auf seine Entwicklung. In Charlottens Gemüth ist übrigens mehr Einheit als in dem meinigen. Lange Einsamkeit und ein eigensinniger Hang ihres Wesens haben mein Bild in ihrer Seele tiefer gegründet, als bei mir der Fall sein könnte mit dem ihrigen'. Das klingt schon bedenklich genug; und eine Ahnung mochte in Schiller erwachen: es könne der Wunsch, dies Verhältniß zu lösen, in ihm früher lebendig werden, als in Charlotten. Dennoch hielt er an dem Gedanken fest, mit welchem er nach Weimar gekommen: Charlotten und ihren Gatten nach Dresden, in den Kreis der Freunde, einzuführen; und ein Haushalt zu Dreien schwebte ihm vor, nach jenem berühmten Vorbild, das in Rousseaus 'neuer Heloise' Wolmar, Julie und St. Preux gegeben. Die Ankunft Kalbs zerstörte solche Pläne, und Schiller war der Erste, zu erkennen, daß vor der Macht der Thatsachen romanhafte Ideale schwinden mußten: 'Ich weiß nicht', schreibt er, 'ob die Gegenwart des Mannes mich lassen wird, wie ich bin. Ich fühle in mir schon einige Veränderung, die weiter gehen kann. Wielands Haus besuche ich jetzt am fleißigsten, und ich glaube, es wird so bleiben. Laß diese Stelle unsere Weiber nicht lesen.'

Mit aller Heftigkeit seines Empfindens erkannte es Schiller: daß er die Macht der Frau von Kalb brechen müsse für immer. Zur selben Zeit, da Goethe sich von Frau von Stein löst, treibt es ihn an, Charlotten zu entsagen; und wie jener, strebt er aus ungesunden und ungewissen Verhältnissen heraus in einfache und klare. Nur in der Richtung, die nun einzuschlagen war, ging sein Gefühl noch irre: er glaubte durch 'Monologe der Vernunft' entscheiden zu können, wo allein das Herz sprechen durfte. Aber alles Schwanken endete, als eine neue Erscheinung nun vor ihn trat: da er Lotte Lengefeld gesehen, ward er inne, wo ihn das Glück seines Lebens erwartete.

Die Schwestern Lengefeld.

In Rudolstadt lebt eine Frau von Lengefeld mit einer verheiratheten und einer noch ledigen Tochter. Beide Schwestern haben etwas Schwärmerei, doch ist sie durch Geistescultur gemildert. Beide sind (ohne schön zu sein) anziehend und gefallen mir sehr.

Schiller an Körner.

Die Reise nach Meiningen und Bauerbach, welche Schiller im August 1787 geplant, trat er im November endlich an. Zwei Tage blieb er in der Nähe der Schwester und der Freundin, und er sah sich, nach einer Abwesenheit von fünf Jahren, abermals in der winterlichen Einsamkeit des Thüringer Waldes. Er hatte von der Wiederkehr an den vertrauten Ort 'Interessantes für sein Herz' gehofft, doch sein Erwarten schlug fehl: die 'heiligen Pilgrims-Gefühle' wollten nicht erwachen. 'Jene Magie war wie weggeblasen', sagt er. 'Damals war ich noch nicht in der Welt gewesen, ich stand so zu sagen schwindelnd an ihrer Schwelle. Wie viele neue Gefühle, Schicksale und Situationen lagen nicht in diesem Zwischenraume. An dieser Verwandlung sah ich, daß eine große Veränderung mit mir selbst vorgegangen war.'

Den Rückkehrenden begleitete Wilhelm von Wolzogen, Henriettens Sohn; und er bestimmte den nach Hause Strebenden nur schwer, mit ihm bei Verwandten einzusprechen, die er in Rudolstadt besuchen wollte: der Familie Lengefeld. So ritten denn, am 6. December 1787, die zwei Freunde in die stille Stadt ein; als sie, in Reisemäntel gehüllt, am Hause der Frau von Lengefeld vorüberkamen, verbarg

Wolzogen scherzend sein Gesicht zur Hälfte, der andere Reiter, weil er den Frauen unbekannt blieb, erregte um so lebhafter ihre Neugier. Ein Fremder um diese Jahreszeit war ein Ereigniß; wie verwünschte Prinzessinnen erschienen sich die Töchter des Hauses, die auf Erlösung aus einförmiger Winternacht hofften; und als ihnen nun Wolzogen auf den Abend den Besuch seines Reisegefährten Friedrich Schiller ankündigte, da ward der Eindruck ein unvergeßlicher auf beiden Seiten: 'es soll mir ein lieber Tag sein, der sechste December!' schreibt Lotte Lengefeld später an Schiller. 'Schnell faßte meine Seele dein Bild.'

Die Mutter und zwei Töchter fand Schiller in dem Hause der Rudolstädter Neuen Gasse vor; der Vater war todt. Er war ein energischer, thätiger Mann von eigenartigem Wollen, dessen kluge Betriebsamkeit an Schillers Vater erinnern kann: wie dieser die Baumcultur, hatte er das Forstwesen der Heimath auf eine neue Stufe gehoben, und bis zu Friedrich dem Großen war sein Ruhm gedrungen. Ein starker, fest dreinblickender Herr von wohlzusammengehaltener Würde, so tritt er uns im Bilde entgegen: eine Figur nach Gottscheds Art. Der Erziehung der Kinder stand er eifrig vor, bis der Tod ihn 1776 fortnahm: Caroline Lengefeld war damals dreizehn, Lotte noch nicht zehn alt. Sich selber blieben die Mädchen nun vielfach überlassen: denn die gute Mutter, chère mère genannt von aller Welt, konnte ihnen geistig nicht genugthun. Sie lasen früh und viel, und die ganze Poesie der sentimentalen Epoche zog an ihnen vorüber: Ossian und Siegwart und Richardson. Man werde es ihnen immer anmerken, spottete Schiller später, daß sie mit dem Grandison aufgewachsen seien. Für Caroline hatte sich, schon als sie im sechzehnten Jahre stand, ein Bewerber eingefunden, Herr von Beulwitz; für Lotte wünschte die Mutter eine Stellung am Weimarer Hofe zu gewinnen, und um ihr die letzte Ausbildung zu geben, ward 1783 eine Reise in die französische Schweiz beschlossen. Ein Jahr lang weilte man in Bevey; und Lotte, in Siegwartischen Empfindungen lebend, glaubte hier ein erstes Mal zu lieben. Auf der Hinfahrt sahen die Reisenden Schillers Eltern auf der Solitude, auf der Rückfahrt ihn selbst in Mannheim, doch keine lebhaftere Theilnahme ward rege. Die Schwestern, welche bis dahin durch Alter und Gegensatz der Charaktere geistig getrennt gewesen, hatten nun in der Fremde sich gefunden, und unzertrennlich fühlten sie sich an einander geknüpft: 'wir wallen Hand in Hand', sang Lotte. Und so, Hand in Hand, traten sie vor Schiller hin, und ihnen beiden galt sein rascher Entschluß: dem ersten flüchtigen Besuch einen längeren folgen zu lassen und den Sommer 1788 in Rudolstadt zu verbringen.

Zwei weibliche Typen der Geniezeit, charakteristisch unterschieden an Geist und Empfindung, waren ihm in den Schwestern entgegengekommen. Scheint in Caroline mehr die Eigenart des Vaters fortzuleben, eine schärfere Persönlichkeit, ein selbständiger Wille, so ist Lotte der Mutter Erbin in Güte und Milde, in heiterm Wohlwollen und Sanftheit: nur daß sich die weiblichen Gaben der chère mère hier paaren mit feineren geistigen Reizen. Und eine zweite, mütterliche Freundin gewann auf Lotten Einfluß: Frau von Stein, die auf ihr benachbartes Gut Kochberg allsommerlich die Weimarer Anregungen mitbrachte. Goethes Größe ward nun erschlossen, und dem Dichter wie dem Menschen trug Lotte die treueste Verehrung entgegen; daß Goethe sie, eben da sie in die große Welt trat, als achtzehnjähriges Mädchen einmal im Schlitten gefahren, blieb ihr die liebste Erinnerung. Die ganze verfeinerte Cultur einer neuen Zeit trat so den Schwestern nahe, und überrascht fand Schiller gleichgestimmte Geister in der Einsamkeit von Rudolstadt vor. Mit der liebenswürdigsten Theilnahme an den bewegenden Fragen der Zeit, an ästhetischen, philosophischen, naturwissenschaftlichen Fragen verband sich aber in Lotte ein eigener, frischer Natursinn; und wenn sie eben über ihrem Ossian und Goethe, über Plutarch und Rousseau, Buffon und Bacon sich müde geweint und gedacht, so fand sie im großen Garten hinterm Haus, am nahen Berg unter ihren lieben Bäumen, Frieden und schönes Maaß zurück: 'freie Luft und heitrer Himmel', sagt Schiller, 'gehören gewissermaßen zu Ihrem Leben.'

Diese ganz eigene Mischung von Natur und Cultur fehlte in Caroline; sie war den Anschauungen der Geniezeit, ihren freien und allzufreien Gedanken, energischer gefolgt, und ein unruhiger Sinn trieb die früh Gefesselte in mancherlei Wirren, die kaum das Alter endete: 'sie irrte, litt, liebte', so lautet die Grabschrift, die sie sich selber gefunden.

Mit sechzehn Jahren 'so gut wie verlobt', mit einundzwanzig vermählt, gewann Caroline von Beulwitz erst innerhalb der Ehe volle geistige Entwicklung und die Einsicht: daß der Mann, dem sie zur Seite lebte, mit seiner derben Bravheit ihr nicht genügte. Kinderlos geblieben, suchte und fand sie nach der freien Sitte der Zeit enthusiastische Seelenfreundschaften, welche in leidenschaftliches Begehren stets überzuschlagen drohten: Schiller, Wilhelm von Wolzogen, der Coadjutor von Dalberg, der Livländer von Adlerskron und ein unbekannter 'Ami' werden nach- und nebeneinander Gegenstand ihrer Neigung. 'Die Heirath', so erkannte sie, 'ist kein Band der Seelen'; und verschwenderisch wendet sie, in der weiten Unbestimmtheit ihrer Gefühle, das Wort Liebe jederzeit an: 'Liebe und Freundschaft ist mir Eines', schreibt sie an Wilhelm von Wolzogen, dem sie das Herz geraubt gleich im ersten Begegnen. Verehrend naht er ihr nun, mit Besuchen und Briefen, und beugt sich werbend vor dem überlegenen Geiste der 'superklugen Cousine'; sie aber weiß, zwischen Gewähren und Versagen, den Verehrer zu halten, sicherer noch als Charlotte von Stein Goethe, als Charlotte von Kalb Schiller hielt. So zappelte der arme Junge im Netz, bis endlich, nach einem Jahrzehnt treuer Hingebung, der Besitz der Geliebten sein Glück krönte: Caroline von Beulwitz ward Caroline von Wolzogen. Schiller billigte die Scheidung von dem ersten Gatten, dem 'ours', dessen Launen lästig wurden, doch nicht diese Verbindung, welche im Herbste 1794 von Caroline, abermals ohne volle Neigung, geschlossen ward. Wunderlich genug in der That klingt es, wenn sie 1792 den künftigen Gatten nach zwei andern Seelenfreunden ungenirt fragt: 'Sage mir doch, wie es mit Adlerskron geht, es schmerzt mich so innig, ihn unglücklich zu wissen, denn er ist gar edel und gut. Der Coadjutor ist in Constanz, besuche ihn doch.' Caroline hatte Adlerskron zu ihrem 'Trabanten' gemacht, er kannte in der Welt nur Eine Frau, der kein Wesen je gleichen werde: Caroline; in glühenden Briefen redet er sie bald mit Sie, bald mit Du an, aber doch bewahrt der arme Trabant Urtheil genug, um zu erkennen, daß Caroline eine seltsame Verwandtschaft mit — Charlotte Kalb besitzt: 'was mich beim ersten Sehen an ihr interessirte', schreibt er an Caroline, 'war, sie hatte einiges Aehnliche in ihrem Charakter mit Ihnen.' Auch nach der Vermählung mit Wolzogen wurden neue Seelenfreundschaften geknüpft: Graf Geßler in Dresden, Graf Schlabrendorf in Paris reihen sich dem Hofstaat Carolinens ein, und wenn sie der eine das 'wunderbarste Wesen' nennt, das er sah, so preist der andere enthusiastisch 'der Freundin eng anschließendes Herz', und auch er darf sie mit dem vertraulichen Du anreden. So gefährliche Freundschaften hat Lotte nie gekannt, wenngleich auch sie, der Zeitsitte gemäß, manche freiere Annäherung gestattet; aber sie weiß, in der sanften Gemächlichkeit ihrer Natur, stärkere Wallungen niederzuhalten, und in Scherz und Ernst, schwesterlich theilnehmend hier, mütterlich rathend dort, wahrt sie frauenhafte Würde.

War Adlerskron der getreue 'Trabant' Carolinens, so erwarb sich Dalberg einen andern Beinamen im Kreise der Freunde: er ward der 'Schatz', der 'Goldschatz'. Karl von Dalberg residirte, den Tod des Kurfürsten von Mainz erharrend, dessen erwählter Nachfolger er war, gemächlich in Erfurt; dort hatte Caroline durch Vermittlung ihrer Erfurter Freundin, Fräulein von Dacheröden, ihn kennen gelernt, und sie hatte dem geistig lebhaften, das Gute wollenden, sensiblen Manne sich begeistert genähert. Als ein Bruder des Mannheimer Intendanten, besaß auch er das 'Pulverfeuer' des Enthusiasmus und die Unstäte des Willens: ein Mann ohne Mark. So zeigt ihn zumal die Zeit seiner staatsmännischen Laufbahn, als er, ein Fürst von Napoleons Gnaden, zum Großherzog von Frankfurt aufstieg. Doch Caroline hielt ihm die Treue auch jetzt, und sie wollte, zu seiner Ehrenrettung, die Biographie des 'Schatzes' schreiben. Der Mann mit den pfäffisch glatten, verschwimmenden

Zügen durfte, als katholischer Geistlicher, an eine Ehe mit Caroline niemals denken, aber doch hat er gewünscht, sie in seiner Nähe halten zu können: 'alles deutet mir an', schreibt sie 1792, 'daß er etwas Bleibendes unter uns wünscht, ich sollte mich doch scheiden lassen, hat er letzt der Li (Caroline von Dacheröden) wieder gesagt. Ich muß fühlen, was ich dem Schatz sein kann, und welche Gestalt mein inneres Sein gewänne, einem so hohen schönen Wesen ein harmonisches Dasein zu geben.' Wenn man erwägt, daß auch der Kurfürst von Mainz sich damals eine Freundin erwählt hatte, Frau von Coudenhoven, so klingt das bedenklich genug. Zwar zog Caroline einer so unbestimmten Existenz die Vernunftheirath mit Wolzogen zuletzt vor, aber sie blieb Dalbergs Seelenfreundin, und noch 1811, als ihr Gatte gestorben, schrieb sie aus Frankfurt: 'Könnte ich doch dem Schatz etwas sein, ich würde gern bei ihm bleiben.' Inzwischen hatte sie aber, in Wiesbaden 1809 während Wolzogen dahinsiechte, eine neue Bekanntschaft gemacht, den 'Ami', dessen Name uns entgeht: 'Ohne meinen Ami', berichtet sie, 'wäre ich in der völligsten Einsamkeit, aber er wird mir täglich mehr. Mein Ideal des öffentlichen Lebens für einen Mann finde ich so in ihm ausgesprochen, daß es mich oft zur Verwunderung hinzieht.' Caroline war damals 47 Jahre alt. 'Ich habe nicht geglaubt, daß so etwas in diesem Alter so tief treffen könnte', sagt Lotte, 'die gute Frau hatte wirklich eine Leidenschaft. Sie ist eine eigene, ganz eigene Natur, so höchst liebenswürdig und interessant; so äußerst verständig und doch so phantastisch. Sie liebte so oft, und doch nie recht; denn wahre Liebe ist ewig, wie das Wesen, aus dem sie entspringt.' Ein Bild Carolinens aus dieser Spätzeit zeigt sie als eine noch anziehende Frau, von freiem Blick und geistig belebter Miene; das leichte, am Hals offene Gewand läßt eine üppige Gestalt erkennen, ein selbst=bewußter, fast übermüthiger Zug spielt um Mund und Nasenflügel.

Von solchem Selbstbewußtsein, von dem Egoismus des Gefühles, den in Caroline die Anschauungen der Geniezeit geweckt hatten, besaß Lotte nichts; vielmehr lebte tief in ihr und sprach sich aus in herzlicher

Einfachheit ein opferfroher Sinn, der das eigene Selbst zu beugen wußte um Anderer Glück. Wenn sie 1783 an Wilhelm Wolzogen schreibt: 'wie so gern möchte ich Ihnen helfen, entsagte gern einem Theil meiner Freuden, um Sie froh zu wissen', so klingt schon hier, aus den Worten eines sechzehnjährigen Mädchens, ein Ton hervor, den man in Carolinens ganzer Liebescorrespondenz vergeblich suchen würde. Diese Güte des Herzens, bezeugt Fräulein von Dacheröden, war das Erste, das ihr in Lotte entgegentrat, und unvergeßlich blieb ihr ein Gespräch, das im Beginn der jungen Freundschaft geführt ward: es wurde gefragt, ob Lotte wohl, einem Bedrängten zu helfen, in der strengen Kälte zu Fuß von Rudolstadt nach Erfurt gehen würde; Lotte bejahte. Und als man sagte, sie hielte es nicht aus, erwiderte sie nur ganz ruhig: 'Ich versuchte es doch.' Und so innig und herzlich war der Ton, daß die Freundin ihn nach Jahren noch zu hören glaubte. Die nämliche Empfindung spricht sich aus, mit noch persönlicherem, überzeugendem Accente, wenn Lotte etwa an Goethe schreibt, den verehrtesten Freund ihrer Jugend: 'Ich kann Ihnen nur in kleinen Zufällen beweisen, was ich für Sie thun mag, denn wir sind nicht in den Zeiten der Helden mehr, wo man etwas wagte aus Freundschaft. Mein Gefühl aber ist deswegen eben so heldenmüthig, und ich stieg wohl um Ihretwillen auch zum Orkus.'

Milde, wie Lottes ganzes Sein, ist auch ihre Vorstellung vom Wesen der Liebe: 'Es ist nicht Liebe', schreibt sie an Schiller, 'wenn man sich nur ein schönes Bild in der Seele entwirft, und diesem selbst alle Vollkommenheiten giebt, sondern dies ist Liebe, die Menschen so zu lieben, wie wir sie finden, und haben sie Schwachheiten, sie aufzunehmen, mit einem Herzen voll Liebe.' Wohl hatte darum Fräulein von Dacheröden recht, ihr zu sagen, daß Weiblichkeit der schönste Ausdruck ihres Wesens sei: 'um dieser Weiblichkeit willen liebt dich Schiller. Deine stille Anhänglichkeit, dein sanfter Sinn, es entgeht nichts davon dem Blick des glücklichen Mannes.' Sanft — das Wort drängt sich immer von Neuem hervor, Lotten gegenüber. Und wie gut kennzeichnet es das Wesen dieser Frau, daß die Freunde

nicht zutraulich genug ihren Namen gestalten können: während etwa
die feierliche Frau von Kalb, auch für die Vertrautesten, stets nur
Charlotte blieb, rückt sie, zuerst als Lotte, dann als Lolo, als Lolochen,
allen nahe.

Sanfter also, bescheidener entfaltete sich in Lotte ein eigenes
geistiges Leben; aber als rechte Schwester Carolinens, als rechtes
Kind der Geniezeit war auch sie von einer gefallsamen Empfindsamkeit,
einer gewissen 'coquetterie d'esprit', nach Schillers Wort, nicht frei,
und erst allmählig überwand sie die Neigung, 'recht klug zu thun':
'Ich war sonst erstaunlich eitel', schrieb sie 1789, 'und haschte nach
Lob, jetzt aber ist dies alles durch Nachdenken vertrieben worden.
Ich möchte wohl, daß ich weniger dazu wäre erzogen worden, mehr
scheinen zu wollen, als ich war.' Doch blieb ein sinnender Trieb, eine
Lust zur Selbstbeobachtung stets in ihr lebendig, und eine schreibfrohe
Zeit ließ sie das Gedachte schnell formen: wie ihr 'die Welt vorkommt',
sagt sie gern und hält in Briefen und Tagebüchern ein inneres Erleben
fest. Einfach, harmlos, frei plaudert sie in ihren Briefen herunter,
was ihr das Herz bewegt: 'Lolochen erzählt gar artig', sagt Wilhelm
Wolzogen. Die präparirten Bekenntnisse, die gefeilten Berichte liebt
sie nicht: 'ich kann das Conceptmachen nicht leiden' gesteht sie, 'es ist
so gezwungen, so steif'; und überall in ihren Briefen bringt sie darum
einen frischen Hauch des Lebens mit, realistisches Detail und naive
Wahrhaftigkeit. Ein melancholischer Zug, ossianische Schwärmerei
und ein ernster Natursinn sprechen aus ihrem Tagebuch uns an;
in ihren Aufzeichnungen aus der Schweiz redet mehr die ruhige,
sachliche Beobachtung, und nur der Gegensatz zwischen dem zwangvollen
Schwaben und der freien Schweiz ruft kräftigere Töne auf: 'Der
Despotismus verfinstert nicht die Herzen der Bewohner dieses
glücklichen Landes. Wie wohl wird einem beim Gefühl der Freiheit.'
Auch über diese persönlichen Niederschriften hinaus hat Lotte vieles
und vielerlei zu Papier gebracht, sie hat ihren geliebten Ossian,
Novellen und Dramen übersetzt, hat formgewandte Gedichte verfaßt,
und in die Reihe der Arndt und Körner ist sie 1813 mit schwunghaften

Versen eingetreten: nicht erfüllt von literarischen Prätensionen, sondern sanft bewegt von einem innern poetischen Triebe: 'Es geschieht mir immer', sagt sie einmal, 'daß ich, wenn ich eine Poesie suche, Rechnungen finde, und will ich eine Quittung suchen, so finde ich immer zuerst ein paar Poesien. So sehr ich mich auch bestrebe, die Dinge zu sondern, so mischt sich doch immer die Poesie ins Leben, und ich hoffe, ich gehe auch nicht ohne Poesie aus der Welt.'

Anspruchsvoller, selbstbewußter tritt auch hier Caroline auf: wie ein zünftiger Autor, nicht wie ein bloßer Liebhaber der Dichtung. Ihr glückte ein starker Augenblickserfolg in dem Roman 'Agnes von Lilien', einer Nachahmung des 'Wilhelm Meister', deren unendlichen Abstand vom Vorbild die Zeitgenossen nur unsicher empfanden: Goethe selbst schrieben sie die Autorschaft zu. Eine romanhafte Handlung, mit einer Fülle von Liebesgeschichten, mit den überlieferten Motiven von unerkannten Fürstenkindern, geheimnißvollen Kästchen, mit mignonhaften, singenden Italienerinnen, bösen Ministern und edlen Aristokraten — so stellt diese 'Agnes von Lilien' sich dar; durchaus ein Werk aus zweiter Hand. Reichliche Reflexionen drängen sich vor und die Phrase wuchert: 'sein Empfinden erschien in der Sphäre des menschlichen Seins als Tugend, während aus dem Blicke des fessellosen Geistes die Freiheit des Himmels strahlte' — von solchen Tiraden ist das Buch voll. In der liebeseligen, von allen verehrten, schwärmerischen Heldin hat die Verfasserin sich selbst gezeichnet, und zugleich in der Gestalt der 'Gräfin', welche im sechzehnten Jahre einem ungeliebten, launenhaften Manne sich vermählt und kinderlos bleibt, ihr Ich noch einmal gemalt. Auch in den männlichen Gestalten des Romans hören wir Caroline reden, wenn der Held etwa sagt: 'Die Liebe ist so heilig, daß selbst ihre Täuschungen uns werth bleiben.' Man könnte den Satz als Leitwort über Carolinens Lebensgeschichte stellen.

Caroline war 24, Lotte eben 21 Jahre alt, als Schiller das Haus der Schwestern betrat; jene war blond und von Gestalt klein, diese groß und schlank, mit lockigem braunem Haar und blauen Augen. Am schönsten hat Frau von Stein Lotte gezeichnet, im idealisirenden, antiken Costüm, das aber doch das Charakteristische der Gestalt festhält: die feinen Züge sinnend nach rechts gewandt, das Auge hell und gütig blickend, die Haare lang herabwallend, doch oben von einem Bande leicht zusammengehalten: das ganze Bild getaucht in heitere Anmuth und weibliche Milde. An jenem schicksalsvollen 6. December, als Schiller sie in Rudolstadt zuerst sah, war ihre Stimmung trüber gewesen: 'ich weis noch daß ich den Tag so ganz in mich verschlossen war', schreibt sie, 'der Regen und Wind machte mir so unheimlich.' Kurze Zeit vorher hatte sie in ihr Tagebuch diese Worte geschrieben: 'O Erinnerung, du ein schöner Trost des Lebens! umhülle mich mit deinem lichten Gewande; durch dich wird trübe Gegenwart helle! Und o Hoffnung verlaß auch du mich nie!' Ein Herzenserlebniß, das noch in ihr nachtönte, mochte solche Klänge geweckt haben: ein junger schottischer Officier, Heron mit Namen, war ihr nahegetreten und schien um sie werben zu wollen; doch zu Ostern 1787, als er zum letzten Mal in Rudolstadt weilte, mußte er das schwermüthige Geständniß machen: daß Pflicht und Ehre ihn übers Meer riefen, ins ostindische Heer. Er nahm Lottens Silhouette mit sich und schied bewegt: 'Meine Glückseligkeit', so rief er ihr zu, 'muß in der Erinnerung bestehen, daß ich einst neben Ihnen saß, daß meine bebende Hand sich erkühnte, die Ihrige zu drücken.' Aus Neuwied, im Juni 1787, schrieb er dann noch einmal, und seine zurückgehaltene Empfindung brach am Ende des liebevoll ausführlichen Briefes kräftig vor: 'O daß ich Sie in diesem Augenblicke an mein Herz drücken könnte. Verzeihen Sie. Aber meine Empfindung — doch sehen wir uns wieder.' Unter dem Nachwirken dieses Erlebnisses noch sah Schiller Lotte: und wie der Mann, so wollte auch das Mädchen von Sorgen und Enttäuschungen des Herzens eben genesen. Beide besaßen die Empfänglichkeit des Reconvalescenten.

Frei werden die Gespräche des ersten Abends, nach der Art so manches folgenden, sich zwischen dem Bedeutenden und dem Kleinen, zwischen Tiefsinn und Heiterkeit bewegt haben: 'ich rede gern von ernsthaften Dingen', schreibt Schiller, 'von Geisteswesen, von Empfindungen — hier kann ich es nach Herzenslust und dann leicht wieder auf Possen überspringen.' Zumal von der Literatur ward eifrig gesprochen; und als sich zeigte, daß auch hier der 'Karlos' noch nicht bekannt geworden, äußerte der Dichter herzlich, ohne alle Eitelkeit des Schriftstellers den Wunsch, daß die Damen das Buch möchten kennen lernen. Als Schiller dann schied, sah er die Schwestern schon völlig mit den bewundernden Blicken seines Reisegefährten an: 'Ich kann nicht anders, als Wilhelms guten Geschmack bewundern', schrieb er an Henriette von Wolzogen, 'denn mir selbst wurde so schwer, mich von diesen Leuten zu trennen, daß nur die dringendste Nothwendigkeit mich nach Weimar ziehen konnte.'

Wolzogen begleitete Schiller nach Weimar, und manches vertrauliche Wort auf dem Heimritt noch mag den Schwestern gegolten haben; als dann Wolzogen abermals nach Rudolstadt ging, beschloß Schiller zu folgen, sobald ihm seine Arbeiten nur 'auf einige Tage Luft' ließen. Er sendete den 'Karlos' wie versprochen, und verschob nur ungern, im Gedränge der Geschäfte, seinen Besuch: 'Dem nächsten Frühling sei es aufbehalten', schrieb er, 'den schönsten meiner jetzigen Wünsche zu erfüllen.' Inzwischen ward er in der Neuen Gasse von Jemandem eifrig erwartet: 'es war schon eine geheime Ahndung in meiner Seele', gestand Lotte später, 'als du den Karlos an Wolzogen schicktest; ich behielt das Billet sorgfältig, denn ich weiß nicht, es freute mich so, und es war mir lieb etwas von dir zu haben. Auch wartete ich so ängstlich den Sonntag, wie du versprochen hattest her zu kommen; mit jedem Tritt, den ich hörte, dachte ich, du kämst, und es war mir nicht ganz recht, daß du ausbliebst.'

Und nun fügte es sich, daß, als Schiller Rudolstadt fern bleiben mußte, Lotte nach Weimar kam: unerwartet und unverhofft sah er, auf einer Redoute gegen Ende des Januar, Lotte plötzlich vor sich stehen. Sie war bei Frau von Imhoff, der Schwester der Frau von Stein, abgestiegen, und Schiller, der selbst in diesem Hause eine

Zeit lang gewohnt hatte, konnte sich dem neuen Gaste freundlich nähern: nicht in der Zwanglosigkeit von Rudolstadt freilich, sondern unter den beobachtenden Augen der Hofgesellschaft, zu welcher Lotte, nach den Wünschen ihrer Mutter, hinstreben sollte. Solche Absichten sah Schiller, nach den Erfahrungen der ersten Weimarer Zeit, ungern genug, und eifrig suchte er seine eigene Anschauung der Freundin mitzutheilen: 'Ich habe nie glauben können, daß Sie in der Hofluft sich gefallen', schrieb er ihr in einem der kleinen, zuerst etwas geschraubten und reservirten, bald aber freier geformten Billets aus dieser Zeit. 'Verzeihen Sie mir; so eigenliebig bin ich, daß ich Personen, die mir theuer sind, gern meine eigene Denkungsart unterschiebe.' Aehnliche Betrachtungen nahm er in einem kleinen Gedicht wieder auf, welches er Lotten nach ihrem Wunsch ins Stammbuch stiftete; auf der Rückseite des Blattes, welches Schiller wählte, befand sich bereits eine andere Aufzeichnung: Charlotte Kalb hatte sie ihrer jungen Freundin Lotte gewidmet. Von Schillers aufkeimender Neigung scheint Frau von Kalb damals nichts erkannt zu haben, und er selbst gesteht dem Dresdener Freunde: 'dieses schläft tief in meiner Seele, und Charlotte, die mich sein durchsieht und bewacht, hat noch garnichts davon geahnet.' Doch auch vor Körner, der ihm auf seine ersten Heirathspläne gar zu väterlich-weise erwiedert hatte, wahrt er sein Geheimniß; er schreibt ihm wohl, am 12. Februar: 'Eine Frau habe ich noch nicht; aber bittet Gott, daß ich mich nicht ernsthaft verplempere', allein einen näheren Einblick gönnt er ihm nicht, und tischt in dem ganzen Verlauf dieser Werbezeit manches Märchen dem Freunde scrupellos auf.

Desto bereitwilliger aber bespricht er mit Körner die nächsten Fragen seiner Existenz, nach der principiellen Seite hin: die 'Heirathsidee' im Allgemeinen, und seine Hinwendung zur Geschichte. Zwei Fragen, die Schiller in enger Verbindung sieht: denn grade die Geschichte soll ihn zu 'einer Versorgung qualifiziren'. Schon im Beginn des Januar, ehe noch Lotte nach Weimar gekommen, aber unter der Nachwirkung des Rudolstädter Erlebnisses offenbar, schreibt

er dem Freunde: 'Ich muß eine Frau ernähren können, denn noch
einmal, mein Lieber, dabei bleibt es, daß ich heirathe. Ich muß ein
Geschöpf um mich haben, das mir gehört, das ich glücklich machen
kann und muß, an dessen Dasein mein eigenes sich erfrischen kann.
Wenn ich nicht Hoffnung in mein Dasein verflechte, so ist es um
mich geschehen. Ich bin bis jetzt ein isolirter fremder Mensch in der
Natur herumgeirrt. Alle Wesen, an die ich mich fesselte, haben
etwas gehabt, daß ihnen theurer war, als ich. Ich sehne mich nach
einer bürgerlichen und häuslichen Existenz, und das ist das Einzige,
was ich jetzt noch hoffe.'

Das Mittel aber, das so heftig Begehrte zu gewinnen, sieht
Schiller einzig im Geschichtsstudium; dem Abfall der Niederlande,
der 'ein schönes Product werden und viel thun' kann, gilt darum
sein ganzer, angestrengter Fleiß. Es sei wahrscheinlich, meint er,
daß er in kürzester Zeit einen Ruf nach Jena bekommen werde, den er
aber weder unter |schlechten Bedingungen annehmen, noch auch ganz
abschlagen will; und er weist auf den Einfluß, den die Weimarer
Umgebung, die Weimarer Erlebnisse auf sein geändertes Streben
gehabt haben, deutlich hin, wenn er sagt: 'Alles macht mir hier seine
Glückwünsche, daß ich mich in die Geschichte geworfen, und am Ende
bin ich ein solcher Narr, es selbst für vernünftig zu halten. Bis
hierher war ich doch fast immer mit dem Fluche belastet, den die
Meinung der Welt über diese Libertinage des Geistes, die Dichtkunst,
verhängt hat. Für meinen Karlos, das Werk dreijähriger Anstrengung,
bin ich mit Unlust belohnt worden. Meine niederländische Geschichte
wird mich vielleicht zum angesehenen Manne machen.' Körner liest
dem Freunde wegen dieser 'schrecklich prosaischen Ideen' derb den
Text, ohne aber für den Augenblick Schillers Sinn zu ändern; aus
seinem eigenen Innern mußte, wenn die Zeit erfüllt war, die
Erkenntniß kommen: wie ihm die Ziele seines Schaffens einzig in der
Poesie gesetzt waren. Indessen empfindet er schon jetzt, von junger
Neigung froh erregt, daß 'die Muse ihm nicht schmolle': 'Wieland
rechnete auf mich bei dem neuen Mercurstücke', so meldet er, 'und da

machte ich in der Angst — ein Gedicht.' Es waren die 'Götter Griechenlands', die so entstanden.

Mit dem Streben nach einer festen bürgerlichen Existenz aber verknüpfte sich in Schiller nun der Wunsch: Ordnung zu bringen in die alte Zerrüttung seiner Finanzen. Noch immer war er der Schuldner der Frau von Wolzogen, noch immer war er dem Dresdener Freunde tief verpflichtet; darum 'schmachtet' er nach dem Augenblicke, wo er endlich beginnen kann, Verbindlichkeiten zu lösen, und thatkräftig geht er ans Werk: 'Ich habe Muth' ruft er aus, 'und das wird mir denn auch Succeß verleihen.' Er hofft, es solle eine Zeit kommen, in der das fatale Wort Geld zwischen Körner und ihm nie mehr genannt wird; und es stimmt ihn froh, daß er doch gegenwärtig — zum ersten Mal, so lang er auf der Welt ist — mehr erwirbt, als er draufgehen läßt: 'Ich bin also auf dem Wege zur Genesung', schreibt er, 'und so langsam vielleicht auch mein Schuldenzahlen geht, so geht es doch, und das ist mehr, als ich seit neunundzwanzig Jahren mich erinnern kann.' Ohne Schwanken jedoch sollte diese Genesung nicht fortschreiten, und noch manches Mal kam die Zeit arger Dürre heran, in der Schiller klagen mochte, wie einst gegen Huber: 'Das verfluchte Geld!' Noch 1795, in einem Brief an Goethe, gedachte er dieses Zustandes: 'Ich erinnere mich, wie ich einmal vor sieben Jahren in Weimar saß und mir alles Geld bis etwa auf zwei Groschen Porto ausgegangen war, ohne daß ich wußte woher neues zu bekommen. In dieser Extremität denken Sie sich meine angenehme Bestürzung, als mir eine längst vergessene Schuld der Litteratur=Zeitung an demselben Tage übersendet wurde.' Dabei läßt der geringe Umfang der Besprechungen, welche Schiller in die Jenaer Litteraturzeitung gestiftet hatte, es vermuthen, wie knapp die rettende Summe war; er hatte 'lauter Unbedeutendes' flüchtig recensirt, aber die Jenaer Freunde zeigten sich 'sehr erbaut' davon und schickten neues Material, darunter Goethes 'Egmont', dem der Verfasser der niederländischen Rebellion sein besonderes Interesse entgegenbrachte.

Unter Arbeit und Sorgen, unter den Freuden und Leiden

werdender Neigung ging so der Winter zu Ende; und Lotte, von den
Ihrigen heimgerufen, verließ Weimar wieder, am 6. April 1788.
Obgleich die Trennung nur eine kurze war, und Schillers Absicht
unerschüttert, den Sommer in Rudolstadt zu verbringen, sah er der
Scheidenden mit bekümmertem Blick nach: 'Sie werden gehen, liebstes
Fräulein', ruft er, 'und ich fühle, daß Sie den besten Theil meiner
jetzigen Freuden mit sich hinwegnehmen.' Er empfindet, daß er im
Drange der Umstände all das Schöne, das Lottens Umgang ihm hätte
bieten können, nur wenig genutzt hat und hofft auf bessere Tage,
die nun bevorstehen: 'Lassen Sie das kleine Samenkorn der Freund=
schaft nur aufgehen', sagt er, 'wenn die Frühlingssonne darauf
scheint, so wollen wir schon sehen, welche Blume daraus werden
wird.' Er genießt mit frisch erwachendem Natursinn den nahenden
Lenz und hört im Stern und im welschen Garten die Nachtigallen
lieblicher schlagen, denn je: 'Der Frühling ist da', ruft er, 'mit allen
schönen Sachen die er mitbringt', und er sehnt sich nach den Bergen
von Rudolstadt nur um so herzlicher hin. Endlich, am 18. Mai
1788, fand sein Begehren Erfüllung: er durfte 'aufs Land fliegen'
und eine von Lotte selbst gemiethete Wohnung im Dorfe Volkstädt
beziehen. Eine schöne, hoffnungsreiche Zeit that sich vor ihm auf;
frühlingshaft wuchs in ihm ein neues Empfinden empor und schlug
Wurzel in seiner Seele; und der Sommer von Volkstädt, mit seinem
Hoffen und Verlangen, seinem stillen Sehnen und sanften Gewähren
blieb unvergeßlich für alle Zeit in Schillers Leben.

Volkstädt und Rudolstadt.

Diese Gegend soll, wie ich hoffe, der Hain
der Diana für mich werden; denn mir gehts
wie dem Orest, den die Eumeniden herumtreiben.
Sie werden die Stelle der wohlthätigen Göttinnen
bei mir vertreten und mich vor den Unterirdischen
beschützen.   Schiller an Lotte und Caroline.

Geht man vom Rudolstädter Damm aus, der kastanienüber=
wölbten schmalen Allee am Ufer der Saale, den Fluß entlang,
vorüber an den malerischen Schwarzpappeln und dem grünenden
Laub, und folgt man, wo die Saale scharf nach links biegt, ihrem
Laufe weiter, so gelangt man auf einem freien Fußpfade, den
Kornfelder und Gärten zur Rechten begleiten, in die ländliche Stille
von Volkstädt. Gleich am Eingang des Dorfes, der alten Kirche
gegenüber, erhebt sich das Schillerhaus, einst dem Cantor Unbehaun
zugehörig, und als eine heitere und reinliche Wohnung dem Dichter
lieb. Die nahen Hügel, sanft emporsteigend vom Fluß, boten die
lieblichste Aussicht dar: auf die Stadt drüben, mit ihrem langgestreckten,
massigen Schloß auf der Höhe, und in das weite Thalrund, mit
seinem schönen Wechsel von lichten und bewaldeten Gipfeln, von
blinkenden Dörfern und bunten Wiesen. Und so eifrig ist Schiller
diese Pfade einst geschritten, daß in der Erinnerung der Dorfleute
der fremde, gelehrte Mann, der mit geisterhaft blassem Antlitz und
gütigem Blick unter ihnen wandelte, lange noch fortlebte, und daß bis
diesen Tag die 'Schillerhöhe' von Volkstädt das Gedenken an seinen
Aufenthalt festhält.

Den liebsten Weg aber führten die Abendstunden den Dichter: hinüber, nach beschlossener Arbeit, in die Neue Gasse, die vornehm= stille Straße unterhalb des Schloßberges, wo in zwei Nachbarhäusern die Damen Lengefeld und Beulwitz harrten, und wo im großen Garten der chère mère der pappelumpflanzte grüne Pavillon lockte, in dem man Thee trinken und trauliche Gespräche führen konnte. Nur wenige vertraute Freunde wurden in diesen Kreis eingelassen, das Fräulein von Holleben, der Baron Gleichen, ein in allen philosophischen Systemen erfahrener, an allen zweifelnder, eifriger Disputant: mit ihm wurden metaphysische Unterhaltungen geführt, die in dem philosophischen Gespräch des 'Geistersehers' noch nachzutönen scheinen. Oder man gab sich Rendezvous an den freundlichen Orten und Plätzen vor der Stadt und trank den Kaffee, an schönen Nachmittagen, im Baumgarten, in Schaale und Kumbach. Oft auch traf Schiller schon auf der Hälfte des Weges die Schwestern, an jener 'schönen Ecke', wo sich die Saale biegt und ein Waldbach ihr zufließt, von Bäumen in heimlicher Enge umschlossen; während die Sonne schon halb hinter dem Berge stand und die anmuthige Landschaft in sanfte Abendfarben sich kleidete, erwarteten ihn Lotte und Caroline, auf der kleinen Brücke der Schaale, und ein heiteres Leben erschloß sich ihnen nun: 'wie zwischen den Sternen des Himmels und den Blumen der Erde wandelte man', sagt Caroline; 'wie wir uns beglückte Geister denken, von denen die Bande der Erde abfallen, und die sich in einem leichteren Elemente der Freiheit erfreuen, so war uns zu Muthe.' Und Schiller selbst bekannte, wie mit zarten Geweben diese Gegend an sein Herz geknüpft sei: 'soviele idealische Gefühle habe ich darin niedergelegt, und in den schönen Schimmer, der von euch ausfloß, kleideten sich mir der Himmel und die Erde.'

Die Schwestern gemeinsam redete Schiller hier an; und in dieser ganzen Zeit ward es ihm natürlich, Lotte und Caroline, den Unzertrennlichen, auch seine Empfindungen ungetheilt zu schenken. Hatte in Weimar seine Neigung nur Lotten gegolten, so wußten jetzt

Carolinens Geist und gewandte Formen ihn unvermerkt in eine Doppelneigung hinüberzuleiten, deren Gefahren Schiller nicht erkannte: mit unbefangener Wärme umfaßte sein Gefühl beide Schwestern, gleichwie er einst, in Bauerbacher Tagen, sich Henrietten und Charlotten von Wolzogen zugleich schwärmend genaht hatte. Auch Caroline schien die Gefahr dieser Neigung nicht wahrnehmen zu wollen; denn statt daß sie, die Weltkundigste unter den Dreien, Schillers Gefühl vor Verwirrung bewahrte, wendete sie nun auch ihm ihre Herzensfreundschaft unbedenklich zu: 'Ihr Umgang war das Element meines besseren Lebens', so schreibt sie dem Dichter, 'kein andrer kann mir das je sein'; und unerschöpflich ist sie, in immer neuen Worten sein Interesse zu halten. Erst als sie die Briefe dieser Zeit der Oeffentlichkeit übergab, sah sie ihr Verhältniß plötzlich in anderem Licht, und eifrig zeigt sie sich nun bemüht, die Spuren jener Doppelneigung zu verwischen: wo Schiller 'Caroline' sagt, läßt sie ihn 'Lotte' sagen, statt des Duals setzt sie den Singular ein.

Lotte scheint diese Lage der Dinge zunächst ruhig getragen zu haben, und sie gewöhnte sich nun, gemeinsam mit der Schwester Schillers Verehrung zu empfangen: ihrer Güte wird geläufig, von Caroline und sich zugleich in den Briefen zu reden, während diese zumeist, ihrer Natur folgend, allein ihr Ich bedenkt. Schreibt Lotte etwa dem Freunde: 'Es ist recht lange, daß wir nichts von Ihnen hörten und wir sind begierig wie es Ihnen geht', so heißt es bei Caroline: 'lieber Freund, ich sehne mich sehr nach Nachricht von Ihnen'; und noch am Vorabend der Werbung, als Lotte fragt: 'Ich weiß nicht, ob Sie unsere Briefe erhalten haben, ich hoffe wir sehen uns hier', ruft Caroline aus: 'ich darf Sie also erwarten, die Hoffnung schon macht mir die Tage werther.' Dem geistigen Streben Schillers folgen beide Schwestern theilnehmend, aber Carolinens Interesse giebt sich oft in einschmeichelnden Wendungen, wo Lotte mit einfacher Herzlichkeit spricht; Caroline schraubt sich und philosophirt, wo Lotte empfindet. Harmlos erzählt sie etwa dem Freunde, der ihr die 'niederländische Rebellion' gebracht, wie sie die Nacht von Wilhelm

von Oranien geträumt; sie wünscht, bald in Julius' Briefen an
Raphael lesen zu können, und mischt, mit einer Caroline fremden
Einfachheit, auch die Sorge um das leibliche Wohl in die geistigen
Betrachtungen ein: sie begleitet Schiller in sorgenden Gedanken, wenn
er bei Wind und nächtigem Dunkel in sein Dorf heimkehrt, sie sendet
dem Erkrankten Blumen zum Gruß und ladet ihn auf Klöße zu Mittag
ein: 'Sie brauchen dabei die Zähne nicht anzugreifen.'

Schon wenige Tage nach seinem Einzug in Volkstädt hatte ein
heftiger Katarrh den von Stubenluft verwöhnten, übereifrigen Arbeiter
befallen, und er störte ihm den lieben Verkehr auch in der Folge
gar häufig. Sein Kopf ist dann 'heillos beschaffen', die Arbeit stockt,
und alle Pläne werden aufgehalten. Schiller hatte zuerst am
'Geisterseher' weitergeschrieben und war dann auf die Vollendung
des ersten Bandes der niederländischen Rebellion energisch zugeschritten:
Ende Juli lag er fertig vor ihm. Das ganze Werk, so schien ihm,
könne bis auf sechs Bände anwachsen, doch ob er dabei verharre,
werde die Aufnahme des ersten Theiles entscheiden: auf jeden Fall
aber, auch wenn er nicht Historiker bleibe, werde Geschichte das
Magazin sein, aus dem er in Zukunft schöpfe. Einstweilen war er
des Studiums satt, und eine Pause schien ihm äußerst nöthig:
'überhaupt', so schreibt er an Körner, 'ist es keine Arbeit für die schöne
Jahreszeit.' Und für die Zeit der jungen Liebe, hätte er hinzusetzen
können: er sehnte sich nach poetischem Schaffen, und wenn er auch
nicht zu lyrischer Aussprache seines Empfindens jetzt gedrängt wird
(seine Briefe an die Schwestern sind seine Liebeslieder) so denkt er
desto eifriger seinem 'Menschenfeinde' nach und einem neuen
dramatischen Plan, den 'Malthesern': 'ich fühle meinen Genius
wieder', ruft er beglückt aus, am 5. Juli 1788. Der Gedanke
erwacht nun von Neuem: durch einen Besuch bei Schröder in Hamburg
die Theaterverhältnisse zu sondiren; doch brachten die Schwestern
solchen Plänen Mißtrauen entgegen, während sie eine Geschichtsprofessur
in Jena dem Freunde eifrig wünschten. Eine unmittelbare Beziehung
auf die Volkstädter Zeit aber scheint die Epistel eines Ehemannes:

'Die berühmte Frau' zu umschließen: die flotten, freien Verse im Stile Goeckingks, die die Thorheiten weiblicher Berühmtheit und das Zwitterding von Mann und Weib mit derber Schiller'scher Satire geißeln, dürfen als eine verblümt den Schwestern zugedachte Mahnung gelten: der 'coquetterie d'esprit' und dem Ehrgeiz des Autorenthums zu entsagen.

Die oft gehemmte Arbeit in Bewegung zu setzen, fand aber Schiller nun das angenehmste Mittel sich aus; er verlegte sein Studium in einen Raum, wo gute Geister ihn umgaben: in Lottens Stübchen. Die Geliebte räumt es ihm oftmals ein, zum Zeichen, daß er 'nicht fremd' bei ihnen sei: 'Mein Stübchen erwartet Sie und mein Schreibtisch', schrieb sie, 'es ist mir lieb, daß Sie auch in meinem Eigenthum einmal leben.' Immer näher kommt er so den Schwestern, und er empfindet allmählich selbst die knappe halbe Stunde, welche Volkstädt von Rudolstadt trennt, als zu lang: darum zog er, unter Berufung auf das üble Wetter, die kalten Abende und seinen Katarrh, Mitte August nach Rudolstadt hinein, in die Nähe der Neuen Gasse. 'Mein Logis hätte gar keinen Fehler', schreibt er an Lotte, 'wenn es Ihnen gegenüber wäre. Ich brächte dann Spiegel in meinem Zimmer an, daß mir Ihr Bild gerade vor den Schreibtisch zu stehen käme, und dann könnte ich mit Ihnen sprechen, ohne daß ein Mensch es wüßte.' Unermüdlich ist er jetzt, in kaum verhüllten Worten wie diese, sein Gefühl auszusprechen, alles Milde, Innige, Zarte, das zutiefst in seiner Seele ruht, bringt diese Neigung herauf, und doch läßt ein zagender, befangener Sinn und die Selbstquälerei der Liebe ihn das letzte Wort nicht wagen: 'ich möchte Ihnen oft so viel sagen,' schreibt er an Lotte, 'und wenn ich von Ihnen gehe, habe ich nichts gesagt.' Eines Abends nur, als zwischen Lotte und ihrer Mutter 'ein Auftritt vorgefallen' und Schiller die Betrübte mit sanfter Herzlichkeit tröstete, drückte Lotte, der sonst geübten Zurückhaltung vergessend, ihm in tiefer Bewegung die Hand; Schiller glaubte ihre Neigung offen daliegen zu sehen und schien das lösende Wort finden zu wollen — als plötzlich, sehr zur Unzeit,

Caroline ins Zimmer kam, und die halb schon geöffneten Lippen sich wieder scheu verschlossen.

Aber wenn auch Schiller sein Geheimniß noch wahrte, er blieb doch der vertrauteste Freund der Schwestern, ihr Rath und ihre Hilfe allezeit. Als Lotte krank wird, heitert er sie durch seine Güte und freundliche Laune auf; er lernt, als ein Hausgenosse, mit der Katze Toutou und dem Hund Grigri umgehen; er neckt sich mit den Schwestern um des thüringischen und des schwäbischen Dialekts willen und um kleiner menschlicher Schwächen, und Spitznamen werden gefunden: Caroline wird die 'Bequemlichkeit', Lotte die 'Weisheit', auch die 'Decenz', weil sie auf Sitte ängstlicher sah. Und auch Schiller fängt nun an, muthiger im Schreiben als im Reden, Lotte vertraulich mit dem Vornamen anzusprechen, ja ein 'freundliches Lolochen' wagt sich in die Feder, während Schiller selbst, wie seiner Sache doch nicht ganz gewiß, sich unterschreibt: 'Ihr Fr.'

Was die chère mère zu diesem nahen Verkehr eines jungen Bürgerlichen mit der künftigen Hofdame meinte, erfahren wir nicht; aber wenn Lotte nun, im Laufe des September und October, dies Zusammensein durch kleine Reisen, nach Jena, nach Kochberg zu Frau von Stein, unterbricht, so liegt es nahe, den Einfluß der Mutter hier zu erkennen. Denn weder Schiller noch Lotten ward gut bei diesen Trennungen; und trübselig schritt der Gast der Charlotte Stein im 'dunkeln Gang am Wasser' einsam daher, in die Schriften des Freundes ganz versenkt: 'ich wäre wohl hier', schreibt Lotte am 1. September, 'wenn ich nicht das Gefühl, daß Sie eben in Rudolstadt sind, hätte, und daß ich manche schöne Stunde versäume'; und Schiller antwortet, getröstet und tröstlich: 'Ihre Billets haben mir einen recht schönen Morgen gemacht. Könnt' ich zur Verschönerung Ihres Lebens etwas thun! Was könnte ich mehr wünschen, als die lieblichen Gestalten Ihres Geistes anzuschauen und immer und immer um mich her zu fühlen!' Er fügt hinzu, aus einer echt Schillerschen Empfindung heraus: 'ich meine immer, ich müsse das Schicksal zwingen, das mich aus Ihrem Zirkel reißen will.'

Während aber Lotte noch auf Kochberg weilte, traf bei Frau von Stein ein Weimarer Besuch ein: Goethe. Er war seit einem halben Jahr aus Italien zurück, und erwartend hatte Schiller seiner Bekanntschaft entgegengeblickt: 'Im Grunde bin ich ihm gut', schrieb er an Körner, 'und es sind wenige, deren Geist ich so verehre. Ich bin ungeduldig, ihn zu sehen.' Im Hause von Beulwitz sollte nun, am 7. September 1788, das erste Zusammentreffen erfolgen: eine Begegnung in großer Gesellschaft, welche Schiller wie die auf Vermittlung bedachten Freundinnen gleichmäßig enttäuschte. Es wiederholte sich in Rudolstadt, was Schiller beim Eintritt in Weimar erfahren: die Stimmung, welche er in die Zusammenkunft mitbrachte, blieb unerwidert; und Unkenntniß seines Strebens und Ungunst der Umstände ließen die sehnlich erwartete Begegnung ergebnißlos enden. Goethe war in der gedrücktesten Laune damals: aus der goldenen Freiheit römischen Lebens in die enge Gebundenheit von Weimar rückkehrend, alten Verhältnissen entwachsen, in die es dennoch galt sich von Neuem zu fügen, gezwungen in Empfindungen scheinbar weiterzuleben, die für ihn absterben wollten: nach Kochberg kam er, wie in jungen Tagen, aber aus andern Augen sah der Freund der Christiane Vulpius die Herrin des Hauses nun an, und die Gegenwart all dieser Frauen um ihn herum, der Frau von Stein, der Frau von Schardt, der Frau Herder gab ihm das Gefühl der Unfreiheit. In also bedrängter Stimmung trat er Schiller entgegen; und kühl genug klingt, was dieser nun nach Dresden, am 12. September, zu berichten hat: 'Endlich', so schreibt er an Körner, 'kann ich Dir von Goethe erzählen, worauf Du, wie ich weiß, sehr begierig wartetest. Ich habe vergangenen Sonntag beinahe ganz in seiner Gesellschaft zugebracht. Unsere Bekanntschaft war bald gemacht und ohne den mindesten Zwang; freilich war Alles auf seinen Umgang zu eifersüchtig, als daß ich viel allein mit ihm hätte sein oder etwas anderes als allgemeine Dinge mit ihm sprechen können. Im Ganzen genommen, ist meine in der That große Idee von ihm nach dieser persönlichen Bekanntschaft nicht vermindert worden; aber ich zweifle, ob wir einander je sehr nahe rücken werden. Vieles, was mir jetzt noch interessant ist, was ich noch zu wünschen und zu hoffen habe, hat seine Epoche bei ihm durchlebt; er ist mir (an Jahren weniger, als an Lebenserfahrungen und Selbstentwickelung) so weit voraus, daß wir unterwegs nie mehr zusammenkommen werden; und sein ganzes Wesen ist schon von Anfang her anders angelegt, als das meinige, seine Welt ist nicht die meinige, unsere Vorstellungsarten scheinen wesentlich verschieden. Indessen schließt sich's aus einer solchen Zusammenkunft nicht sicher und gründlich. Die Zeit wird das Weitere lehren.'

Bei so ungewissem Erfolge der Bekanntschaft mußte es Schiller und die Schwestern erfreuen, daß Goethe wenigstens mittelbar ein Interesse an Schillers Schaffen zu bekunden schien: zufällig sah er bei Caroline das Heft des 'Merkurs' auf dem Tische liegen, in welchem die 'Götter Griechenlands' standen; er blickte einige Minuten hinein und bat dann, es mitnehmen zu dürfen. In der That war hier, in der sehnenden Schau auf entschwundenes Griechenthum, die bedeutsamste Annäherung an Goethe vollzogen: 'das Land der Griechen mit der Seele suchend' — so stand auch Schiller nun da.

Mit der Anschauung der Antike wachsen wir Heutigen auf, und ruhig empfangen wir den überlieferten Besitz; das achtzehnte Jahrhundert hatte das Griechenthum erst neu entdeckt, und mit enthusiastischer, einseitiger Hingabe erfaßte es nun das zurückerworbene Gut. Den echten Aristoteles hatte Lessing, die Statuen und den Homer hatten Winckelmann und Herder aus französischer Verfälschung wiedergewinnen helfen; Goethe, F. A. Wolf, Wilhelm von Humboldt folgten, und als absolutes Muster ward die Antike jetzt empfunden: Griechenthum und Menschenthum schienen eins und das nämliche. Immer stärker schwoll diese Strömung an, die Widerstrebenden fortreißend; und hatte einst der Führer von Sturm und Drang, Herder, die Graecomani e Winckelmanns zu ergänzen gestrebt durch mannigfach tönende 'Stimmen der Völker', so fiel nun auch er dem Glauben an alleinseligmachendes Griechenthum bei und sah begeistert hellenische und deutsche Cultur sich verschwistern.

Was Herder und Wieland, durch Theorie und Praxis, für die Erkenntniß der Antike geleistet, wirkte auf Schiller, unter dem Einfluß persönlicher Berührungen, kräftig ein; und als er nun, mit also vertiefter Weimarer Bildung, an Goethes 'Iphigenie' herantrat, gewann seine neue Anschauung die letzte Festigung: 'bis zur höchsten Verwechslung', so urtheilt er, hat Goethe die 'griechische Form erreicht'. Die in Weimar begonnene Wendung zur Antike setzte sich in Rudolstadt bedeutsamer fort, und Körner empfängt ein volles Glaubensbekenntniß: 'Ich lese jetzt fast nichts als Homer', schreibt Schiller, am 20. August. 'In den nächsten zwei Jahren lese ich keine modernen Schriftsteller mehr. Jeder führt mich von mir selbst ab, nur die Alten geben mir jetzt wahre Genüsse. Zugleich bedarf ich ihrer im höchsten Grade, um meinen eigenen Geschmack zu reinigen, der sich durch Spitzfindigkeit, Künstlichkeit und Witzelei sehr von der wahren Simplicität zu entfernen anfing.' Die 'Malthefer' will Schiller nun 'in einer griechischen Manier' ausarbeiten; und er beginnt, da die eigene Tragödie noch etwas 'kochen' soll, eine freie Uebertragung der Euripideischen 'Iphigenie von Aulis', welcher er Scenen aus den 'Phönizierinnen' des Euripides folgen ließ. Daß Schiller unter den drei großen Tragikern der Griechen grade den reflectirendsten, weichsten und modernsten wählte, bleibt charakteristisch; eine Bearbeitung des Aeschyleischen 'Agamemnon' hat er zwar mehrfach geplant, sie ist aber nie ausgeführt worden. Als Hilfsmittel für seine Arbeit benutzte Schiller, neben und vor dem griechischen Text, lateinische, französische und deutsche Uebersetzungen, von Josua Barnes, Père Brumoy, Steinbrüchel; und er suchte aus dem durch zweite Hand Empfangenen, bei mangelhafter Kenntniß des Griechischen, das Original zu 'errathen'. Wie Goethes 'Iphigenie', welche ihn zumeist angeregt haben mochte, und welche von Schiller in ausführlicher Besprechung mit dem Euripides verglichen ward, ist auch diese Uebersetzung in Jamben entworfen; die Chöre sind in Reimen, Akte und Scenen werden unterschieden, und die griechische Knappheit erweicht sich zu breiter Modernität: so zwar, daß, nach Wilhelm von Humboldts Wort, der antike Geist nur wie ein Schatten durch das ihm geliehene Gewand blickt. Allein in der Geschichte der Aneignung griechischer Poesie durch die Deutschen bleibt Schillers Versuch wichtig; denn wie viel damals noch fehlte, daß seine Schätzung der Tragiker die geltende gewesen, und wie bedeutsam darum die Aufgabe war, sie dem Publikum zu vermitteln, zeigt uns Körners, des ehemaligen Philologen, kühles Eingehen auf den Enthusiasmus des Freundes: 'Daß es Perioden giebt, wo einem die Alten besonders wohlthun,' schreibt er, 'begreife ich wohl. Nur, fürchte ich, würden sie mir jetzt auf die Länge zu leer und zu monotonisch sein. Die Iphigenie in Aulis des Euripides war mir ganz fremd; ich ließ sie holen. Hie und da trifft man auf Sentenzen, die weniger alltäglich sind, als sie sonst in den alten dramatischen Stücken zu sein pflegen. Um sich für das Stück zu begeistern, muß man es wohl studirt haben.'

Eine empfänglichere Stimmung fand Schiller bei seinem nächsten Publikum vor: bei Lotte und Caroline. Gemeinsam las man die Odyssee, die Phönicierinnen: 'es war uns, als rieselte ein neuer Lebensquell um uns her', sagt Caroline. Auch daß man im Scherz Homerische 'geflügelte Worte' jetzt anwendete, beweist die Stärke des Eindrucks. 'Lieber Freund wie geht es Ihnen heute', fragt Lotte etwa, 'Ich hoffe Sie haben, als die dämmernde Frühe mit Rosenfingern erwachte, noch ruhig geschlummert.' Einmal jedoch geschah Lotte, was auch dem Vater Homer zuweilen geschieht: sie schlief bei der abendlichen Vorlesung der Odyssee ein; und nun war des Neckens kein Ende über das neu erfundene Opium.

'Die Bekanntschaft mit den griechischen Tragikern', so erzählt Caroline weiter, 'vollendete die Gestaltung unseres Kunstsinns; daß das Leben und Weben in diesen Urgebilden auch ein Wendepunkt für Schillers eigenen Geist wurde, ist nicht zu verkennen. Er wurde ruhiger, klarer, seine Erscheinung wie sein Wesen anmuthiger, sein Geist den phantastischen Ansichten des Lebens abgeneigter. Wie ein Blumen= und Fruchtgewinde war das Leben dieses ganzen Sommers mit seinen genußreichen und bildenden Stunden für uns alle.' Was Caroline hier, aus später Erinnerung rückschauend, ausgesprochen, das bestätigt Schillers eigene Empfindung im Augenblick des Erlebens; und er zieht die Summe dieser Tage, indem er an Körner schreibt: 'Mein hiesiger Aufenthalt hat mich mir selbst zurückgegeben und einen wohlthätigen Einfluß auf mein inneres Wesen gehabt. Ich werde immer mehr und mehr kleinen Verhältnissen absterben, daß ich die ganze Kraft meines Wesens rette und genieße. Ich sehe diesem Winter mit Heiterkeit entgegen, bringe einen ruhigen Geist und einen männlichen Vorsatz nach Weimar mit, davon Du bald die Früchte sehen wirst.' Daß die Rudolstädter Zeit mehr innerlich als äußerlich fruchtbar war, muß Schiller freilich zugestehen; der Nachbar Lottens und Carolinens kann sich seiner Arbeitsamkeit nicht rühmen, er hat vielerlei begonnen und wenig vollendet, und abermals meldet Geldnoth sich an. Nach langem Schweigen gedenkt er nun auch der Charlotte Kalb wieder, aber nur um dem Freunde anzudeuten, daß er dieser Beziehung gleichfalls 'abgestorben': 'Ich hab' ihr diesen Sommer gar wenig geschrieben,' sagt er; 'es ist eine Verstimmung unter uns, worüber ich Dir einmal mündlich mehr sagen will. Ich widerrufe nicht, was ich von ihr geurtheilt habe: sie ist ein geistvolles, edles Geschöpf — ihr Einfluß auf mich aber ist nicht wohlthätig gewesen.' So sieht der Dichter, mit halb unbewußter Contrastirung, Charlotte Kalbs und Charlotte Lengefelds Wirkung auf ihn im Gegensatz zu einander: die Rudolstädter Tage, sagt er, haben 'einen wohlthätigen Einfluß auf mein Wesen gehabt'; Charlottens 'Einfluß auf mich ist nicht wohlthätig gewesen.'

Inzwischen war aus dem Sommer Herbst geworden, Sturm und Regen und fallendes Laub zeigten das Ende der Ferienzeit trübselig an; doch Schiller, unfähig den Gedanken der Trennung zu fassen, verschiebt die Abreise auch jetzt noch und setzt zuletzt, um nur einen neuen Aufschub zu gewinnen, seinen Geburtstag, den 10. November, als den Endpunkt des ausgedehntesten Sommeraufenthaltes fest. 'Er ist hin, dieser schöne Sommer', ruft er Lotten zu, 'und viele meiner Freuden mit ihm! Ich weiß nicht, ich habe keinen großen Glauben an die Zukunft.' Dann wieder schreibt er, mit besserer Zuversicht: 'Nein gewiß! Wir wollen uns diesen Sommer nicht reuen lassen, ob er gleich vergangen ist; er hat unsere Herzen mit schönen seligen Empfindungen bereichert, er hat unsere Existenz verschönert. Lassen Sie uns der schönen Hoffnung uns freun, daß wir etwas für die Ewigkeit angelegt haben.' Er empfängt zum Andenken eine Zeichnung Lottens und eine Vase, und giebt den Freundinnen, am Tage vor seinem Geburtsfest, die schönste Gabe zurück: den ersten Entwurf des Gedichtes, in welchem die läuternde Wirkung der Rudolstädter Zeit sich lebendig zusammenfaßt, 'Die Künstler'. Die Theilnahme der Schwestern an seinem Werk erfreut ihn herzlich, gesteht er: 'es beweist mir, daß Ihre Seele Empfindungen und Vorstellungsarten zugänglich und offen ist, die aus dem Innersten meines Wesens gegriffen sind. Dies ist eine starke Gewährleistung unserer wechselseitigen Harmonie — und jede Erfahrung die ich über diesen Punkt mache, ist mir heilig.' Wieder empfindet er schmerzlich, daß er Lotte viel, gar viel, und doch nicht alles gesagt hat, wovon sein Herz bis zum Zerspringen voll ist, und er getröstet sich nur gezwungen mit der Zukunft: 'wenn nur der gelegte Grund fest und massiv ist, so wird die liebe, wohlthätige Zeit noch alles zur Reife bringen.' Er erhält am 10. November, schon am frühen Morgen, Lottens Gratulation und einen Geburtstagsstrauß und bringt den Nachmittag und den Abend in ernster Stimmung mit den Schwestern zu. Was Lotte ihm geschrieben, hatte sein innerstes Empfinden aufgerührt: 'Ich muß Ihnen, und sollten es nur zwei Worte sein, doch meinen warmen Glückwunsch sagen lieber Freund. Es ist ein Tag heute, der mir willkommen ist, denn er gab uns einen Freund, den ich schätze, und dessen Freundschaft einen schönen Glanz um mein Dasein webt. Lassen Sie die liebliche Blüthe unserer Freundschaft immer schön blühen, und kein rauher Hauch sie verwehen! adieu, adieu. Wir sehen uns bald! Ich freute mich schon heut beim Erwachen, daß Sie noch mit uns sind. Lotte.'

Obgleich Schiller die Schwestern in wenig Stunden sehen sollte, erwiederte er doch sogleich: 'Dank Ihnen beiden, daß Sie einen freundlichen Antheil an meinem Geburtstag nehmen. Ich denke mit Verwunderung nach, was in Einem Jahre doch alles geschehen kann. Heute vor einem Jahr waren Sie für mich so gut wie gar nicht auf der Welt — und jetzt sollte mir es schwer werden, mir die Welt ohne Sie zu denken. Denken auch Sie immer wie heute! So ist unsere Freundschaft unzerstörbar wie unser Wesen!'

Der zehnte November sollte der letzte Tag sein, den Schiller mit den Freundinnen verbrachte: zwar er selbst bestimmte noch immer seine Abreise nicht, aber nun sprach Caroline, gedrängt von der Mutter vielleicht, das entscheidende Wort und theilte Schiller mit, am 11. November: daß sie schon den folgenden Morgen zu ihrer Freundin Fräulein von Dacheröden nach Erfurt reisen würden. In der That, es war Scheidenszeit: denn schon munkelte man in Weimar von den besonderen Gründen, die den späten Sommergast noch festhielten, und auch in Rudolstadt regte sich der Klatsch. 'Sie mischen mir da Süßes und Bittres so durcheinander,' erwiderte Schiller, 'daß ich nicht sagen kann, ob mehr dieses neue Zeichen ihrer Freundschaft mich rührt, als die deutliche Vorstellung unserer Trennung mich niederschlägt.' Wie nahe ihm der Abschied geht, zeigt der Dichter durch die betrübte Bitte, die Schwestern lieber gar nicht mehr begrüßen zu dürfen: 'besser wir haben uns gestern für einige Monate zum letztenmal gesehen.' Er verspricht, ihnen durch fleißiges Schreiben stets nahe zu bleiben und bittet, auch ihm von dem 'Gang ihrer Seelen' Nachricht zu geben; und er faßt sein Empfinden ein letztes Mal zusammen in die Worte: 'Noch einmal Dank, tausend Dank für die vielen, vielen Freuden, die Ihre Freundschaft mir hier gewährt hat. Sie haben viel zu meiner Glückseligkeit gethan und immer werde ich das Schicksal segnen, das mich hierher geführt hat. Ewig Ihr Schiller.'

So rüstete man denn hüben und drüben zur Reise; am Abend aber, um 11 Uhr, setzte sich Lotte abermals, nachdem alles für die

Fahrt geordnet war, an den Schreibtisch und schrieb in der Stille der Nacht, mit eifriger Feder: 'So sind wir denn wirklich getrennt! kaum ist's mir denkbar, daß der lang gefürchtete Moment nun vorbei ist. Ich möchte Ihnen gern sagen, wie lieb mir Ihre Freundschaft ist· Aber ich hoffe Sie fühlen es ohne Worte. Gute Nacht! gute Nacht! leben Sie so wohl als ich's wünsche, denken Sie gern meiner und oft. adieu! adieu! Lotte.' Und noch am andern Morgen drängt es sie, im Widerstreit von mädchenhafter Scheu und dem Wunsche nach Entscheidung, ein allerletztes Wort zu sagen, und sie ruft: 'Noch einen schönen freundlichen guten Morgen von mir; leben Sie noch einmal wohl, und vergessen uns nicht; doch nein, das werden Sie nicht. adieu! adieu! Mir ist heut früh, als sähen wir uns bald wieder!'

Während er schon den Wagen herauffahren sah, der die Schwestern ihm entführen sollte, trieb es Schiller an, auf diese Zeilen zu erwidern: und auch er sucht das Trennungsweh zu betäuben durch die frohe Hoffnung auf ein neues Sehen: 'Beste Freundinnen, die Vorstellung unserer Wiedervereinigung steht hell und heiter vor mir. Alles soll und wird mich darauf zurückführen. Ja meine Lieben, Sie gehören zu meiner Seele, und nie werde ich Sie verlieren, als wenn ich mir selbst fremd werde.' Doch im Innern sah es trüber aus, und er gestand das Jahr darauf: 'Unser Abschied vorigen November wirkte tief auf meine Seele, und das Billet, das ihr mir damals schriebt, hat mir Thränen ausgepreßt. Es war mir schrecklich, als ich mich zur Reise anschickte, alle meine Hoffnungen waren nicht viel weiter, als im Anfang des Sommers und die ganze Aussicht meiner Liebe schien wieder verfinstert zu sein.' Und auch Lotte gedenkt dieser Zeit noch spät: 'Die erste Trennung von Dir vergesse ich nie!' schreibt sie, 'wie unbestimmt, ungewiß war da alles! Ich war so vorbereitet auf lauter traurige Ereignisse, daß ich mein Leben nicht achtete!'

Die Straße nach Erfurt und die nach Weimar liefen noch eine Strecke weit zusammen, und erst bei Teichröden trennten sich die Wege; so hofften die Reisenden, ein jeder an seinem Theil, den

Wagen des andern noch anzutreffen, und oft blickte Schiller nach den Schwestern zurück, eifrig schaute Lotte nach Schiller aus. Als man aber den Kreuzungspunkt überschritten, ohne daß eine letzte Begegnung erfolgt wäre, als jeder Fußbreit Weges die Liebenden weiter von einander führte, und die untergehende Sonne die Stunde ankündigte, welche die Freunde zusammengebracht hatte bis nun — da fiel die schmerzliche Erkenntniß allen aufs Herz: daß die Tage von Volkstädt und Rudolstadt, mit ihrem Zauber und frühlingshaften Duft, mit ihrem Liebesglanz und milden Geistesweben, verklungen waren und verrauscht für immer.

Abschied von Weimar.

Von nun an streiche mich nur aus der Liste der
literarischen Vagabunden aus. Denn ich denke nun
bald in Staats- und Adreßkalendern als etwas
Oeffentliches zu prangen. *Schiller an Zumsteeg.*

Es kleidet sich um mich herum in dichterische
Gestalten, und oft regt sich's wieder in meiner
Brust. Das akademische Karrenführen soll mir
doch nie etwas anhaben. *Schiller an Körner.*

Unter den Vorsätzen, welche Schiller nach Weimar zurückbrachte,
war der oberste dieser: von Menschen fern, ein arbeitsreiches Leben zu
leben. Ein halbes Jahr der Abwesenheit hatte alle seine Verbindungen
gelockert; nun wollte er ein Dasein ganz für sich führen, und in
eifrigem Schaffen und der Rückerinnerung an die Freuden dieses
Sommers starb er dem gegenwärtigen Leben der kleinen Stadt bald
völlig ab. Staunend erzählte man sich von dem stillen Arbeiter, von
dem Einsiedler, der wochenlang das Zimmer hütete; und noch nach
Jahren wußte Goethe zu erzählen: 'Acht Tage lang verschloß sich oft
Schiller und ließ sich von keiner Seele sprechen. Abends um Acht
stand noch sein Mittagessen auf seinem Studirpult.' Zwölf Stunden
und darüber zählt nun sein Arbeitstag, er sieht Charlotte von Kalb,
Voigt von Zeit zu Zeit nur, Goethe einige Male, und einzig in dem
Briefwechsel mit Körner und den Schwestern von Rudolstadt findet
er Erholung und Freude: 'Ihre Briefe', schreibt er an Lotte und
Caroline, 'vertreten jetzt bei mir die Stelle des menschlichen
Geschlechts, von dem ich diese Woche über ganz getrennt gewesen bin.'

Gleich am Tage nach seiner Abreise richtete Schiller herzliche Worte an die Schwestern: er schildert, wie sein Herz in Rudolstadt nur lebt, im Gedenken vergangener Tage, und wie er ein Zusammensein im künftigen Sommer schon jetzt eifrig plant: 'Seien Sie mir tausend= mal gegrüßt und empfangen Sie hier meine ganze Seele', ruft er aus. Die Schwestern erwiderten auf solche Worte, verschieden nach ihrer Art: Lotte mit weiblicher Zurückhaltung, die nur in unwillkürlichen Wendungen einmal ihr Herz verräth; dagegen Caroline mit freiem Bekenntniß und voll den Ton aufnehmend, den Schiller angeschlagen. 'Seien Sie gegrüßt von ganzer Seele, mein theurer Freund', so schreibt sie. 'Ach ich kenne keinen Ersatz für das, was Sie meinem Leben gegeben haben! So wie Sie hat es noch Niemand verstanden, die Saiten meines innersten Wesens zu rühren. O gutes Schicksal! nur Sie in unserer Nähe, und dann mögen die Parzen noch hinzuspinnen, was ihnen sonst gefällt.' So vielsagendes Geständniß hat Lotte nicht zu wagen; aber sie spricht ihre Zuneigung sanfter aus, liebenswürdiger, wenn sie sich zu Schiller hinversetzt, am Abend und am Morgen, wenn sie sich fragt, welche Sonne ihm scheint und welcher Wind ihm weht, wie ihm gefallen möge, was sie beschäftigt, im Leben und in der Kunst. Sie führt ihn ein in ihre Existenz, in die Stimmung des Augenblicks, und schreibt in tagebuch= artigen Aufzeichnungen, unmittelbar und ohne Zwang, nieder, was Kopf und Herz ihr bewegt; sie bricht ab, kommt zurück, erzählt und plaudert und breitet selbst ein Uebermaß von naiver Weltbetrachtung mit völliger Harmlosigkeit aus. Wie einen eben Dahingegangenen bedauert sie den sterbenden Caesar: 'freilich hätte er nicht sich zum König machen sollen; aber es war doch schade!'; allein ihre einmal gefaßte Meinung hält sie mit Entschiedenheit aufrecht, selbst Schiller gegenüber, und vertheidigt vor dem künftigen Dichter des 'Tell' die Schweizer Helden mit eindringlicher Wärme: 'Nennen Sie es nicht Férocité — bitte. Ich möchte rechte Beredsamkeit haben, und die Dinge so schön darstellen können wie Sie, um Sie zu überzeugen.' Sie berechnet die zurückgelegte Zeit der Trennung mit liebender

Genauigkeit und stellt fest, vierzehn Tage nach Schillers Scheiden, daß nun der zwölfte Theil jener Periode 'oder vielleicht gar mehr' vorüber ist: 'mir däucht es schon Wochen', sagt sie, 'und mir ists als hätte ich Ihnen so viel zu sagen, und doch ist nichts vorgefallen.'

So freundliche Bekenntnisse immer von Neuem zu erwidern, zögert Schiller nicht; zart und wahr spricht er sein Empfinden aus, und in tausend anmuthige und scherzhafte Worte kleidet er treue Neigung gefällig ein. Der saumseligste der Correspondenten wird nun der fleißigste, der keinen Posttag ungenutzt läßt; er spricht herzlich zu Lotten, geistreich zu Carolinen, und wenn er auf das zwanglose Geplauder der Einen liebevoll eingeht, so philosophirt er vor der Andern 'recht ins Gelag hinein' und schenkt ihrem metaphysischen Bedürfniß neuen Redestoff. An der schwester=lichen Uebereinstimmung der Beiden erfreut er sich mit naivem Egoismus: 'Ihre beiderseitige gute Harmonie', so schreibt er an Lotte, 'ist ein schöner Genuß für mich, weil ich Sie in meinem Herzen vereinige, wie sie sich selbst vereinigt haben. Möchte das Schicksal Sie beide nie weit auseinander führen. Es ist gar niederschlagend für mich, wenn ich Sie mir getrennt denke, weil ich dann immer Eine, wo nicht Beide, entbehren müßte.'

Aber ein neues Thema sollte der Correspondenz nun im Laufe des Decembers zugeführt werden: Schillers Ernennung zum Professor. Unerwartet schnell hatten seine Absichten auf eine Lehrstelle in Jena sich verwirklicht, und der vor der vollendeten Thatsache stehende Dichter glaubte zu spät zu erkennen: daß er sich habe übertölpeln lassen.

Durch den Abgang des Professor Eichhorn nach Göttingen war der von Schiller nur unbestimmt gehegte Plan 'gewissermaßen dringend' geworden, und Hofrath Voigt und Goethe waren schnell zur Ausführung geschritten: am 9. December 1788 schrieb Goethe, nach geschehener Rücksprache mit Karl August, ein 'gehorsamstes Promemoria' eigenhändig nieder, welches folgendermaßen anhebt: 'Herr Friedrich Schiller, der sich seit einiger Zeit theils hier, theils

in der Nachbarschaft aufgehalten, hat sich durch seine Schriften einen
Nahmen erworben, besonders neuerdings durch die Geschichte des
Abfalls der Niederlande Hoffnung gegeben, daß er das historische
Fach mit Glück bearbeiten werde. Da er ganz und gar ohne Amt
und Bestimmung ist, so gerieth man auf den Gedanken: ob man
selbigen nicht in Jena firiren könne, um durch ihn der Akademie neue
Vortheile zu verschaffen. Er wird von Personen, die ihn kennen,
auch von Seiten des Charakters und der Lebensart vortheilhaft
geschildert, sein Betragen ist ernsthaft und gefällig, und man kann
glauben, daß er auf junge Leute guten Einfluß haben werde.' Die
Ernennung ward um so williger befürwortet, als Schiller sich bereit
erklärt hatte, vorerst ohne Gehalt zu lesen; und schon am 15. December
konnte ihm Goethe ein Rescript mittheilen, in welchem gesagt wurde:
die Angelegenheit sei so gut wie entschieden, der neue Professor möge
seine Einrichtung für das nächste Semester nur treffen. 'Ich bin in
dem schrecklichsten Drang', schreibt Schiller darauf an Körner, 'wie
ich neben den vielen, vielen Arbeiten, die mir den Winter bevorstehen
und des Geldes wegen höchst nothwendig sind, nur eine flüchtige
Vorbereitung machen kann. Rathe mir, hilf mir. Goethe sagt mir
zwar: docendo discitur; aber die Herren wissen alle nicht, wie wenig
Gelehrsamkeit bei mir vorauszusetzen ist. Ich beschwöre Dich, schaff
mir Rath und Trost mit dem Baldigsten.' Körner suchte den Freund
zu beruhigen, und wußte, wie stets, seine Zuversicht zu heben: Jena,
sagte er, mache an Schiller einen größeren Gewinn, als Schiller
an Jena; und mit der Nothwendigkeit der Vorbereitung nehme er es
allzu ängstlich. Niemand dürfe an seiner Berechtigung zweifeln, das
Katheder zu betreten. In der That schwand die erste Befangenheit
Schillers nun dahin, und mit besserem Muth überschaute er die
Vortheile, welche die neue Stellung brachte: 'Es müßte doch lächerlich
sein', schrieb er, 'wenn ich in jeder Woche nicht soviel zusammenlesen
und zusammendenken könnte, um es einige Stunden lang auf eine
gefällige Art auskramen zu können. Mein ganzes Ansehen bei dieser
Sache ist, in eine gewisse Rechtlichkeit und bürgerliche

Verbindung einzutreten, wo mich eine bessere Versorgung finden kann. In Jena sind meine Bedürfnisse sehr gering, weil das Nothwendige wohlfeil ist und auf keinen Luxus gesehen wird. Mit vierhundert Thalern kann ich gemächlich leben. Ohne daß es ein Mensch gewahr wird, kann ich leben wie ein Student.'

Aus einem andern Ton gingen die Betrachtungen, die Schiller im Briefwechsel mit den Schwestern an seine Ernennung knüpfte. 'Eine seiner schönsten Hoffnungen' richtet sie zu Grunde, klagt er: die Aussicht, den Sommer von Volkstädt und Rudolstadt zu erneuen. Unabhängigkeit, die goldene Freiheit des Poeten, alles sieht er dahinschwinden: 'und dies soll mir ein heilloser Catheder ersetzen!' Und weiß nicht mancher Student vielleicht mehr Geschichte als der Herr Professor? Und werden die Collegen den neuen Ankömmling aus dem literarischen Reich willkommen heißen? 'Ich bin doch eigentlich nicht für das Volk gemacht!' ruft Schiller aus; 'indessen denke ich hier wie Sancho Pansa über seine Statthalterschaft: wem Gott ein Amt giebt, dem giebt er auch Verstand.'

Aber auch eine gute Seite hat die Jenenser Professur, erkennt der Dichter: sie bringt ihn in die Nachbarschaft von Rudolstadt. Eifrig nehmen die Schwestern dieses Thema auf, und beglückt sieht Lotte alle weiterführenden Pläne, die Rückkehr nach Dresden, die Uebersiedelung nach Hamburg, nun zu Nichte werden, und den Freund an ihrer lieben Saale sich niederlassen; sie hofft, daß er die schöne Straße zu ihnen hin oft zurücklegen werde, und daß man sich auch auf halbem Wege werde Stelldichein geben können: 'der Gedanke, daß Sie doch nur so wenige Stunden von uns leben, macht mir gar viel Freude. Wenn wir in den Schatten der hohen Linden herumgehen, und die blaue Saale mit unsern Augen verfolgen, werden wir uns noch einmal so gern bei Jena verweilen. Die Gegend ist mir noch immer gegenwärtig, die Berge haben so schöne Formen so leicht so lustig; und ich will einmal unphilosophisch sein, auch die gute Pfirsich und Weinbeere sind gar nicht übel.' Daß der Dichter nun zu einer bürgerlichen Respectsperson wird, will Lotten nicht gleich eingehen, und doch macht ihr der neue Titel Freude: 'Leben Sie wohl, Herr Professor', ruft sie, 'es macht mir so einen Spaß, Sie so zu nennen.' Feierlicher, mit mehr Aufwand von Geist und Reflexion begrüßt Caroline die Ernennung: 'es giebt mir eine so lieblich lichte Aussicht ins Leben', schreibt sie, 'Sie mir in unserer Nähe fixirt zu denken. Lassen Sie sichs nicht reuen, an dieses kleine Plätzchen Welt nun fester angeheftet zu sein. Ach unsere eigentliche wahre Welt ist doch nur da, wo bleibender Antheil und Liebe unser Herz beleben! Als eine Erscheinung zerfließt man ohne jene, im Meer der Erscheinungen um sich her!'

Solche Trostworte nahm Schiller dankend hin, ohne doch in seinen Klagen nachzulassen. Nur unter den entschiedensten ökonomischen Vortheilen hätte er diesen Schritt thun sollen, so erkennt er jetzt, er sieht beängstigt mit schnellem Schritt die Zeit herannahen, wo er seine 'Bude' in Jena aufmachen muß, und er beneidet Caroline um die freie Wahl ihrer Lektüre, zu einer Zeit, da er selbst sich gezwungen findet, einen Schwall geist- und herzloser Schriften durchzunehmen und Dinge zu lernen, die er morgen wieder vergessen wird: 'Sie gehen durch das litterarische Leben wie durch einen Garten', ruft er, 'brechen sich was Ihnen gefällt — wenn der Gärtner und seine Jungen über lauter Arbeit nicht einmal Zeit finden, ihre Pflanzungen und was drum herum ist, fröhlich zu genießen.' Statt daß ihm das neue Amt Geld einbringt, kostet es vielmehr Geld: diese Professur soll der Teufel holen, wünscht er, sie zieht ihm einen Louisd'or nach dem andern aus der Tasche. Für Expeditionsgebühren muß er den Kanzleien von Gotha und Coburg, von Meiningen und Hildburghausen manchen guten Groschen opfern; und allzu theuer scheint ihm sein Magisterdiplom mit fünfzig Thalern bezahlt zu sein. Dazu quält ihn ein heftiger Trieb, die Dresdener Schulden zu tilgen; sie verbittern ihm das Leben, klagt er, und er strebt um so eifriger, seine Finanzen in Ordnung zu bringen, als der Gedanke einer eigenen Haushaltung dem Freunde Lottens immer näher rückt. Er wird nun in der That praktisch, und aus der genialen

Plänemacherei der Jugend gelangt er zu verständigem Berechnen seiner literarischen Kraft und Geltung: wenn sonst der Schwabe mit vierzig Jahren klug wird, so kommt Schiller schon als ein Dreißigjähriger an dieses Ziel. Eine Sammlung seiner kleinen Schriften, welche Crusius, der Verleger des Abfalls der Niederlande, übernimmt, und eifriges Arbeiten für den Merkur und die Thalia machen ihn bald flott, und ein neues, weitgestecktes Unternehmen verspricht dauernde Hilfe: die Sammlung von 'Memoiren', welche er mit Maucke in Jena verabredet, und zu der er mehr durch seinen den Buchhändlern werthvollen Namen, als durch eigene Arbeit beitragen soll. Auf eine Einnahme von 700 Thalern im Jahr glaubt Schiller in der ersten Freude über den neuen Vertrag rechnen zu können: 'Dieses sichert mir', sagt er, 'meine Existenz hinlänglich, ohne mir viel Zeit wegzunehmen. Mit drei Stunden des Tages habe ich alles abgethan, wovon ich lebe. Mit den übrigen neun kann ich vollkommen für das Studium der Geschichte und die Vorbereitung zu den Collegien ausreichen.' Wirklich konnte er nun im April 1789 einen Theil der Schuld abstoßen, und von der Zukunft das Beste hoffen.

Aber alle diese Erfolge und äußeren Vortheile vermochten dennoch nicht, dem Dichter volle Befriedigung zu geben; und ergreifend dringt immer von Neuem aus seiner Seele vor, was sein Eigenstes ist. Es quält ihn den ganzen Winter über, daß er dem neuen Schauspiel, welches er plant, den 'Malthesern', nicht soll näher treten; und je mehr die Umstände es ihm verbieten, desto stärker nur treibt es ihn zu dichterischem Schaffen an. Aber ins Joch der Wissenschaft fühlt sich der Poet nun gespannt, und betrübt erkennt er: daß dasjenige, was ihn vielleicht durch Jahre festhalten wird, von dem Lichtpunkt seiner Fähigkeiten himmelfern ist. Sein Glaube jedoch bleibt unerschüttert, daß der Tag kommen wird, der ihn zur Poesie zurückbringt: 'was ich auch auf meine einmal vorhandene Anlage propfen mag', sagt er, 'so wird sie immer ihre Rechte behaupten. Das ist indessen richtig, daß diese Diversion einen sehr merklichen

Einfluß auf meine erste dramatische Arbeit haben wird, und wie ich
hoffe einen glücklichen. In acht Jahren wollen wir einander wieder
daran erinnern.' Die so bestimmt ausgesprochene Voraussage sollte
sich erfüllen: nach acht Jahren, 1797, stand Schiller mitten in der
Arbeit am 'Wallenstein'.

Ein ander Mal gelangt der Dichter dazu, epische Entwürfe in
sich zu entwickeln und sie dem Freunde vorzulegen: denn 'Plane
machen ist etwas gar angenehmes', so empfindet das Pathenkind des
Studiosus Schiller auch jetzt noch. Er nimmt einen älteren Vorschlag
Körners auf und sinnt einem Epos auf Friedrich den Großen nach:
in ottave rime müßte diese Fridericiade geschrieben sein, meint er,
und singen müßte man sie können, 'wie die griechischen Bauern die
Iliade, wie die Gondolieri in Venedig die Stanzen aus dem befreiten
Jerusalem.' Der weitausgreifende Plan ist niemals zur Ausführung
gelangt, so wenig wie der Gedanke eines Epos auf Gustav Adolf,
welches später an die Stelle der Fridericiade treten sollte. Auch der
Plan, die erste Gesittung Attikas durch fremde Einwanderer episch
darzustellen, blieb unausgeführt. Diese Entwürfe kennzeichnen das
fortschreitende Studium Schillers und offenbaren, wie schnell sein
historisches Erkennen in poetisches Schaffen sich umsetzen will; und
auch eine kleinere epische Arbeit, welche er jetzt vollendete, die Novelle
'Spiel des Schicksals', zeigt den an geschichtlicher Methode
geschulten, zur künstlerischen Objectivität vordringenden Erzähler, der
eine merkwürdige Begebenheit in strenger Sachlichkeit vorträgt, ohne
Einmischung seiner Persönlichkeit, ohne Zuthaten der Reflexion und
der Empfindung. Vergleicht man diese Novelle etwa mit dem
'Verbrecher aus verlorener Ehre', so wird der Fortschritt deutlich, den
Schiller von der subjectiv bewegten Darstellung zur historischen
Gegenständlichkeit gethan hat: keine Polemik gegen die Härte des
Fürstenthums, gegen die Nichtigkeit der irdischen Ordnung begegnet
mehr, und in knapper Schilderung, ohne jeden Dialog, ohne die direkte
Rede der Handelnden, werden die Schicksale des General Rieger, in
ihrem dramatischen Umschwunge von der Höhe zum Fall, entschlossen

entwickelt. Es ist der Ton der Chronik, der hier herrscht, jener echt epische Ton, den zu voller Wirkung dann Schillers großer Nachfolger erheben sollte, der Dichter des 'Michael Kohlhaas'.

Gelegenheitsarbeiten laufen neben diesen ernsteren Werken her, historische Anekdoten, Recensionen, unter denen die wichtigste die Besprechung von Goethes 'Egmont' blieb, welche die Jenaer Allgemeine Litteratur-Zeitung kurz nach Schillers erstem Zusammentreffen mit Goethe veröffentlicht hatte, am 20. September 1788. Mit der naiven Einseitigkeit des productiven Geistes hatte hier Schiller an seiner eigenen Individualität die Goethesche gemessen, und unbewußt dasjenige Drama als Norm genommen, das er selbst gebildet; und von hier aus 'Größe und Ernst' von Goethes Helden fordernd, hatte er den Mangel des Heroischen im Egmont getadelt und mit ironischer Ablehnung ausgerufen: 'Nein, guter Graf Egmont! Wir sind nicht gewohnt, unser Mitleid zu verschenken'; er hatte in den Clärchenscenen einen 'Liebhaber von ganz gewöhnlichem Schlag' gefunden und an dessen Stelle, in moralistischer Beschränkung, 'das rührende Bild eines Vaters, eines liebenden Gemahls' gefordert. Wie viel sein empfundenes und schön geformtes er nun auch zum Lobe des Dramas im Einzelnen zu sagen weiß — der Unterschied zwischen seiner dichterischen Auffassung und der Goetheschen war hier scharf bezeichnet; und Goethe mußte sich in dem Gefühl bestärkt finden, mit welchem er schon in die Zusammenkunft von Rudolstadt eingetreten war: daß mit diesem neuen Weimarischen Nachbar für ihn nicht zu leben war.

Zwar sprach er sich, den offenen Gegensatz meidend, mit reservirter Würde gegen Karl August aus: der sittliche Theil seines Stückes sei hier gar gut zergliedert, jedoch über den poetischen möchte andern Beurtheilern noch etwas zurückgeblieben sein; zwar zeigte er sich, zu Schillers und der Schwestern Lengefeld herzlicher Freude, bei der Frage der Jenaer Professur fördernd und antheilsvoll; aber daß sein Interesse nur ein amtliches, kein persönliches gewesen, mußte Schiller bald erfahren, und zu starken Worten riß ihn nun die enttäuschte Hoffnung hin. Indem er die Meinung der Weimarer Damen, welche Goethe wegen seiner Abwendung von Charlotte von Stein zürnten, mit seinen eigenen Eindrücken zusammenhielt, gelangte er, am 2. Februar, zu diesem Urtheil: 'Oefters um Goethe zu sein, würde mich unglücklich machen; ich glaube in der That, er ist ein Egoist in ungewöhnlichem Grade. Er besitzt das Talent durch Attentionen sich verbindlich zu machen; aber sich selbst weiß er immer frei zu behalten. Er macht seine Existenz wohlthätig kund, aber nur wie ein Gott, ohne sich selbst zu geben.' Wie schmerzlich es Schiller empfand, als sich Goethe dem Dank entzog, welchen er ihm entgegentrug, wird hier offenbar, und die widerstreitenden Gefühle von Verehrung und Abneigung, die ihn erfüllen, spricht er dem Freunde rückhaltlos aus: 'Eine ganz sonderbare Mischung von Haß und Liebe ist es, die Goethe in mir erweckt hat, eine Empfindung, derjenigen nicht ganz unähnlich, die Brutus und Cassius gegen Caesar gehabt haben müssen; ich könnte seinen Geist umbringen und ihn wieder von Herzen lieben.'

Gegen diese mit aller Heftigkeit eines spontanen Bekenntnisses ausströmenden Worte klingt ruhig abwägend und überlegen, und war doch ebenso einseitig empfunden, was Goethe, aus später Erinnerung an diese Zeit, niederschrieb: 'Nach meiner Zurückkunft aus Italien', sagt er, 'wo ich mich zu größerer Bestimmtheit und Reinheit in allen Kunstfächern ausgebildet hatte, fand ich neuere und ältere Dichtwerke in großem Ansehen, die mich äußerst anwiderten, ich nenne nur Heinses Ardinghello und Schillers Räuber. Dieser war mir verhaßt, weil ein kraftvolles, aber unreifes Talent grade die ethischen und theatralischen Paradoxen, von denen ich mich zu reinigen gestrebt, recht im vollen hinreißenden Strom über das Vaterland ausgegossen hatte. Das Rumoren, das dadurch erregt, der Beifall, der jenen Ausgeburten allgemein gezollt ward, erschreckte mich, denn ich glaubte all mein Bemühen völlig verloren zu sehen. Ich war sehr betroffen. Die Ausübung der Dichtkunst hätte ich gerne völlig aufgegeben; denn wo war eine Aussicht, jene Production von genialem Werth und wilder

Form zu überbieten? Man denke sich meinen Zustand! Die reinsten Anschauungen suchte ich zu nähren und mitzutheilen — und nun fand ich mich zwischen Ardinghello und Franz Moor eingeklemmt. Ich vermied Schillern, der, sich in Weimar aufhaltend, in meiner Nach=barschaft wohnte. Die Erscheinung des Don Carlos war nicht geeignet, mich ihm näher zu führen; alle Versuche von Personen, die ihm und mir gleich nahe standen, lehnte ich ab, und so lebten wir eine Zeit lang neben einander fort. An keine Vereinigung war zu denken. Niemand konnte leugnen, daß zwischen zwei Geistesantipoden mehr als ein Erddiameter die Scheidung mache, da sie denn beiderseits als Pole gelten mögen, aber eben deßwegen in Eins nicht zusammenfallen können.'

Mit eben der Entschiedenheit, mit welcher Schiller in der Egmont=Besprechung die Forderungen seiner Natur betont hatte, ließ so Goethe die eigene künstlerische Subjectivität nur walten; über die Fortschritte im 'Karlos' ging er unlustig hinweg, die Wendung Schillers zum Griechenthum, obgleich sie seiner Entwicklung parallel lief, übersah er, und mit völligem Verfehlen des Rechten warf er Schiller und den lockern Heinse in eine und die nämliche Kategorie. Ganz so ablehnend, wie jetzt gegen Schiller, sollte er sich später gegen die ihm fremde Individualität Heinrichs von Kleist stellen; aber daß in Schiller kein Theilchen einer problematischen Natur lebte, zeigte sich nun: was andere umwarf, richtete ihn auf, und mit der vollen Kraft männlichen Entschlusses stellte er Goetheschem Schaffen und Sein das eigene entgegen: 'dieser Mensch, dieser Goethe, ist mir einmal im Wege', ruft er, 'und er erinnert mich so oft, daß das Schicksal mich hart behandelt hat. Wie leicht ward sein Genie von seinem Schicksal getragen, und wie muß ich bis auf diese Minute noch kämpfen! Aber ich habe noch guten Muth und glaube an eine glückliche Revolution für die Zukunft.' Und mit großartiger Sicherheit spricht er den Schwestern Lengefeld den Vorsatz aus: nicht hingebend den Augenblick erharren zu wollen, an dem ihm die Gunst des von allen Vergötterten zufällt, sondern sie zu erzwingen durch productive Arbeit, sei es nun früher oder später: 'ich habe zuviel Trägheit und zuviel Stolz', ruft er, 'einen Menschen abzuwarten, bis er sich mir entwickelt hat. Es ist eine Sprache, die alle Menschen verstehen, diese ist, gebrauche deine Kräfte. Wenn jeder mit seiner ganzen Kraft wirkt, so kann er dem andern nicht verborgen bleiben. Dies ist mein Plan. Wenn einmal meine Lage so ist, daß ich alle meine Kräfte wirken lassen kann, so wird Goethe und andere mich kennen, wie ich seinen Geist jetzt kenne.'

Schiller hatte Gelegenheit gehabt, in diesem Winter 1789 einem der unbedingten Verehrer Goethes häufiger zu begegnen: seinem alten Widersacher Karl Philipp Moritz. Seit er in Gohliser Tagen mit Moritz zusammengetroffen, hatte der Kritiker von 'Kabale und Liebe' sich an Goethe aufs Engste angeschlossen, er hatte in Rom ihm zur Seite gelebt, in geistiger Gemeinschaft, und war nun Goethes Gast in Weimar durch viele Wochen. In manchen Anschauungen und Lieblingsvorstellungen fand er sich mit Schiller zusammen, aber statt daß er zwischen ihm und Goethe vermittelt hätte, rief vielmehr sein 'Sektengeist', seine blinde Vergötterung Goethes den Widerspruch Schillers erst voll herauf. Oft und oft hatte er nun, seit er in Weimar lebte, dieses helle Lob Goethes erschallen hören, von Knebel, von Herder, von den nachplappernden Hofleuten; als es ihm in Moritz von Neuem entgegentrat, mit theoretischer Begründung und Zuspitzung, da regte sich seine Opposition zum ersten Mal entschiedener, und verdrießlich schrieb er an Körner: 'Die Abgötterei, die Moritz mit Goethe treibt, und die sich soweit erstreckt, daß er seine mittelmäßigen Producte zu Kanons macht und auf Unkosten aller anderen Geisteswerke herausstreicht, hat mich von seinem näheren Umgange zurückgehalten. An Moritz ist sie mir doppelt unausstehlich, weil er selbst ein vortrefflicher Kopf ist.'

Aber eben aus diesem Gegensatz zu Moritz und zu Goethe sollten productive Anregungen für Schiller entspringen: in Gesprächen über die Schrift von der 'bildenden Nachahmung des Schönen', welche Moritz unter Goethes thätiger Antheilnahme soeben herausgegeben, ward bei Schiller, nach eigenem Geständniß, 'über Schönheit und

Kunst vielerlei entwickelt', das auf sein Gedicht 'Die Künstler' einen 'glücklichen Einfluß' übte. Und weil er sich von den Ideen, welche Moritz, im Sinne und Geiste Goethes, vertheidigte, angezogen und abgestoßen zugleich fühlte, grade wie von dem Menschen, dem sie gehörten, so fragte er sich begierig immer wieder: was wohl Goethe bei diesem seinen Werk fühlen werde? 'Goethe hat viel Einfluß darauf', bekennt er dem Freunde, 'daß ich mein Gedicht gern recht vollendet wünsche. Sein Kopf ist reif, und sein Urtheil über mich eher gegen mich als für mich parteiisch.' Weil ihm nun, so fährt Schiller, seinen rücksichtslosen Drang nach Erkenntniß von Neuem offenbarend, fort — weil ihm überhaupt nur daran liege, Wahres über sich zu hören, so sei Goethe, er allein derjenige, der ihm diesen Dienst leisten könne: 'ich will ihn auch mit Lauschern umgeben', sagt er, 'denn ich selbst werde ihn nie über mich befragen. An seinem Urtheil liegt mir überaus viel. Die Götter Griechenlands hat er sehr günstig beurtheilt; nur zu lang hat er sie gefunden, worin er auch nicht unrecht haben mag.'

Wie Negation und Position verhalten sie sich zu einander, die beiden Gedichte, in welchen Schiller poetisches Wollen in dieser Weimarer Zeit gipfelt: Die Götter Griechenlands und die Künstler. Polemisch ist der Grundton des einen, elegische Klänge wechseln mit bittern Angriffen, und der Lobgesang entschwundener Zeit wird übertönt vom Klageruf der Sehnsucht; mild und geruhig fließen die Verse des andern, in schön gefügten Rhythmen spricht eine sicher gewordene Weltanschauung sich aus, und von der Betrachtung gewesener Kunst kehrt der Dichter zur gegenwärtigen gefaßt zurück, mit sanfter Mahnung:

> Der Menschheit Würde ist in eure Hand gegeben,
>   bewahret sie!
> Sie sinkt mit euch! Mit euch wird die Gesunkene sich heben!

In die Reihe der oppositionellen Dichtungen, zu den 'Räubern' und 'Kabale und Liebe' stellen sich die 'Götter Griechenlands' noch; auf den Dichter des 'Karlos' weisen die 'Künstler' hin. Aber wie jene

Dramen sich ergänzen und eins aus dem andern sich entwickeln, so sind auch die 'Künstler' aus den 'Göttern Griechenlands' unmittelbar entstanden: erst der Widerspruch, welchen das eine Gedicht hervorrief, trieb den Dichter zu dem zweiten sichtbar hin.

In die Antike schweift Schillers Sinn zurück, sehnsüchtigen Verlangens voll. Ein anderes Griechenthum sieht er nun vor sich, als einst in der Geniezeit: der Dichter der Räuber, mit den andern Männern von Sturm und Drang, hatte in dem lohen Lichtfunken Prometheus' und der Keule des Herkules Symbole von Trotz und Kraft gefeiert; jetzt ist ihm die Antike die Heimath der Schönheit und des Maaßes geworden, das Reich der Venus Amathusia und der Charitinnen. Den gleichen Weg war Goethe gegangen, von Prometheus zu Iphigenie, aber der ganze Gegensatz der Beiden wird hier offenbar: Goethe giebt ein Stück angeschauten Griechenthums, mit ruhiger Plastik stellt er das Vergangene dar, wo Schiller sich trauernd zu ihm zurücksehnt, in subjectiver Ergießung; Goethe besitzt die Antike, wo Schiller sie wünscht; Goethe ist naiv, wo Schiller sentimentalisch ist — nach der Unterscheidung, die Schiller selbst später gefunden.

Vom ersten Vers an springt die Tendenz des Gedichts vor, und Schatten der Wehmuth fallen, unruhig irrend, über das Bild der alten Götterwelt hin: 'wie ganz anders, anders war es da!' Mit gehäuften Comparativen, in verstandesmäßiger Aufzählung stellt Schiller Griechenthum und Christenthum einander gegenüber: 'Werther war von eines Gottes Güte, Theurer jede Gabe der Natur, Reizender die perlenvolle Flur. Prangender erschien die Morgenröthe, Schmelzender erklang die Flöte'; und der Glaube der gegenwärtigen Zeit, das Ich des Poeten, schaut in die Vergangenheit unmittelbar hinein:

> Aber ohne Wiederkehr verloren
> bleibt was ich auf dieser Welt verließ,
> jede Wonne hab ich abgeschworen
> alle Bande die ich selig pries.

Dessen Strahlen mich darnieder schlagen,
Werk und Schöpfer des Verstandes! dir
nachzuringen, gieb mir Flügel, Waagen
dich zu wägen —

so fordert der Dichter, wie mit Klängen aus der 'Freigeisterei der
Leidenschaft'. Und dies giebt dem Gedicht sein Eigenstes, seine
historische und poetische Bedeutung: die Heftigkeit der Anklage, nicht
das dichterische Bild, der subjective Schwung der Polemik, nicht die
sachliche Darstellung. Wie oft seitdem ist dieser Klageruf erschallt!
Wie oft hat Schönheitsdrang und poetisches Sehnen, der 'entgötterten
Natur' und der kalten Abstraction entfliehend, in vergangenen Welten
ein farbigeres Sein gefunden. Die Sehnsucht nach dem Griechenthum,
zur Person geworden in Friedrich Hölderlin, ward irre an der
deutschen Wirklichkeit; und noch in dem Verlangen der Romantiker
nach jener blauen Blume der Poesie klingen Schiller'sche Töne mit.
Diese Trauer auszusprechen, ist Schiller der Erste gewesen, aber
ein eigenes ethisches Pathos erfüllt ihn, das den nach ihm
Kommenden mangelte: der Verfasser der 'Philosophischen Briefe' und
des 'Geistersehers' redet aus dem Gedicht, der dem überlieferten
Glauben entfremdete Mann, der voll Bitterkeit auf die Vorstellungen
seiner Kindheit herabblickt, und dem Huber bezeichnend einmal zuruft:
'Du, der du kein Christ bist.' Auch hier geht Schillers Empfinden
parallel dem Goethe'schen: 'einen wahrhaft Julianischen Haß' gegen
das Christenthum hatte Goethe aus Italien zurückgebracht; und
'Ideen zum Julian', Schillers Dresdener Plan, erkannte Körner in
den Göttern Griechenlands wieder. Und wie Schiller geklagt, daß
diese lachenden Göttergestalten vergehen mußten, 'Einen zu
bereichern unter allen', so hat Goethe seine 'Braut von Korinth' später
ausrufen lassen (abermals persönlich Empfundenes objectivirend):
'Und der alten Götter bunt Gewimmel Hat sogleich das stille Haus
geleert, Unsichtbar wird Einer nur im Himmel, Und ein Heiland
wird am Kreuz verehrt.'
Der kräftige polemische Vorstoß, den Schiller gewagt, rief

Gegner aller Art auf den Plan: Friedrich Leopold Stolberg an der Spitze erschienen sie, auf Lästerung und Mißbrauch der Poesie klagend. Dann kamen die Vertheidiger, laue und warme, ein Schweizer Pfarrer aus Lavaters Schule trat für Schiller 'mit Veneration' ein, Georg Forster, Knebel und mancher Andere suchten Allgemeines zu dem Streitfall beizutragen, und auch Körner stiftete eine principielle Betrachtung in die Thalia: 'Ueber die Freiheit des Dichters bei der Wahl seiner Stoffe.' Schiller war zuerst Willens, auf die Stolbergsche 'Sottise' zu erwidern, bald aber ward ihm die Antikritik zum Gedicht: aus den Angriffen der Gegner blühten 'Die Künstler' empor. Die Freiheit der Kunst nach allen Seiten, ihre Unabhängigkeit von den Vorschriften der Religion und der Moral, von Dogma und Gesetz will Schiller vertheidigen, und jetzt zuerst wird es dem Verfasser der 'Schaubühne als moralische Anstalt' zur vollen Gewißheit: daß die Kunst Selbstzweck ist.

Zögernd nur hatten sich solche Gedanken in Schiller entwickelt, und ein umständlicher Proceß führte die 'Künstler' von der Conception zur Vollendung: im August 1788 erschien Stolbergs Angriff, im März 1789 das Gedicht. Rückblickend erst erkannte Schiller, wie tiefgreifend die Aenderungen gewesen: 'Was mich antrieb, die Künstler zu machen', sagt er, 'ist gerade weggestrichen, als sie fertig waren.' In Rudolstadt im Herbst begonnen, wird das Gedicht in Weimar zu wiederholten Malen aufgenommen, weil es 'seine Rundung noch nicht hat'; es wandert im Januar zu Körner und kehrt mit Anmerkungen versehen zurück; es erweitert und vertieft sich durch die Anregungen, welche Moritz und Wieland dem Dichter geben, so zwar, daß er ein 'jüngstes Gericht' über Anordnung und Inhalt abhält, Strophen durcheinander wirft, alte streicht und neue einfügt. Nun erst findet er, daß das Gedicht einen 'geschlossenen Kreis' bildet, und er legt es den Schwestern Lengefeld zum zweiten Male vor: von Jena aus, wo er für seine Uebersiedelung die Anstalten getroffen, reitet er zu einem kurzen Besuch den 20. März nach Rudolstadt und gewinnt für die neue Fassung so enthusiastische Hörer wie für die alte: 'man möchte keine Zeile verlieren', schreibt Lotte; 'Der große harmonische Eindruck des Ganzen schwebt mir vor der Seele, wie eine reiche große Gegend, in der man sich sehnt, alle schönen Pfade zu durchwandeln', schreibt Caroline.

Dieses langsame Anwachsen des Gedichts hat dem Reichthum seiner Ideen genützt, nicht der Einheit des Baus und der Klarheit der Darstellung: in die 481 Verse der 'Künstler' hat der Dichter eine Fülle von historischen und philosophischen Anschauungen, von Maximen und Ahnungen hineingedrängt, die dem Werk zwar die bedeutsamste Stellung in Schillers innerer Entwicklung anweisen, aber ihm die poetisch reine Geltung rauben, auf welche der Verfasser so lebhaft hinstrebte. Nicht annähernd kommt das Gedicht, weder für Schillers Zeitgenossen, noch für die heutigen Leser, den 'Göttern Griechenlands' an Wirkung gleich. Treffend urtheilte Körner damals: das höchste Ziel des Künstlers sei nicht erreicht, 'so lange man mehr mit dem ganzen Umfange seiner Ideen überhaupt, als mit einer einzelnen dargestellten Idee beschäftigt wird.' Mehr in ihrer Sprache, als in ihrer gestaltenden Kraft liegt, was die 'Künstler' zum Gedicht macht, in diesen harmonischen Versen voll Wohllaut und schwingendem Rhythmus, in diesen prächtigen Bildern, diesen entzückten Anschauungen einer fortstürmenden Phantasie.

Zweierlei sind die Grundgedanken des Gedichts: philosophisch und historisch. Was der Denker fordert, die herrschende Stellung der Kunst über den geistigen Mächten allen, das sucht der Geschichts= kenner zu erweisen aus der Entwicklung der menschlichen Cultur; die Einheit von Schönheit und Wahrheit behauptet jener, dieser erklärt alle aufsteigende Bildung, in der Antike wie in der Renaissance, durch die aus Sinnenbanden lösende Gewalt von Kunst und Künstlerthum. Keime zu Schillers theoretischen Betrachtungen wie zu seiner poetischen Darstellung enthält so das Gedicht in Fülle: auf die Briefe 'über die aesthetische Erziehung des Menschen' weist es fort, auf seine historischen Aufsätze, auf die philosophischen und die culturgeschichtlichen Gedichte. Hatte er noch in den 'Göttern

Griechenlands' die Dinge einfach als gewesen hingestellt, mit schneidenden Contrasten, so strebt er nun, die Herrlichkeit der Antike historisch abzuleiten, und sie zu erklären aus dem Walten der Kunst; und nur an einer einzigen Stelle tönt die directe Polemik des Satirikers Schiller gegen Fanatismus und Mönchsthum noch nach, in den Versen auf die Kunst:

> Als in den weichen Armen dieser Amme
> die zarte Menschheit noch geruht;
> da schürte heil'ge Mordsucht keine Flamme,
> da rauchte kein unschuldig Blut.

Diese historischen Theile des Gedichts aber werden umrahmt von philosophischen Betrachtungen; und gedankenvolle Anschauungen von dem Wesen der Kunst eröffnen und beschließen das Gedicht. Wie sich Schönheit und Erkenntniß einander gegenüberstellen — die Frage beschäftigt den Dichter am lebhaftesten; und er contrastirt sie, Cypria und Urania, als die Güter dieser und jener Welt: 'was wir als Schönheit hier empfinden, wird einst als Wahrheit uns entgegengehn.' Nicht ist dem Menschen reines Wissen beschieden, so lehrt der Dichter, nur eine 'späte Wiederkehr zum Lichte' darf er hoffen; aber zwischen dem schweren Sinnenpfade, den er schreitet, und dem Reiche des Geistes stellt diejenige Macht die Verbindung her, welche sein eigenstes Gut ist: 'die Kunst, o Mensch, hast du allein.' Nicht nur, daß sie unser Geschlecht aus der Barbarei zuerst losgelöst hat, nicht nur, daß wir durch das Morgenthor des Schönen erst eingedrungen sind in der Erkenntniß Land — auch am Ende aller menschlichen Cultur steht die Kunst frei da, nicht unterthan den socialen und geistigen Gewalten, nicht Söldnerin der Wissenschaft und der Moral, sondern Führerin:

> Mit euch, des Frühlings erster Pflanze
> begann die seelenbildende Natur,
> mit euch, dem freud'gen Aerntekranze
> schließt die vollendete Natur.

Der aber in so hohen Worten den Künstler feiert und an die Spitze

der Cultur ihn gestellt findet, den Forschern und Denkern voran —
ist der Verfasser des Abfalls der Niederlande, ist der neuernannte
Professor Schiller: dieses Gedicht führt der junge Universitätslehrer
mit sich, als er in Jena die Einrichtung zu seiner Niederlassung trifft.
Schnell genug hatte Schillers Genius jene 'schrecklich prosaischen
Ideen' überwunden, um derentwillen ihn Körner das Jahr zuvor hatte
tadeln müssen! Wie er einst in der Rede von der 'Schaubühne als
moralische Anstalt' der Mißachtung der Fakultäten gegen freie Künste
entgegengetreten, so weist er nun, mit reiferer Erkenntniß, der
Kunst ihren einzigen Platz unter den geistigen Mächten an; und
die Stimmung jenes Augenblicks, in welchem er die 'Künstler'
vollendet, giebt dem Gedicht die volle Wucht eines innersten, tief
empfundenen Bekenntnisses: Sehnen und Verlangen eines schönheits=
seligen Geistes, gesteigert durch den Gegensatz zu den gelehrten
Pflichten, ist die Seele der 'Künstler'.

So sehen wir Schiller von Weimar scheiden, der Stadt Goethes,
in die er einst hoffend gezogen. Der Dichter hatte sich ihm versagt,
dessen Geist über dem Orte herrschte, und die Weimarer Kunst auch
hatte sich ihm versagt, die klassische Kunst, um die er in heißem
Mühen warb. Weil er mit edlem Ehrgeiz zu jener Höhe der Zeit=
bildung emporstrebte, auf der er die Mitstreiter erblickte, war er von
den Wegen der Dichtung abgeirrt in neues Land, und die Menge der
Ideen, die ihn jetzt erfüllten, diese Ideen alle, welche in den
'Künstlern' gährend durcheinanderwogen, mußten nun allgemach zur
Klarheit und zur Reife geführt werden. Der Abschied von der
Kunst, allem Enthusiasmus der 'Künstler' zum Trotz, ward Schillers
Loos; aber grade sie, die 'Künstler', ließen erkennen, daß die Trennung
würde überwunden werden, und daß Schiller zur Poesie, geläutert
durch die Zeit, einst zurückkehren mußte. Und auch zu dem Orte, dem
er jetzt entsagte, sollte er rückkehren: zehn Jahre nach seinem
Scheiden zog er in Weimar von Neuem ein, ein Künstler nun und
Goethes Freund.

——————▶◀——————

Der Professor.

Einige Jahre, sehe ich schon, muß ich das akademische Leben noch mit ansehen. Doch ist schriftstellerische Ausbildung das Höchste, wonach ich zu streben habe. Wie kann ich aber als Schulmeister dahin gelangen?

Schiller an Körner.

Am Dienstag vor Pfingsten, den 26. Mai 1789 um 6 Uhr Nachmittags, hat Schiller das akademische Katheder zum ersten Mal beschritten. Von den neunhundert Hörern, welche die Universität Jena besuchten, grüßten fünfhundert den Dichter des Liedes 'Ein freies Leben führen wir' mit studentischem Beifallsstampfen und lauschten auf= merksam auf den Sitzen, im Vorsaal, auf dem Flur bis an die Hausthür gedrängt der Vorlesung: 'Was heißt und zu welchem Ende studirt man Universalgeschichte?'

Rühmlich und tapfer, so meldet nun der erfreute Dichter nach Dresden, habe er das Abenteuer auf dem Katheder bestanden; und anschaulich schildert er dem Freunde das Geräusch, das sein erstes Auftreten in dem ruhigen Einerlei der Universitätsstadt hervorgerufen hat: 'Das Reinholdsche Auditorium bestimmte ich zu meinem Debut. Es hat eine mäßige Größe und kann ungefähr achtzig Menschen fassen. Halb sechs war das Auditorium voll. Ich sah aus Reinholds Fenster Trupp über Trupp die Straße heraufkommen, welches gar kein Ende nehmen wollte. Ob ich gleich nicht ganz frei von Furcht war, so hatte ich doch an der wachsenden Anzahl Vergnügen, und mein Muth nahm eher zu. Aber die Menge wuchs nach und nach so, daß ganze Haufen wieder gingen. Jetzt fiel es einem, der bei mir

war, ein, ob ich nicht noch für diese Vorlesung ein anderes Auditorium
wählen sollte. Griesbachs Schwager war grade unter den Studenten,
ich ließ ihnen also den Vorschlag thun, bei Griesbach zu lesen, und
mit Freuden ward er aufgenommen. Nun gab's das lustigste
Schauspiel. Alles stürzte hinaus und in einem hellen Zuge die
Johannisstraße hinunter, die, eine der längsten in Jena, von
Studenten ganz besäet war. Weil sie liefen, was sie konnten, um
einen guten Platz zu bekommen, so kam die Straße in Allarm, und
alles an den Fenstern in Bewegung. Man glaubte anfangs, es wäre
Feuerlärm, und am Schlosse kam die Wache in Bewegung. Was
ist's denn, was giebt's denn? hieß es überall. Da rief man denn:
der neue Professor wird lesen. Du siehst, daß der Zufall selbst dazu
beitrug, meinen Anfang recht brillant zu machen. Ich folgte in einer
kleinen Weile, von Reinhold begleitet, nach; es war mir, als wenn
ich durch die Stadt Spießruthen liefe. Durch eine Allee von
Zuschauern und Zuhörern zog ich ein und konnte den Katheder kaum
finden. Mit den zehn ersten Worten, die ich noch fest aussprechen
konnte, war ich im ganzen Besitz meiner Contenance; und ich las mit
einer Stärke und Sicherheit der Stimme, die mich selbst überraschte.
Meine Vorlesung machte Eindruck, den ganzen Abend hörte man in
der Stadt davon reden, und mir widerfuhr eine Aufmerksamkeit von
den Studenten, die bei einem neuen Professor das erste Beispiel war.
Ich bekam eine Nachtmusik und Vivat wurde dreimal gerufen.'

Schnell genug, trotz dieses glänzenden Eintritts in sein Amt,
stellen sich die Bedenken gegen die akademische Existenz, gegen Zunftneid
und Zopfthum bei Schiller ein, und er empfindet, wie in Weimar
so in Jena: daß er unter dieses Volk nicht passe. Weil er als ein
einsamer, heimathloser Mensch so lange gelebt, giebt ihm zwar das
Gefühl der Zugehörigkeit zu einem großen Ganzen Freude und manche
Anregung, aber vor jeder näheren Berührung mit diesem harten
akademischen Körper scheut er dennoch zurück, und fremd steht der
Zögling der Karlsschule dem deutschen Studententhum gegenüber, mit
seinen alten Bräuchen und Auswüchsen, seinen Sitten und Unsitten.

Gleich als er im Sommer 1787 das erste Mal, ein gelegentlicher Besucher, nach Jena gekommen, war ihm das Studentenleben der kleinen Stadt als etwas Neues und Seltsames aufgefallen. Hier verschwanden die Studenten nicht, wie in Leipzig, in der Menge der Einheimischen und Fremden, hier machten sie Masse und beherrschten den Ort, sie brachten den Verdienst in die Stadt und gaben den Ton an, und friedlich fügte sich der Philister den Wünschen des Burschen. 'Wie mit Schritten eines Niebesiegten', sagt Schiller, die 'Räuber' citirend, wandeln in Jena die Studenten; mit geschlossenen Augen selbst würde man sie an der Festigkeit ihres Auftretens erkennen. 'Abends, wenn es dunkel wird', so erzählt er seinem Körner, 'hört man fast alle vier Minuten die ganze lange Gasse hinunter schallen: 'Kopf weg! Kopf! Kopf weg!' — welches menschenfreundliche Wort den fliehenden Wanderer vor einem balsamischen Regen warnt, der über seinem Scheitel loszubrechen droht.' Zwar befand sich eben in diesen achtziger Jahren das Jenenser Studentenleben in einer Wandlung zum Bessern: die Landsmannschaften, mit ihrem wüsten Treiben, verloren an Einfluß, man suchte das Duellwesen einzuschränken und geistige Interessen an Stelle derberer Genüsse zu setzen; aber wie viel Barbarisches und Abstruses sich hier noch erhalten, zeigen die Berichte der Zeitgenossen deutlich, und in eine mittelalterliche Welt sah Schiller sich plötzlich hineinversetzt. Ein Chronist von 1800 noch beschreibt das Aussehen der Jenenser Studenten so: 'Thurmförmige Mützen mit Schnüren, Troddeln und Quasten zieren ihre Häupter, unter denen ein dickes Haar hervorhängt, das um ihr Kinn zusammenschlägt und den größten Theil ihres Gesichtes bedeckt. Sie schütteln darum alle Augenblicke das Haar, wie der Löwe seine Mähne schüttelt, um sehen zu können. Eine kurze Jacke mit Aufschlägen von anderer Farbe gehört nothwendig zu diesem Anzuge.' Scandalscenen, Zusammenrottungen sind nichts Seltenes, und zu einem großen Studentenaufstand kam es 1792: viele hundert Commilitonen versammelten sich auf dem großen Marktplatz, sie sangen das Lied 'Ein freies Leben führen wir' und warfen dem

Prorektor die Fenster ein; darauf zogen sie feierlich aus der Stadt hinaus, gegen Erfurt zu, wo Dalberg bereit war sie aufzunehmen, und waren nur schwer zur Rückkehr in ihr 'Saal-Athen' zu bewegen. Auch gegenüber diesem die ganze Stadt bewegenden Ereigniß blieb Schiller kühl: 'Wenn ich Dir von den hiesigen Unruhen nicht schreibe', sagt er dem Freunde, 'so rührt es daher, daß sie gar zu erbärmlich sind und von beiden Seiten die höchste Mittelmäßigkeit sich dabei kund= gethan hat.'

Seltsame Gestalten, wie unter den Studenten, waren unter den Lehrern der Hochschule zu finden; arme Teufel in merkwürdigen Costümen, die mit der Noth des Lebens einen zähen Kampf kämpften, wunderliche Originale und Sonderlinge. Ein Privatdocent kündigte eines Tages an: er sei bereit über Kants Kritik Vorlesungen zu halten — wenn ihm Jemand das Buch dazu leihen wollte. Und doch wurde Jena die Hochburg der Kantianer: durch Reinholds begeisterte Vorlesungen angezogen, kamen die Jünger der Philosophie von weit her angereist, die neue Lehre zu vernehmen; und in der Jenaer Litteraturzeitung fand die Kantische Schule ihr repräsentatives Organ, aus dem auch Schiller ihre Anschauungen mittelbar kennen lernte. 'Bis zum Sattwerden' fand er Kant in Jena gepriesen und konnte sich doch, je länger, je weniger der Macht des rings um ihn herum waltenden Geistes entziehen.

Ein Document aus jener Zeit hat sich uns erhalten, welches Schiller als Professor vorführt, wie er auf amtliche Fragen amtlichen Bescheid thut: ein unter den Lehrern herumwandernder Bogen der Universitäts-Verwaltung, auf welchem Auskünfte über die akademische Wirksamkeit ertheilt werden. Wie lange er docire und wie alt er sei, wird Schiller und die Andern gefragt, er antwortet, zu Michaeli 1790: '31 Jahr, doc. 2 Jahr.' Die Collegien, 'so er wirklich lieset', nennt Schiller dann, 'Europäische Staatengeschichte' und 'Über die Kreuzzüge', er giebt das Honorar für das fünfstündige Privatcolleg mit drei Thalern, die Zahl derer, die sich aufgeschrieben haben, mit 20 an und erwiedert auf die Frage nach den 'Büchern, worüber die Vorlesungen angestellt, oder welche sonst zu Grunde gelegt werden', kurzweg: 'Ueber eigene Dictaten.' In freien, stolzen, schnellen Schriftzügen, wie sie in dieser Zeit aus der Sturm- und Drang-Schrift der Jugend sich bei Schiller herausbilden, giebt er seine Antworten, nur auf das Nöthigste geht er ein, und wunderlich stehen neben seiner sparsamen Aufzeichnung die Gefühlsergüsse Anderer da, etwa die des würdigen Naturforschers Georg Christian Schmidt, welcher auf die Frage: 'Ob er mehr Vorlesungen halten wollen und woher es kommen, daß solche nicht zu Stande zu bringen gewesen' klagend erwiedert: 'sehr gern wollte ich mehrere Stunden geben, wenn sich mehrere Liebhaber einfänden und von Stundengeben allein mit meiner starken Familie dabey leben könnte.'

Gleich in seiner Antrittsvorlesung hatte Schiller es ausgesprochen, wie er über den Zunftgeist, der hier noch herrschte, sich frei erheben werde; wie dem engen Fachstudium das weitausgreifende wissenschaftliche Interesse entgegenzusetzen sei, und wie Lehrer und Schüler einig sein wollten in der reinen Hingebung an gelehrte Probleme: 'Beklagenswerther Mensch', so sprach er, 'der mit dem edelsten aller Werkzeuge, mit Wissenschaft und Kunst nichts Höheres will und ausrichtet, als der Tagelöhner mit dem schlechtesten! der im Reiche der vollkommenen Freiheit eine Sklavenseele mit sich herumträgt! Beklagenswerther der junge Mann von Genie, dessen natürlich schöner Gang durch schädliche Lehren und Muster auf diesen traurigen Abweg verlenkt wird, der sich überreden ließ, für seinen künftigen Beruf mit dieser kümmerlichen Genauigkeit zu sammeln. . . . Kein unversöhnlicherer Feind, kein neidischerer Amtsgehilfe, als der Brodgelehrte; 'er verzäunet sich gegen alle seine Nachbarn, denen er Licht und Sonne mißgönnt.' Schiller selbst schrieb an Körner, daß er 'locale Ursachen' hatte, dies auszusprechen; und bald sollte ihm der Typus eines zünftigen Gelehrten ganz persönlich entgegentreten: Professor Heinrich, der den Rivalen mit kleinlicher Angst beobachtete, erhob Einsprache gegen den Titel 'Professor der Geschichte', welchen Schiller auf der gedruckten Antrittsvorlesung 'in aller Unschuld'

angewendet hatte — weil er, Heinrich, der Professor der Geschichte
sei, während Schiller als Professor der Philosophie berufen war, wie
er nun erst erfuhr. 'Was für Erbärmlichkeiten!' ruft er. 'Es ist
soweit gegangen, daß sich der Akademiediener erlaubt hat, den Titel
meiner Rede von dem Buchladen, wo er angeschlagen war, weg=
zureißen. Mit solchen Menschen habe ich zu thun.'

Freundlichere Beziehungen knüpfte Schiller mit den echten
wissenschaftlichen Größen der Hochschule, mit Griesbach, Paulus,
Hufeland, Schütz, Reinhold: 'meine Freunde tragen mich auf den
Händen', berichtet er Ende Mai, 'ich lebe noch in den Flitterwochen und
lasse mir schöne Sachen sagen.' Da die Professoren zumeist in einem
eigenen Hörsaal lasen, nicht in der Universität, Schiller aber
ein Auditorium nicht besaß, so überließ ihm Griesbach das seinige
'von ganzem Herzen gern': 'sein Sie versichert', schrieb er, 'daß es
mir unendlich viel Freude machen wird, wenn unsere Studirenden
ihren neuen Lehrer so wie Er es verdient schätzen.' Wenig Gutes
weiß Schiller von den Jenenser Frauen zu erzählen: 'Hier haben
mich alle Göttinnen der Schönheit verlassen', klagt er, 'denn die
grimmigen Gesichter der Gelehrten verscheuchen alles, was Freude
athmet. Unser hiesiges Frauenzimmer taugt wenig.' Aber die
Leichtigkeit des Lebens, die zwanglosen Formen des Verkehrs, die
Bescheidenheit dieser ganzen akademischen Existenz spricht den Dichter
dennoch an, und behaglich berichtet er über seine neue Wohnung in
der 'Schrammei', dem wohlbekannten großen Miethshause der
Jungfern Schramm in der Jenergasse, in welchem der Professor
mitten unter Studenten sich einquartiert fand: 'Mein Logis habe
ich über meine Erwartung gut gefunden. Der freundliche Anblick
um mich herum giebt mir eine sehr angenehme Existenz. Es sind drei
Piecen, die ineinanderlaufen, ziemlich hoch, mit hellen Tapeten, vielen
Fenstern, und alles entweder ganz neu oder gut conservirt. Meubles
habe ich reichlich und schön: zwei Sophas, Spieltisch, drei Commoden,
und anderthalb Dutzend Sessel mit rothem Plüsch ausgeschlagen.
Eine Schreibcommode habe ich mir selbst machen lassen, die mir zwei

Caroline kostet. Dies ist, wonach ich längst getrachtet habe, weil ein Schreibtisch doch mein wichtigstes Meuble ist, und ich mich immer damit habe behelfen müssen. Ein Vorzug meines Logis ist auch die Flur, die überaus geräumig, hell und reinlich ist. Ich habe zwei alte Jungfern zu Hausmietherinnen, die sehr dienstfertig, aber auch sehr redselig sind. Die Kost habe ich auch von ihnen auf meinem Zimmer, zwei Groschen das Mittagessen, wofür ich dasselbe habe, was mich in Weimar vier Groschen kostete. Wäsche, Friseur, Bedienung und dergl. wird alles vierteljährlich bezahlt, und kein Artikel beträgt über zwei Thaler: so daß ich nach einem gar nicht strengen Anschlag über vierhundertfünfzig Thaler schwerlich brauchen werde. Und so hoch hoffe ich meine Einnahme von Mauke allein schon zu bringen. Mit jeder andern Erwerbung kann ich Schulden abtragen und etwas für meine Einrichtung thun. Uebrigens führe ich ein behaglicheres Leben in Jena als in Weimar oder sonst irgendwo, wo ich mich häuslich niedergelassen habe.'

Und zu diesen allgemeinen Vorzügen Jenas trat nun derjenige hinzu, den es für Schiller persönlich bot: die Nähe von Rudolstadt. Eifriger denn je gehen die Briefe zwischen ihm und den Schwestern hin und her, und Pläne werden geschmiedet zu Besuchen und Stelldichein. Im Juni ist Schiller in Rudolstadt, im Juli sind die Schwestern in Jena; aber beide Mal kommt es nur zu kurzem Beisammensein, und die Ungunst der Umstände läßt zumal in Jena Schillers Hoffnungen auf eine herzliche Aussprache völlig zu nichte werden. Die Rücksicht auf die Welt, auf die beobachtende Kleinstadt erlegte Zurückhaltung auf, und statt mit Lotte und Caroline allein zu bleiben, mußte Schiller sie zu Frau Griesbach entlassen, einer lebhaft auf Freundschaft dringenden Dame, die nun aller Bravheit zum Trotz den Liebenden als arger Störenfried erschien. Auch die Absicht der Schwestern, in Lobeda bei Jena Aufenthalt zu nehmen, um Schiller noch näher zu sein, war durch die Einsprache der chère mère vereitelt worden, welche Gebote der Schicklichkeit verletzt fand; und so entstand in Schiller eine leiden=schaftliche Erregung, die sich in den Briefen an Caroline und Lotte deutlich abspiegelt: es war die entscheidende Krisis in diesem Verhältniß, welche zur Aussprache endlich führen sollte. 'Wie glücklich wollte ich sein,' ruft er Carolinen zu, 'wenn die schönen Hoffnungen in Erfüllung gingen, von denen Sie schreiben. Aber wie? Wie sollen sie in Erfüllung gehen, so lange die armseligsten Nichtigkeiten in einer gewissen Waage mehr gelten, als die entschiedenste Gewißheit eines glücklichen Lebens? Und warum hat der Himmel die Rollen so sonderbar unter uns vertheilt, warum spannte er grade das muthigste Roß hinter den Wagen? Könnte ich gewisse Verhältnisse umkehren, so wäre der heroische Muth, den ich habe, an seiner rechten Stelle. Ich weiß nicht, ob ich hier etwas schreibe, was verständlich ist — aber ich verstehe mich recht gut. Habe ich etwas verwirrtes geschrieben, so zerreißen und ignorieren Sie diesen Brief. Ich war in einer sonderbaren Stimmung und diese möge mich bei Ihnen entschuldigen.' Offenbar ist die gewisse Waage die Waage der Standesunterschiede, und Schiller wünscht, er könnte, als der Adlige, die Geliebte zu sich heraufheben, statt ihr das Opfer einer bürgerlichen Verbindung zumuthen zu müssen.

Aehnliches sprach Schiller gegen Lotte aus, und auch sie bat er um Verzeihung für den verwirrten Brief; aber wenn Lotte seine Stimmung nicht scheint gefaßt zu haben, so war Caroline klug genug, zu erkennen, daß die Stunde des Entschlusses nun da war, und sie half das lösende Wort sprechen: zu Anfang des August, als Schiller im Bade Lauchstädt eintraf, wo die Schwestern sich aufhielten, kam es zur Erklärung, 'in einem Momente des befreiten Herzens, den herbeizu= führen ein guter Genius wirksam sein mußte.' Caroline war es, die in der Morgenfrühe 'ein so langes, schmerzhaftes Stillschweigen brach' und Schiller zum Reden ermuthigte; doch auch jetzt wagte er die mündliche Werbung nicht und schrieb, in Lauchstädt noch oder auf der Reise nach Leipzig, die er am 3. August antrat, an Lotte diese Zeilen: 'Ist es wahr theuerste Lotte? darf ich hoffen, daß Caroline in Ihrer Seele gelesen hat und aus Ihrem Herzen mir beantwortet hat, was ich mir nicht getraute, zu gestehen? O wie schwer ist mir dieses Geheimniß geworden, das ich, so lange wir uns kennen, zu bewahren gehabt habe! Oft, als wir noch beisammen lebten, nahm ich meinen ganzen Muth zusammen, und kam zu Ihnen, mit dem Vorsatz, es Ihnen zu entdecken — aber dieser Muth verließ mich immer. Konnte ich Ihnen nicht werden, was Sie mir waren, so hätte ich die schöne Harmonie unserer Freundschaft zerstört, ich hätte auch das verloren, was ich hatte, Ihre reine und schwesterliche Freundschaft... Vergessen Sie jetzt alles, was Ihrem Herzen Zwang auferlegen könnte und lassen Sie nur Ihre Empfindungen reden. Sagen Sie mir, daß Sie mein sein wollen, und daß meine Glückseligkeit Ihnen kein Opfer kostet. O versichern Sie mir dieses, und nur mit einem einzigen Wort. Nahe waren sich unsere Herzen schon längst. Lassen Sie auch noch das einzige Fremde hinwegfallen, und nichts, nichts die freie Mittheilung unserer Seelen stören. Leben Sie wohl theuerste Lotte. Säumen Sie nicht, meine Unruhe auf immer und ewig zu verbannen. Ich gebe alle Freuden meines Lebens in Ihre Hand. Ach, es ist schon lange, daß ich sie mir unter keiner andern Gestalt mehr dachte, als unter Ihrem Bilde.'

Schiller hatte in Leipzig eine Zusammenkunft mit Körner verabredet, und beglückt eilte er nun dem ersten Wiedersehen mit dem Freunde entgegen, dem er das seligste Geheimniß zu offenbaren hatte. Noch am Abend seiner Ankunft schrieb er ein zweites Mal nach Lauchstädt, seine überströmende Freude auszusprechen: 'Dieser heutige Tag ist der erste, wo ich mich ganz glücklich fühle. Nein! Ich habe nie gewußt, was glücklich sein ist, als heute. O ich weiß nicht, wie mir ist. Dieser heutige Morgen bei Ihnen, dieser Abend bei meinem theuersten Freund, dem ich alles geblieben bin, wie ich es war, der mir alles geblieben ist, was er mir je gewesen — so viel Freude gewährte mir noch kein einziger Tag meines Lebens.' Nur ganz kurz, mädchenhaft verschüchtert vor diesem Ansturm des Gefühls, erwiderte Lotte, sparsam im Ausdruck der Empfindung; und als ob die eigene Rede ihr versagte, wiederholt sie Schillers Worte und ruft: 'Caroline hat in meiner Seele gelesen und aus meinem Herzen geantwortet. Schon zweimal habe ich angefangen, Ihnen zu schreiben, aber ich fand

immer, daß ich zu viel fühle, um es ausdrücken zu können. Der
Gedanke zu Ihrem Glück beitragen zu können, steht hell und glänzend
vor meiner Seele. Kann es treue innige Liebe und Freundschaft,
so ist der warme Wunsch meines Herzens erfüllt, Sie glücklich zu sehen.
Für heute nichts mehr. Freitag sehen wir uns. Wie freue ich mich
unsern Körner zu sehen! und Sie lieber in meiner Seele lesen zu
lassen, wie viel Sie mir sind. adieu! ewig Ihre treue Lotte.'

Nun kamen Lotte und Caroline auf einen Tag nach Leipzig, und
lernten Körner und seine Damen kennen; Schiller begleitete die
Schwestern zurück nach Lauchstädt und ging am 10. August nach Jena
ab, nachdem über die nächste Zukunft Beschluß gefaßt worden. Die
Verlobung sollte geheim bleiben, bis Schiller ein festes Gehalt
erlangte; auch chère mère sollte nicht unterrichtet werden. 'Die
Zufriedenheit der guten Mutter,' sagt Caroline, 'hofften wir, obgleich
die äußere Lage wohl noch Bedenken bei ihr erregen konnte. Meine
Schwester fühlte die Unmöglichkeit, ohne Schiller zu leben. Bei unsern
einfachen Gewohnheiten, entfernt von Ansprüchen an äußern Glanz,
sah ich in eine sorgenlose Zukunft für meine Schwester und freute mich
lebhaft der Hoffnung auf ein öftres Zusammenleben mit meinem
Freunde, in einem so nahen Verhältnis.'

So kehrte Schiller heim, ein Anderer, als er geschieden; aus
den quälenden und drängenden Zweifeln der Leidenschaft zur Gewißheit
des Besitzes erhoben, der glücklichste Bräutigam, Lottens und Carolinens
geliebter Freund; und noch einmal ruft er es den Schwestern beseligt
zu: 'In einer neuen schöneren Welt schwebt meine Seele, seitdem ich
weiß, daß ihr mein seid. Theure, liebe Lotte, seitdem Du Deine
Seele mir entgegen trugst. Wie so anders ist jetzt alles um mich her,
seitdem mir auf jedem Schritte meines Lebens nur euer Bild begegnet.
Wie eine Glorie schwebt eure Liebe um mich, wie ein schöner Duft
hat sich mir die ganze Natur überkleidet. Mein zeitliches und ewiges
Leben ist an diesem einzigen Haare befestigt, und reißt dieses, so habe
ich nichts mehr zu verlieren.'

Bräutigam.

> Alle romantischen Luftschlösser fallen ein, und
> nur was wahr und natürlich ist, bleibt stehen.
>
> Schiller an Körner.

Die Liebe und die Freundschaft miteinander hatten Schiller an
dem Tage, den er seinen glücklichsten nannte, gegrüßt; und als zwischen
den Schwestern und seinem Körner ein neuer Bund gestiftet schien,
sah er sich auf den Gipfel der Freundschaft erst gelangen. Eine
himmlisch schöne Aussicht öffnete sich vor ihm, in diesem Kreis geliebter
Menschen; gemeinsamer Wettlauf zum Edlen und Guten schien das
Ziel, und ganz aus dem Geiste seiner Zeit sprach er in dem Briefe
der Werbung das Wort: 'Vortrefflichkeit der Seelen ist ein unzerreiß-
bares Band der Freundschaft und der Liebe.'

Aber indem Schillers Gefühl Lotte und Caroline und Körner
zugleich umschloß, stieg es über die Wirklichkeit schwärmend empor zu
schönen Träumen; und die Entwicklung der nächsten Zeit schon sollte
ihn aus dieser Weite der Empfindsamkeit zu still begrenzter, echter
Neigung hinführen. Körner und die Schwestern Lengefeld einander
näher zu bringen, wollte nicht glücken; denn nicht nur, daß die
Dresdener Frauen vor dieser feineren Cultur befremdet dastanden,
auch für den Freund kam der Entschluß Schillers und die Erscheinung
Lottens und Carolinens allzu plötzlich, als daß sein ruhig abwägender
Sinn dem Enthusiasmus des Bräutigams hätte genug thun können.
Es gab eine Verstimmung und eine Abkühlung, die Schiller und
Körner gleich bitter empfanden: zwar kamen die Dresdener Gäste auf

acht Tage nach Jena und Weimar und wohnten bei Schiller in der
'Schrammei', aber daß diese lang ersehnte Zusammenkunft sie eher
von einander entfernt, als näher verbunden hatte, ward beiden zu
schmerzlicher Gewißheit; und lange noch tönt in der Correspondenz
der Freunde, in der gekünstelten Unbefangenheit Schillers, in der
ärgerlichen Kürze Körners die Enttäuschung dieser Zeit nach.

So kehrt sein Empfinden in gedoppelter Stärke zu Lotte und
Caroline zurück, und mit unbefangener Wärme, mit schwärmerischer
Unbestimmtheit wendet es sich an Braut und Schwägerin zugleich.
Aus der Hoffnung sehnt er sich nach Erfüllung, aus der Gegenwart
träumt er sich in eine Zukunft, die ihn und die Schwestern untrennbar
vereinen soll: 'im Gedanken an euch', ruft er, 'verzehrt meine Seele
all ihre glühenden Kräfte. Mein ganzes übriges Leben wird der Liebe
gehören. Das Leben an eurem Herzen! Euch an dem meinigen!
O ich verliere mich im Himmel all dieser Empfindungen. Die
Mahomedaner kehren, wenn sie beten, ihr Gesicht nach Mecca, ich
werde mir einen Katheder anschaffen, wo ich das meinige gegen
Rudolstadt wenden kann, denn dort ist meine Religion und mein
Prophet. Gute Nacht ihr Lieben.' Lotte versucht tapfer, auf diese
Sprache einzugehen, wie seltsam ihr dabei auch zu Muthe sein mag:
'gewiß werden wir es nie bereuen', ruft sie, 'alles Glück unseres
Lebens auf deine Liebe gesetzt zu haben.' In welchem Tone
Caroline Schillers Empfindung erwidert hat, erfahren wir nicht; denn
ihre Briefe aus dieser Bräutigamszeit, die Briefe zwischen dem
Dichter und seiner Schwägerin, sind durch Schillers Tochter, Frau
von Gleichen, zum größten Theil vernichtet worden: sie, sonst die
getreueste Bewahrerin und Mehrerin der vererbten Documente,
glaubte diese Correspondenz vor der Oeffentlichkeit bewahren zu
müssen. Nur aus spärlichen Resten erkennen wir die Grenzverwirrung
von Liebe und Seelenfreundschaft, von den Bräutigamsrechten vor
der einen und der andern Schwester, wenn Schiller etwa schreibt:
'Meine theure Caroline, ich kann dir nicht sagen, nicht Worte dazu
finden, wie meine Seele dich umfaßt. Alle meine Gedanken

umschlingen dich, und könnte ich nur, in welcher Gestalt es auch sei — wäre es nur mit diesem Herzen — um dich wohnen. Adieu lieber Engel. Leb wohl.' Wie viel in diesen ganz individuell klingenden Bekenntnissen dem typischen Empfinden der Zeit doch angehört, macht die Betrachtung offenbar: daß in nächster Nähe Schillers der Dichter der 'Stella' damals lebte, der die Sage vom Grafen von Gleichen und den zwei Frauen zu erneuen gewagt.

Schiller hatte kaum die Vorlesungen seines ersten Semesters geendigt, als er auch schon, am 18. September, in Rudolstadt eintraf; fünf Wochen verbrachte er in der Nähe der Schwestern und nahm von Neuem Wohnung beim Cantor von Volkstädt. Nur die Ungewißheit und das Geheimniß, welches noch auf dem Verhältniß lastete, störte ihm die Freuden dieser Zeit; und die Frage, wann er Lotte in die Ehe werde führen können, bedrückte den Dichter, der vor der Einsamkeit in Jena zurückscheute und mit sehnendem Verlangen sein Glück ganz zu umschließen strebte. Tausend Pläne wurden geschmiedet, von Schiller und den Schwestern um die Wette, eine Existenz zu begründen: 'Städte, Länder und Verhältnisse,' sagt Caroline, 'die nur der Gestaltung bedurften, lagen immer bereit. Die Phantasie durfte, wie Aladins Zauberlampe, nur gescheuert werden, und sie schüttete ihre reichsten Schätze vor uns aus.' Während aber die drei Liebenden über ihr künftiges Leben also beriethen, saß chère mère nichts ahnend oben auf dem Schlosse, Prinzessinnen erziehend und ihre berühmten 'schönen Geléen' bereitend.

Allein wie selige Stunden das Zusammensein auch gebracht hatte, in Lotte hatte es Gefühle des Zweifels und der Angst dennoch zurückgelassen: vergebens suchte ihr einfacher Sinn in diese Doppel= brautschaft sich zu schicken. Noch ein halbes Jahr zuvor, im Frühjahr 1789, hatte sie scherzend an Fritz von Stein, den Sohn ihrer Freundin, geschrieben: 'Sehen Sie daß unser Geschlecht recht gut ist, denn wir glauben, daß es wahr sein könne, daß ein Mann existirt habe, der zwei Frauen so lieben kann, und der der ersten Geliebten doch immer getreu geblieben ist, wie Graf Gleichen'; aber nun empfand sie, in den nämlichen Zwiespalt gestellt, den schmerzlichen Ernst der Lage dennoch, und es drängte sie zu vertraulicher Aussprache unwiderstehlich hin. Nicht dem Bräutigam und nicht der Schwester aber öffnete sie ihr Herz; eher will sie sich selber opfern für das Glück Carolinens, so träumt die still Duldende, als daß sie die liebsten Menschen aus einer Empfindung aufstörte, die ihnen alles bedeutet. Caroline von Dacheröden, die Freundin der Schwestern, wird Lottens Vertraute und bei ihr findet Schillers Braut das feinste und liebendste Verständniß: 'Dank daß du das Schweigen gebrochen,' schreibt ihr Fräulein von Dacheröden, 'vielleicht ist es nur anscheinend so verworren, meine Schwester, und ein neues, lieblicheres Licht wird in deiner Seele nach dieser Dämmerung aufgehen. Es ist eine kranke Vorstellung, meine Liebe, daß es Schiller je weh thun könnte, dich gewählt zu haben, die leiseste Ahndung dieses Gedankens würde ihn gewiß sehr schmerzen, und die Blüten seines Geistes zerknicken, wenn sie sich schöner vor Carolinen zu entfalten strebten. Sein heiliges Herz umfaßt euch beide, vermischt euch und doch steht ihr wieder allein und verschieden in seiner Seele, jede in schöner eigener Grazie.' Caroline Dacheröden konnte mit so viel Verständniß diese Herzenswirren durchschauen, weil sie selbst mit ähnlicher Doppelneigung vor zwei Bewerbern dastand, vor Karl von La Roche und Wilhelm von Humboldt: 'Müßte mein Herz nicht aufgerieben werden,' sagt sie, 'wenn ich anders fühlte, ist mein Verhältniß nicht mit ihnen grade dasselbe, wie das von Schiller gegen dich und Linen, und keiner von ihnen fühlt eine Leere.'

Doch Lottens Zweifel dauerten fort, wie das Verhältniß dem sie entsprangen; und wenn es dem Zureden der Freundin gelungen war, sie zu beschwichtigen, so rief Schillers schwärmerische Herzlichkeit sie immer von Neuem wach. Mit zagender Vorsicht, andeutend nur und unbestimmt, wendete sich Lotte nun an den Geliebten; sie warf das Geständniß hin, daß sie für sein Glück ihr eigenes opfern würde und rief: 'ich könnte meine Liebe, oder besser mein Leben (denn dies kann ich nicht mehr trennen) hingeben, um dir ein schönes ungestörtes Leben zu verschaffen. Dein Glück, deine Ruhe sind mir das heiligste, was ich kenne.' Und sie verlegte, was sie in der Gegenwart beschäftigte, in die Vergangenheit zurück und schrieb: 'Bei deinem Aufenthalt unter uns voriges Jahr kam mir zuweilen ein Mißtrauen auf mich selbst an, und der Gedanke, daß dir Karoline mehr sein könnte, als ich.' Schiller antwortete mit voller Naivetät, seines Gefühles ganz sicher und dasjenige der Braut verkennend: daß ihre Liebe keiner ängstlichen Wachsamkeit bedürfe: 'Wie könnte ich mich zwischen euch beiden meines Daseins freuen, wie könnte ich meiner eigenen Seele mächtig bleiben, wenn mein Gefühl für euch beide, für jedes von euch, nicht die süße Sicherheit hätte, daß ich dem andern nicht entziehe, was ich dem einen bin. Frei und sicher bewegt sich meine Seele unter euch, und immer liebevoller kommt sie von einem zu dem andern zurück — derselbe Lichtstrahl — laßt mir diese stolz scheinende Vergleichung — derselbe Stern, der nur verschieden wiederscheint aus verschiedenen Spiegeln.' Und sein Verhältniß zur älteren und zur jüngeren Schwester unbefangen umschreibend, sagt er: 'Caroline ist mir näher im Alter und darum auch gleicher in der Form unsrer Gefühle und Gedanken. Sie hat mehr Empfindungen in mir zur Sprache gebracht als du meine Lotte — aber ich wünschte nicht um alles, daß dieses anders wäre, daß du anders wärest, als du bist. Was Caroline vor dir voraus hat, mußt du von mir empfangen; deine Seele muß sich in meiner Seele entfalten, und mein Geschöpf mußt du sein, deine Blüthe muß in den Frühling meiner Liebe fallen.' Sein Frauenideal, Lotten zum Trost, ist so das gleiche, wie in jungen Tagen: die knospende Jugend, nicht die Reise der Frau; und noch jetzt wünscht er, ungeachtet aller schwärmenden Hingebung, zur Gefährtin sich diejenige nur, welche 'unsern Gefühlen entgegenkommt und sich so innig, so biegsam an unsere Launen schmiegt.'

Inzwischen ging der Briefwechsel mit Fräulein von Dacheröden fort, und die Freundin wußte zuletzt keinen andern Rath für Lotte, als den einer völlig offenen Aussprache mit Schiller. Es beunruhigte Lotte, daß ihre Schwester es allgemach richtiger fand, wenn sie

einander Schillers Briefe nicht mehr mittheilten; und es war nur ein
leidiger Trost, den ihr Fräulein von Dacheröden gab mit den Worten:
'Karoline hat Recht, wenn sie gegen die Mittheilung der Briefe unter
Euch ist, man ist freier noch in der Gewißheit daß man nur für Eine
schreibt'. Besser trifft die Freundin das Rechte, wenn sie Lottens
empfindsamen Opferwillen mit kluger Mahnung beschwichtigt: 'Es ist
ein Gedanke, werth in deinem schönen Herzen geboren zu sein', sagt
sie, 'Schiller und Line zusammen zu verbinden, aber Lotte, es ist mir
eine wahre Bemerkung im Menschenleben, daß wir an unserer reellen
Kraft verlieren, wenn wir über das Menschliche hinaus wollen, und
das wäre hier der Fall. Ich glaube du könntest es vollbringen, eben
so gewiß aber bin ich auch, daß du in dieser Handlung alle Kräfte
deines Wesens erschöpftest — du würdest dich aufreiben. Und Line
und Schiller, sie, die dich mit so unendlicher Liebe in ihrem Herzen
tragen, glaubst du daß sie glücklich sein könnten durch solch ein Opfer?
Ach Lotte der bloße Gedanke wäre eine Beleidigung für ihr Herz'.
Unter so sanfter Zurede, und unter der Wirkung eines erneuten
Wiedersehens mit dem Geliebten fand Lotte den Frieden zurück, und
Schiller erfuhr nichts von all diesen Kämpfen und Zweifeln: 'O ich
ahnte längst, daß es nur eine vorübergehende trübe Wolke sein würde',
rief die Freundin beglückt, 'nun es so ist, hast du Recht Schiller nichts
zu sagen; es ist ein sehr erhebendes Gefühl, viel über sich selbst
vermocht zu haben'.

Lotte und Caroline waren, mit dem Anfang December, zu
längerem Aufenthalt nach Weimar gekommen und hatten den Weg
über Jena genommen, Schiller zu begrüßen; er begleitete die Geliebten
ein Stück des Weges in die Mondnacht hinein, und oft und oft ritt
er nun nach Weimar hinüber, um am Wochenschluß sich für Collegien-
plagen Entschädigung zu holen. Hatte er im ersten Semester nur ein
zweistündiges Publicum über Universalgeschichte gelesen, so setzte er
jetzt sein Thema in einem fünfstündigen Privatcolleg, von Montag bis
Freitag, fort, und trug die 'Universalgeschichte von der fränkischen
Monarchie bis auf Friedrich den Zweiten' seinen Hörern vor. Ihre

Zahl war von über 400 bis auf 30 gesunken, zum Theil durch Schillers Schuld; seine Ankündigung der Vorlesung war so spät erfolgt und ihre Stunde so wenig glücklich gewählt, daß er 'sehr erbärmlich gefahren war', und verdrießlich dem Freunde von der Fülle der Arbeit und dem geringen Lohn erzählt. Sein Aufenthalt in Jena reut ihn 'so viel er Haare auf dem Kopfe hat', und ohne Unterlaß plant er Verbesserungen seiner Lage und neue Anknüpfungen. Nach Wien, nach Berlin, nach Mannheim, nach Mainz richtet er den Blick, er hofft auf Carl von Dalbergs Unterstützung, auf Goethes Hilfe, er will bald in der Berliner Akademie sich einen Sitz erobern, bald, auf jedes Amt verzichtend, in Rudolstadt einzig seiner Neigung leben. Und die Schwestern tragen zu allen diesen Vorsätzen eifrig guten Rath hinzu, sie überlegen hin und her, was am meisten zur Beruhigung der chère mère werde dienen können, und Caroline, als die Welt=erfahrene, die Diplomatin erhält die Aufgabe, ihr das Geheimniß endlich zu enthüllen: Mitte December geht der Brief an chère mère ab, bei dem die Empfängerin, nach ihrer Gewohnheit, vor Erstaunen die Hände über dem Kopfe wird zusammengeschlagen haben. Nun erst warb Schiller mit liebenswürdig-klugen Worten bei Frau von Lengefeld und empfing, eben vor dem Weihnachtsfest, als schönste Christgabe ihre Zustimmung: 'Ja ich will Ihnen das beste und liebste was ich noch zu geben habe meine gute Lottchen geben', schrieb sie. 'Die Liebe meiner Tochter zu Ihnen, und Ihre edle Denkungsart bürgt mir für das Glück meines Kindes und dieses allein suche ich'. Inzwischen hatte Herzog Karl August von der bevorstehenden Verbindung gehört und mit freundlichem Antheil Frau von Stein, Lottens mütterliche Freundin, ausgefragt; durch seine Zustimmung ermuthigt, hatte sie etwas von einer Pension für Schiller hingeworfen, was der Herzog nicht ganz abwies: 'er hat seine Freude an solchen Dingen', schrieb Schiller, 'und der Lengefeld ist er sehr gut'. Schiller bat nun den Herzog direct 'um eine Erleichterung' und erhielt, als er zum Neujahrstag nach Weimar gekommen war, die Zusicherung eines festen Gehalts: der Herzog ließ ihn holen und sagte, daß er gern etwas für Schiller thun wolle, um ihm seine Achtung zu zeigen; aber mit gesenkter Stimme und einem verlegenen Gesicht setzte er hinzu, daß 200 Thaler alles sei, was er bieten könne. Schiller erwiderte, daß er nicht mehr erwartet habe, und der Herzog bezeigte nun von Neuem seinen Antheil; er betrug sich 'sehr artig' gegen Lottchen, und als das Brautpaar bei Frau von Stein zu Mittag war, kam er selbst hin und bemerkte in guter Laune: daß er doch das Beste zur Heirath hergebe, das Geld. Auch Frau von Lengefeld erklärte, Lottchen einen jährlichen Zuschuß von 150 Thalern geben zu wollen, und so sah Schiller, der seinen Etat als Ehemann auf 800 Thaler veranschlagte, die Möglichkeit der Verbindung plötzlich ganz nahe gerückt: 'in acht Tagen kann alles berichtigt sein', so schrieb er in freudiger Erregung. Ein Aufsatz über den 'dreißigjährigen Krieg' für den ihm Göschen 400 Thaler zugesagt, sollte ihm helfen, das für den Anfang noch Nöthige zu erwerben. Und damit auch Frau von Lengefeld die Vermählung ihrer Tochter mit einem Bürgerlichen nicht allzu schwer empfinde, suchte er Lotten einen 'anständigen Rang' zu verschaffen: der Rath Schiller avancirte, auf sein Gesuch an den Herzog von Meiningen hin, zum Hofrath.

Hart genug hatte die Ungewißheit dieser Zeit den einsam mit seinem Geheimniß Dahinlebenden bedrückt, und endlos schienen sich die Wochen zu dehnen, die auch jetzt noch den Bräutigam von seinem Glücke trennten. Die Heftigkeit seines Begehrens, dieses Bangen und Verlangen nach den entfernten Lieben nimmt den Dichter völlig hin, und nur in der Zukunft noch, die ihm Erfüllung seiner Wünsche verheißt, lebt Schiller. Sehnsucht allein ist das beharrende in seiner Seele, die von wechselnden Stimmungen erfüllt wird: auf Zuversicht folgt plötzlich Trübsinn, auf heiteres Erwarten des Kommenden verzweifelte Ungeduld. Von jeder Regung seines Gefühls aber werden die Schwestern getreu unterrichtet, sie nehmen Theil an seiner Melancholie, wie an seinem Glück, sie sprechen dem Trauernden Muth ein und sind fröhlich mit dem Fröhlichen. Als Lotte und Caroline in Weimar dem Dichter näher gekommen sind, als Schiller fast jede Woche die Geliebte sprechen kann, da wird ihre Correspondenz nicht sparsamer, nur reger noch; und Lottes liebste Lectüre ist nun der Postzettel, auf dem sie die Ankunftszeit der Briefe genau verzeichnet findet. Jeden Augenblick zu fragen, was der Andere jetzt mache, immer von Neuem das Geständniß treuer Neigung auszusprechen, treibt es Schiller und treibt es Lotten an; aus der Gegenwart ihrer Liebe zieht es sie zurück in die Werbezeit, und beglückt empfindet Lotte, wie viel anders doch nun alles ist, als sonst: 'denn ich kann dir nun sagen, wie ich dich liebe. Mir erscheinst du immer im gleichen Lichte, warm und treu stünde dein Bild vor meiner Seele, wenn auch Niemand deinen Werth kennte, ich liebe dich um dein selbst'. Aber wenn Lottens Mädchen= haftigkeit in der Gegenwart beseligt ruht, im Hoffen und Gedenken, so kämpft im Manne heftiger die Leidenschaft, und er ruft: 'Wann werde ich endlich in ganz ungemischten Zügen das Glück unserer Liebe in mich trinken? Noch nie fand sich in meiner Seele so viel Freude und Leiden zusammen. Die Liebe und die Hoffnung geben mir ein erhöhtes, schöneres Dasein, aber die Furcht zeigt mir Hindernisse, Unruhe und Zweifel zerreißen mein Herz. Ich könnte nicht lange mehr von euch beiden getrennt sein. Ich ertrüge es nicht. Im Gedanken an euch, in der rastlosen Sehnsucht nach euch verzehrt meine Seele all ihre glühenden Kräfte'. Dann wieder sucht der Bräutigam sein Empfinden zu mäßigen, schön beherrschte, innige Worte spricht er, und dem Geiste seiner Zeit folgend wie dem Zuge der eigenen Seele ruft er die ethischen Mächte an, heftige Affecte abzudämpfen: 'Ja eine schöne Harmonie soll unser Leben sein, und mit immer neuen Freuden sollen sich unsere Herzen überraschen. Unerschöpflich ist in ihren Gestalten die Liebe, und die unsrige glüht in dem ewigen schönen Feuer einer immer mehr sich veredelnden Seele'.

Schiller und die Schwestern konnten ihre Liebe in dem Glück eines zweiten Brautpaares damals bespiegeln, dem ihre freundschaftliche Theilnahme gehörte: nach manchen Schwankungen der Empfindung hatte Fräulein von Dacheröden zwischen ihren beiden Bewerbern entschieden und Wilhelm von Humboldt ihre Hand zugesagt. Auch diese Wahl hatte Carolinens kluges Eingreifen zuletzt bestimmt, das den Wirren des Herzens planmäßig ein Ende machte; und sie erhoffte nun für sich und die Freunde eine gemeinsame Existenz in künftigen Tagen, welche die den gleichen geistigen Idealen Zustrebenden wie auf einer seligen Insel, vom Lärm der Welt entfernt, eng zusammenschließen sollte. 'Ardinghello und die glückseligen Inseln', so hatte Heinse seinen großen Roman genannt, in welchem der Held und die Seinen, Männer und Frauen, im griechischen Archipel sich eine eigene Welt gründen; recht nach dem Sinne der empfindsamen Periode hatte er diesen Ardinghello-Staat gebildet, und es sind ähnliche Ideale, von denen Schiller und die Freunde nun träumen. Wie zu einem höheren Orden, zu dem geheimen Orden der Empfindsamkeit fand sich die junge Welt damals zusammen, sie, die mit verfeinertem Sinn über Convention und Verknöcherung der Alten sich erhob; sie bildete eine Einheit für sich, und selbst die nächsten Menschen schloß sie aus diesem Bunde schöner Seelen überlegen aus. Schon in Mannheimer Tagen hatte Schiller gewünscht, sich mit Reinwald und Sophie Albrecht zu so enger Freundschaft zu verbünden: 'Könnten wir uns in einem Cirkel dieser Art vereinigen', hatte er gerufen, 'und in diesem engern Kreise der Philosophie und dem Genusse der schönen Natur leben, welche göttliche Idee'! In Dresden dann hatte er mit Körner, Huber und den Frauen jenen bald zerrissenen Bund gebildet, den eine spätere Zeit nach Aller Wunsch wieder knüpfen sollte; jetzt trat er in den Kreis der schönen Empfindsamen erst völlig ein, und zwischen Lotte und die beiden Carolinen fand er sich gestellt.

Caroline von Dacheröden kam aus einem Bunde eben her: durch Karl von Laroche war sie in einen geheimen Cirkel Berliner Empfindsamer eingeführt worden, welchem auch Henriette Herz und Wilhelm von Humboldt angehörten. Alle Mitglieder dieses Bundes duzten sich, theilten sich jedes Geheimniß ihrer Herzen mit, und eine ausgebildete Chiffernsprache und feierliche Bundeszeichen trennten sie von der übrigen Menschheit ab. Freundschaft und Liebe vermischten sich

untrennlich hier, man gab den Verbündeten die Rechte intimer Nei=
gung, und gleich nach dem ersten Sehen konnte Wilhelm von Humboldt
Carolinen gestehen: 'Ich wagte es nicht, diese Liebe zu hoffen. Wie
soll ich dir danken für das, was Du mir gabst in jenen Stunden, da
ich an Deinem Busen lag, ungestört und ohne Zeugen'? Freundin
seiner Seele, Geliebte, Schwester nannte er sie, und doch glaubte er
noch, daß Laroche der Mann ihrer Wahl sei, nicht er: nur schwer löst
sich aus der Empfindelei dieser Zeit echte Neigung in ihm, und er er=
kennt, daß Carolinen allein seine Liebe jetzt gehört, im natürlichen
Sinne, nicht im Sinne der Sentimentalen. Die feinste und eigen=
artigste Frau des Kreises hatte sich mit Caroline ihm zu eigen ge=
geben: in der Mischung von Sentimentalität und Keckheit, von weib=
licher Zartheit und wagender Freiheit des Geistes eine lebhaft anziehende
Erscheinung. Sie vermochte den 'Prometheus' im griechischen Text zu
lesen, und zwar mit 'wahrem Geschmack und Genie', nach Humboldts
Zeugniß; und des reinsten Ausdruckes der Empfindung war sie mächtig,
in frohen wie in schlimmen Tagen: 'Ich kann den Schmerz tragen',
ruft sie, als ihr der Tod den Knaben geraubt, 'aber er geht wachsend
mit mir in die dunkle Zukunft, und ich blicke in den Abgrund meines
eigenen Herzens, wie in den der Zeit. Weh! möget ihr nie erfahren,
was das ist, wenn das Geliebteste starr und kalt vor einem liegt. Ach,
nur zu tief fühle ich es, von meinem Leben ist der Glanz, der es
schmückte, der schöne Glanz eines heiligen Glücks, eines unberührten
Schicksals hinweggenommen, und ich habe keine Sicherheit mehr über
das Theuerste'.

Aber wie in Caroline Dacheröden die höchste Cultur dieses
Kreises sich darstellt, so spricht auch in ihr am unverhülltesten der
geistige Hochmuth der Empfindsamen, der auf alle nicht zum geheimen
Bunde Gehörigen spöttisch herabblickt. Die freie Wahlverwandtschaft
der Seelen steht ihr höher, als das natürliche Band der Familie:
darum nennt Caroline das Benehmen des eigenen Vaters unbedenklich
'albern', sie empfindet den 'Familiennutz' mit, welcher die
Freundinnen bei chère mère erfaßt, und im Augenblick selbst, da sie

die väterliche Zustimmung zur Verlobung empfangen, ruft sie Humboldt zu: 'Warum warst du nicht da, um die pathetische Scene zu vollenden.' Und von solchem Spotte angesteckt, klagt selbst Lottens Sanftmuth über die romanhaften Ideen, welche chère mère von dem Verhältniß der Kinder zu den Eltern habe: 'sie macht zuweilen Ansprüche auf uns, die gar nicht in der Natur liegen', sagt sie. Von all diesen ungleichartigen Elementen befreit, zu denen vor Allem Herr von Beulwitz, Carolinens Gatte, gehörte, hoffte man unter Dalbergs Schutze auf einer glückseligen 'Rheininsel' seine Colonie aufzurichten; und eine vorläufige Probe auf jene Zeit gedachte man zu machen, als zu Weihnachten 1789 die beiden Nebenbuhler Humboldt und La Roche miteinander nach Weimar kamen: sie fanden Caroline von Dacheröden, Schiller und die Schwestern dort vor, und gemeinsam verlebten sie das Fest, alle sechs zusammen.

Allein den Einklang des Bundes herzustellen mißlang; zwischen den Männern wollte sich ein herzliches Verhältniß nicht gleich begründen, und zumal La Roche, der die Seelenfreundschaft unerschüttert wissen wollte, auch als er in der Liebe gescheitert war, litt, im natürlichen Rückschlag der Empfindung, 'mehr als er sich gestehen wollte'. So entstand denn ein lärmendes, erkünsteltes Vergnügtsein, das Niemandem Freude gab, und das Schiller und Lotten das Scheiden leichter machte als sonst: 'Es war wirklich Zeit, daß wir uns trennten', schrieb Schiller, der von Humboldt begleitet nach Jena zurückgekehrt war. 'Nichts schlimmeres könnte uns je begegnen, als in unserer eigenen Gesellschaft Langeweile zu empfinden, und es war nahe dabei. Der Himmel verschone uns, daß wir je alle sechse zusammenleben'. So war auch dieser Traum zerstört, auch dieses 'romantische Luftschloß' eingefallen, und nur was wahr und natürlich blieb stehen: Schillers Liebe.

Inzwischen war in Weimar, durch Schillers wiederholte Besuche, die Kunde seiner Verlobung immer lauter aufgetreten und endlich zur Gewißheit geworden; und sie drängte sich zu jener Frau auch hin, welche sich gegen die Wahrheit dessen, was das Gerücht erzählte, am

längsten gesträubt hatte: Charlotte von Kalb. Daß sich Schiller ihr
entfremdete, Schritt für Schritt, hatte sie, ergeben bald und bald
kämpfend, seit langem wahrnehmen müssen; aber daß er Lotten von
Lengefeld eine Neigung, welche er ihr entzog, für immer schenken
werde, hatte ihr Stolz nicht zugestehen wollen. Schon im Frühjahr
1788, als Schiller zuerst nach Volkstädt ging, hatte man von seiner
Liebe zu Lotte gesprochen, doch Frau von Kalb hatte gemeint, 'so ganz
verächtlich': Schiller werde sie 'nicht lange lieben'. Als er dann nach
Weimar zurückkehrte, hatte er seine Besuche bei Charlotte Kalb
eingeschränkt, und verdrießlich berichtet sie, daß sie ihn kaum alle acht
Tage einmal sehe; in einem lebhaften geselligen Verkehr suchte sie ihr
Gefühl zu betäuben, gab Bälle, tanzte, sang und 'machte sich allerlei
Zerstreuungen', und so verlor Schiller sie eine Weile ganz aus den
Augen: 'Frau von Kalb', so meldet er im Anfang 1789 nach
Rudolstadt, 'habe ich einige Wochen nicht gesehen. Der Zirkel, in
dem sie jetzt lebt, ist nicht der meinige, und die Spuren ihres
Umgangs bleiben dann auch zuweilen in ihrer Art zu denken und zu
empfinden zurück'. Und an Körner schreibt er mit vorsichtigerem
Geständniß, im März: 'Charlotte ist diesen Winter im Ganzen heiterer;
wir stehen recht gut zusammen, aber ich habe, seitdem ich wieder hier
bin, einige Principien von Freiheit und Unabhängigkeit im Handeln
und Wandeln in mir aufkommen lassen, denen sich mein Verhält=
niß zu ihr, wie zu allen übrigen Menschen, blindlings unterwerfen
muß'.

Doch zu dieser kühlen Freundlichkeit die einst so leidenschaftliche
Beziehung herabzustimmen, sollte Schiller nicht gelingen; es kam zu
neuen Verwicklungen, welche der in Bräutigamsstimmung Befangene
mit naivem Unwillen wahrnahm, und nicht ohne Härte suchte er sie
zu lösen. Im September 1789, wenige Wochen nach seiner
Verlobung, empfing er in Jena von Frau von Kalb die Mittheilung,
daß sie ihre Ehe zu trennen beabsichtige; er selbst hatte ihr zu diesem
Schritte unbefangen gerathen und damit Hoffnungen in ihr erweckt,
welche grausam enttäuscht werden sollten. Nichts ahnend schrieb er

damals an Lotte: 'Ich bin jetzt in einem recht guten Verhältniß mit Frau von Kalb, so wie ich wünschte, daß es bleiben möchte. Sie hat auf meine Freundschaft die gerechtesten Ansprüche, und ich muß sie bewundern, wie rein und treu sie die ersten Empfindungen unserer Freundschaft, in so sonderbaren Labyrinthen, die wir miteinander durchirrten, bewahrt hat'. Aber wie sehr ward er überrascht, als er nun in Rudolstadt, während er die ersten Ferien mit Lotte und Caroline beglückt verlebte, einen Brief von Frau von Kalb empfing, der ihn über den wahren Sinn der geplanten Scheidung aufklärte: nur eine neue Ehe sollte sie einleiten — die Ehe mit Schiller. In unbestimmter Andeutung schreibt der Dichter jetzt nach Dresden, am 28. September: 'Eine sonderbare Sache, so ich Dir einandermal schreiben will, und überhaupt ungern s ch r e i b e, hat mir eine starke Diversion gegeben. Sie betrifft Ch. Kalb) und mein neues Ver- hältniß mit L otte) Lengefeld); vielleicht wirst Du Dir die Hauptsache zusammensetzen. Mit der Kalb wird es zur Scheidung kommen'. Charlottens Erzählung in den Memoiren ergänzt den dürftigen Bericht: sie sagt, daß 'ihres Lebens Loose' in jenem Brief enthalten waren, und daß Schiller 'auf manche Weise behindert worden, ihn erwägend zu beantworten'.

Den Vorsatz der Scheidung gab Charlotte nun auf und lebte, noch immer ungewiß über das verlorene Spiel, in Weimar fort. Nicht ohne Befangenheit trat Lotte ihr dort entgegen; sie hatte bisher in freundschaftlichen Beziehungen zu Frau von Kalb gestanden und mußte suchen, den Verkehr in alter Weise fortzuführen. Der Gegensatz blieb eine Weile unausgetragen, bis es, am Sonntag vor Weihnachten, zu einer Aussprache kam: Charlotte hatte erfahren, daß Schiller jüngst in Weimar gewesen, ohne sie aufzusuchen, und kam nun bei Hofe 'mit großer Heftigkeit' auf seine Braut zu, sich über ihn zu beklagen. Sie nannte sein Verhalten 'äußerst unartig' und unterbrach ihre bitteren Vorwürfe erst, als das Näherkommen des Herzogs sie dazu zwang. Lotte antwortete der Erzürnten mit bewußter Ruhe: 'sie konnte recht sehen', schreibt sie, 'daß ich nicht so ein unruhiges,

leidenschaftliches Geschöpf bin als sie. Hätte ich betreten geantwortet,
so hätte sie gedacht, sie könnte frei ihre Launen an mir auslassen.
Aber dies wird sie eines andern belehrt haben'. Charlotte versuchte
nun, im Verlauf des Abends, durch ein freundlicheres Betragen die
Scene vergessen zu machen, aber das Verhältniß blieb gespannt, und
als im Anfang des Februar Briefe der Schwestern an Schiller nicht
rechtzeitig anlangten, kam man auf die Vermuthung: Charlottens
Eifersucht könne die Hand dabei im Spiele haben. 'Wären wir in
Italien', meint Lotte, 'so könnte mir ein Dolchstich in eine andere
Welt helfen', und Schiller erwidert: 'Auch ohne italienischen Himmel
würde ich dir nicht rathen, in gewissen Augenblicken mit der Kalb
zusammenzutreffen, denn Leidenschaft und Kränklichkeit haben sie
manchmal an die Grenzen des Wahnsinns geführt'. Auf die wieder=
holte Mahnung sie zu besuchen, erwiderte er nun mit einem offenen
Bekenntniß seines Glücks: 'Dieses war meine Rache', schreibt er an
Lotte, 'und sie hat sie reichlich verdient. Sie war nie wahr gegen
mich, als etwa in einer leidenschaftlichen Stunde, mit Klugheit und
List wollte sie mich umstricken'. In der verzweifelten Stimmung, die
diese letzte Entscheidung ihr gab, traf Charlotte Kalb noch einmal
zufällig mit Lotte Lengefeld zusammen, bei Frau von Stein: 'du hast
keinen Begriff wie sie aussieht und thut', schrieb Lotte. 'Wie ein
rasender Mensch, bei dem der Paroxysmus vorüber ist, so erschöpft,
so zerstört, das Gespräch wollte gar nicht fort. Sie klagte über den
Kopf, sie saß unter uns, wie eine Erscheinung aus einem andern
Planeten. Ich fürchte wirklich für ihren Verstand, und hätte sie nicht
wieder die unverzeihlichen Härten und das Ungraciöse in ihrem Wesen,
sie könnte mein Mitleid erregen'. Als Charlotte sah, daß alles
verloren, erbat sie von Schiller ihre Briefe zurück, und weihte sie in
einer trüben Stunde der Vernichtung; dem Glück seiner jungen Ehe
blieb sie fern, und erst im Sommer 1793 'fing sie an, sich wieder zu
regen': sie bat Schiller, ihr einen Hofmeister für ihren Sohn zu
verschaffen, und ein freundlicher Verkehr stellte sich allmählich her, den
Schiller im Andenken an alte Zeit gern aufrechthielt. Als dann der

'Wallenstein' auf die Bühne kam und Charlotte nach ihrer Weise dem Dichter ihre Eindrücke sogleich mittheilte, erwiderte er mit herzlichem Dank; und es klingt wie der harmonische Abschluß all dieser Kämpfe, wenn Schiller mit gerechterer Einsicht jetzt schreibt: 'Charlottens Geist und Herz können sich nie verleugnen. Ein reingefühltes Dichtwerk stellt jedes schöne Verhältniß wieder her, wenn auch die Einflüsse einer beschränkten Wirklichkeit es entstellen konnten. Nicht durch das, was ich war und was ich wirklich geleistet hatte, sondern durch das, was ich vielleicht noch werden und leisten könnte, war ich Ihnen (einst) werth. Ist es mir jetzt gelungen, Ihre damaligen Hoffnungen von mir wirklich zu machen und Ihren Antheil an mir zu rechtfertigen, so werde ich nie vergessen, wie viel ich davon jenem schönen und reinen Verhältniß schuldig bin'.

Schiller hatte seine Ehe zuerst im Mai oder Juni, dann um Ostern schließen wollen, aber als die äußeren Hindernisse, welche er gefürchtet, so leicht überwunden worden, eilte seine liebende Ungeduld immer geschwinder seinem Glück entgegen und der 22. Februar 1790 ward, unter Zustimmung der chère mère, als Hochzeitstag festgesetzt. Auch Schillers Eltern und die Schwestern wünschten aus der Ferne Glück, und freundlich suchte Lotte die Verbindung mit den neuen Verwandten zu knüpfen und festzuhalten. Und einen fröhlichen Zuruf empfing Schiller von Körner, der nach mancherlei Mißverständnissen dem Freunde zurückkehrte und in einer offenen Aussprache die Verstimmungen dieser Zeit überwand; mit herzlichen Worten dankte ihm Schiller und schrieb, am 1. Februar: 'Du wirst mit keinem Menschen ein genaueres Band flechten, als mit mir. Meine Freundschaft hat nie gegen dich ausgesetzt; das Wandelbare in meinem Wesen kann und wird meine Freundschaft zu Dir nicht treffen: sie, die selbst davon, wie Du auch immer gegen mich handeln möchtest, unabhängig ist. — Meinem künftigen Schicksal sehe ich mit heiterem Muthe entgegen; jetzt, da ich am erreichten Ziele stehe, erstaune ich selbst, wie doch alles über meine Erwartungen gegangen ist. Das Schicksal hat die Schwierigkeiten für mich besiegt, es hat mich zum Ziele

gleichsam getragen. Von der Zukunft hoffe ich alles. Wenige Jahre,
und ich werde im vollen Genusse meines Geistes leben; ja ich hoffe,
ich werde wieder zu meiner Jugend zurückkehren — ein inneres
Dichterleben giebt sie mir zurück. Zum Poeten machte mich das
Schicksal, ich könnte mich, auch wenn ich noch so sehr wollte, von dieser
Bestimmung nie weit verlieren'.

Mit also beglückter Empfindung trat Schiller in die Ehe ein; er
reiste am 18. Februar nach Erfurt, wo Lotte und Caroline bei Fräulein
von Dacheröden zum Besuch waren und verlebte dort 'drei angenehme
Tage'; dann ging es nach Jena zurück und am 22. nach Kahla,
wo man Frau von Lengefeld traf und mit ihr nach dem Dorfe
Wenigenjena fuhr: in aller Stille fand hier die Trauung statt,
Nachmittags um fünf Uhr an einem frühlingshaft milden Tage, bei
verschlossener Kirchenthür. Niemand in Jena wußte um die Hochzeit,
und alle geplanten Ueberraschungen der Freunde wurden vereitelt;
den Abend brachte man ruhig miteinander in Gesprächen beim
Thee zu, kein Fremder störte das Glück der Neuvermählten. 'So
unmerklich ist die Veränderung vorgegangen', schreibt Schiller, 'daß
ich selbst darüber erstaune, weil ich mich bei dem Heirathen immer
vor der Hochzeit gefürchtet habe'.

Auch für die äußere Einrichtung seines Lebens brachte die
Heirath zunächst nur unmerkliche Veränderung; Schiller blieb in der
Schrammei wohnen und miethete zu seinen alten Zimmern zwei
weitere hinzu. Eine eigentliche Wirthschaft wurde nicht geführt, und
inmitten der Studenten, ihrer Hausgenossen, lebte auch das neue
Paar in studentischer Einfachheit weiter. Nur ein Umstand verdroß
Schiller jetzt: daß für Caroline in der Schrammei keine Wohnung
zu finden gewesen. Sie mußte mit chère mère in einem andern
Hause sich einrichten, und dort, als die Mutter abgereist war, allein
weiterleben. Der erste Anlaß ward so gegeben, Lotte und Caroline,
die Unzertrennlichen zu trennen, auch für Schillers Empfinden; und
bald stellte sich, nicht durch neues Kämpfen und Entsagen, sondern
durch die allgemach wirkende, natürliche Macht der Dinge, eine ruhiger

werdende Freundschaft zwischen Caroline und Schiller her. Hatte er
noch im März, als Caroline zu kurzem Besuch nach Erfurt gegangen,
ihr zugerufen: 'Seltsam kommt mirs vor, an Dich als eine Abwesende
zu schreiben, ich habe es ganz verlernt, dich fern von mir auch nur
zu denken', so stand er wenige Wochen später einer erneuten und
länger währenden Abwesenheit Carolinens schon wesentlich ruhiger
gegenüber: 'Ich kann mir nicht sagen, daß wir getrennt von Dir
sind, so nahe fühle ich mich Dir', schrieb er am 10. Mai. 'Eigentlich
trennt doch nur die Seele, so wie nur sie allein verbindet. Du bist
m e i n, w o du auch mein bist'. Caroline aber hatte das Gefühl, sich
freiwillig geopfert zu haben und schrieb an Humboldt: 'Kein alter
Ton erklingt unter uns, ich verhüte es und Schiller sucht es nicht —
die himmlische Freiheit ist entflohn'!

Schillers Existenz zwischen seinen Lieben, die in der Zeit des
Werbens und Sehnens sich mit anschaulichem Detail in seinen Briefen
darstellt, wird von nun an nur in großen Zügen unserm Blicke
deutlich; aber das Bekenntniß seines Glückes, das oft zu wiederholen
er nicht müde wird, hören wir auch jetzt laut und überzeugend
erklingen. Den Freunden, den Eltern, den Schwestern schildert er es,
ganz empfindet er die reinen Freuden dieser Zeit, und daß er vor
einer neuen Epoche seines Daseins steht, erkennt er froh: der Heimath-
lose besitzt ein Heim, der fremd unter Fremden Irrende sieht vom
Frieden der Familie sich umgeben, und alle guten Hausgötter winken
ihm zu. 'Was für ein schönes Leben führe ich jetzt', ruft er aus.
'Ich sehe mit fröhlichem Geiste um mich her, und mein Herz findet
eine immerwährende sanfte Befriedigung außer sich. Mein Dasein ist
in eine harmonische Gleichheit gerückt; nicht leidenschaftlich gespannt,
aber ruhig und hell gingen mir diese Tage hin. Jetzt erst kann ich
sagen, daß ich lebe, weil ich mich erst jetzt meines Lebens freue. Alle
meine Wünsche von häuslicher Freude sind in ihre schönste Erfüllung
gegangen. Ich bin glücklich mit meiner Lotte'.

Geschichte.

Du glaubst kaum, wie zufrieden ich mit meinem neuen Fache bin. Ahnung großer unbebauter Felder hat für mich so viel reizendes. Mit jedem Schritte gewinne ich an Ideen, und meine Seele wird weiter mit ihrer Welt.

Schiller an Körner.

Aus Schillers Dichten geht sein Studium der Geschichte hervor, und in sein Dichten führt es zurück: vom 'Karlos' gelangt er zum 'Abfall der Niederlande', und die 'Geschichte des dreißigjährigen Krieges' entläßt ihn zum 'Wallenstein'. Pläne und Fragmente, Gewolltes und Gestaltetes, alles fließt hier aus, und bald näher, bald ferner tauchen die Gestalten auf, welche Schillers Schaffen nun beherrschen, bis an seinen Tod: neben Wallenstein tritt Gustav Adolph, der Held epischen Planes; Elisabeth und Maria Stuart spielen ein in die Darstellung der niederländischen und hugenottischen Kämpfe; die Geschichte der 'Maltheser' wird dem Dichter vertraut, besser als in den Tagen des Posa; und seine Schilderung sicilischer Zustände läßt an die 'Braut von Messina', der Ausblick aus deutschen und französischen Unruhen auf polnische läßt an 'Demetrius' denken. Mannigfach laufen die Fäden aus und schlingen sich wiederum zusammen; und die Einheit und Vielheit des Interesses zugleich, im Forscher und Dichter, bezeugt sich.

Eine 'Geschichte der merkwürdigsten Verschwörungen und Rebellionen aus mittleren und neueren Zeiten' hatte der werdende Historiker geplant, und Verschwörungen und Rebellionen auch stellt der Dramatiker dar: den Fiesco, den Wallenstein und den Tell ſchildert dieſer, wie ſie gegen den Dogen, den Kaiſer, den Landvogt rebelliren, die Niederländer, die Liguiſten, den Bedemar und aber= mals den Wallenſtein ſchildert jener, wie ſie gegen den ſpaniſchen und den franzöſiſchen König, die Republik Venedig und den deutſchen Kaiſer aufſtehen. Noch in Volkſtädt, im Sommer 1788 und ein Jahr vor der Revolution, nennt Schiller das ſpäter 'Abfall der Niederlande' getaufte Werk 'ſeine niederländiſche Rebellion'; und als Aufgabe des Geſchichtsſchreibers erſcheint es ihm: 'entfernte Zeiträume aneinander zu ketten und Revolutionen im Großen zu malen'. Ihn reizten, den Dramatiker, die Augenblicke, da die Geſchichte ſelber zum Drama wird, im Anprall der Leidenſchaften: wo Empörung gegen die ſtaat= liche Ordnung den Menſchen zur Freiheit aufruft. Karl Moor, im Sinne des Dichters, war nicht minder ein merkwürdiger Empörer als Karlos, deſſen 'Rebellion' der König entdeckt, als der Verbrecher aus verlorener Ehre, der wider die Geſetze trotzt. Schon der Karls= ſchüler hatte aus ſolchem Geiſt Geſchichte anſchauen gelernt in 'ſeinem' Plutarch.

Es giebt Künſtler, deren beſte Probleme im Empfindungs= und Gedankenleben wurzeln: der Dichter des 'Werther', der 'Stella' und des 'Fauſt' iſt von ihnen. Und es giebt andere, deren Pathos der Menſch in der Geſellſchaft iſt, der Widerſtreit von Freiheit des Indi= viduums und Zwang der Allgemeinheit: Schiller gehört unter ſie, mit den 'Räubern' und 'Kabale und Liebe' ſo gut, wie mit dem 'Geiſter= ſeher' und dem 'Menſchenfeind'. Der Weg von hier aus in die Welt der Geſchichte ſcheint gegeben: der Einzelne und der Staat, im ewigen Kampf der hiſtoriſchen Entwicklung, ruft Schillers Intereſſe auf. Der Accent ruht auf dem Drange des Menſchen zur Freiheit, hier wie dort; und das Urtheil Goethes gilt von Schillers geſchichtlichen Werken nicht weniger als von den poetiſchen: daß durch alle 'die Idee von Freiheit' geht.

Freiheit — nicht ohne Zwang drängt ſich das Wort, oft und oft, in Schillers, des Hiſtorikers, Feder. Das Sinnbild der Freiheit fordert er und erhält er als Titelſchmuck des 'Abfalls der Niederlande':

'Meine Idee ist, einen altdeutschen Hut auf dem Titelblatt anzubringen', so schreibt er, 'dieses ist einfach und ein bekanntes auch gefälliges Attribut der Freiheit'. Die Vignette zeigt dann in der That einen breitkrämpigen Hut auf einer Stange; Jedermann heute muß an den 'Tell' denken. Doch auch dem Dichter lag der Vergleich schon nahe: 'Sechs Menschen waren es', sagt er im 'Abfall', 'die das Schicksal ihres Vaterlandes, wie jene Eidgenossen einst die schweizerische Freiheit, entschieden'.

Aber nicht nur der Abfall der Niederlande ist für Schiller ein Symptom der Freiheit, ein erstes großes Symptom von dem Erwachen der Völker aus mittelalterlicher Verfinsterung, — auch der dreißigjährige Krieg wird ihm zu einem denkwürdigen Kampfe der Freiheit gegen Tyrannei: und das Schlagwort von der Reichsfreiheit ergreifend, hinter welchem der Eigennutz der kleinen Fürsten und die deutsche Haderlust sich klug verbarg, sieht er den 'rächenden Genius der beleidigten Freiheit' Kaiser Ferdinand erwarten, sieht er 'Deutschlands Freiheit der Freiheit Hollands zur Brustwehr dienen'. Der Feind des Absolutismus in jeglicher Gestalt, zu jeder Zeit, ruft hier sein In tyrannos!; und die in der Gegenwart fest wurzelnde Betrachtung findet die Rückkehr zur Gegenwart schnell: 'die Kraft, womit das niederländische Volk handelte', ruft Schiller aus, 'ist unter uns nicht verschwunden; der glückliche Erfolg, der sein Wagestück krönte, ist auch uns nicht versagt, wenn die Zeitläufte wiederkehren und ähnliche Anlässe uns zu ähnlichen Thaten rufen'. In der neuen Auflage des 'Abfalls', von 1801, ist dies charakteristische Wort getilgt: sei es, weil die französische Revolution, den Dichter schreckend, zwischen dieser Fassung lag und jener, sei es, weil seine ruhiger werdende Betrachtung die Dinge sachlicher anblicken lernte, objectiver.

Denn dieses ist der Verlauf seiner historischen Studien, ihr letztes Resultat und ihr größter Erfolg: daß sie Schiller aus dem subjectiven Pathos der Jugend zur objectiven Betrachtung des historisch Gewordenen führen halfen. Auf Rousseau hatte der Dichter der 'Räuber' als ein geistiges Vorbild geblickt, und Rousseaus Lehre grade war

das vollendete Gegentheil gewesen von historischem Anschaun: sie er=
träumte einen seligen Urzustand der Menschheit, von dem die Ent=
wicklung der neuern Zeiten immer weiter und weiter abgeführt, in die
Verrottung der Cultur; sie zog von idealen Forderungen abstracte
Maße ab und trug die heran an die wogende Mannigfaltigkeit der
historischen Welt; und sie vermaß sich, diese Rousseausche Weltan=
schauung, geschichtlich Gewordenes einzig aus dem Gedanken heraus
zu meistern: zurück zur Natur! gebot sie, mit ungestümem Drängen,
und verneinte das Gegenwärtige. Die Opposition gegen das Be=
stehende, welche Schillers Jugenddramen erfüllt, wurzelt hier; nun
aber, an diesem Wendepunkte der Entwicklung, ward es seine Aufgabe:
alles Geschichtliche zu begreifen als ein Nothwendiges. In der großen
geistigen Bewegung, die vom achtzehnten ins neunzehnte Jahrhundert
überführt, gewinnt auch er sich den Platz: Rousseau und Voltaire
drüben, Hegel und Ranke hüben bezeichnen die äußersten Enden der
Kette; Kant und Schiller bleiben in der Mitte.

Zwischen die pragmatische Geschichtsschreibung im alten Stil
und die Ideale einer neuen Wissenschaft findet so Schiller sich gestellt.
Goethes Spott hat jene, giltig für immer, gezeichnet: 'Was ihr den
Geist der Zeiten heißt, das ist im Grund der Herren eigner Geist, in
dem die Zeiten sich bespiegeln'. Von dieser subjectiven, eng morali=
sirenden Betrachtungsart führte der Weg nur mählich zu dem Ideal
historischen Begreifens hin, das in Ranke Person gewann: 'sein
Selbst auszulöschen', ward das Streben des größten deutschen Ge=
schichtsschreibers und sein Ziel nur dieses: 'zu zeigen, wie es eigent=
lich gewesen'. Zu so erhaben einfacher Erkenntniß drang Schiller
niemals vor; aber doch geht seine Forschung, allen Rückfällen ins
Pragmatische und Moralistische zum Trotz, mit immer sichererem
Schritt auf die moderne Sachlichkeit zu.

Nicht bei den Historikern suchte Schiller und fand er die beste
Hilfe: was die Robertson und Watson, die Spittler und Schmidt ge=
leistet, die Geschichte aus dem Wust der Materialiensammlungen zu
einer kritischen Wissenschaft zu erheben, war seiner Aufmerksamkeit

gewiß; aber tiefere Anregungen schöpfte er da, wo die geschichtliche Betrachtung an die philosophische anstieß: bei Montesquieu, bei Gibbon, bei Kant.

Seit Schiller, im Sommer 1787, Kants Abhandlungen zuerst kennen gelernt, seine 'Idee zu einer allgemeinen Geschichte in weltbürgerlicher Absicht', seinen 'Muthmaßlichen Anfang der Menschengeschichte nach philosophischen Begriffen', waren Kantische Grundgedanken in sein eigenes Denken unvertreiblich eingedrungen. Noch sollte manche Zeit vergehen, ehe er in der Philosophie der drei 'Kritiken' heimisch ward; aber schon hier, im Vorhof ihrer Weltweisheit, stand er begeistert, und Rousseau überwinden lernte er jetzt. Alles ist gut, wie es aus den Händen der Natur kommt, alles wird schlecht unter den Händen der Menschen, hatte Rousseau gelehrt; Kant, indem er ihn nur zu ergänzen schien, verneinte ihn völlig: der Austritt aus dem paradiesischen Urzustand ist wohl Verlust für den Einzelnen, so lehrte er, aber Gewinn für die Natur, die ihren Zweck auf die Gattung richtet. Ihm ist 'Geselligkeit der größte Zweck der menschlichen Bestimmung', ein Zweck, der völlig nur zu erreichen ist in einem allgemeinen kosmopolitischen Zustande; und zeigen will er, wie der Mensch 'aus der Vormundschaft der Natur in den Stand der Freiheit übergeht'. Nicht nur kleinere Aufsätze Schillers, wie jener 'über die erste Menschengesellschaft', folgen diesen Betrachtungen im Engsten, — auch eine völlige Revolution seiner innersten Anschauungen geschieht jetzt: und wie Kant 'die leere Sehnsucht, das Schattenbild des goldenen Zeitalters' getadelt, wie er das Rousseausche Verlangen 'zur Rückkehr in jene Zeit der Einfalt und Unschuld' nichtig genannt, so wünscht nun auch der Dichter der 'Götter Griechenlands' Heilung 'von der kindischen Sehnsucht nach vergangenen Zeiten' und 'die gepriesenen goldenen Zeiten' will er länger nicht zurückwünschen. Beruhigt ruht sein Sinn in der Gegenwart jetzt; und von dem menschlichen Jahrhundert aus, in dem er lebt, betrachtet er kritisch die Folge der Epochen. An die Stelle des erträumten Ideals: goldene Zeit, war ein mehr reales getreten, die aufgeklärte Gegenwart; aber über den Lauf der Jahrhunderte ward nun dieſes, ward die 'Vernunft' der Lebenden als Richter geſetzt, und ihr Werth ward entſchieden nach dem Maßſtab des neuen Tages. Nur um der ſpäteren Generationen willen ſchienen die älteren dageweſen zu ſein, für Schiller wie für Kant: 'aus der ganzen Summe der Begebenheiten', ſagt Schiller, 'hebt der Univerſalhiſtoriker diejenigen heraus, welche auf die heutige Geſtalt der Welt und den Zuſtand der jetzt lebenden Generation einen weſentlichen Einfluß gehabt haben'. Daß jede Zeit ihr Maß und ihren Werth nur in ſich ſelber haben kann, die Erkenntniß war ihm noch nicht geworden.

Als ein Univerſalhiſtoriker ſtand Schiller vor ſeinen Jenenſer Hörern zuerſt da, mit den Forderungen und Anſchauungen einer neuen Wiſſenſchaft. Mit großartiger Unbefangenheit, in kühnem jugendlichem Anſturm trat unter die Profeſſoren der Poet; alle Sorge um ſein Nichtwiſſen ſchien verſchwunden; und der akademiſchen Verzopftheit, der Enge der Bücherwelt, ſtellte er die freie Weite ſeines Enthuſiasmus beredt entgegen. Schiller, ein armer Gelehrter ohne Gelehrſamkeit, ſchied, ſtrenger als einer, den Brodgelehrten von dem idealen Forſcher, dem philoſophiſchen Kopf, deſſen edle Ungeduld das Ganze der moraliſchen Welt anſchauen will; und er faßte es als Aufgabe der Geſchichte, darzuſtellen, was der Menſch in der Geſellſchaft zuerſt war, und was er wurde: wie er vom Höhlenbewohner, vom Celten und Kanadier zum Denker im Zeitalter der Vernunft aufſtieg. Den Urzuſtand der Menſchheit ſchildert er mit lebhaften Farben, jenen Uebergang von Natur in erſte Cultur, der ſpäter das Thema ſeiner Gedichte ward; und gegen dieſe barbariſchen älteren und mittleren Zeiten hält er nun ſein menſchliches Jahrhundert, in welchem die Schranken der Nationen durchbrochen ſind und alle denkenden Köpfe ein weltbürgerliches Band verknüpft. Und deshalb eben, weil auch er als Kosmopolit empfindet, wird ihm die Geſchichte zur völkerumfaſſenden, völkervereinenden Univerſalgeſchichte: als ein Weltbürger, nicht als Unterthan des Spaniers ſtand Marquis Poſa da, und als ein Weltbürger erzählt nun Schiller im Sinne des achtzehnten Jahrhunderts, mit

liberalen Accenten, nicht mit nationalen, von dem Abfall der Nieder=
lande und dem dreißigjährigen Kriege. Ja, der Held seiner nieder=
ländischen Geschichte selbst, Wilhelm von Oranien, erscheint ihm als
ein Kosmopolit, dem engeren Sinne Egmonts überlegen: er 'war ein
Bürger der Welt', sagt er, 'Egmont ist nie mehr als ein Fläminger
gewesen'.

Oranien ist Schillers Held, nicht Egmont. Goethes Anschauung
hatte sich den Egmont zum Helden gewählt, aber doch beide Gestalten
mit ruhiger Sicherheit zu formen gewußt, er konnte Egmont und
Oranien zugleich schildern, wie er Tasso und Antonio schilderte, den
Heißblütigen und den Kaltblütigen, den Dichter und den Staatsmann;
für Schiller sinkt der zum Heros untaugliche, lebensfrohe Mann mit
seiner 'redlichen Einfalt und Bravour' ebenso tief herunter, wie
Oranien steigt und sich verklärt zum Ideal: der verschlagen berech=
nende, eigensüchtige Holländer wird zum 'zweiten Brutus', und
Schiller sieht ihn, dem jedes Pathos fern blieb, 'dem großen Anliegen
der Freiheit' sich feierlich weihen.

Oraniens Gegenspieler, der Feind in der Ferne, der alle Fäden
lenkt, ist König Philipp. Die Entwicklung, die im 'Karlos' begonnen,
scheint sich hier fortzusetzen: dort war gezeigt, wie die Ereignisse des
Dramas erst den König in starre Unerbittlichkeit für alle Zeit hinein=
treiben; hier wird die Folge jener Katastrophen aufgewiesen und Phi=
lipps tyrannische Härte ruft den Gegenschlag nun hervor, die nieder=
ländische Rebellion. Dort blickte die beginnende Empörung aus der
Ferne ins Drama hinein: 'der Aufruhr in Brabant wächst drohend
an, der Starrsinn der Rebellen heischt starke Gegenwehr'; hier sind
wir mitten in den Ereignissen drin — so wie sie Schillers subjectiv
formendem Erkennen sich darstellen. Der nächsten Beziehung auf die
Gegenwart aber war diese Schilderung gewiß: eben waren in Brüssel
die Belgier gegen Kaiser Joseph aufgestanden, und Schillers Stoff
ward, wie er sagte, 'gleichsam Mode und Waare für den Platz'. Auch
seinen Lesern stand diese Beziehung auf die Gegenwart vor Augen,
und Schillers Vater schreibt einmal mahnend: 'Da es gegenwärtig

scheint, daß die Belgier mit ihrem Herzog, dem Kaiser, auch einig
werden, so dürfte es bald Zeit sein, die niederländische Geschichte fortzusetzen. .... Die jetzige Lage der Sachen könnte ja auf einen dritten
Theil aufgespart werden'.

Ist so das Werk aus Gesichtspunkten des 'Karlos' noch begonnen,
so entwickelte sich doch in ihm und mit ihm eine neue Auffassung
bei Schiller: der Verfasser des 'Karlos' klagt an, der Verfasser des
'Abfalls' lernt sachlich schildern und geschichtlich Gewordenes mit
scharfem Eindringen erklären. Hatte noch der Bauerbacher Flüchtling
die 'Schandflecken' der Inquisition 'fürchterlich an den Pranger stellen'
wollen, so erzählt nun der Historiker in ruhigerer Haltung, wenngleich
mit lebhaft schilderndem, starkem Detail von den Opfern der Inquisition: 'Man will berechnet haben, daß fünfzigtausend Menschen,
allein der Religion wegen, durch die Hand des Nachrichters gefallen
sind'; und hatte der Mannheimer Dichter gefordert, daß der Character
des Königs den Hörer 'schmelzen' müsse, so soll nun Philipps individuelle Empfindung aus der Betrachtung fast ausgeschieden werden,
und nur die Stellung des Herrschers, nicht sein Charakter soll sein
Handeln erklären: 'Eine Monarchie von diesem Umfange war eine zu
starke Versuchung für den menschlichen Stolz und eine zu schwere Aufgabe für menschliche Kräfte'. Seine eigene Empfindung aber verbirgt
der Erzähler nicht, wie viel maßvoller die Anschauung auch geworden
ist; bald läßt er sie mitklingen in leiseren Tönen, bald drängt sie vor
mit lauter Mißbilligung und Anerkennung, und der Standpunkt des
moralisirenden Beurtheilers wird nicht verlassen: 'Die Weltgeschichte
ist das Weltgericht'.

Zwar nennt er Unparteilichkeit die heiligste Pflicht des Geschichts-
schreibers, und weiß die kleinen persönlichen Motive auf beiden Seiten,
den Egoismus des aufständischen Adels, die Brutalitäten der Bilder-
stürmer, mit spürendem Blick zu erkennen und aufzuzeigen; aber wo
ihn sittliche Güte ergreift und sittliche Rohheit verletzt, wird seine Einsicht ungewiß, und die leiblich behauptete Sachlichkeit flieht, wenn es
etwa gilt, den Einzug des Alba in die Niederlande zu schildern: 'es

empört die Empfindung', sagt er, 'wenn man liest, wie das Leben der
Edelsten und Besten in die Hände spanischer Lotterbuben gegeben
war'. Die Persönlichkeit des Schildernden spricht mit rhetorischer
Verve und ertheilt den Ausdruck 'unserer Bewunderung', 'unserer
Billigung'; und in abstracter Characteristik, frei über die Dinge
hinausschweifend, und räsonnirend, wo er darstellen sollte, preist er
laut den Wilhelm von Oranien, 'diesen edlen und gerechten Menschen'.
So moralistische Art der Geschichtsschreibung setzte sich in einem
andern Kantianer, in Schlosser, fort, bis weit in unser Jahrhundert;
aber schon trat neben Schiller der objective Historiker hin, Rankes
großer Vorläufer: Johannes Müller.

Allein einem andern Rankeschen Ideal wußte Schiller besser
nahe zu kommen: der Forderung, daß die Geschichtsschreibung 'Kunst
und Wissenschaft zugleich' sein müsse. Der große Historiker, nach
seinem Geständniß an Rahel, hatte einst daran gedacht, 'Dramatiker
zu werden, und Schiller war vom Drama zur Geschichte gelangt;
darum wurden zu künstlerischem Formen beide hingetrieben, und auf
dem Grunde seiner fleißigen Forschung weiß Schiller diesen 'Abfall'
aufzubauen, zu exponiren und zu steigern, wie nur ein Bühnenwerk.
Er sucht sich seinen Helden, er stellt um ihn herum die Mitspieler und
Gegenspieler auf, und in einbringenden Characteristiken entwickelt er
vor uns lebendige Menschen. Die Contrastfiguren des Dramatikers
findet er, oder schafft er sich: den Gegensatz von Oranien und Egmont
liefert der Stoff, den Gegensatz des spanischen und des französischen
Staatsmannes etwa, Granvellas und Mazarins, formt der Erzähler
sich über ein Jahrhundert weg. Er verknüpft die Ereignisse fester, indem
er in die Seelen seiner Menschen hinabsteigt; und mehr aus der Besonderheit der Charactere als aus dem Zwange socialer Zusammenhänge ihr
Handeln begreifend, blickt er die Motive ihres Thuns an und exponirt
ihr geheimes Wollen gleich im Beginn: als eine 'Kette von Begebenheiten' hatte schon der Dichter des 'Karlos' die Geschichte erfaßt, und
in dieser Kette die fehlenden Ringe zu ergänzen, ist nun bald Schillers
anschauende Phantasie und bald sein scharf rechnender Verstand bereit.

Nur ein Aggregat von Thatsachen überliefert die Geschichte uns, so erkannte er in der Jenenser Antrittsrede; aber der philosophische Verstand verknüpft die Bruchstücke, und weil die Naturgesetze und ihr Product, der Mensch, unveränderlich sind, so ist es unser wissenschaftliches Recht: nach Analogien zu schließen und das Fernliegende durch das Gegenwärtige zu erhellen. 'Mit ebenso viel Vorsicht als Beurtheilung' jedoch will er jene Methode nur zur Anwendung gebracht sehen; und er zeigt so, in der theoretischen Erkenntniß modernster wissenschaftlicher Methoden: des Princips der Analogie, der 'wechselseitigen Erhellung', und wiederum in der vorbeugenden Beschränkung für die Praxis echten historischen Sinn: denn die Geschichte ist Beides, 'Wissenschaft und Kunst zugleich'.

'Gegenwärtiger erster Theil, der sich mit dem Abzug der Herzogin von Parma aus den Niederlanden endigt', so berichtet Schiller seinen Lesern, 'ist nur als die Einleitung zu der eigentlichen Revolution anzusehen', und er berechnet, gegen Körner, das ganze Werk auf sechs Bände. Wenn er über den ersten nicht hinausgelangte, so geschah schon hier, was ihm bei allen gelehrten Vorsätzen geschehen sollte: weitausholend im Plan, ist er kurzathmig in der Ausführung. Die 'Ahnung unbebauter Felder' reizt ihn zuerst zur That, und der Grund zu der Unternehmung wird breit gelegt; doch bald verdrängen neue Entwürfe den alten und jede Vollendung stockt. So bleibt der 'Abfall' Fragment, so erhalten die 'Historischen Memoires', die den Schillerschen Ehrgeiz haben, ein breites französisches Vorbild noch zu 'erweitern', ihre orientirenden Einleitungen erst nach manchen Vertröstungen, und auch der 'dreißigjährige Krieg' wird nur in schnellen Linien zu Ende gebracht: auf die ausführliche Darstellung des beginnenden Kampfes, auf die runden Schilderungen im Mittelpunkte, von Gustav Adolph und Wallenstein, folgt ein dürftiges Resumiren nur, und es wird 'einer andern Feder und einem schicklichern Platze' nun vorbehalten, mit einer 'Geschichte des Westphälischen Friedens' den Stoff zu erschöpfen.

Nicht die Friedensgeschichte, die dreißigjährige Kriegsgeschichte also zog Schiller an. Ihn reizte, den Sohn des Lieutnant Schiller, das bewegte Kriegsspiel, das um Interessen der 'Freiheit' ging, in seinem Sinn, und das große Gestalten, ideale Helden und kühne Verbrecher auf den Plan brachte. Bei den Fürsten und Feldherren verweilt seine Schilderung und dringt in die Zustände des Volkes, in die geistige Welt des Jahrhunderts nicht hinein: zwar den Gedanken einer allgemeinen Culturgeschichte, welche 'Kirchengeschichte, Geschichte der Philosophie, Geschichte der Kunst, der Sitten und des Handels mit der politischen in Eins zusammenfaßt', sprach Schiller früh aus — aber nur als theoretische Ahnung wirft er diese Forderung hin, seine Praxis weiß nichts davon: sie verbleibt, im Sinne seiner Zeit, bei den Kämpfen, Staatsactionen, Rebellionen. Contrastfiguren findet er auch hier in Gustav Adolph und Wallenstein sich aus; und schon früh ergreifen ihn die Gestalten, die seine Phantasie, in der historischen Darstellung, im epischen Plan und der Trilogie seiner Meisterjahre, dann wieder und wieder festhalten sollten: 'ich habe diese Woche eine Geschichte des dreißigjährigen Krieges gelesen', schreibt er, noch aus Dresden, im April 1786 an Körner, 'und mein Kopf ist mir noch ganz warm davon. Daß doch die Epoche des höchsten Nationen-Elends auch zugleich die glänzendste Epoche menschlicher Kraft ist! Wie viel große Männer gingen aus dieser Nacht hervor'! Dies also, die gewaltige Bethätigung menschlicher Kraft, der Widerstreit der Großen gegeneinander, begeistert, wie den Tragiker, so den Geschichtschreiber, und noch immer sind es die 'kühnen Tugenden oder Verbrechen', welche Schillers Phantasie vor allem anziehen. Und zuletzt ist es doch der Verbrecher, nicht der Tugendhafte, dessen Gestalt dämonisch lockt: darum bleibt das Epos von Gustav Adolph ungeschrieben, und der Dichter des 'Fiesko' wird zum Dichter des 'Wallenstein'.

Beherrschend stehen diese beiden Gestalten, der böhmische Edelmann und der schwedische König, inmitten des Buches dar, und nicht Einer der Fürsten, Helden und Staatsmänner, deren Bild die Schilderung heraufbringt, weder Ferdinand von Oesterreich und Maximilian von Bayern, noch Mansfeld, Tilli, Oxenstiern tritt dem Interesse des

Erzählers so nahe, wie Wallenstein und Gustav Adolph. Zwar im Beginn ist Wallenstein ohne tiefere Sympathie noch angeschaut: wie ein anderer Alba und Tilli steht er da, ruchlos und finster, sein zügelloser Ehrgeiz wird dargestellt ohne alle Milderung, und er erscheint als ein selbstsüchtig Strebender, der die Vortheile seines Herrn ohne Bedenken den eigenen Plänen aufopfert: denn keinen Menschen, heißt es, 'sollte der Kaiser, in ganz Deutschland mehr zu fürchten haben, als — den Einzigen, dem er diese Allmacht verdankte'. Je mehr aber Schiller in der Arbeit vorrückte, desto menschlichere Züge gewann ihm der Friedländer; und während Gustav Adolphs ins Ideale gerückte Bild, trotz allem, abstract und nebelhaft blieb für den Historiker wie den Epiker, gestaltete sich Wallensteins Schicksal zum Drama sichtbarlich aus. Jetzt erst, in deutlichem Unterschied von der Darstellung des Beginns, erscheint der Tag von Regensburg, der den Helden herabstürzte von seiner Allmacht, als die tragische Wende seines Lebens, und einen andern 'Verbrecher aus verlorener Ehre' sieht Schiller ihn vor sich stehen: 'der Raub, der an ihm selbst verübt worden', sagt er, 'machte ihn zum Räuber. Durch keine Beleidigung gereizt, hätte er folgsam seine Bahn um die Majestät des Thrones beschrieben; erst nachdem man ihn gewaltsam aus seinem Kreise stieß, verwirrte er das System, dem er angehörte und stürzte sich zermalmend auf seine Sonne'. Was Schiller vom Geschichtsschreiber theoretisch gefordert, eben in dem 'Verbrecher aus verlorener Ehre', suchte er nun zu erfüllen: 'wir müssen mit dem Helden bekannt werden, e h er handelt', sagte er dort. 'An seinen Gedanken liegt uns unendlich mehr, als an seinen Thaten, und noch weit mehr an den Quellen dieser Gedanken, als an den Folgen jener Thaten'. Die Geschichte im alten Sinne erweitert er so durch neue Psychologie, und Wallenstein selbst, im Gedicht, muß die Erkenntniß Schillers wiederholen:

> Hab ich des Menschen Kern erst untersucht,
> So weiß ich auch sein Wollen und sein Handeln.

Von hier aus consequent fortschreitend, vollzieht Schiller nun das, was er die 'Riesenarbeit der Idealisirung' nennt; und wir ermessen

den ganzen weiten Weg zwischen Ausgangspunkt und Endpunkt, wenn
wir des Historikers erste Schilderung mit der entzückten Anschauung
des Max Piccolomini etwa vergleichen: des Herzogs 'reine, edle Züge,
die hoheitblickende Gestalt' preist dieser, jener aber sagte: 'Wallenstein
war von großer Statur und hager, gelblicher Gesichtsfarbe, röthlichen
kurzen Haaren, kleinen aber funkelnden Augen. Ein furchtbarer,
zurückschreckender Ernst saß auf seiner Stirn. Das wenige, was er
sprach, wurde mit einem widrigen Tone ausgestoßen'.

Breitgedehnt und wechselnder Mühen voll ist der Weg, der von
jenem historischen Beginn zu diesem poetischen Ende hinführt: durch
ein volles Jahrzehnt seines Lebens hat der dreißigjährige Krieg und
sein Held Schillers Interesse festgehalten. Im December 1789
kündigt Schiller das Geschichtswerk, als einen einfachen 'Aufsatz', dem
Freunde an: 'die Arbeit ist leicht', schreibt er an Körner, 'da der Stoff
so reich und die Behandlung bloß auf die Liebhaber zu berechnen ist';
im März 1799 legt er die Feder weg, welche das Drama beendigte.
In drei Abtheilungen bewältigt er die historische Arbeit: Sommer
1790 ist der junge Ehemann eifrig über dem ersten Theil und führt
die Darstellung von den beginnenden Unruhen in Böhmen, über
Tillis und Wallensteins erste Erfolge weg, über den Tag von Regensburg und den Sturm von Magdeburg, bis zum großen Siege Gustav
Adolphs bei Breitenfeld; September 1790 wandert dies Manuscript
zu Göschen, und erscheint im historischen Kalender für Damen auf
1791. Schwere Krankheit dann läßt Schiller im nächsten Jahr nur
ein Geringes vorrücken, und erst der Kalender 1793 bringt die Höhepunkte des Werkes, 'so wie Schiller sie sah: den Kampf der beiden
Größten, Gustav Adolphs Sieg und Fall bei Lützen, Wallensteins
Macht und Untergang; aber grade in diesen Jahren des Leides, der
stockenden Arbeit wuchs ihm aus der Geschichte die Dichtung auf, und
als er im September 1792 an Körner erleichtert schrieb: 'Wünsche
mir Glück! Eben schicke ich den letzten Bogen Manuscript fort. Jetzt
bin ich frei und ich will es für immer bleiben' — da war ihm dennoch
gewiß, daß er nur die Behandlungsart, nicht den Stoffkreis jetzt

wechseln würde: die Feder 'juckt' ihm nach dem Wallenstein, so bekennt er, und schon dem Plane nachzudenken, dünkt ihn 'ein großes Fest'.

Bloß auf die Liebhaber war die Schilderung des dreißigjährigen Krieges zu berechnen, so gestand sich Schiller im Beginn der Arbeit: er schrieb für einen 'Damenkalender', und hatte er mit dem 'Abfall' gelehrte Ansprüche erfüllen gewollt durch eifriges Quellenstudium, so faßte nun der auf Grund eben jener Studien Professor zubenannte Schriftsteller nicht eigene Forschung, sondern eigene Darstellung als die Aufgabe. Volle vier Jahre, nachdem er seine Schilderung abgeschlossen, im November 1796, findet er es an der Zeit, an das Studium der Dinge ganz von Neuem und recht eigentlich erst heranzugehen: 'Die Lectüre der Quellen zu meinem Wallenstein', schreibt er, 'beschäftigt mich jetzt ausschließend; ich kann diesem Gegenstand schlechterdings nicht anders beikommen, als durch das genaue Studium der Zeitgeschichte'; und in der That hat der nachprüfende Historiker häufigen Anlaß, Schillers Lässigkeit zu bemerken, selbst im Erschöpfen der ihm zugänglichen Quellen. Des Beifalls seiner Leserinnen und Leser war er dennoch gewiß, und begeistert preisen ihn öffentliche Urtheile als den 'größten deutschen Geschichtschreiber'; 7000 Exemplare des Werkes fanden sogleich Abnehmer und bis in unsre Zeit hat es seine breite, populäre Wirkung geübt. Hatten bisher 'der Mann oder das Frauenzimmer, die lesen, um sich zu unterhalten', zu den historischen Arbeiten der Ausländer greifen müssen, so empfingen sie nun dankbar von Schiller, als einem der ersten Deutschen, mannigfach belebte, weltmännisch geschmackvolle Darstellungen nach ihrem Wunsch; und die Rücksicht auf die 'Mitbürgerinnen', wie Schiller sagt, hält ihn zurück von der Versenkung in das diffuse Detail der 'Negotiationen'. Nicht ohne tieferen Sinn scheint diese Arbeit für den Damenkalender dazustehen, am Beginn seiner neuen Schaffenszeit: der Verfasser der 'Räuber', wie er mit Männern lebte, dichtete für Männer; der liebende Freund der Schwestern Lengefeld will bei edlen Frauen erkunden, was sich ziemt. Das Derbe, Crasse, Gewaltsame, die Brutalität des Lebens schwindet aus seinem Darstellen nun,

und die Beschränkung auf das Schickliche, auf das, was Damen
hören können, verfeinert es zugleich und verdünnt es.

An die gebildeten Deutschen, nicht an die Fachleute allein wendet
sich auch das dritte große Unternehmen des Historikers Schiller, die
Sammlung der 'Memoires', in denen er, als ein Vorläufer Rankes,
Berichte von Augenzeugen, oder doch Zeitgenossen geschichtlicher Ereignisse sammelt, und sie durch weitgreifende allgemeine Einleitungen
in den Zusammenhang der Entwicklung einstellt. Den Dichter in
ihm erfreut die Anschaulichkeit dieser Schilderungen, ihre 'Mine von
Wahrheit' und die Unmittelbarkeit der Beobachtung, welche 'den Helden wieder zum Menschen macht'; damit aber über dem Einzelnen
nicht das Ganze verloren gehe, zieht der philosophirende und morali-
sirende Betrachter die verbindenden Linien durch die Folge der Zeiten
und ergänzt die trocken scheinende Sachlichkeit der Quellen durch seine
geistreichen Subjectivitäten. Hatte Schillers Studium bisher der
neueren Geschichte nur gegolten, so erschließt sich seinem Erkennen
und somit seinem Dichten jetzt auch die Welt des Mittelalters: der
künftige Verfasser der 'Jungfrau' und der 'Braut' handelt über 'Völ-
kerwanderung, Kreuzzüge und Mittelalter', und er erkennt die 'Thorheit und Raserei' dieser Zeiten als nothwendige Bedingungen, das
Glück der Gegenwart zu gründen: 'seine Menschheit findet der Pilger
in Asien wieder und den Samen der Freiheit bringt er seinen euro-
päischen Brüdern mit'. Wie viel Schiefes auch im Ganzen und Einzelnen dieser Anschauung noch steckte, für die deutsche Forschung bedeutete sie ein neues Moment geistreicher Anregung, und Schiller
selbst empfand auf das Stärkste, wie entscheidend er hier über die
Trockenheit und Aermlichkeit der Mitstrebenden aufstieg: 'Ich habe
noch nichts von diesem Werthe gemacht' schreibt er an Caroline, im
November 1789; 'nie habe ich soviel Gehalt des Gedankens in einer
so glücklichen Form vereinigt. Du wirst mich über mein Selbstlob
auslachen, es war mir aber nie so lebhaft, daß jetzt Niemand in
der deutschen Welt ist, der grade das hätte schreiben können als
ich'. In der gleichen Richtung, mit noch stärkerer Hingabe an die

Glaubenswelt des Mittelalters, bewegt sich Schillers Einleitung zur 'Geschichte des Maltheserordens'; und wenn er auch von der unbedingten geistigen Ueberlegenheit seiner Epoche noch überzeugt bleibt — er feiert doch in schwungvollen Worten 'jene praktische Stärke des Gemüths, einem bloß idealischen Gut alle Güter der Sinnlichkeit zum Opfer zu bringen': 'können wir, ihre verfeinerten Enkel', fragt er, 'uns wohl rühmen, daß wir an unsere Weisheit nur halb so viel, als sie an ihre Thorheit wagen'? Wie am Scheidewege der geistigen Welten steht Schiller hier: die Freude an dem Zeitalter der Vernunft, das es 'so herrlich weit gebracht', will verblassen, und der freigewordene Schüler Kants schlägt den Pfad von der Aufklärung zur Romantik. Der Dichter der 'Räuber' einst hatte das 'schlappe Kastratenjahrhundert' zwar gescholten, er hatte zu den Helden seines Plutarch sehnsüchtig emporgeblickt, aber in der modernen Welt doch lebten seine Gestalten; der Dichter von 'Kabale und Liebe' hatte an der Gesellschaftsordnung der Gegenwart gerüttelt, aber nur sie dennoch geschildert; nun aber entsagt Schiller für immer der Darstellung moderner Zustände, um einer Vorzeit sich zuzuwenden, in der er die 'thatenreißende Energie des Charakters' wirksam erblickt, 'überraschende Wechsel des Glücks und wundervolle Krisen': und was der Historiker in den Memoiren und Folianten gefunden, das suchte dann der Dichter zu lebendigen Menschen zu erwecken: 'schöne Bilder jener kraftvollen Zeiten, wo persönliche Größe noch etwas ausrichtete, Tapferkeit Länder errang und Heldentugend selbst auf den Thron führte'. Die Gestalten des Wallenstein und des Max, des Mortimer und der Jungfrau erwachsen auf diesem Boden idealisirender Erkenntniß, und wie das Motto einer Zeit voll heroischer Thaten und heroischer Opferung schwebt über allen jenes Wort des 'Wallenstein':

Und setzet ihr nicht das Leben ein,
Nie wird euch das Leben gewonnen sein.

Die Krankheit.

Wann der Körper leidet, so leiden auch mit ihm
die Kräfte der Seele, und der Wille wird durch
Leibesschwachheiten öfters gehindert, in Erfüllung
zu gehen.

Eleve Schiller.

Es ist der Geist, der sich den Körper baut.

Wallenstein.

Noth und Unrast waren Schillers Begleiterinnen gewesen, seit
er die Heimath floh und einen Orest, den die Eumeniden jagen, hieß
er sich, bis er im Hain der Diana Frieden fand: Lottens Liebe erlöste
den Ruhelosen.   Aber kaum daß die Noth ihn gelassen und Glück des
Hauses den wandersmüden Mann umschlossen hatte, drang neue Sorge
mit ungestümem Pochen ins junge Heim ein: Schillers Lebensgeschichte wird eine Krankengeschichte nun, und der mit starkem Willen
rastlos ringt, unterliegt zuletzt doch dem Zwange der Körperlichkeit,
vor der Zeit.

Noch kein Jahr seiner Ehe war vollendet, als der erste Anfall
Schiller traf: in Erfurt, am 3. Januar 1791. 'Ruhig und hell',
wie diese Zeit begonnen, war sie weitergeschritten, von schwerer,
gelehrter Arbeit hatte Schiller an der Seite seiner Lotte, in den
vertrauten Orten erster Liebe, zu Rudolstadt, ausgeruht, und ein neues
Interesse war, ihn selbst überraschend, in ihm wachgeworden: seit
dem Mai 1790 las er, neben dem historischen Colleg, eines das die
Theorie der Tragödie behandelte.   Den Studien für die Memoiren,
für den 'dreißigjährigen Krieg', treten die aesthetischen zur Seite und
gewinnen schnell Schillers ganzes Interesse: 'ich entdecke viele

Erfahrungen', sagt er, 'die die Ausübung der tragischen Kunst mir verschafft hat und von denen ich selbst nicht wußte, daß ich sie hätte'. Immer mehr wird ihm jetzt das geschichtliche Studium eine Last, die er abzuwerfen dennoch außer Stande ist: und wenn ihn einst sein Collège Heinrich hatte wissen lassen, daß er nicht als 'Professor der Geschichte', sondern als 'Professor der Philosophie' nach Jena gerufen sei, so erfüllt er nun in der That aus sich heraus, was Heinrich gefordert: aus dem Historiker Schiller wird der Philosoph. Den verdoppelten Anforderungen zweier Wissenschaften zu genügen, spannt sich sein Arbeitstag bis auf vierzehn Stunden aus; und weil ihm die Mühen um den dreißigjährigen Krieg 'verdrüßlich' sind, drückt das entfremdete Studium um so härter auf seine Seele: 'ich genieße mich selbst, und alles was ich zu mir rechne nur halb, nur flüchtig', sagt er. 'Ich bin ganz in meine Geschäfte verloren, und so daß oft ich mich selbst dabei verliere'. Ein Herbstaufenthalt in Rudolstadt gab kurze Rast, aber schon sehnte Schiller sich von Neuem in die Arbeit: 'Zwölf Tage' schreibt er am 1. November an Körner, 'brachte ich mit Essen, Trinken und Schachspielen oder Blindekuhspielen zu. Ich wollte ganz feiern und die Erholung hat mir wohlgethan, obgleich sie mir gegen das Ende unerträglich wurde. Lange kann ich den Müssiggang nicht ertragen'. Mit ernster Besorgniß sahen die Freunde so angestrengtem Mühen zu, und Göschen schrieb an Wieland: 'Entweder führt der neue Stand Schillern zur Stetigkeit und Ordnung, oder die neuen Sorgen, die verdoppelten Bedürfnisse des Lebens drücken ihn zu Boden. Ich lebe hierüber in einer Unruhe, welche mich bei keiner Art von Theilnehmung je angewandelt hat. Ich habe nur wenig Menschen so geliebt, als diesen'.

Die Befürchtungen der Freunde sollten eintreffen, und schlimmer als sie gemeint. Dreimal in kurzer Frist kam Krankheit über Schiller und er schwebte zwischen Leben und Sterben. War schon seine Kindheit von mancherlei Anfällen nicht frei gewesen, so hatte er in den Aengsten der Flucht den Grund gelegt zu schwererem Leiden; auf das bewegte Fieberjahr von Mannheim waren die Weimarer und Jenaer

Arbeitsjahre gefolgt, die in gewaltiger Anspannung den Zögling schwäbischer Uncultur auf die Höhe der Zeitbildung tragen mußten: nun war die Grenze jeder Möglichkeit erreicht und Schillers starke Natur wollte erliegen. Mitten im Concert, beim Erfurter Dalberg, faßte ihn die Krankheit, und in einer Sänfte wurde er fortgetragen; der Arzt, mehr bedacht, ihn wieder hoffähig zu machen, als ihn zu heilen, drängte das 'heftige Katarrhfieber' gewaltsam zurück, und als Schiller am 11. Januar wieder in Jena eintraf, glaubte er sich geheilt und ließ Lotte noch in Weimar, bei Frau von Stein. Aber gleich nach seiner Heimkunft, als er die Vorlesungen aufnahm, erneute sich der Anfall: mit zitternder Hand, in unsicheren Zügen schrieb Schiller an Lotte, noch bedacht in aller Pein sie zu schonen, ob seine Schrift gleich das Schlimmste ihr verraten mußte: 'Es wäre mir gar lieb, mein Herz, wenn du gleich nach Empfang dieses Briefes einen Wagen nähmest und hierher führest. Meine Krankheit ist wieder gekommen, dich länger zu vermissen wäre mir schmerzhaft. Gefahr hat es keine mehr. Stark ließ mir eine tüchtige Aderlässe thun, und auf das hat das Fieber sich in etwas gebrochen. Grüße die Stein, leb recht wohl, und laß mich dich ja heute noch bei mir sehen'.

Mehr als fünf Wochen währte es, ehe Schiller wieder nach alter Art mit seinem Körner plaudern konnte; und noch ließen ihn fortdauernde Schmerzen auf der Brust zweifeln, ob die Krankheit gehoben sei. Die Mittel einer primitiven Arzneikunst, Aderlässe, Blutigel und Vesicatorien auf der Brust, hatten ihm 'Luft verschaffen' müssen, er hatte Blut gespieen und die 'üble Einmischung des Unterleibs machte das Fieber complicirt'; purgiren und vomiren schwächten ihn aufs Aeußerste, die kleinste Fortbewegung zog ihm Ohnmachten zu und sein Zustand wurde zu Zeiten so bedenklich, 'daß ihm der Muth ganz entfiel'. Erst acht Tage nach Aufhören des Fiebers vermochte er einige Stunden außerhalb des Bettes zuzubringen, und es dauerte lang, bis er am Stock nur eben herumgehen konnte. Thüringens Rauhheit, wie sie die Krankheit hatte entwickeln helfen, hemmte noch die Heilung, und die Versuche Schillers, sich in die Winterluft zu wagen, geriethen übel. Die treue Pflege der Nächsten, Lottens, Carolinens und der chère mère, half dem Kranken das Schlimmste überstehen: 'wohl Dir, daß Du eine so brave Gattin gefunden hast!' rief Körner aus, 'ohne ihre Sorgfalt hättest Du schwerlich gerettet werden können'. Aber auch die Freunde in Jena und Weimar, Schillers Hörer, deren einige ihm näher gekommen waren, bezeugten in ihrem herzlichen Antheil die allgemeine Verehrung, die Schiller genoß; sie wetteiferten in der Krankenpflege, und der Patient selber meldete gerührt: 'sie stritten sich darüber, wer bei mir wachen dürfte, und einige thaten dieses dreimal in der Woche. Zu meiner Stärkung schickte mir der Herzog von Weimar ein halb Dutzend Bouteillen Madeira, die mir neben ungarischem Weine vortrefflich bekamen'.

Kaum aber war das Schwerste überwunden, so stand auch Schillers Thätigkeitsdrang wieder lebendig auf: und in demselben Schreiben, welches von der Krankheit berichtet, entwickelt er sogleich seinem Körner neue Gedanken und wogende Pläne. Zwar die Vorlesungen will er weder jetzt noch im Sommer wieder aufnehmen, und die günstige Stimmung des Weimarer Hofes für ihn will er klug dahin nutzen, daß ihm völlige Freiheit in Zukunft bleibt, zu lesen und auch nicht zu lesen; aber für den Winter hat der vom Tode Erstandene den Arbeitsplan bereits fertig, und nicht in der Universität, sondern in einem Privatissimum auf seiner Studirstube, will er 'förmlich Aesthetik lesen'. Die Arbeit zum historischen Kalender, zur Thalia, zu den Memoiren lief nebenher; in den Mußestunden aber will der rastlose Mann dem Plan zu seinem Trauerspiel nachdenken, das ihn eben in dieser Krankheitszeit 'sehr beschäftigt' hat.

Und immer ergreifender nun, immer fortreißender siegt in Schiller das Geistige über die Sorgen der Leiblichkeit; sein Wille, die ganze Weite der neuen Cultur zu umspannen, wird schwächer nicht, nein mächtiger, und ihn erfaßt, wie sorgsam er bis nun der philosophischen Lehre von Königsberg ausgewichen, mit ganzer Gewalt, inmitten der Leidenstage, Immanuel Kants Genius. 'Du erräthst wohl nicht, was ich jetzt lese und studire'? fragt er den Freund, am

5. März 1791. 'Nichts schlechteres als Kant. Seine Kritik der
Urtheilskraft reißt mich hin durch ihren lichtvollen geistreichen Inhalt
und hat mir das größte Verlangen beigebracht, mich nach und nach
in seine Philosophie hineinzuarbeiten'. Solchen Vorsatz zu erfüllen,
war Schiller in Jena recht am Platz, und er erlag nur dem Genius
des Orts, als er die Antipathie des Laien gegen das neue Evangelium
um eindringendes Verstehen eintauschte. Hier legte Reinhold faßlicher
auseinander, was der Meister in schwerer Philosophensprache nur
gesagt, und Kritik der reinen Vernunft, Kritik der Urtheilskraft
klang es durch Jenas Gassen. Der Geistliche selbst, der Schiller in
die Ehe geführt, Adjunct Schmidt, war ein Kantianer. Die seltsame
Gewalt, mit der die neue Lehre die Seelen ergriff, bezeugte mancher
Wanderer, der aus fertigen Verhältnissen, aus fernen Gegenden
gepilgert kam, sie besser zu erkennen; auch in Schillers Krankenstube
traten sie ein, der Arzt und Philosoph Erhard aus Nürnberg, der
Baron Herbert aus Klagenfurt: 'ein Mann an die Vierzig', so erzählt
Schiller, 'der Weib und Kind hat, eine Fabrik in Klagenfurt besitzt
und nach Jena reiste, Kantisch-Reinholdsche Philosophie zu studiren.
Er soll seinen Zweck erreicht haben und einen sehr gereinigten Kopf
mit nach Hause bringen'.

So nah waren in anregendem Verkehr diese Hörer ihrem
Professor gekommen, daß sie, Erhard, die Liefländer Graß und Adlerskron und andere Freunde Schiller folgten, als er Ende März nach
Rudolstadt übersiedelte; in heiterer Geselligkeit machten sie ihm die
erzwungene Ferienzeit überstehen, und obgleich die Beschwerden
nicht wichen, schrieb er an Körner, den 10. April: 'Mein Gemüth ist
heiter und es soll mir nicht an Muth fehlen, wenn auch das Schlimmste
über mich kommen wird.'

Das Schlimmste kam. Vier Wochen später, am 7. Mai, brach
der dritte, gefährlichste Anfall aus, und die Qualen des Kranken
wurden 'fürchterlich', nach seinem Wort: eines Tages, als er den
Tod nahe glaubte und die gepreßte Brust das Sprechen verbot, schrieb
er letzte Abschiedsworte an Körner, und auf einen Zettel an seine

Lieben zeichnete er die Mahnung auf: 'Sorgt für eure Gesundheit, ohne diese kann man nie gut sein'. Seine Ärzte, Conradi in Rudolstadt und der aus Jena herbeigeholte Hofrath Stark thaten, was sie zu thun wußten; wieder wurden Aderlässe angewendet, Opium und Zugpflaster, aber der spannende Schmerz auf der rechten Brust erhielt sich unverändert, trotz aller Krisen. Beide Ärzte glaubten, daß nur Krämpfe im Unterleib und im Zwerchfell zu Grunde lägen, daß die Lunge jedoch gesund sei; Schiller selbst scheint zwischen Hoffnung und Besorgniß geschwankt zu haben, aber sein Muth blieb stark durch alles Leiden, und in gefaßter Männlichkeit blickte er dem Aeußersten entgegen: 'Dieser schreckhafte Anfall hat mir innerlich sehr gut gethan', schrieb er, den 24. Mai. 'Ich habe dabei mehr als einmal dem Tod in's Gesicht gesehen. Den Dienstag besonders glaubte ich nicht zu überleben; jeden Augenblick fürchtete ich der schrecklichen Mühe des Athemholens zu unterliegen. . . . Im heißen Wasser wurden mir die Hände kalt und nur die stärksten Frictionen brachten wieder Leben in die Glieder. . . . Mein Geist war heiter und alles Leiden, was ich in diesem Momente fühlte, verursachte der Anblick, der Gedanke an meine gute Lotte, die den Schlag nicht würde überstanden haben'.

Wie Lotte dem Gatten nahe war in dieser Zeit, und wie er sich emporrichtete an ihrer treuen Liebe, davon hat Karl Graß aus später Erinnerung erzählt, in einem schönen Brief an Lotte selbst: 'Ich befand mich in Schillers Zimmer', so schreibt er, 'und hatte mir das Bild des Leidenden, und das Edle und Große, welches seine Züge umschwebte, tief eingeprägt. Er lag da, leicht entschlummert, wie ein Marmorbild. Sie befanden sich im Nebenzimmer, wo ich Ihnen die Schillersche Uebersetzung der Aeneide vorgelesen hatte, und von Zeit zu Zeit kamen Sie an die Thür, sich nach Schillern umzusehen. Sie sahen ihn also daliegen und nahten leise auf bloßen Strümpfen, und ebenso leise knieten Sie mit gefalteten Händen vor seinem Bette hin. Ihr loses dunkles Haar floß über die Schulter. Still weinte Ihr Auge. Der Kranke schlug indessen die Augen auf. Er erblickte Sie; mit Leidenschaft umschlangen plötzlich seine Arme Ihr Haupt, und so

blieb er auf Ihrem Nacken ruhen, indem ihn die Kraft von Neuem
verließ'. Und auch Schiller selbst wird nicht müde, das Glück seiner
Ehe, inmitten allen Leidens, fort und fort zu preisen: 'Wären wir
beide nur gesund', schreibt er, 'wir brauchten nichts weiter um zu
leben wie die Götter. Meine Krankheit hat uns so aneinander
gewöhnt, daß ich Lotte nicht gern allein lasse. Auch mir macht es, wenn
ich auch Geschäfte habe, schon Freude, mir nur zu denken, daß sie um
mich ist; und ihr liebes Leben und Weben um mich herum, die kind-
liche Reinheit der Seele und die Innigkeit ihrer Liebe, giebt mir selbst
eine Ruhe und Harmonie, die bei meinem hypochondrischen Uebel
ohne diesen Umstand fast unmöglich wäre'. Neben Lotte hielt Carolinens treue Neigung Stand; und es ist wiederum Karl Graß, welcher
an Schiller schreibt: 'Ich kann Ihnen nicht meine Empfindung über
die Liebe dieser trefflichen Schwestern unter einander und zu Ihnen
bergen. Es war mir oft, als ob Sie, wie der alte Graf von Gleichen,
laut der Sage zwei Frauen hätten'. Während aber Lottens weibliche
Sorge den Kranken mit weicher Hand behütete, führte Caroline, nach
ihrer Art, mit Schiller Gespräche über die Unsterblichkeit der Seele
und suchte in der Kritik der Urtheilskraft Stützen für den Glauben
ihres Herzens: 'daß solch ein Wesen in der Blüthe seiner Kraft nicht
enden könne'.

Langsam nur, unter manchen Schwankungen, glückte Schillers
Besserung; und während die Nachricht seines Todes schon in der
Welt umlief, unternahm er es, von Frau und Schwägerin begleitet,
in Karlsbad Heilung zu suchen. Wieder verstummt er gegen Körner,
und aus dem beredten Schweigen nur vernehmen wir die Qualen
dieser Zeit. Kurze Juliwochen brachte er in Karlsbad zu, und die
Bekanntschaft mit österreichischen Offizieren, so erzählt Caroline, 'gab
ihm neue Ansichten dieses Standes, in den er, seines Wallensteins
wegen, gern hineinschaute'. Im Rathhaus zu Eger sah er Wallensteins Bild, und auch das Haus der Familie Pachelbel, wo Wallenstein ermordet worden, besuchte er. Gesellig, nach seiner Neigung,
lebte Schiller auch in Karlsbad fort, er fand 'sehr werthe Bekannt-

schaften', und sein Bild aus diesen Tagen hielt Reinhart fest, in seiner Mischung von Badelaune und Lebensernst: auf einem Esel sitzt Schiller lässig da, mit Stulpenstiefeln und breitgerändertem Schlapphut, die dampfende Pfeife im Mund; die leidenden Züge, die eingesunkenen Wangen zeigen den todtkranken Mann an, aber auch den Gleichmuth des in sich Gefestigten sprechen sie aus, der hinter das verschleierte Bild schon geblickt, und der mit gefaßtem Sinne jedem Kommenden begegnet.

Aus Erfurt endlich meldet Körners Correspondent sich wieder, am 6. September; allein noch immer halten die 'Krampfzufälle' und die Athemnoth an, und der Egerbrunnen, den Schiller jetzt nimmt, schafft nur in so weit Besserung, daß er zwei, drei Stunden den Tag ein wenig lesen kann, ohne sich anzugreifen. Mit Dalberg lebt er angenehme Zeiten; doch nur ungewisse Vertröstungen in die Zukunft hat der wohlwollende Mann ihm zu bieten, und als die Sorge für das Nächste entsteht, räth er ihm vorsichtig — an Carl August sich zu wenden. Schiller folgte dem Rath, aber sein Gesuch hatte nur einen halben Erfolg; die feste Erhöhung des Gehalts mußte der Herzog bei allem guten Willen dennoch abschlagen und gewährte bloß den einmaligen Zuschuß von 250 Thalern. Dabei berechnete Schiller die Kosten dieses schlimmen Jahres auf 1400 Thaler, und ungewiß stand die schriftstellernde Zukunft vor ihm: wieder drückte die 'Sorge um den 'gelben Quark', und Schiller, der Ehemann, war der leichtgemuthe Borger von ehemals nicht mehr: selbst Körners stetsbereite Hilfe wies er ab, er wollte Herr sein in seinem Hause und über sein Gut.

Aber wie ihm einst in Mannheim, über die Breite von Deutschland hinweg, Körners rettende Hand unverhofft erschienen, so kam nun zum andern Male dem Kranken eine plötzliche Hilfe, der er sich nicht versagte: aus dem äußersten Ende deutscher Cultur, von Kopenhagen her boten begeisterte Leser dem Dichter des 'Karlos', dem Verfasser des 'dreißigjährigen Krieges' eine freie Gabe thätiger Liebe dar. Die Todesnachricht, die im Sommer ausgegangen, war auch zu jenen dänischen Verehrern gelangt, zu Baggesen, einem unruhig gährenden, enthusiastischen Geiste, zum Minister Grafen Schimmelmann und dem Erbprinzen von Augustenburg, zwei Deutschen von Geburt, die eben durch Baggesen in Schillers Schaffen ganz waren eingeführt worden. In einer empfindsamen, tagelangen Todtenfeier zu Hellebeck, am 'donner-rollenden' Meer, gedachte man, während Schillersche Verse citirt wurden und verkleidete Hirtenpaare idyllische Tänze aufführten, während Baggesen singen ließ, nach dem Vorbild des Liedes 'An die Freude':

Unser todter Freund soll leben,
Alle Freunde stimmet ein!

— man gedachte unter Thränen Schillers, des Entschlafenen; aber als man erfuhr, daß der Todtgeglaubte dennoch lebe, und daß Sorgen der Existenz ihn bedrückten, da blieb man nicht bei den schönen Senti-ments Dalbergisch stehen, man schritt zur That, dem Dichter, der von Freude begeistert gesungen, zu lohnen mit der Freude Götterfunken, und der Erbprinz und der Graf, von Baggesen angeregt, vereinigten sich zu einem Anerbieten seltenster Art: auf drei Jahre stellten sie Schiller ein Gehalt von tausend Reichsthalern zur freien Verfügung, daß er seine Gesundheit schone und wiederherstelle.

'Zwei Freunde, durch Weltbürgersinn mit einander verbunden, erlassen dieses Schreiben an Sie, edler Mann', so hob ihr Brief an; und dieses gleich im Beginn bezeugte Weltbürgerthum der Freunde, ihr allen humanen Ideen der Zeit zugewandter Sinn mußte lebhaft zu Schiller reden und ihm das Gefühl schnell erwecken: von gleich-gestimmten, freien Menschen, nicht von vornehmen Gönnern Beistand zu empfangen. 'Nehmen Sie das Anerbieten an', so riefen sie ihm zu, 'der Anblick unserer Titel bewege Sie nicht, es abzulehnen. Wir kennen keinen Stolz als nur den, Menschen zu sein, Bürger in der großen Republik, deren Gränzen mehr als das Leben einzelner Gene-rationen, mehr als die Gränzen eines Erdballs umfassen'. Ganz aus Schillers Sinne war das gesprochen, das Echo seiner Ideen nur schien ihm hier schön zurückzukommen, und beglückt empfand er die Gabe der Freunde als die reine That 'zweier vortrefflicher Bürger unseres

Jahrhunderts'. — 'Ich muß Dir unverzüglich schreiben, ich muß Dir meine Freude mittheilen, lieber Körner', ruft er, am 13. Dezember 1791. 'Das, wonach ich mich schon so lange ich lebe aufs Feurigste gesehnt habe, wird jetzt erfüllt. Ich bin auf lange, vielleicht auf immer aller Sorgen los; ich habe die längst gewünschte Unabhängig= keit des Geistes .... Die Delicatesse und Feinheit, mit der der Prinz mir dieses Anerbieten macht, könnte mich noch mehr rühren, als das Anerbieten selbst. Aber was detaillire ich Dir dieses alles? Sage Dir selbst, wie glücklich mein Schicksal ist'.

Wenig Tage später, am 16. Dezember, sprach er es gegen Baggesen aus, was ihm das Geschenk der Kopenhagener bedeutete, am 19. schrieb er den Gebern direct: und wenn in dem Brief an den Prinzen und den Grafen eine begreifliche Befangenheit, trotz allem, die Freiheit des Dankes einschränkt, so offenbart er vor Baggesen mit ganzer Wärme des Herzens und schöner Sicherheit den Zustand seiner Seele: wie die Gabe ihn findet und wohin sie ihn stellt. Es giebt wenig Bekenntnisse, welche den Geist Schillers, welche die Ideale des endenden Jahrhunderts so kräftig abzeichnen, wie dieses denkwürdige Schreiben. 'Nicht an Sie, sondern an die Menschheit habe ich meine Schuld abzutragen', so sagt er den Freunden; und wie sein Posa ein 'Abgeordneter der ganzen Menschheit' dastand, nicht ein Unterthan Spaniens und der Freund eines Einzelnen, so nimmt nun er, der 'Weltbürger', was die Menschheit bietet, im Sinne des humanen Gedankens auch entgegen: 'Rein und edel wie Sie geben, glaube ich empfangen zu dürfen'. Vielmehr er muß annehmen, was sie darbieten, empfindet er: die harmonische Ausbildung seines Selbst, so glaubt der Bürger des achtzehnten Jahrhunderts, ist oberste Aufgabe, der alle andern weichen müssen. Ideale, wie sie Goethe im 'Wilhelm Meister', wie sie Schiller in den Briefen über ästhetische Erziehung dann geformt, sehen wir, wirkend im Leben, sich offenbaren, wenn Schiller bekennt: eine Verbindlichkeit, die über jeder Rücksicht erhaben sei, gebiete es ihm, Dasjenige zu leisten und zu sein, was er nach dem Maß seiner Kräfte leisten und sein könne; die höchste und un=

erläßlichste aller Pflichten ist ihm und bleibt ihm diese. Und grade sie zu erfüllen, läßt die Gabe der Kopenhagener ihn hoffen, und ein verworrenes Schicksal entscheidet sie, wie in providentieller Fügung.

'Von der Wiege meines Geistes an bis jetzt', schreibt Schiller an Baggesen, 'habe ich mit dem Schicksal gekämpft, und seitdem ich Freiheit des Geistes zu schätzen weiß, war ich dazu verurtheilt, sie zu entbehren. Ein rascher Schritt vor zehn Jahren schnitt mir auf immer die Mittel ab, durch etwas Anderes als schriftstellerische Wirksamkeit zu existiren. Die Nothwendigkeit, diesen Beruf zu treiben, überfiel mich, ehe ich ihm durch Kenntniß und Reife des Geistes gewachsen war. Daß ich dieses fühlte, erkenne ich für eine Gunst des Himmels; aber sie vermehrte nur mein Unglück. Unreif und tief unter dem Ideale, das in mir lebendig war, sah ich jetzt Alles, was ich zur Welt brachte; bei aller geahneten möglichen Vollkommenheit mußte ich mit der unzeitigen Frucht vor die Augen des Publikums eilen, der Lehre selbst so bedürftig, mich wider meinen Willen zum Lehrer der Menschheit auf=werfen. Traurig machten mich die Meisterstücke anderer Schriftsteller, weil ich die Hoffnung aufgab, ihrer glücklichen Muße theilhaftig zu werden, in der allein die Werke des Genius reifen. Was hätte ich nicht um zwei oder drei stille Jahre gegeben, die ich frei von schrift=stellerischer Arbeit bloß allein dem Studieren, bloß der Ausbildung meiner Begriffe hätte widmen können! Zugleich die strengen Forde=rungen der Kunst zu befriedigen und seinem schriftstellerischen Fleiß auch nur die nothwendige Unterstützung zu verschaffen, ist in unserer deutschen literarischen Welt, wie ich endlich weiß, unvereinbar. Zehn Jahre habe ich mich angestrengt, Beides zu vereinigen, aber es nur einigermaßen möglich zu machen, kostete mir meine Gesundheit. Zu einer Zeit, wo das Leben anfing, mir seinen ganzen Werth zu zeigen, wo ich nahe dabei war, zwischen Vernunft und Phantasie in mir ein zartes und 'ewiges Band zu knüpfen, wo ich mich zu einem 'neuen Unternehmen im Gebiete der Kunst gürtete, nahte sich mir der Tod. ... So fanden mich die Briefe, die ich aus Dänemark erhielt. Möchte der Keim, den sie ausstreuen, sich mir zu einer schönen Blüthe für die

Menschheit entfalten! Ich erhalte endlich die so lange und so heiß gewünschte Freiheit des Geistes, ich gewinne Muße, und durch sie werde ich meine verlorene Gesundheit vielleicht wieder gewinnen'.

Der nämliche Geist, der zwischen Brodgelehrsamkeit und idealer Forschung einst so sicher unterschieden, war es, der aus diesen Bekenntnissen zu den dänischen Freunden erhebend gesprochen: auf die überschwängliche Verehrung, die ihm jene entgegengebracht, antwortete er mit dem Geständniß geistiger Unfertigkeit. Was du gegeben hast, ist unsterblich! riefen jene; was ich geben konnte, war tief unter meinem Ideale, antwortete Schiller, und jetzt erst will er aus sich entwickeln, was Natur in ihn gelegt und die Ungunst des Schicksals nur gehemmt hat. Schöner nicht konnte er die Nothwendigkeiten des 'gelben Quarks' überwinden, als durch den Vorsatz, der aus dem Innersten der Seele ihm empor schlug: an die vollendete Ausbildung seines Selbst die neu gewonnene Freiheit zu wagen; und aus einem Empfangenden ward er zum Schenkenden, als er den Augustenburger ehrte durch die Gabe der 'ästhetischen Briefe': was der Mäcen ihm zugebracht, das trug er nun jenem wiederum zurück, und zum Vertrauten seiner Studien, zum Berather der tiefsten geistigen Probleme wählte er ihn.

So endete, mit überraschender Gabe des Glücks und einem herrlichen Aufschwung des Geistes, das Jahr in Schillers Leben, das unheilvoll begonnen; der als ein Todter schon betrauert worden, kehrte ins Dasein zurück, und einen neuen Muth trug er mit sich, neue Hoffnung idealischer Entfaltung.

Wieder im Leben.

Freie Muße des Geistes, wie Schiller sie gehofft, hatte er empfangen, und sogleich trat er in das Studium auch ein, das lockend vor ihm lag: am 13. December 1791 erhält er die Kopenhagener Briefe, am 16., demselben Tage, da er das Bekenntniß an Baggesen niederschreibt, erbittet er sich schon von seinem Leipziger Verleger die 'Kritik der reinen Vernunft'; und zu Neujahr steckt er gar völlig im Kant drin, und die ganzen drei Jahre des Stipendiums will er ihm opfern: 'Ich treibe jetzt mit großem Eifer Kantsche Philosophie', meldet er an Körner, den 1. Januar 1792, 'und gäbe viel darum, wenn ich jeden Abend mit Dir darüber verplaudern könnte. Mein Entschluß ist unwiderruflich gefaßt, sie nicht eher zu verlassen, bis ich sie ergründet habe, wenn mich dieses auch drei Jahre kosten könnte'. Aber schon im nächsten Satze widerruft er das Geständniß, welches er gegen Baggesen gethan: daß nur die Nothwendigkeit ihn getrieben, bis nun, das Gelernte lehrend sofort weiter zu geben; denn auch jetzt findet er, daß er aus dem Kant 'schon sehr vieles genommen und in sein Eigenthum verwandelt' hat; und ähnlich schreibt er später an Körner: er werde nicht eher ruhen, bis diese Materie 'unter seinen Händen etwas geworden ist'. 'Meine Vorlesungen über Aesthetik',

so sagt er, wieder ein anderes Mal, 'haben mich genöthigt, mit Kants
Theorie so genau bekannt zu werden, als man es sein muß, um nicht
mehr bloß Nachbeter zu sein. Wirklich bin ich auf dem Weg, ihn durch die
That zu widerlegen'. Die leidenschaftliche Productivität seiner Natur
offenbart er so von Neuem, und er täuschte sich selbst, als er geglaubt
hatte, in diesem neuen philosophischen Triennium, nur rein empfangen
und aufnehmen zu können wie ein Student: jenes derbe Wort von
dem 'kurzen Gedärm', mit dem er später Friedrich Schlegel aus-
spottete, traf ein wenig auch auf ihn zu, — nur daß hier in der That
ein überlegener Geist Empfangenes sogleich in eigenen Besitz zu
nehmen wußte und es mit der Farbe seines Denkens umkleidete.

Wie ein Student hatte Schiller, der Professor, noch lernen wollen,
und mit Studenten umgab er sich nun, den Genossen seines Strebens:
von Erfurt war er nach Jena zurückgekehrt, um 'im Umgange mit
talentvollen jungen Leuten sich selbst mehr zu genießen'. Hatte einst
beim Eintritt in die academische Laufbahn sein Bedürfniß, den ganzen
Menschen zu ergreifen, und zu wirken, der Einzelne auf den Einzelnen,
sich enttäuscht gefühlt, und hatte er damals geklagt: daß zwischen dem
Katheder und den Zuhörern eine Schranke sich aufthue, unübersteig-
lich fast für Jeden, so findet er nun immer sicherer den Weg, durch
persönliche Annäherung an die begabtesten Jüngeren eine geistige und
gesellige Existenz zu leben, ganz wie seine Natur sie forderte. Nicht
den Professoren, den wackern und tüchtigen Männern, mit denen er in
Clubs und 'Butterbrodtgesellschaften' zusammentraf, entfaltete er das
Innerste und Beste seiner Seele, sondern den Werdenden schloß er
sich auf, der Empfänglichkeit dankbarer Jünger, und reiche Anregung
kam ihm zurück aus ihrer begeisternden Liebe. Sie alle, Karl Graß,
Friedrich von Hardenberg, der später als Novalis der Liebling der
Romantiker ward, sind unerschöpflich im Ausdruck ihres Enthusiasmus,
ihrer hingebenden Verehrung für Schiller, und laut bezeugen sie den
unvergänglichen Einfluß, den der theure Mann auf sie gewonnen: 'nie
vermochte ein Mensch das über mich', schreibt Graß an Schiller, 'nie
beseelte mich ein Mensch mit diesem hohen Gefühl für jede Veredlung,

wie Sie, theuerster Hofrath'. Wie zu einem Beichtiger redet er zu
ihm, dem er das Verborgenste der Seele ohne Scheu enthüllt in
frommem Glauben: 'aus dieser Liebe und unbegrenzten Achtung für
Schiller', ruft er, 'kann ich's mir auch erklären, warum ich nie
Bedenken getragen hätte, mit allen meinen Blößen vor Schiller zu
erscheinen'. Begeisterter noch klingt, überströmend von ungemessener
Bewunderung, was Hardenberg bekannt hat, mit der ganzen wogenden
Wärme eines neunzehnjährigen Jünglings aus dem Zeitalter der
Gefühlsamkeit: 'Ach! wenn ich nur Schiller nenne', ruft er, 'welches
Heer von Empfindungen lebt in mir auf; wie mannigfaltige und
reiche Züge versammeln sich zu dem einzigen entzückenden Bilde
Schillers und wetteifern, wie zaubernde Geister an der Vollendung
des blendendsten Gemähldes. Stolzer schlägt mein Herz, denn dieser
Mann ist ein Deutscher; ich kannte ihn und er war mein Freund.
Wie lebendig wird mir das Andenken an die Stunden, da ich ihn sah;
besonders an die, da ich ihn zum erstenmal sah, ihn, das Traumbild
der seligsten Stunden meines Knabenalters, da ich mit meinem Ideal
in der Phantasie vor Schiller trat und mein Ideal weit übertroffen
erblickte. Sein Blick warf mich nieder in den Staub und richtete mich
wieder auf. Das vollste, uneingeschränkteste Zutraun schenkte ich ihm
in den ersten Minuten und nie ahndete mir nur, daß meine Schenkung
zu übereilt gewesen sei'. Daß aber Schiller, 'unser Lehrer, unser an-
gebeteter Schiller', nicht nur unbestimmt schwärmende Gefühle in
seinen jungen Freunden erweckte, daß er vielmehr ihrem Streben
Sicherheit gab und Ziel, das erwies er grade Hardenberg gegenüber;
der Vater des Jünglings hatte ihn bitten lassen, diesem sein Rechts-
studium und die Vorbereitung zum Amtsleben 'wichtig und interessant'
zu machen, und Schiller erfüllte den Wunsch, mit dem sichersten Erfolge:
'Sie gaben mir den entscheidenden Stoß', sagt Hardenberg, 'der meinen
Willen fest bestimmte und meiner herumirrenden Thätigkeit eine Richtung gab'.

In die nächste Verbindung zu seinen Freunden aber trat Schiller
seit dem Ende 1791 ein: Fritz von Stein, Charlotte von Steins Sohn

und Goethes Zögling, der in Jena studirte, war als Schillers Haus-
nachbar in der 'Schrammei' einquartirt worden; mit ihm hatten vier
Andere, Fischenich aus Bonn, von Fichard aus Frankfurt, und zwei
Landsleute Schillers, die Schwaben Göritz und Niethammer, einen
Mittags- und Abendtisch verabredet, und Schiller und Lotte, die eine
eigene Wirthschaft noch jetzt nicht führten, veranlaßten nun die Freunde,
mit ihnen gemeinsam bei den Jungfern Schramm die Kost zu nehmen.
Wie ein Einsiedler hatte der Historiker von Weimar einst gelebt; der
Philosoph jetzt und der junge Gatte schloß sich der Welt wieder auf,
und sehr erfreut von dieser neuen Einrichtung, schreibt er an Körner:
'Meine häusliche Existenz hat jetzt sehr viel Abwechslung und diese
macht mich frisch zur Arbeit. Ohne mit der Besorgung beschwert zu
sein, habe ich täglich einen gesellschaftlichen Tisch; und da es zum
Theil Kantianer sind, so versiegt die Materie zur Unterhaltung nie.
Nach Tische wird zuweilen gespielt, ein Behelf, der mir seit meiner
Krankheit fast nothwendig geworden'. Zwischen dem Höchsten und
dem Alltäglichen, zwischen der Kritik der reinen Vernunft und Kegelspiel und L'Hombre bewegten sich nun diese einfachen Symposien, und
das Bedürfniß Schillers nach freundschaftlich-heitrer Aussprache, nach
dem spielenden Tausch der Gedanken und harmlos neckendem Spaß hat
liebenswürdiger niemals sich ausgelebt, als in jenen Tagen zögernder
Genesung. 'Schiller hat so einen leichten Umgang, den doch sonst
Menschen von seinem Kopfe nicht haben, und ist so einfach und gut',
hatte Lotte von ihm im Beginn der Bekanntschaft geurtheilt; und
Schiller wiederum hatte an den Schwestern gerühmt, daß er bei ihnen
vom Geistigen schnell 'auf Possen überspringen' könne. An seiner
Seite nun dies studentisch-ungezwungene Leben fortzuführen, fand er
Lotte geneigt: 'so eine ernsthafte Hausfrau denke Dir ja nicht',
schreibt sie an Wilhelm Wolzogen, 'ebenso wenig als Schiller ein
ernsthafter Hausherr ist'. Der Dichter, der von dem 'hohen Sinn im
kind'schen Spiel' dann gesungen, gab, wie im gewaltsamen Rückschlag
gegen die Tage des Leidens, jugendlich-unbefangenem Genießen sich
jetzt hin, und alle Hofrathswürden und alle Celebrität legte er be

Seite. 'Heute haben wir Seifenblasen gemacht, wie die wahren enfants', schreibt Lotte einmal an Fritz von Stein, und sie läßt den Umgangston dieses Kreises erkennen, wenn sie fortfährt: 'Fichard schläft comme à l'ordinaire und schwatzt auch so. Fischenich ist auch wohl und putzt die Nägel fleißig. Wir haben ausgedacht, er könnte auf dieses Geschäft reisen und so wie die Zahnärzte seine Kunst aus= bieten. Die Damen würden es bald für ebenso wichtig halten, schöne Nägel als schöne Zähne zu haben'. Oft gab es, wie im philosophischen Disput so beim Kegelspiel, Meinungsverschiedenheiten, und Stein, der die Wahrheit seiner Auffassungen mit heiligem Eifer verfocht, empfing von Schillers Hand ein feierliches Blatt: 'Abhandlung über die Kegelkunst von Friedrich Freiherrn von Stein, Herzoglich= Sachsen=Weimarischen Kammerherrn, Brodhusaren und Kümmel= türken'. Man ritt gemeinsam aus, verbotene Wege und kleine Ren= contres mit den Bauern nicht meidend, man erfand besondere Uni= formen, dunkelblauen Frack mit himmelblauem Futter und silbernen Knöpfen für die Angehörigen des Kreises, man trank, die Herren und die Damen, in der gehobenen Weinlaune eines Abends Smollis, um dann freilich in der Nüchternheit des Morgens auf das unmögliche Vorrecht zu verzichten, und über allem Scherz schwebte beglückend der Geist einer von Conventionen freigewordenen, echten Geselligkeit.

'Wie oft bin ich bei Ihnen,' ruft Fischenich aus, in der Rück= erinnerung an diese Zeiten. 'Es ist noch immer mein einziges Ver= gnügen, alle die reinen Freuden, die lehrreichen Unterredungen, das freie Leben ins Gedächtniß zurückzurufen. Wann werden wir wieder bei einem frohen Mahle schäfern? wann werde ich mit Schiller kanti= siren, mit ihm entschlummern und aufwachen'? An Fischenich zumal, den originellsten Menschen des Kreises, hatten Schiller und Lotte sich angeschlossen, er begleitete sie nach Dresden, als im Frühjahr 1792 Körners besucht wurden, er erhielt den Ehrentitel eines 'Sohnes' und redet nun Lotte feierlich als 'liebe Mutter' an. Nach seiner rheinischen Heimath zurückkehrend, ward er schnell Professor der Rechte in Bonn und predigte jetzt selber, mit stärkstem Erfolge, Kants Evangelium:

'Ich kann Ihnen nicht sagen', schrieb er an Schiller, 'wie die Moral dieses Mannes auf die meisten jungen Männer wirkt. Sogar Juristen suchen sich durch die Kantischen Labyrinthe durchzuarbeiten'. Seiner 'lieben Mutter' aber legte er die Composition eines Bonners bei, den er nicht beim Namen nannte; Lotte mochte sie Schiller vortragen, der ihrem Klavierspiel gern zuhörte und Anregungen für sein Schaffen, wie in Oggersheimer Tagen durch Streicher, aus Lottes Musik nun empfing. 'Die Composition', bemerkte Fischenich, 'ist von einem jungen Manne, dessen musikalische Talente allgemein angerühmt werden und den nun der Kurfürst nach Wien zu Haydn geschickt hat. Er wird auch Schillers Freude und zwar jede Strophe bearbeiten. Ich erwarte etwas Vollkommenes, denn soviel ich ihn kenne, ist er ganz für das Große und Erhabene'. Fischenichs Prophezeiung sollte eintreffen, denn der Name, den er noch verschwieg, hieß: Ludwig van Beethoven.

Nicht frei von Krankheit gingen für Schiller diese Tage der Kantianischen Gesellschaft hin, vielmehr jede Stunde der Arbeit, der Heiterkeit ward dem Leiden erst abgewonnen, und einzig durch die Häufigkeit ihrer Wiederkehr verloren die Anfälle allmählich das Schreckende der ersten Zeit. 'Jedes Zeichen im Thierkreis bringt mir ein anderes Leiden mit', sagt Schiller. 'Ich muß den Winter ebenso sehr in Rücksicht meiner Brust, als den Sommer und Frühling in Rücksicht auf meine Krämpfe fürchten. Und doch ist das Beste, was ich vernünftig wünschen kann, noch lange so zu bleiben, denn die ganze Veränderung, die ich zu erwarten habe, ist, daß es zum Schlimmern geht'. Schlaflosigkeit machte das Uebel wachsen, er fing an, die gewöhnliche Ordnung der Zeit zu verkehren, spät zur Ruhe zu gehen und erst am hellen Tage zu erwachen; das Kartenspiel wurde bis in die Nacht verlängert und auch die Jungfern Schramm als Partnerinnen nicht verschmäht. Hatte Schiller doch zum Plaudern 'bis der Morgen graut' schon kurz vor der Krankheit, im Herbst 1790, Freund Göschen geladen: 'Champagner soll fließen', schrieb er, 'und mitunter soll auch ein gescheidtes Wort gesprochen werden'; und so wurden

'diätetische Vorschläge', wie sie in einer kleinen Denkschrift Conradi in
Rudolstadt 'dem Herrn Hofrath Schiller gewidmet', von dem Eigensinn des Kranken auch jetzt gering geachtet: 'Schlafen und Wachen',
so hatte der Arzt gerufen, 'hierin fehlen die meisten Gelehrten, deren
Lieblingsgeschäft Schriftstellerei ist. Die Einbildungskraft ist nie
thätiger und geschäftiger, als bei der Stille der Nacht und die Seele
ist ganz in sich gekehrt'; darum widerrieth Conradi Kaffee und Thee,
'besonders zur Vertreibung des Schlafes' und empfahl Bewegung und
Mäßigkeit:

Eine gewisse Auswahl der Speisen werden der Herr Hofrath zu beobachten
haben, indem bey Dero Körperbeschaffenheit und Geschäften es nicht gleichgültig ist, welche Sie genießen. ... Trinken muß der Mensch, aber nur starke
Körper vertragen unter der Mahlzeit viel zu trinken. Es ist ein großer Irrthum zu glauben, man verdaue leichter, wenn man gleich ins Essen trinkt.
Die Art des Getränks kommt auf die Gewohnheit an. Da der Herr Hofrath
Wein und Wasser gewohnt sind und nur mäßig trinken, so ist dieser Trank
gut ... Gewiß Ihre mir so schäzbare Gesundheit wird fester werden, wenn
Sie meinem wohlmeinenden Rath Gehör geben und diese Regeln beobachten
wollen.   Conradi.

Jedoch einem 'diätetischen Vorschlag' des guten Mannes, der
auch an seinem Theil die allgemeine Verehrung für den Kranken offen-
barte, folgte Schiller gern: um sich Bewegung zu schaffen, kaufte der
Pensionär des Augustenburgers im März 1792 ein Reitpferd, und
es begleitete ihn im April zu Körner. Auch 'das Beitsche Geld'
brachte er mit, den einst in Dresden geliehenen Schuldposten, und er
freute sich, nun keines Menschen Schuldner mehr zu sein, als der des
nächsten Freundes: 'Wie glücklich hat sich diese mir so schwere Bürde
doch gelöst', schreibt er, 'und nichts fehlt mir jetzt als Gesundheit, um
der glücklichste Mensch zu sein'. Noch einige andere Ausgaben dieser
Zeit half ihm das dänische Geschenk bestreiten; er durfte auf bequemerem
Fuße fortleben, und während er sich, bescheiden genug, mit dem 'harten
Fleisch' der Jungfern Schramm noch zufrieden giebt, erwirbt er
eine 'Chaise', kauft fleißig Bücher ein, den Mendelssohn und Webb
für seine Aesthetik, den Garve für seine Philosophie, und hält sich eine

koſtbare franzöſiſche Zeitung: den Moniteur. 'Seitdem ich den Moni=
teur leſe', ſchreibt er an Körner, den 26. November 1792, 'habe ich
mehr Erwartungen von den Franzoſen. Wenn Du dieſe Zeitung
nicht lieſt, ſo will ich ſie Dir ſehr empfohlen haben. Man hat darin
alle Verhandlungen in der Nationalconvention im Detail vor ſich und
lernt die Franzoſen in ihrer Stärke und Schwäche kennen'.

Perſönliche Anläſſe mögen mitgewirkt haben, Schiller in dieſer
Zeit für Politik lebhafter zu gewinnen. Einmal ſein Verhältniß zum
Erfurter Dalberg: der Coadjutor wartete nur auf den Tod des
Kurfürſten von Mainz, um als ſein Nachfolger Schiller anzuſtellen,
und zumal Caroline fuhr fort, Plan auf Plan für dieſen Fall zu
ſchmieden; Mainz aber, der franzöſiſchen Grenze benachbart, war im
Kriegsfall ſchnell bedroht. Schon 1790, als Kaiſer Joſeph geſtorben war
und Leopold II ihm folgte, der Feind der Revolution, ſchrieb daher
Schiller an Körner: 'Die politiſche Welt intereſſirt mich jetzt. Ich
zittere vor dem Kriege, denn wir werden ihn an allen Enden Deutſch=
lands fühlen. Schreib' mir doch, wenn Du etwas Wichtiges früher
als ich erfährſt'; und der gute Körner antwortet ganz erſtaunt: 'Du
willſt Politica von mir wiſſen, das iſt ein neuer Zug von Dir. Vor
der Hand wüßte ich Dir nichts zu melden, als daß ich noch immer für
den Frieden wetten würde'. Körner behielt zunächſt Recht; es blieb
Friede, wenngleich die aufgehäufte Spannung ihm keine Dauer ver=
ſprach; aber von einer andern Seite traten die franzöſiſchen Zuſtände
Schiller plötzlich nahe: eines Tages, im September 1792, erfuhr er,
daß die franzöſiſche Nationalverſammlung ihn zum Ehrenbürger
Frankreichs gemacht hatte. Kein unmittelbares Zeugniß ſagt uns,
was Schiller dabei empfunden hat; aber daß der Eindruck auf ihn ein
großer werden mußte, läßt ſich aus innern Gründen ſo gut, wie den
äußern Folgen der Ernennung erkennen. Aus den gleichen geiſtigen
Quellen waren ſie geſpeiſt, die Ideen der jungen franzöſiſchen
Revolution und der Schillerſchen Dichtung und Geſchichtsſchreibung:
Rouſſeau und Montesquieu waren ihre Ahnherren. Der Kosmo=
politismus, der Schiller eben erſt aus dem däniſchen Geſchenk gegrüßt

hatte, war mit französischen Accenten geprägt, und in der National=
versammlung triumphirte er nun von Neuem: die fraternité über die
Grenzen der Nation hinaus zu erweisen, ehrte man in achtzehn großen
Ausländern die gemeinsame Sache der Freiheit. Gleich Klopstock,
Pestalozzi, Campe, hatte man als Allerletzten 'le sieur Gille, publi-
ciste Allemand' — in dieser französirten Verstümmelung nur wußte
man den Dichter der französirten 'Räuber' zu benennen — aus=
gezeichnet als den 'ami de l'humanité et de la société'; und wie
hätte sich Schiller solcher Titel nicht erfreuen sollen, der an dem An=
erbieten der Kopenhagener eben noch die schöne Humanität gerühmt,
und der ihnen zugerufen, dem Erbprinzen und dem Minister: 'Nicht
an Sie, sondern an die Menschheit habe ich meine Schuld abzutragen'.
Aus Paris kam ihm die Ernennung zugereist, in seinen stillen Pro=
fessorenwinkel hinein, und den Contrast empfand er lebhaft: 'wer
Sinn und Lust für die große Menschenwelt hat', so hatte er auf Wol=
zogens Berichte aus Paris hin geurtheilt, noch vor der Verheirathung,
'muß sich in diesem weiten, großen Element gefallen; wie klein und
armselig sind unsere bürgerlichen und politischen Verhältnisse dagegen'.
Und noch stand die Versammlung, die ihn ehrte, in erstem Jugend=
glanze da, als das große 'Vernunftgericht' der Menschheit: am
10. August 1792 hatte sie die königliche Gewalt suspendirt und die
Berufung eines Nationalconvents ausgesprochen, am 26. August schon
ward das Gesetz beschlossen, 'qui confère le titre de Citoyen François
à plusieurs Étrangers'; die Minister Danton und Clavière hatten
es unterfertigt, Roland schrieb den Begleitbrief am 10. October, 'l'an
première de la République Françoise'.

Spät erst empfing Schiller das Diplom selber: 'Gestern', schreibt
er an Goethe, den 2. März 1798, 'habe ich nun im Ernst das fran=
zösische Bürgerdiplom erhalten, wovon schon vor fünf Jahren in den
Zeitungen geredet wurde'. In den Wirren der Zeit war es an der
Grenze, in Straßburg, liegen geblieben, und nun erst zu Schiller ge=
langt, in eine völlig veränderte Welt, 'ganz aus dem Reich der
Todten': Danton und Clavière und Roland, alle waren sie nicht

mehr. Aber schon gleich nach der Ernennung war die Nachricht in
Schillers Kreise viel bemerkt worden, und Frau von Stein fragte
besorgt bei Lotte an, im Herbst 1792: was denn Schiller zur Verthei=
digung oder zum Lobe der Revolution geschrieben habe; man theile
ihr mit — Herzogin Luise von Sachsen=Weimar steckte hinter diesem
'man' —, die Nationalversammlung habe allen auswärtigen Schrift=
stellern, die ihr zu Gunsten geschrieben, angeboten, französische Bürger
zu werden, jedoch glaube 'man', Schiller werde es ausschlagen und
auf diese Ehre keinen Anspruch machen. 'Für jetzt', schrieb Frau von
Stein, 'mag wohl das französische Bürgerrecht das Banditenrecht sein.
Wollte Gott, die Franzosen hätten es nur bei ridicules bewenden
lassen und nicht bei Scenen wovor die Menschheit schaudert'. Solche
Anschauungen trugen ihr Schillers Widerspruch ein, und als sie
die Mitglieder des Convents allesammt Räuber nannte, war er
'entsetzt': 'ich glaube, Sie haben die Aristokratin alle vergessen', so
klagt sie dann halb im Scherz, aber dennoch deutlich den Gegensatz
der höfischen Kreise kennzeichnend. Ganz anders klang aus Dänemark
das Urtheil herüber, wo Sophie Baggesen schrieb, im October 1792:
'Was sagen Sie zu Frankreich? Welch ein Triumph der Freiheit und
der herannahenden Vernunft! Wie müssen die Könige vor ihnen sinken!
Man spricht nichts und hört nichts als Frankreich. Wie wird der
Autor von Don Karlos sich freuen'!

Um diese Zeit aber war der Krieg, den Schillers weiter Blick
fürchtete, schon ausgebrochen und sollte nicht enden durch zwanzig
Jahre: die Kanonade von Valmy, am 20. September 1792, leitete
'eine neue Epoche der Weltgeschichte' ein, nach Goethes Wort, und
mit den Verbündeten machte auch Karl August Kehrt. In Paris aber
ward vom Convent die Republik erklärt, am 21. September. Alle
diese Ereignisse mußten Schillers Interesse lebhaft aufregen; und eben
um zwischen dem Für und Wider der Parteien ein eignes Urtheil
zu gewinnen, und um das Land kennen zu lernen, dessen Bürger er
geworden, ward jetzt Schiller ein eifriger Leser des Moniteurs. Weder
durch die Ausschreitungen der Septembermorde ward seine Theilnahme

geschwächt, noch durch die Ereignisse in Mainz, die seine Hoffnungen bedrohten: am 21. October hatte die Stadt sich dem General Custine ergeben, und Johannes Müller, der sich aus den äußeren und inneren Wirren geschmeidig herausgezogen hatte, berichtete auf der Reise durch Jena, im November 1792: es scheine möglich, daß die rheinischen Staaten für Deutschland verloren gingen. 'Die mainzischen Aspecten werden sehr zweifelhaft für mich', ruft Schiller nun; 'aber in Gottes Namen. Wenn die Franzosen mich um meine Hoffnungen bringen, so kann es mir einfallen, mir bei den Franzosen selbst bessere zu schaffen'. Und Caroline, in phantastischen Projecten Schiller gleich, berichtet sofort an Humboldt von einer Reise des Schwerkranken nach Paris: 'Wenn es Friede ist und Sie uns mitnehmen wollen', antwortete Humboldt, 'so sind wir augenblicklich von der Partie. Mein Wagen wäre auch recht bequem dazu'.

Hält man diese Zeugnisse und Daten zusammen, so empfängt ein Vorschlag besonderes Interesse, den Schiller im selben November 1792 Körner machte: die 'Cromwellsche Revolution' für Göschens Kalender zu bearbeiten. Das war auch 'Mode und Waare für den Platz', wie die Rebellion der Niederlande einst; und wie Schiller die 'Wirkung auf das Zeitalter' bei all seinen geschichtlichen Plänen erwog, so war zumal jetzt der Citoyen der Republik auf historisch-politische Wirkungen unmittelbar bedacht. Als Göschen den Gedanken einer Reformationsgeschichte ausspricht, schreibt er, den 14. October 1792: 'Jetzt über die Reformation zu schreiben, halte ich für einen großen, politisch wichtigen Auftrag und ein fähiger Schriftsteller könnte hier ordentlich eine welthistorische Rolle spielen'; und über den Cromwell selber urtheilt er gegen Körner: 'Es ist sehr interessant, grade in der jetzigen Zeit ein gesundes Glaubensbekenntniß über Revolution abzulegen; und da es schlechterdings zum Vortheil der Revolutionsfeinde ausfallen muß, so können die Wahrheiten, die den Regierungen nothwendig darin gesagt werden müssen, keinen gehässigen Eindruck machen'. Aber Körner dachte anders über den Stoff: 'Ihn als ein warnendes Beispiel zu behandeln', antwortete er, 'ist ein geistloses Geschäft.

Und wird er mit Begeisterung für die Größe, die er enthält, bear-
beitet, so ist es für die jetzigen Zeiten bedenklich. Das Feuer,
welches jetzt brennt, ehre ich als das Werk einer höhern Hand, und
erwarte ruhig den Erfolg. Ich mag weder Oel noch Wasser hinein-
gießen. Was ich über diese Begebenheiten denke, darf ich nicht
schreiben, und was ich schreiben darf, mag ich nicht denken'.

Allein je mehr in Frankreich die Dinge der Entscheidung zutrieben,
je näher die Analogie ward zwischen dem Prozeß gegen den englischen
König und den französischen, desto stärker auch ward Schillers
Neigung: einzugreifen. Er war französischer Bürger, wählbar in
den Convent, er sah sich in Gedanken schon mitten unter den Parisern,
gleichwie manchen Deutschen, Forster, Reinhard, die Wirklichkeit in
Paris sah; und da die Pariser Reise ein bloßes Projekt bleiben mußte,
eine Seifenblase aus der Schrammei, so ward sein Vorsatz nun: mit
der Feder mitzusprechen in dem Streit. 'Jeder selbstdenkende Mensch',
so schrieb er bald darauf in den ästhetischen Briefen, 'darf sich als
einen Beisitzer jenes Vernunftgerichts ansehen'; und er zumal sah sich
im Geiste als conventionel, und weil er sich bewußt war, den
Franzosen etwas zu gelten, so wollte er, ein 'Abgeordneter der ganzen
Menschheit', sein Wort denn in die Wagschale werfen: 'Weißt Du
mir niemand, der gut ins Französische übersetzte', so fragt er Körner,
am 21. December 1792. 'Kaum kann ich der Versuchung wider-
stehen, mich in die Streitsache wegen des Königs einzumischen und ein
Memoire darüber zu schreiben. Ein deutscher Schriftsteller, der sich
mit Freiheit und Beredtsamkeit über die Streitfrage erklärt, dürfte
wahrscheinlich auf diese richtungslosen Köpfe einigen Eindruck machen'.
Und damit neben Schillerschem Idealismus auch Schillersche Klugheit nicht fehle, wiederholt er, daß, wie beim Cromwell, die Gelegenheit hier sei, freier mit der Sprache herauszugehen und 'einige wichtige
Wahrheiten' mehr zu sagen: 'vielleicht räthst du mir zu schweigen',
fügt er bei, 'aber ich glaube, daß man bei solchen Anlässen nicht
indolent und unthätig bleiben darf. Hätte jeder freigesinnte Kopf
geschwiegen, so wäre nie ein Schritt zu unserer Verbesserung geschehen.

Es giebt Zeiten, wo man öffentlich sprechen muß, weil Empfänglich=
keit dafür da ist und eine solche Zeit scheint mir jetzt zu sein'.

Wieder antwortet Körner mit besonnener Kühle, aber die Thaten=
lust des Posa=Dichters ist nicht mehr aufzuhalten: am 30. Dezember
fragt er bei Zacharias Becker in Gotha an, ob er es übernehmen wolle,
die Übersetzung zu leisten, und schon hat er ein festes Honorar zu bieten:
'Ich möchte diese Arbeit nicht gern andern Händen anvertrauen',
schreibt er, 'sowohl der Ausführung als der Verschwiegenheit wegen,
die wenigstens vor der Hand dabei nöthig ist. Durch den Herzog
von Weimar hoffe ich eine Anzahl Exemplare davon nach Paris zu
bringen. Für die Zeitversäumnisse, die Sie dabei haben, kann ich
Ihnen von H. Göschens Seite 8 Thr. p. Bogen anbieten. Ich
ersuche Sie um baldige Antwort'. Die baldige Antwort kam und
bejahte; wirklich fing Schiller seine Schrift zu schreiben an; aber
schneller noch, als er, waren die Ereignisse: genau einen Monat nach
jener Anfrage bei Körner, am 21. Januar 1793 fiel Ludwig Capets
Kopf auf der Guillotine. Mit schneidender Kürze nur äußert Schillers
Entsetzen sich gegen Körner, am 8. Februar: 'Was sprichst Du zu den
französischen Sachen? Ich habe eine Schrift für den König schon
angefangen gehabt, aber es wurde mir nicht wohl darüber, und da
liegt sie mir nun noch da. Ich kann seit 14 Tagen keine französische
Zeitung mehr lesen, so ekeln diese elenden Schindersknechte mich an'.
Daß man die 'Menschenrechte' erklären und einen Menschen aufs
Schaffot schicken könne, verstand er, mit der Mehrzahl der deutschen
Zeitgenossen, nicht; und die Nothwendigkeit dieser Entwicklungen und
ihre tragische Verkettung von Schuld und Zufall, die er einer histo=
rischen Vergangenheit gegenüber zu erkennen gewußt hätte, mochte
seine Erregung jetzt nicht sehen: ihn 'ekelte', und die Empfindung
verscheuchte jede Erwägung des Verstandes. Den Einfall, diesen
richtungslosen Köpfen die Richtung finden zu wollen, mußte er nun
als völlig verfehlt erkennen, er verzichtete hinfort auf eine unmittelbare
'Wirkung auf das Zeitalter', und es klingt wie der Abschluß dieser
Zeit, wie der giltige Abschluß von Schillers Jugendzeit, wenn er an

Fischenich am 20. März 1793, eben mit Rücksicht auf die französische
Revolution schreibt: 'Daß Sie bei diesen bedenklichen Constellationen
leiser gehen, finde ich sehr billig. Man kommt mit jedem Tage mehr
von dem jugendlichen Kitzel zurück, den Menschen das Bessere aufzu=
bringen, weil unvorbereitete Köpfe auch das Reinste und Beste nicht zu
gebrauchen wissen'.

Aber ein Gedanke griff hier sogleich ein, der die Negation dieser
ganzen Entwicklung in eine Position umwandelte: der Gedanke von
der ästhetischen Erziehung des Menschengeschlechts. Schillers ästhetische
Studien, die seit dem Abschluß des 'dreißigjährigen Krieges', im
September 1792, immer freier aufblühten und ihn in 'gewaltige
Thätigkeit' versetzt hatten, ganz nach seiner Neigung, hatten zur ersten
Entfaltung in den Briefen an Körner gedrängt und es war die
Absicht: in einem Briefwechsel, wie einst zwischen Raphael und
Julius, die ganze Breite dieser Probleme abzuhandeln. Volle 'Last=
wagen', ausgeführte Untersuchungen über Schönheit und Freiheit und
Natur, gehen in diesen Wochen an Körner ab; der aber antwortet
nach seiner Weise zögernd, bedenklich. Und nun erst entsteht in
Schiller, im engsten Anschluß an das politische Erlebniß, die rechte
Grundidee der Briefe über ästhetische Erziehung, welche die von
ganz anderer Seite, durch Kant und die Kantianer, in ihm aufgeregten
abstracten Gedankengänge in den Zusammenhang der großen Zeit=
bewegung einstellt: am 8. Februar 1793 spricht er seinen Efel aus
über die französischen Schindersknechte, und schon den Tag darauf, am
9. Februar, fragt er beim Erbprinzen von Augustenburg an: ob er
ihm seine Philosophie des Schönen, bevor er sie dem Publikum über=
gebe, in einer Reihe von Briefen zuerst vorlegen dürfe. Deutlich
dann entwickelt der zweite Brief, vom Sommer 1793 die leitende
Anschauung der 'ästhetischen Erziehung', und zwischen der 'Revolution
in der philosophischen Welt', wie Schiller sagt, und jener in der
politischen wird ein enges Band geknüpft: aus den 'Rebellionen'
kommt der Verfasser des 'Abfalls' nun doch nicht heraus. Der 'große
Rechtshandel' der Franzosen wird in seiner Weisheit wie in seiner

Thorheit gekennzeichnet, und grade aus ihm heraus die Erwartung auf eine unmittelbare Besserung der Zustände verneint: 'Ja, ich bin so weit entfernt', ruft Schiller, 'an den Anfang einer Regeneration im Politischen zu glauben, daß mir die Ereignisse der Zeit vielmehr alle Hoffnung dazu auf Jahrhunderte benehmen'. Aber darum wandeln sich Schillers Ideale nicht, für die er gestritten bis nun, nur seine Kampfart: was er früher der Gegenwart erringen wollte, das erringt er jetzt, auf veränderten Wegen und Umwegen, der Zukunft. 'Politische und bürgerliche Freiheit', sagt er, 'bleibt immer und ewig das heiligste aller Güter, das große Centrum aller Kultur — aber man wird diesen herrlichen Bau nur auf dem Grund eines veredelten Charakters aufführen, man wird damit anfangen müssen, für die Verfassung Bürger zu erschaffen, ehe man den Bürgern eine Verfassung geben kann'. Der Einfall war ganz im Geiste besonnener Einsicht, im Geist des gemäßigten Liberalismus gewonnen, und Mirabeau selbst hatte schon eine Schrift 'sur l'éducation' geleistet, welche Schillers lebhaftestes Interesse erregte: er schlug sie Körner am 15. October 1792 mit diesen Worten zur Übersetzung vor: 'Es war mir schon eine große Empfehlung für den Autor, daß er gleichsam noch im Tumult des Gebärens der französischen Constitution schon darauf bedacht war, ihr den Keim der ewigen Dauer durch eine zweckmäßige Einrichtung der Erziehung zu geben. Schon der Gedanke verräth einen soliden Geist'. Der Gedanke war der eines französischen Politikers, aber die Wendung, die Schiller nahm, gehörte einem deutschen Künstler und Philosophen: durch die ästhetische Erziehung hindurch sollte die politische erst gewonnen werden: denn jede gründliche Staatsverbesserung, so meinte der Dichter der 'Künstler', 'muß mit Veredlung des Charakters beginnen, dieser aber an dem Schönen und Erhabenen sich aufrichten'.

Allein anders noch sollte die Einwirkung der französischen Zustände auf Schiller sich wenden: seinem Empfinden riß sie die stärksten weltbürgerlichen Accente fort und führte ihn zu nationalen hin. Hatte er im Herbst 1789 ein armseliges, kleinliches Ideal es genannt, für eine Nation zu schreiben, hatte er gemeint, daß der Philosoph bei einer so wandelbaren, zufälligen und willkürlichen Form der Mensch= heit, wie die Nationen es seien, nicht stille stehen könne, und daß das vaterländische Interesse nur für unreife Nationen wichtig sei, für die Jugend der Welt, so empfand er anders schon am Ausgang 1791: 'Könnte ich es mit dem übrigen vereinigen', sagt er von seinen epischen Plänen, 'so würde ein nationeller Gegenstand doch den Vorzug erhalten. Kein Schriftsteller, so sehr er auch an Gesinnung Weltbürger sein mag, wird in der Darstellungsart seinem Vaterlande entfliehen'. Es läßt sich vermuten, daß der sich schärfende Gegensatz zwischen Deutschland und Frankreich es war, welcher Schillers Anschauung also wandeln half. Freilich ließ das ver= modernde heilige römische Reich sich als eine Einheit nicht empfinden, und noch als die Mainzer Wirren begannen, und deutsches Land verloren schien, war ein Mann wie Wilhelm von Humboldt von nationalen Erwägungen vollkommen fern und schrieb an Schiller, im December 1792: 'Mein Interesse weiß kaum recht, wohin es sich schlagen soll. Mehrere Gründe, worunter jedoch der Antheil an dem Coadjutor, und die Betrachtung, daß die Mainzer mir gar nicht auch nur eines Antheils an einer freien Constitution fähig scheinen, lassen mich die Wiedergewinnung des Landes wünschen. Auf der andern Seite sähe ich indeß auch sehr ungern die Franzosen geschlagen. Ein edler Enthusiasmus hat sich doch jetzt offenbar der ganzen Nation bemächtigt'. Allein da ein Interesse am Heiligthume des deutschen Reiches nicht aufkommen mochte, ward das Gefühl für den Stamm doch geweckt, für die engere Heimath, die man, bezeichnend genug, 'Vaterland' damals nannte. Diese Heimath, Schiller war ihr vor elf Jahren entflohen, trat eben durch persönliche Erlebnisse wieder lebhafter in sein Erinnern: Herbst 1792 kamen die Mutter und die jüngste Schwester zu ihm gereist, zu Schillers herzlicher Freude, und der Wunsch seines Vaters ging auf ein Wiedersehen in Schwaben selbst. Schiller entschloß sich zur Reise im Sommer 1793, wie schwierig auch sein Zustand sie erscheinen ließ: den ganzen Winter, so berechnete er, war er kaum fünfmal ins Freie gekommen, und als er, in Ungeduld auf den Frühling, seine Wohnung in der Schrammei nebst dem philosophischen Mittagstisch aufgab und schon im Anfang April ein Gartenhaus bezog, mußte er schwer büßen: 'das alte Uebel hält so hartnäckig an', sagt er, am 27. Mai, 'daß ich immer von drei Tagen zwei verliere'.

Aber grade in Schwaben glaubte er Heilung sich erhoffen zu dürfen und bewegt rüstete er zur Reise in die Heimath: 'Für meine eigenen Umstände erwarte ich sehr viel von der Luft des Vaterlandes' ruft er, und er wiederholt: 'die Liebe zum Vaterlande ist sehr lebhaft in mir geworden, und der Schwabe, den ich ganz abgelegt zu haben glaubte, regt sich mächtig'. An der Wende des Jahrhunderts dann, in dem Lied von der Glocke, sollte der Ehrenbürger Frankreichs, der Weltbürger durch den Mund des Meisters die heilige Ordnung preisen, sie,

Die das Theuerste der Bande
Wob, den Trieb zum Vaterlande.

Und an Goethe schrieb er um die gleiche Zeit: 'Es ist ebenso unmöglich als undankbar für den Dichter, wenn er seinen vaterländischen Boden ganz verlassen und sich seiner Zeit wirklich entgegen setzen soll'. Frau von Steins Frage nach Schwaben hin: 'Ist denn Schiller wohl jetzt ganz über die französische Revolution bekehrt?' bejahte sich so in jedem Sinn; und noch aus den Worten des Attinghausen mahnt es, wie mit persönlichem Klange: 'Ans Vaterland, ans theure, schließ dich an. . . . Seid einig — einig — einig'.

Mit dem Anfang des August trat Schiller die Reise an, auf die er eine frohe Erwartung mitnahm; seit drei Monaten hatte Lotte gekränkelt, und man erfuhr endlich was ihren Zustand erklärte: Schiller sollte Vater werden, eben im Vaterland. Große Sorge ward so in große Freude gewandelt, eine Zeit voll reichen innern Erlebens, voll Leides und Gewinns, Ungunst und Glück, eine Zeit überraschender Wendungen und neuer geistiger Gestaltung endete mit neuer Hoffnung,

und Schillers Empfinden strömte aus in diese Worte: 'Die schönen
Aussichten, die ich vor mir habe, erhellen mir das Herz. Ich werde
zugleich die Freuden des Sohnes und des Vaters genießen, und es
wird mir zwischen diesen beiden Empfindungen der Natur innig wohl
sein. Es ist mir, als wenn ich die auslöschende Fackel meines Lebens
in einer anderen wieder angezündet sehe, und ich bin ausgesöhnt mit
dem Schicksal'.

Das Heimathsjahr.

Thüringen ist das Land nicht, worin man Schwaben vergessen kann.

Schiller an Körner.

Darin bin ich doch nicht ganz mit Ihnen einig,
daß Sie mir die Weimarer Welt auf Unkosten
meines Vaterlandes soviel gewinnen lassen. Haben
Sie sich auch schon gefragt, ob es Ihnen darin
nicht geht wie vielen, und wie es mir selbst gegangen ist, daß Sie da nur nicht gerne sind, wo
Sie sein müssen? Toleranz müssen Sie nun einmal in alle Winkel der Welt mitbringen, und es
ist die Frage, ob sie Ihnen überall so belohnt wird
wie unter der gutartigen und kraftvollen Race der
Schwaben?

Schiller an Wilhelm von Wolzogen.

1782 im Herbst, war Schiller aus Schwaben geflohen, 1793
im Herbst, kam er nach Schwaben zurück; ein Jüngling von 23 war
gegangen, ein Mann von 34 kehrte wieder. Er war geschieden als ein
Werdender: 'in einer Epoche, wo noch der Ausspruch der Menge unser
schwankendes Selbstgefühl lenken muß, wo tausend einschmeichelnde
Ahndungen künftiger Größe die schwindelnde Seele umgeben'; als ein
fertiger Schriftsteller stand er im Augenblick der Heimkunft da: von
Fürsten ausgezeichnet, Hofrath und Pensionär der dänischen Großen;
und über alle äußeren Ehren hinaus umgab ihn leuchtend die Liebe
der Besten, bewährt im Leid. Ein Verbannter im Vaterlande blieb
er dennoch, und nur mit vorsichtigem Zögern überschritt er darum die
schwäbische Grenze: ein Aufenthalt in Heilbronn ward zuerst versucht,
der freien Reichsstadt, und erst nach manchem vergeblichen Bemühen,

Herzog Karls Erlaubnis zur Rückkehr zu erlangen, ward die Über=
siedlung nach Ludwigsburg gewagt und glücklich vollführt: 'der Herzog
scheint es will mich ignorieren und das ist mir grade recht', schreibt
Schiller, und er wiederholt noch einmal, nicht ohne Empfindlichkeit:
'Der Herzog sucht etwas darin, mich zu ignoriren'.

Kläglich in der That, mit greisenhaftem Eigensinn, stand der
Herrscher dem entflohenen Zögling der Karlsschule jetzt entgegen: nicht
die Zeit, nicht Schillers wachsender Ruhm konnte den zähen Groll des
Herzogs besiegen. Den Jenaer Gelehrten anzutasten und ihn wie die
Moser und Schubart auf dem Asperg zu 'bessern', verbot sich freilich;
darum strafte ein verbissenes Schweigen die Gesuche des Sohnes wie
des Vaters, und auch als der Ludwigsburger Garnisonsrapport die
Ankunft des Professor Schiller, nebst anderen Neuigkeiten, vermeldete,
kam kein Wort der Entscheidung herab: daß man einem erkrankten
Soldaten den Laufpaß gebe, ordnet die herzogliche Antwort sogleich
an; aber von Schiller, da der Laufpaß ihm nicht zu geben war, hat
die Resulution nichts zu vermelden, und sie sagt nur, verlegen = trotzig:
wegen der übrigen Punkte werde dem General Serenissimi Entschließung
zugehen. Doch ein Bescheid erfolgte nicht: wenige Wochen später schloß
Herzog Karl die eigenwilligen Augen zu. Erst jetzt hatte Schiller
volle Freiheit der Bewegung, erst jetzt konnte er nach Stuttgart
wiederkehren.

Doch er verblieb in Ludwigsburg, der Stadt seiner Kindheit, wo
Hovens alte Freundschaft sorgend um ihn bemüht war, und wo bald
nach der Ankunft ein jüngster Schiller erschien: 'Wünsche mir Glück,
lieber Körner', bittet er den Freund, am 15. September. 'Ein kleiner
Sohn ist da; die Mutter ist wohlauf, der Junge groß und stark und
alles ist glücklich abgelaufen. Nicht 6 Tage waren wir hier angelangt,
so ging es los'. Und Hoven erzählt in seiner Selbstbiographie:
'Schiller hatte sich zu Bette begeben, die Entbindung verzögerte sich
tief in die Nacht. Meine Frau brachte Schillern das Kind vor das
Bette, er schlief noch, aber das Geräusch erweckte ihn. Sein erster
Anblick, wie er die Augen aufgeschlagen hatte, war der ihm geborene

Sohn. Seine Freude war unaussprechlich'. Dem Coadjutor zu
Ehren wurde das Kind Carl getauft, am 23. September, und die
feierliche Handlung vereinigte Schillers ganze Familie um ihn; nach
langer Trennung schloß sich der Kreis der Nächsten nun reicher wieder
zusammen, und gemeinsam mit der Herzogin von Weimar und der
Frau Hofmeisterin von Lengefeld fungirten als Taufzeugen auch der
'Herr Hauptmann Schiller, nebst dessen Eheliebste, Großeltern': 'der
gute Vater und die liebe Mutter', sagte Lotte ein Jahrzehnt darauf,
'sahen so ehrwürdig an jenem Tage aus, wie sie ihrem ersten Enkel
ihren Segen gaben, daß mir ihr Bild stets im Herzen bleiben wird'.

Unverändert in Rüstigkeit und Thatenlust hatte Schiller den
Vater wiedergefunden, nach so viel Jahren: 'er ist in seinem 70. Jahre
das Bild eines gesunden Alters', schreibt er, 'und wer sein Alter
nicht weiß, wird ihm nicht 60 Jahre geben'. Was den Vater so
frisch macht, ist nichts anderes, als des Sohnes Allheilmittel: 'er ist
in ewiger Thätigkeit', sagt Schiller, 'und diese ist es, was ihn gesund
und jugendlich erhält'; und als der Sohn in jener Zeit den Eltern
einmal schrieb: 'es ist mir immer himmlisch wohl, wenn ich beschäftigt
bin und meine Arbeit mir gedeiht', da durfte er auf das beste
Verstehen zumal des Vaters zählen. Der Friede mit den Seinen, der
in der Wanderzeit so heftig bedroht worden, ward jetzt völlig wieder-
hergestellt; gleich als die Ehren des Professorenthums den Heimathlosen
wieder in eine 'gewisse Rechtlichkeit' gerückt hatten, beruhigte sich des
Vaters bürgerlicher Sinn, das steife 'Er', mit dem er den Sohn bisher
angeredet, erweichte sich zum 'liebsten Fritz', und in einem rührenden
Schreiben zog er, am Geburtstag des Sohnes 1791, die Summe
seines Schicksals und sprach die Gründe für sein eigenes Handeln
offen aus: 'Durch wie viel Umwege hat Gott all dieses an Ihm und
uns gethan! Wie viel mußte der liebe Fritz erst leiden, sich öfters
in dem härtesten Druck befinden, von seinen Eltern ohne Hülfe, in
fremdem Lande einzig sich selbst überlassen und immer im Zweifel
sein, wie er Seine angefangene Rolle in der großen Welt würde fort-
spielen können. Ich muß jetzt zu meiner Demüthigung bekennen, daß

ich für meinen Sohn immer mehr Furcht als Hoffnung genährt habe, und das vornehmlich deswegen, weil ich Ihn zur Erreichung Seiner über meinen Horizont gegangenen Absichten niemals unterstützen konnte. Theuerste Frau Tochter, ich wende mich jetzt an Sie und danke Ihnen mit dem wärmsten Gefühl eines Vaters für alle Ihre Liebe und Sorgfalt, die Sie Ihrem lieben Gatten, unserm Sohn, erwiesen. Gott segne Sie mit aller Fülle seines Segens'. In lebhafter Theilnahme verfolgt er nun den Gang Schillers von der Dichtung zur Geschichte, zur Aesthetik: als der Briefwechsel mit dem Prinzen von Augustenburg zu erscheinen beginnt, schreibt er, bescheiden und treffend: 'nach meinem geringen Urtheil wird derselbe bei den Herrn Gelehrten Sensation verursachen'; und gesteigertes Interesse nimmt er am 'Abfall der Niederlande', welcher in die Gegenden führt, die er selbst einst im Erbfolgekriege durchzogen, und meldet, erfreut von dem wachsenden Ruhme des Sohnes, an Reinwald: 'Fritz hat sehr gute Aussichten, steht auch in Göttingen in guter Reputation und die Gelehrten wünschen nur, daß er die niederländische Geschichte vollends herausgeben möchte. Ein junger Gelehrter, Namens Mohl, der erst von Göttingen zurückgekommen, sagte, daß man nicht ver= muthet, daß es möglich wäre, eine Geschichte so philosophisch zu schreiben, hauptsächlich ist das, was ich selbsten anmerkt, am meisten aufgefallen, daß Fritz aus den factis die geheimen Triebfedern und Absichten, die Caractere der handelnden Personen und dergl. so artig zu entwickeln und zu schildern wußte'. Als dann 1792 Schillers Mutter und seine Schwester Nanette sich auf den Weg nach Jena machen und den Alten sein Amt zurückhält, sieht er in Sehnsucht und Trauer den Scheidenden nach: 'mir schneidet es hart ein', ruft er, 'daß ich nicht auch die Freude haben soll, nach einer Zeit von 10 Jahren meinen einzigen lieben Sohn zu umarmen'. Und so geschah es um des Vaters willen vor allem, daß Schiller die schwäbische Reise unternahm: 'ich kann und darf sie nicht aufgeben', sagt er, 'denn die ganze Hoffnung meines Vaters beruht darauf, und ich bin ihm diese Liebe schuldig. Er ist im Oktober 70 Jahre alt, und also läßt sich mit ihm nichts aufschieben'.

Im fröhlichen Familienkreise ward dieser siebzigste Geburtstag auf der Solitude begangen, am 27. Oktober, drei Tage nach des Herzogs Tode; und manches Gespräch des Tages mag dem ʽalten Herodesʼ noch gegolten haben, der eben in der Ludwigsburger Schloß=kirche, bei nächtlichem Fackelschein beigesetzt worden. Mit der Freude über den Festtag mischte sich die bange Frage nach der Zukunft der Solitude unter dem neuen Herrscher, und die Sorge um des Haupt=manns Gesundheit: die Folgen von ʽacht ernstlichen Campagnesʼ, auf die er zurückblickte, machten sich nun doch, in rheumatischen Beschwerden, arg geltend, aber mit Umsicht alle Vorbereitungen zum Geburtstag zu treffen, blieb er dennoch sorgsam bemüht: ʽIn all dieser Betrach=tungʼ, schreibt er, ʽist anjetzo mein Vorschlag, daß ich Sonntag früh den Schäfer mit seinen Pferden nach Ludwigsburg schicke, um den lieben Fritz, Lotte und Karlgen, sammt Nanette und der Kindswärterin hierher zu fahren. Für so viel Personen können wir Liege=Statt aufbringen. Über all dies schickt es sich auch besser, meinen Geburts=tag hier zu halten und etwa bis den 10. November nach Ludwigs=burg zu kommen. Dem Schäfer will ich das Fuhrlohn selbst bezahlen. Ein Fäßlein Wein von 24 Maaß hab' ich von Stuttgart kommen lassen, aber nicht von dem 80 fl.= sondern nur 70 fl.=Wein, den wir jetzt probiren wollen. Die Maaß kömmt nur auf 25 Kreuzer, und da wäre doch des Monats gegen 4 fl. erspart, wenn dieser dem lieben Fritz schmecken sollteʼ. Statt des Gegenbesuchs am zehnten November, den die Rücksicht auf den Herzog verbot, stellte sich dann, als eine willkommenste Geburtstagsgabe, des Vaters Bild ein, von Frau Simanowitz ʽausgemaltʼ, und Schiller antwortete erfreut: ʽFür Ihr, mir so werthes Bildniß danke ich Ihnen tausendmal, liebster Vater; so froh ich indeß bin, daß ich das Andenken von Ihnen habe, so viel froher bin ich doch, Sie selbst zu haben und in Ihrer Nähe zu leben. Wir müssen aber diese Zeit etwas besser nützen und keine so lange Pausen machen, ehe wir wieder zusammenkommen. Meinen Wagen will ich mit nächster Gelegenheit hinaufschaffen und bei Ihnen stehen lassen, daß Sie sich seiner immer bedienen können. Es kommt ja gar nicht just auf den Tag an, wenn man zusammen fröhlich sein will, und jeder Tag, wo ich mit meinen lieben und besten Eltern zusammen bin, soll mir festlich und willkommen, wie ein Geburtstag sein. Jetzt meine und unser Aller herzlichste und kindlichste Grüße an Sie beide, und an die gute Nane meinen brüderlichen Gruß. Auf baldiges frohes Wiedersehen. Ihr gehorsamer Sohn Fr. Schiller'.

Wechselnd waren Schillers Schwestern, Nanette und Louise, in dieser Zeit seine Gäste, und während die Eltern kamen und gingen, und Besuche gewechselt wurden, halfen sie den Haushalt führen und den kleinen Karl pflegen; und Nanette zumal, eben an der Grenze von Kind und Jungfrau, ward Aller Liebling. Als Schiller floh, hatte sie grade das fünfte Jahr vollendet; nun sah er erstaunt, daß sie 'ein hübsches Mädchen geworden', zwar noch ganz 'Kind der Natur', aber aus schwärmenden braunen Augen verlangend in die Welt der Kunst blickend: die Werke des Bruders las sie und beclamirte sie mit Begeisterung und strebte, wie Schiller in jungen Tagen, eifrig zur Bühne selber hin. Schon die Zwölfjährige hatte sich einst 'in Verfassung eines Trauerspiels' geübt; und daß sie auch äußerlich dem Bruder ähnlich ward, bezeugt der Vater: 'Für Nanette ist es schade', sagte er, 'daß ich ihr nicht eine bessere Erziehung geben kann; sie hat Kopf und das beste Herz, auch viel von des lieben Fritzen Bildung'. Ihr Porträt, von Frau Simanowitz gemalt, zeigt einen zugleich anmuthigen und charakteristischen Kopf, von freier Haltung und klug-träumerischem Blick; lange braune Locken fallen auf ein weißes Mädchengewand herab, das Hals und Brust offen läßt; und nach keinerlei Zier, weder Schmuck noch Band, scheint die jungfräuliche Schlichtheit dieser Er-scheinung zu verlangen. Von anderer, festerer Art war Louise, Nanes ältere Schwester: sie hatte 'wenig Aeußeres', bezeugt Christophine Reinwald, und erst 1799, mit dreiunddreißig Jahren, führte ein ehrsamer Bewerber, Vikar Frankh, sie in die Ehe, dem sie eine brave schwäbische Pfarrersfrau wurde. Der Mutter glich sie, nicht dem Vater: geschäftig in der Wirthschaft, wie diese, weich und stets bereit zum Geben, schneller betrübt, als erfreut: 'sie hatte immer von Natur etwas Aengstliches, das ihr jede kleine Unannehmlichkeit vergrößert', sagt Christophine von ihr, und Schiller von der Mutter: 'sie nährt sich gleichsam von beständiger Sorge. Wenn sie auf einer Seite keine mehr findet, so sucht sie sie mühsam auf einer andern auf'. Und wie die Mutter es liebte, 'Päckle' zu senden, und dem Sohn sorgsam einen warmen Leibrock stiftet, oder dem kleinen Karl etliche Sacktücher, so bittet Louise den Bruder wohl um die Erlaubniß, ihm eine Binde zu stricken und hält genauen Vortrag über den Stoff: 'ich dächte von feiner Wolle oder Baumwolle oder Flockseiden würde es gut ausfallen; dies würde mir äußerst viel Vergnügen machen'. Frauenhaft bemüht pflegten so Mutter und Schwester den lang Entfernten, und Schiller schreibt sehr befriedigt gleich nach der Ankunft: 'Meine zweite Schwester versteht die Wirthschaft sehr gut und führt jetzt meine Oekonomie'. Sein Wohlgefallen darüber mochte um so größer sein, als offenbar Lotte diese bürgerliche Freude an der Wirthschaft niemals gekannt hat.

Indem aber Schiller in den Kreis der Familie wiederkehrte und schöne Tage lebte, im Erinnern an erste Jugend, kehrte er auch den Freunden zurück, die durch die ganze schwäbische Zeit seine Nächsten gewesen waren: Hoven und Petersen, Haug und Zumsteeg, Dannecker und Conz werden sein täglicher Umgang wieder, wie einst in Lorch, in Ludwigsburg und auf der Karlsschule. Conz hatte schon in Jena Schiller aufgesucht, und belustigt sah der Dichter, wie aus dem schmächtigen 'tübingischen Magisterchen' ein umfangreicher, behäbiger Herr 'Helfer' sich entwickelt hatte; Petersen jedoch war geblieben was er war: ein Freund der Bücher und des Weines; und ein Versuch Schillers, in burschikoser Laune den alten Kameraden unter den Tisch zu trinken, gerieth übel: Schiller selbst fiel als Opfer, und unter ausgelassenen Späßen wälzte er sich, in der 'geistlichen Herberge' zu Stuttgart, auf dem Tische herum. Für Hoven, der Schillers Umgang am eifrigsten jetzt genoß, gab das Wiedersehen die mannigfachsten Anregungen, und Schiller bewog ihn nicht nur, alte dichterische Pläne aufzunehmen, er trieb ihn auch in die medicinische Schriftstellerei hinein und gab so Anlaß, daß aus dem Ludwigsburger

Arzt ein Würzburger Professor wurde: denn was in jungen Tagen gegolten hatte, das galt noch immer, und Schiller durfte das Wort nun wiederholen: daß Er es sei, der die Neigungen der Freunde bestimme. Sie waren die Alten geblieben, sie hatten den Ort so wenig gewechselt wie den Vorstellungskreis, und darum fand Schiller, der als ein Anderer zurückkam, aus der Welt in die Enge der Heimath, so manchen der Freunde 'verbauert'; um so imponirender aber erschien Er den Freunden, und den Unterschied empfanden sie gut zwischen dem Schiller von ehemals und von nun: 'Er war ein ganz anderer Mann geworden', sagt Hoven, 'sein jugendliches Feuer war gemildert, er hatte weit mehr Anstand in seinem Betragen, an die Stelle seiner vormaligen Nachlässigkeit in seinem Anzuge war eine anständige Eleganz getreten, und seine hagere Gestalt, sein blasses kränkliches Aussehen vollendeten das Interesse seines Anblicks. Wie anständig war jetzt seine sonst etwas ausgelassene Jovialität! Kurz, er war ein vollendeter Mann geworden'.

Noch manche anderen Züge hat Hoven aufgezeichnet, die von Schillers Leben in dieser Zeit ein deutliches Bild gewähren. Er schildert ihn in der Freude an seinem Kinde, und wie er den Weih=nachtabend, im Vorgefühl künftiger Christzeiten, ganz allein vor dem geputzten Tannenbaum verbringt, lächelnd und von seinen Früchten naschend; er schildert ihn in seiner Arbeit in der Stille der Nacht, wo die Plage der Brustkrämpfe am ehesten Ruhe gab, und erzählt, wie er als ein 'anderer Mann' auch zu geänderten Anschauungen gelangt war: von den 'Räubern' und seinen älteren Werken überhaupt hörte er nur ungern reden und schien sie am liebsten ungedruckt zu wünschen; und von der französischen Revolution urtheilte er, daß sie ein Ende mit Schrecken nehmen werde: die Republik, sagte er voraus, werde eben so schnell wieder aufhören, wie sie entstanden sei, sie werde in Anarchie übergehen und das einzige Heil der Nation werde sein, daß ein kräftiger Mann erscheine, er möge herkommen, woher er wolle, der den Sturm beschwöre, wieder Ordnung einführe und den Zügel der Regierung fest in der Hand halte, auch wenn er sich zum ununſchränkten Herrn nicht nur von Frankreich, ſondern auch von einem Theil des übrigen Europas machen ſollte. Unſchwer erkennt man in ſolchen Ausſprüchen den Eindruck wieder, den trotz allem die wachſende Kraft der Franzoſen auf Schiller gemacht hatte, ihre von der Vertheidigung zum Angriff überſpringende jugendliche Eroberungsluſt, wie ſie damals etwa in Dumouriez und Cuſtine Perſon ward; denn Scharffenſteins Wort, bei allen Wandlungen, traf auf Schiller noch immer: 'Kraftäußerung begeiſterte ihn vorzüglich'.

Neben all dieſe Erzählungen aber, welche des Dichters geiſtige Stärke und Hoheit ausſprechen, ſein nimmer ermattendes Streben und den allem Menſchlichen zugewandten, frohen Sinn, muß man den Bericht Hovens über Schillers Krankheit ſetzen, wenn man ſein Kämpfen und Erliegen und wiederum ſiegreich Kämpfen ganz verſtehen will in ſeiner Größe. Nur ein einziges Mal, ſo berichtet Hoven, verſuchte Schiller einen Spaziergang von etwa einer Stunde zu unternehmen und bitter genug mußte er das Wagniß büßen: ſo bald die Sonne nur am Untergehen war, empfand er ſchon Beſchwerden, eilig wurde der Rückzug angetreten, aber mitten im Walde überfiel der Bruſtkrampf Schiller ſo ſtark, daß Hoven ſich ängſtlich nach Hilfe umſah: mehr tragend als führend brachte er den halb Ohnmächtigen endlich ins Haus zurück. In ſolchen Zeiten ärgſten Leidens mag es geweſen ſein, daß der Angſtruf ſich Schiller entrang, gegen Körner: 'Gebe nur der Himmel, daß meine Geduld nicht reiße, und ein Leben, daß ſo oft von einem wahren Tode unterbrochen wird, noch einigen Werth bei mir behalte'.

Vielerlei hatte ſich vereinigt, um Schillers Laune ſo erſchreckend zu verdüſtern, und von Neuem durchlebte er eine der härteſten Kriſen jetzt: was er beſaß, erſchien ihm entwerthet, was er entbehrte, ſchien allen Werth des Lebens nun zu umſchließen. Er kann nicht arbeiten, das iſt das Erſte: 'es giebt viele Tage', ruft er, 'wo ich Feder und Schreibtiſch haſſe'. Den wogenden Reichthum der Pläne, den er mit ſich trägt, kann er nicht nützen, 'wegen des elendeſten aller Hinderniſſe': und er muß froh ſein, da er an größere Compoſitionen gar nicht mehr denken darf, wenn wenigstens ein kleineres Ganze ihm gelingt. Einen Tractat über das Naive plant er darum gegen Jahresende, 'doch nur für die Thalia', sowie eine Schrift vom ästhetischen Umgange: aber grade diesen, den ästhetischen Umgang und die geistreich plaudernde Tischgesellschaft von Jena, muß er jetzt schmerzlich entbehren und findet sich ganz verlassen in einer 'monatelangen Dürre'. Anstatt also Hilfe zu empfangen von der Außenwelt, muß er vielmehr mit aller Macht dem widrigen Eindruck entgegenstreben, den der Umgang anders gearteter Menschen auf ihn macht: und die Reizbarkeit des Kranken läßt ihn den Abstand zwischen derjenigen Cultur, aus der er herkommt, und dieser schwäbischen Uncultur nur um so heftiger gewahr werden. 'Meine Gefühle', sagt er, 'sind durch meine Nervenleiden reizbarer, und für alle Schiefheiten, Härten, Unfeinheiten und Geschmacklosigkeiten empfind= licher geworden. Wäre ich mir nicht bewußt, daß die Rücksicht auf meine Familie den vornehmsten Antheil an meiner Hierherkunft gehabt hätte — ich könnte mich nie mit mir selbst versöhnen'. Auch Körner, so empfand er in der Verfinsterung seiner Laune und sprach es aus, fast wider seinen Willen, — auch Körner gab ihm die Anregung nicht, die Wärme des Verstehens, durch die er ihn sonst erfreut hatte; und in der That war Körners Streben durch diese ganze Zeit gewesen: den Freund von der Wissenschaft fort, fort von der Geschichte zumal, in die Kunst zurückzuziehen. Die inneren Nöthigungen in Schillers sich verzweigender Entwicklung erkannte er nicht, und spornte ihn, aus dem sicheren Gefühl heraus, daß Poesie sein Eigenstes bleiben werde, zum Dichten, nur zum Dichten an. Zu all diesen geistigen Nöthen 'aber kam für Schiller auch die Sorge um die Existenz wieder allgemach herauf: denn wenn die Zeit des dänischen Stipendiums abgelaufen war, — wie wollte er, ein todtkranker Mann, den wachsenden Haushalt künftig bestreiten? Da die 'Mainzischen Aspecten sich ganz verfinstert hatten', erwog er, von Lotte und Caroline berathen, den seltsamen Gedanken, Weimarischer Prinzeninstructor zu werden, wie einst Vater Wieland; und sehr bereitwillig kam er einem thatenlustigen jungen Verleger entgegen, der ihm durch Hang empfohlen worden, Johann

Friedrich Cotta, und erfreute ihn durch Vorschläge zu künftigen Unter=
nehmungen.

So hoch war die Unlust Schillers an dem erst ersehnten schwäbischen
Aufenthalt jetzt angestiegen, daß er scheiden wollte, mitten im Winter:
nur fort, eilig fort ruft es in ihm, wie stets in geistigen Krisen, wie
in Mannheim, in Dresden, wie in der Heimath selber einst. Als
nun gar die Kriegsunruhen näher zu kommen schienen, war ein neuer
Grund gefunden, zu reisen, und chère mère wurde um Übersendung
des jährlichen Zuschusses von zweihundert Thalern ersucht; sie schickte
das Geld am 11. Januar, mahnte aber dringend: 'thut ja keinen
übereilten Schritt mit eurer Zurückreise in der jetzigen Jahreszeit
mit Schillern, der schon die warme Abendluft in Jena nicht vertragen
konnte'. Der Reiseplan ward vertagt, aber nur um nach wenigen
Wochen wieder aufzutauchen; Verwundete von der kaiserlichen Armee
sollten nach Ludwigsburg kommen, und dem Lärm und der Gefahr
einer ansteckenden Seuche wußte der Kranke nicht eilig genug zu
entgehen. Und auch die 'Lage der Sachen wegen Rudolstadt' mußte
Hauptmann Schiller, zu Anfang März, traurig anerkennen als einen
Grund zur Reise: er meinte die Sorgen, welche Caroline Beulwitz
in dieser Zeit den Ihrigen gab, und über welche Schiller und Lotte
chère mère persönlich zu trösten wünschten.

Den Vorsatz, sich von ihrem Gatten zu trennen, hatte Caroline
lange gehegt, bis sie, im Juni 1793, mit der festen Absicht nicht
wiederzukehren, nach Schwaben abgereist war, zur Beruhigung der
Mutter von Fräulein Ulrike von Beulwitz, ihrer Schwägerin, bei
dieser 'Badekur' begleitet. Im August hatten sich dann die Beiden
mit Lotte und Schiller vereinigt und die Übersiedlung von Heilbronn
nach Ludwigsburg mitgemacht. Aber seit demselben Sommer 1793
lebte in Schwaben, gradwegs aus dem Pariser Krater kommend, auch
Wilhelm von Wolzogen: und Caroline wünschte nun, unmittelbar
nach der Scheidung sich ihm zu vermählen. Weder Lotte noch Schiller
waren dem Plane geneigt, und es wird an aufregenden Scenen nicht
gefehlt haben, welche Schillers tiefe Verstimmung vielleicht im Letzten

erklären: er fah, daß feine geiftige Macht über die nächfte Freundin enden wollte, und fie von auffallenden Schritten zurückzuhalten fühlte er fich gänzlich außer Stande: mit dem Frühjahr gingen Caroline und Wolzogen plötzlich in die Schweiz und lebten dort gemeinfam, unter anderem Namen verftedt, — während Fräulein Ulrike, unbekannt wie, in die Heimath fpedirt wurde. 'Es wäre doch entfetzlich, wenn es noch vor der Scheidung heraus käme', fchrieb Frau von Lengefeld damals. Die Entfremdung von Schiller ward eine vollftändige: noch im September 1794, als die Neuvermählten durch Weimar kamen, wo Schiller grade zu Befuch war, vermied er es, Caroline zu fehen; und als er den Eltern, im November, die Heirath mittheilte, klingt feine Erregung noch deutlich nach: 'Ich wollte Ihnen nicht früher von diefer Sache fchreiben,' fagt er, 'theils weil ich immer noch gehofft hatte, fie rückgängig zu machen, theils weil fie mir in fo vielem Betracht fatal ift. Nun ift es gefchehen und ich fchlage fie mir aus dem Sinn fo gut ich kann. Diefe zwei Leute fchiden fich garnicht zufammen und können einander nicht glücklich machen. Aber wem nicht zu rathen ift, dem ift nicht zu helfen. Ich bekümmere mich nicht mehr darum. Diefe Gefchichte hat meine Schwägerin und mich ziemlich gegeneinander erkältet'.

Hauptmann Schiller war gefaßt, in jenem Schreiben vom 7. März 1794, den Sohn reifen zu fehen und die Abfchiedsftunde fchien ganz nahe: 'Der Wagen wird früh ankommen', fchrieb er, 'damit wir doch einige Stunden uns letzen können. Ihr Liebften meines Herzens, ach! wie hab ich Gott gedankt, euch alle von Angeficht zu fehen'; aber noch einmal ward die Fahrt, um volle zwei Monate, vertagt, und nicht in hypochondrifcher Verftimmung, in fröhlicher Frühlingslaune follte Schiller die Heimath verlaffen: von Ludwigsburg entfchloß er fich nach Stuttgart überzufiedeln, er miethete fich in einem Garten= haufe ein, wo er bei 'beifpiellos angenehmer Witterung den ganzen Einfluß des wiederauflebenden Jahres' genoß und fand nun endlich, zugleich mit dem körperlichen Behagen, in anregendem Verkehr auch die freie Geiftesftimmung wieder, die er erfehnt. Mit dem Kaplan

Werkmeister, einem festen Kantianer, konnte er philosophische Conver=
sation halten, und der getreue Zumsteeg und zumal Dannecker gaben
seinen dichterischen Interessen den ersehnten 'ästhetischen Umgang':
ein wahres Kunstgenie nennt er Dannecker, dessen Anregungen ihm
gar wohl thun. So geschah es, daß er die ästhetischen Briefe, an
denen er in Ludwigsburg zögernd geformt, bei Seite legte und sich
zur poetischen Produktion gedrängt fand; er nahm den Plan zum
'Wallenstein' wieder vor, und im ersten Eifer sah er das weite Werk
schon der Vollendung nahgerückt: 'ist nur der Plan erst fertig,' ruft
er, 'so ist mir nicht bange, daß er in drei Wochen ausgeführt sein
wird'. Nicht drei Wochen, ganze fünf Jahre sollten hingehen, bis
daß seine Hoffnung sich erfüllte.

Eine kleine Reise, die Schiller jetzt mit Hoven unternahm, führte
ihn zu Abel, seinem alten Lehrer in Tübingen, wo man, von dem
erfreuten Professor verschleppt, in einem großen Studentenbau, der
'Bursch', aus ungeheuern Schüsseln gemeinsam mit den theologischen
Stipendiaten speisen mußte, und wo Abels Enthusiasmus selbst
Nachts nicht Ruhe fand: den Leuchter in der Hand, immer im Begriff,
das Schlafzimmer zu verlassen, war er nicht eher von dem geliebten
Gaste fortzubringen, als bis ihn Hoven überzeugt hatte, daß Schiller
schon fest im Schlafe liege. Drei merkwürdige junge Theologen,
Stubengenossen im Stift zu Tübingen, waren eben damals als
Magister in die Welt gezogen: Schelling, Hegel und Hölderlin; jenen
beiden sollte Schiller dann in Jena begegnen, diesen hatte er durch
Stäudlin bereits kennen gelernt, den alten Gegner der 'Laura'=Lieder,
welcher sich dem berühmten Landsmann voll Ehrerbietung nun genähert
hatte; und mit wohlwollender Reserve empfahl Schiller den jungen
Hölderlin als Hofmeister für Charlotte Kalbs Knaben. Auch Fichtes
Bekanntschaft machte er jetzt, der zu Reinholds Nachfolger ernannt
war: 'eine sehr gute Acquisition' für Jena, so meinte Schiller, von
dem die Philosophie noch Großes zu erwarten habe. Und mit Johann
Friedrich Cotta ward gleichfalls persönliche Bekanntschaft gestiftet und
die Geschäftsverbindung einstweilen durch ein kleines Geldgeschäft

eingeleitet; bereitwillig ging Cotta auf Schillers Wünsche ein und
zahlte, gegen Wechsel auf Göschen, 200 Thaler aus.

In der glücklichen Laune dieser Zeit, als er erkannte, daß es sich
in Schwaben zuletzt doch leben ließ, hat Schiller auch über die Karlsschule sein Urtheil gefällt, anders als in Stuttgarter Tagen; und wie
er der Familie, den Freunden sich wieder nahefühlte, so versöhnte er
sich jetzt den geistigen Mächten, die über seiner Jugend gewaltet.
Schon in Ludwigsburg hatte er die alte Lateinschule und den alten
Lehrer, Professor Jahn, wieder aufgesucht, und wo er einst auf den
Bänken eifrig gehorcht, da schaltete er nun vom Katheder herab:
zu wiederholten Malen erschien, in Vertretung des leidenden Alten,
der Jenenser Hofrath als Lehrer, und trug der aufmerkenden Jugend
von Ludwigsburg Logik und Rhetorik und Geschichte vor. In Stuttgart dann, nach Karls Tode, suchte er die Militärakademie auf, und
fand sein Andenken aus alten Zeiten so lebendig, wie sein Wirken in
den neuen: noch zeigte man Schillers Bett vor, und den Platz, den
er im Garten einst bestellt, jetzt 'Schillergarten' geheißen; und vierhundert Karlsschüler begrüßten den Besucher im großen Speisesaal mit
enthusiastischen Rufen: 'vor jeder Tafel', so wird erzählt, 'mit fünfzig
Gedecken jede, unter Begleitung des Intendanten der Akademie und
seiner Offiziere anhaltend, empfing Schiller mit Huld und sichtbarer
Rührung das laut klingende Hoch'. Bald darauf aber hob der neue
Herzog die Akademie gänzlich auf, und Schiller stimmte in die allgemeine Klage über das jähe Ende ein: 'dieses Institut hat ungemein
viel Kenntnisse verbreitet', schrieb er, 'artistisches und wissenschaftliches
Interesse; die Künste blühen hier in einem für das südliche Deutsch-
land nicht gewöhnlichen Grade; und die Zahl der Künstler hat den
Geschmack an Malerei, Bildhauerei und Musik sehr verfeinert'.

Als ein lebendes frohes Zeugniß, für diese Wirkungen der
Akademie, stand Dannecker ihm vor Augen: 'bei weitem den besten'
unter den Stuttgarter Künstlern findet er ihn, den ein vierjähriger
Aufenthalt in Rom vortrefflich gebildet hat. Dem Menschen und dem
Künstler zugleich galt sein Wohlgefallen: eine der liebenswürdigsten

Erscheinungen trat Schiller in dem alten Akademiegenossen entgegen, lebensfrisch und naiv: 'il beato', so hatte Canova ihn zu Recht getauft. 'Ich lerne viel von ihm', sagt Schiller, in dankbarem Erinnern an empfangene Einsicht, und er giebt auch hier das Geschenkte zurück, indem er dem Freunde den Homer in Vossens Übersetzung überreicht, als eine Quelle der Anregung für den Künstler. Grade Dannecker, der 'an der Wahl des Gegenstandes' litt, nach Goethes Wort, empfand jetzt Schillers belebende Kraft, wie sie Hoven eben empfunden, und er sehnte sich nach dem Entfernten zurück: 'du warmer Mann würdest mich gewiß wieder aufgerühren', ruft er; 'lieber Schiller, ich bin so glücklich seitdem ich deinen Homer besitze'. Auf denselben Weg weist hier Schiller den Schaffenden, wie die 'Weimarischen Kunstfreunde' später thaten, welche Homer die reichste Quelle für den Künstler nannten; und immer näher kommt er so, von verschiedenen Seiten her, der classicistischen Anschauung Goethes.

Danneckers Persönlichkeit, schärfer als in seinen Werken, hat in seinen Briefen sich ausgeprägt, in diesen frisch hingeplauderten, gesprochen geschriebenen Briefen; und was der Sohn des Homerübersetzers, Heinrich Voß, von ihm geurtheilt, das bestätigen diese liebenswürdigen Selbstbekenntnisse: 'Welch eine freundliche Erscheinung ist der Dannecker', ruft Voß, 'wie habe ich mich an seinem scharfen Auge ergötzt, und an seinem lieblichen Wesen, das ich nur mit dem schwäbischen Ausdruck herzig zu bezeichnen weiß'. Nicht als ob er an einen Entfernten sich wendete, schreibt Dannecker, seine Lebendigkeit arbeitet mit beständigen Ausrufen, Anreden, Unterbrechungen wie im Gespräch: 'Bravo!' ruft er, 'das thut mir wohl', er spricht freimüthig heraus, wie's ihm um's Herz ist und bittet dann etwa nachher: 'verzeihen Sie mir, wenn ich mich verschrieben habe'; er berichtet ganze Zwiegespräche und führt seinen Fürsten und sich redend ein, wie sie über Schillers Büste streiten: 'Potz tausend wie groß! sagte er. Aber warum? Ich: Ihr. Durchlaucht Schiller muß so groß sein. (In einem fermen Ton gesprochen, die beiden Arme gestreckt, so daß das Innere der Hände en face kam.) Aber was wollen Sie damit machen?

Ich: Ihr. Durchlaucht der Schwab muß dem Schwaben ein Monu=
ment machen'.

Die Ausgestaltung dieser Büste aber ward ein heiliges Anliegen
für Dannecker, in der Zeit von Schillers Aufenthalt bis über seinen
Tod hinaus. Lieber will er sterben, als daß sie ihm mißlänge: 'und
das Sterben', ruft der fröhliche Mann, 'ist so meine Sache nicht'.
Eine Büste in Lebensgröße arbeitet er zuerst, 'streng nach der Natur',
und sie findet den wärmsten Beifall aller: 'der Originalausguß', sagt
Goethe, 'hat eine solche Wahrheit und Ausführlichkeit, daß er wirklich
Erstaunen erregt'. Und als Schiller gestorben, da löste sich Danneckers
Schmerz in dem Plane eines Denkmals in Stein: 'Ich glaubte die
Brust müßte mir zerspringen', ruft er, 'und so plagte mich's den
ganzen Tag. Den andern Morgen beim Erwachen war der göttliche
Mann vor meinen Augen, da kam mir's in den Sinn, ich will
Schiller lebig machen, aber der kann nicht anders lebig sein, als
colossal. Schiller muß colossal in der Bildhauerei leben, ich will eine
Apotheose'.

Noch zwei andere Bilder des Dichters sind in dieser Schwäbischen
Zeit ausgeführt worden, ein Stich und ein Oelgemälde: jener von
Johann Gotthard Müller gefertigt, auch einem alten Karlsschüler, nach
einem Bilde Graffs von 1791, dieses von Frau Simanowitz geleistet,
wie die andern Familienporträts, und in unzähligen Nachbildungen
seither verbreitet. Die Dame hat einen Damen=Schiller gemalt, mit
weichem Pinsel: die gläsernen Augen, die matte Haltung zeigen den
leidenden Schiller an, nicht den, welchen Kraftäußerung begeistert;
den Dichter des Fridolin, nicht den Dichter der Räuber. Näher ist
Müller auf Graffs Spuren dem Wesen des Mannes gekommen: den
zur Seite geneigten Kopf auf die rechte Hand gestützt, die linke nach
der Tabaksdose greifend, sitzt der Dichter nachdenklich da, den leuch=
tenden Blick dem Beschauer zugekehrt; aber daß auch hier der ganze
Schiller nicht ist, daß er abermals in's Weiche idealisirt worden, hat
schon Lotte ausgesprochen: 'ich finde', schreibt sie, 'Schiller hat mehr
Geist noch in seiner Physiognomie; aber schöner ist das Bild'. Den

echten Schiller hat Dannecker nur gegeben, den leidenden und den
thatkräftigen, den milden und den starken: Energie athmet der ganze
Kopf, das Zusammenspiel von Mund und Nase und Kinn hat den
seinen Zauber und alle fließenden Linien des Lebens, und nichts ist
verschwiegen, nichts verweichlicht: der lange Hals, wie die scharf
herausspringende Nase, die eingefallenen Wangen und die hervor-
steckenden Backenknochen, ein jedes ist treu und scharf und bedeutend
gefaßt. Man denkt an Goethes Wort gegen Eckermann: 'Alles an
Schiller war stolz und großartig; aber seine Augen waren sanft'.

Schiller hatte seine Abreise auf den 6. Mai festgesetzt; aber noch
unmittelbar zuvor, am 4., fand eine Zusammenkunft statt, die den
Besuch in der Heimath bedeutsam abschloß: Cotta kam nach Stuttgart und man unternahm, an einem unvergeßlichen Frühlingstag,
einen Ausflug bis nach Untertürkheim und auf den Kahlenstein (heute
Rosenstein genannt): noch nach einem Jahrzehnt erinnerten sich Beide
gern an jene erste Fahrt, die ihrer Freundschaft den Grund gab.
Jetzt, die Gedanken schon auf's Scheiden wehmüthig gerichtet, mit dem
Blick auf schönes schwäbisches Land, auf die Thäler und Berge seiner
Kindheit, Neckarthal und Remsthal und schwäbische Alp, — jetzt
schloß Schiller sich dem Landsmanne auf; den Plan zu einem großen
Tagesblatt legte dieser vor, Schiller erwiderte mit dem Project eines
literarischen Journals, das ihn seit mancher Zeit bewegte; und der
speculirende Zug in ihm, der publicistische Unternehmungsgeist, der seit
den Tagen der Anthologie und des Württembergischen Repertoriums
immer wieder in Schiller aufgelebt, traf nun endlich den verwandten,
in's Große gehenden Geschäftssinn: der Schwabe verstand den
Schwaben. Bald wollte Cotta den Dichter in Jena aufsuchen, und
dann wollte man zu festen Abmachungen sogleich gelangen.

Es ging zum Scheiden. Ein Greis von siebzig und ein Kranker
sollten auseinandergehn, auf viele Tagereisen, und bang trat vor
ihre Seele die Frage nach dem Wiedersehen: 'Der Abschied wird mir
herzlich schwer werden', schrieb Schiller an Christophine, 'da doch
niemand für die Zukunft stehen kann. Der liebe gute Papa hat große

Luft, uns künftiges Jahr zu besuchen. Diese Aussicht erleichtert mir einigermaßen unsere Trennung, und über der Hoffnung verschmerze ich vielleicht das Bittre des Augenblicks. Unser Aufenthalt im Lande ist schnell vorübergerauscht und wir haben einander nicht so oft genießen können als wir wünschten'. Schiller nahm den Auftrag mit, für das neue Werk seines Vaters von der Baumzucht einen Verleger zu bestellen: und von dem Gelde, das diese Schrift ihm eintrug, so plante der Alte, wollte er ein Pferd erstehen und noch einmal, der Weitgereiste, einen Ritt durch's deutsche Land wagen, den lieben Fritz und die Tochter in Meiningen zu besuchen. Auch eine lebendig plaudernde Erinnerung an die Heimath nahm in Schillers Reisewagen Platz, die Kindsmagd Wezel aus Neckarrems die den kleinen Schwaben Karl, den 'Goldsohn', behütete; und noch eine zweite Jungfer Wezel ward später als Hausmagd nachgeschickt.

Schillers Reise ging über Meiningen, wo er drei Tage mit Christophine und Reinwald angenehm verlebte; und am 15. Mai, nach einer glücklichen Fahrt von im Ganzen neun Tagen, traf er in Jena wieder ein. Mit fröhlichem Gefühl sah er auf dies Heimaths= jahr nun zurück, auf die 'schöne Erneuerung der Jugendfreundschaft', der 'brüderlichen Neigung' zu den Genossen; er empfand, daß der schwäbische Aufenthalt, mit seinen Freuden und Schmerzen, eine große Lebensepoche ihm abschloß, und daß die Zeit der leidenschaftlichen Krisen nun endlich vorüber sei; und seine eigene Einsicht bekräftigte der Freund, der dem Rückkehrenden in Jena entgegentrat, Wilhelm von Humboldt: 'Immer glaubte ich', so schreibt er an Schiller, 'seit Ihrer Zurückkunft nach Jena eine Aenderung an Ihnen zu bemerken. Alles Beste von sonst fand ich wieder und erhöht, aber außerdem eine so gleichmäßige Ruhe und Milde. Gewiß ist Ihre Geistesform jetzt auf ewig bestimmt.'

An einem entscheidenden Wendepunkt steht Schillers Entwicklung: die Lehrjahre sind beendet; es beginnen die Meisterjahre.

Aesthetik.

————

> Kants Philosophie giebt, nach meiner gegen=
> wärtigen Ueberzeugung, die festen Grundsteine her,
> auch ein System der Aesthetik zu errichten. Weit
> entfernt, mich für denjenigen zu halten, dem dieses
> vorbehalten ist, will ich wenigstens versuchen, wie
> weit der entdeckte Pfad mich führt. Führt er mich
> gleich nicht zum Ziel, so ist doch keine Reise ganz
> verloren, auf der die Wahrheit gesucht wird.
>
> Schiller an den Prinzen von Augustenburg.

> Der Gang unseres Geistes wird so oft durch
> zufällige Verkettung bestimmt. Die metaphysisch=
> critische Zeitepoche, welche besonders in Jena herrschte,
> ergriff auch mich; es regte sich das Bedürfniß nach
> den letzten Principien der Kunst; und so entstanden
> jene Versuche, denen ich keinen höhern Werth geben
> darf und will, als daß sie eine Stufe meines Nach=
> denkens und Forschens bezeichnen, und eine vielleicht
> nothwendige Entladung der metaphysischen Materie
> sind, die, wie das Blatterngift, in uns allen steckt,
> und heraus muß.
>
> Schiller an Rochlitz.

Schillers Absicht, als er in Kants Philosophie nur eben ein=
getreten, war gewesen: die neue Lehre ganz in sein Eigenthum
umzuwandeln. Sein Ehrgeiz und der innere Zwang seiner Natur
miteinander treiben ihn, aus der Masse der Schüler sich abzusondern
und ausdrücklich faßt er den Vorsatz: nicht kantisch zu sein; denn nur
so könne man auf dem Jenenser Katheder etwas Neues sagen. Der
Werthung seiner Aesthetik ist damit die Richtung gezogen: nach
Schillers 'Eigenthum' geht die Frage, eifriger als nach dem über=
lieferten Schatz der Vorgänger. Nicht die Stellung Schillers in der

Geschichte der Aesthetik gilt es zu bestimmen, in einer Wissenschaft
also, welche, als Metaphysik, in Selbstzersetzung endigte und welche,
als Empirie, von der Gegenwart nur eben wieder erbaut wird:
sondern zu zeigen ist, wie Schillers Individuum und Schillers Epoche
in seiner Aesthetik sich abformte; und wie sein Schaffen Impulse und
neue Stützen gewann in dieser Zeit der Speculation.

Die philosophische Anschauung Schillers, am frühsten und am
naivsten, hatte aus den beiden Schriften der Elevenzeit gesprochen:
aus der 'Philosophie der Physiologie' und dem 'Versuch über den
Zusammenhang der thierischen Natur des Menschen mit seiner
geistigen'; und wenn in der einen Schillers ursprünglicher Glaube
an die zwei großen Weltbezirke, Geist und Materie, unverhüllt redete,
und ein spiritualistischer Trieb für die Selbstherrlichkeit der Seele
begeistert kämpfte, wenn in der andern das bedingte Recht der Sinn=
lichkeit verfochten ward, als der ersten Leiter zur Vollkommenheit —
so spiegelt dieser frühe Widerstreit die ganze philosophische Entwicklung
der Folge schon ab: immer wieder will ein leidenschaftlicher Idealismus
emporkommen in Schiller, das Erbe theologischer Erziehung, und die
Seele will den Erdenkloß meistern, in den sie gebannt; aber immer
wieder auch gewinnt der Künstler in Schiller Macht, der die Erscheinung
vertheidigt, die Welt des Seienden: und der Zusammenhang beider
Naturen darum, ihr harmonischer Zusammenklang im Aesthetischen
wird oberstes Princip.

Geist und Materie, die hoffnungslos Geschiedenen, in Verbindung
zu setzen, hatte schon der Eleve eine ungewisse 'Mittelkraft' gefunden;
und der Verfasser der 'Schaubühne als moralische Anstalt' schon hatte
die Vereinigung der Getrennten in der Kunst sich anbahnen sehen:
'unsere Natur', rief er, 'gleich unfähig, länger im Zustand des Thiers
fortzudauern, als die feineren Arbeiten des Verstandes fortzusetzen,
verlangte einen mittleren Zustand, der beide widersprechende Enden
vereinigte, die harte Spannung zu sanfter Harmonie herabstimmte,
und den wechselweisen Uebergang eines Zustands in den andern
erleichterte. Diesen Nutzen leistet der ästhetische Sinn oder das Gefühl

für das Schöne'. Bestimmter dann hatte der Dichter der 'Künstler'
dargestellt, wie die Kunst erst die freie schöne Seele aus dem Sinnen=
schlafe loswand:

> Jetzt fiel der Thierheit dumpfe Schranke,
> Und Menschheit trat auf die entwölkte Stirn,
> Und der erhab'ne Fremdling, der Gedanke,
> Sprang aus dem staunenden Gehirn.

Von solchen Anschauungen erfüllt, hatte Schiller jetzt im Kant gelesen,
wie zur Bestätigung: 'Der Geschmack macht gleichsam den Uebergang
vom Sinnenreize zum habituellen moralischen Interesse ohne einen zu
gewaltsamen Sprung möglich' — und der neue Grundgedanke seiner
ästhetischen Speculation war nun gefunden, im Verfolg des alten:
Kunst allein ist zwischen den beiden Grundtrieben im Menschen der
Mittler, Kunst allein stellt den vollen Menschen her.

Noch von einer andern Seite können Schillers Rede von der
'Schaubühne' und Schillers 'Künstler' an seine Aesthetik heranführen.
Die Verachtung, mit der 'Facultäten auf freie Künste heruntersehen',
hatte jener den Impuls gegeben, wie diesen, und ihr Zweck war
gewesen: die Würde der Kunst zu bezeugen, durch die moralische
Wirkung der Schaubühne dort, durch die culturbildende Macht der
Schönheit hier. Nach weitester Geltung für die Göttin über seinem
Leben rang der Mannheimer Dichter, wie der Weimarer, und der
Jenenser Professor setzte nun fort, was jene begonnen: abermals
treibt es ihn an, die 'mit dreifach Erz umpanzerte Brust der Gelehrten'
zu durchdringen, und die neue Aufgabe entsteht dem Kantschüler: 'die
seelenbildende Kunst zum Rang einer philosophischen Wissenschaft zu
erheben'. Während die vorzüglichsten Denker die Metaphysik, das
Naturrecht und die Politik auf neuen Grundlagen ausbilden, will er,
der Anfänger, der erst seit gestern in das Heiligthum hineingeblickt,
an der verstoßenen Kunstphilosophie zum Ritter werden. Denn auch
die Schönheit, dünkt ihn, muß wie ihr Geschwister, die Wahrheit,
auf ewigen Fundamenten ruhen: 'und die ursprünglichen Gesetze der
Vernunft müssen auch die Gesetze des Geschmacks sein'.

Vor den Thron der Vernunft ward so die Kunst geladen im idealistischen Eifer: nicht aus der Welt der ästhetischen Erfahrung mehr, wie die Winckelmann und Lessing und Herder, aus der Welt der philosophischen Vorstellnng wollte Schiller die Lehre von der Kunst aufbauen. Gegen die 'Schnürbrust' der socialen Gesetze hatte einst Karl Moor gehadert mit Flammenworten; aber schlimmer durften jetzt die Gesetze der Vernunft schnüren und pressen: die Mannig=faltigkeit der Dinge engten sie in Formeln ein. Der Wolsfischen Schule, Baumgarten, Herder noch, war Aesthetik die Lehre vom 'sinnlich Vollkommenen' gewesen; jetzt hatte sie Kant, mit der 'Kritik der Urtheilskraft', ganz in den Zusammenhang seiner Vernunftkritik eingestellt: und dem Zwange seiner Gedankenwelt erlag Schiller auch, trotz ursprünglichen Sträubens, der gegen den Uebermuth des Denkers in den 'Künstlern' noch protestirt hatte, der der Schönheit nicht den ersten Sklavenplatz nur geben wollte neben der Wahrheit, und der mit der Kunst Cultur hatte beginnen u n d schließen sehen. Zum rechten Despoten der Epoche war sie erwachsen, diese Vernunft: gleichviel, ob sie nun auf dem Kaiserstuhle saß und Joseph der Zweite hieß, oder Robespierre und Republiken leitete, ob sie auf dem Professorenstuhl sich destillirte zur 'reinen Vernunft', — überall wollte sie geschichtlich Gewordenes meistern aus Begriffen; und die 'Göttin Vernunft', die leibhaftig in Notre Dame thronte, ward zum wahren Symbol der Aufklärungszeit. Nicht auf die Nation und den Staat, auf die 'Regierungsform der Vernunft' vertraut der Kosmopolit, so lautete, recht im Sinne der Epoche, Wielands Katechismus; und Schiller Julius schon lernte von Raphael: daß Vernunft die einzige Monarchie in der Geisterwelt ist, und daß der Mensch seinen Kaiser=thron im Gehirne trägt.

Aber grade in Schiller, dem begeisterten Anhänger der reinen Vernunft, wendete sich und ergänzte sich, durch seine Natur wie sein Erleben, dies Ideal: geschreckt von der blinden Tyrannei der Begriffe stellte er neben sie den gereinigten Willen und das veredelte Gefühl; und geschreckt von der Wuth der französischen Revolution erstand der

Gedanke der ästhetischen Erziehung ihm: nicht von außen, durch
Doctrin, sollten die Gebote der Vernunft herangetragen werden an
die verstumpfte Menschheit, von innen heraus sollten sie gebildet
werden durch organisches Entwickeln der schon keimenden Gabe. Zwar
der Glaube besteht an die Obmacht der Vernunft, und aus ihr
unmittelbar die Gesetze der Kunst abzuleiten, die einzig wahren, die
ewigen, bleibt das Ziel; doch immer wieder corrigirt sich philosophischer
Drakonismus durch gerechte Milde des Poeten, und gegen das Moral=
gesetz der Neuern stellt sich das antike Gesetz des Natürlichen: wohl
hält Schiller in der einen Hand den Kant, als er auftritt von 'Anmuth
und Würde' zu reden, aber in der andern trägt er den Homer, und
hoch hebt er ihn heraus aus der Folge der Zeiten, ein ewiges Muster
des Schönen.

Gleich im Sommer 1790, als das ästhetische Interesse in Schiller
aufwacht, giebt ihm die reichste Anregung seine junge Begeisterung für
die Antike; und wenn der Hamburger Dramaturgist fest an Aristoteles
geglaubt hatte, so glaubt Schiller, auf seinen Spuren, fest an die
Vorbilder des griechischen Dramas selbst: 'kein Buch, blos Remi=
niscenzen und tragische Muster' leiten sein Colleg an. Im Herbst dann,
mit der neuen Vorlesung, wiederholt sich sein enthusiastisches Bekenntniß,
und als die Vorbedingung für eigenes Schaffen erscheint ihm die
Einsicht in antike Kunst, in Kunst überhaupt: 'ehe ich der griechischen
Tragödie mächtig bin', ruft er, 'und meine dunklen Ahnungen von
Regel und Kunst in klare Begriffe verwandelt habe, lasse ich mich
auf keine dramatische Ausarbeitung ein'. Und indem er nun die
Forderungen, welche die classicistische Kunstanschauung in ihm entwickelt,
zu einer ersten principiellen Darlegung zusammenfaßt, und sie prüft,
mit der ganzen rücksichtslosen Subjectivität des Producirenden, an
einem gegebenen Object, entsteht seine Recension von Bürgers
Gedichten, im Winter 1790, kurz vor dem Ausbruch der Krankheit.
Januar 1791 erschien sie in der Jenaer Literatur=Zeitung, anonym.

Schiller hatte Bürger persönlich kennen gelernt, das Jahr zuvor
in Weimar, und hatte einen graben ehrlichen Kerl in ihm gefunden,

mit dem sich allenfalls leben ließe: 'sein Aeußeres', schreibt er, 'ist plan und fast gemein: dieser Character seiner Schriften ist in seinem Wesen aufgegeben'. Schiller und Bürger verabredeten einen 'kleinen Wettkampf der Kunst zu Gefallen': sie wollten beide das nämliche Stück aus Virgils Aeneide übersetzen, jeder in einer andern Versart. Schiller wählte sich Stanzen aus, nach Wielands Muster im 'Oberon'; und hatte er einst, als Eleve, diese selbe Aeneide in den vollen Sturm- und Drangstil hineinzutreiben gesucht, so wünschte er jetzt, im Sinne seiner neuen Kunstanschauung, durch die spielenden Reize der Form mit dem 'oft empörenden' Inhalt zu versöhnen. Wie beim 'dreißigjährigen Krieg', so dachte er auch hier an ein weibliches Publikum: 'Schiller hat diese Arbeit für Damen unternommen', so bezeugt Reinhold. Das zweite und vierte Buch übertrug er frei, zumeist im Krankheitsjahr, er gab willig dem 'Kitzel Poesie zu treiben' nach, und nahm es erfreut als ein Pfand künftiger Thaten, daß diese Verse ihm so leicht und warm und lebendig geriethen.

Aber nicht nur durch poetische Praxis, auch in der Theorie stellte er gegen Bürgers Ideale die seinen: und der Wettkampf ward zum Streit. Indem er aber Gottfried August Bürger zu recensiren schien, recensirte er vielmehr Friedrich Schiller: denn ein Dichter von seiner Art, wenn er Andere characterisirt, characterisirt sich. Und grade die productive Stärke, mit der sich neue Ideale in ihm jetzt aufrichteten, ließ ihn ohne alle Rücksicht reden, einseitig, leidenschaftlich.

Wieder ist sein Ausgangspunkt das Verhältniß von moderner Wissenschaft und Kunst: die Gleichgiltigkeit, mit welcher das philo=sophirende Zeitalter auf die Dichtung herabzusehen anfängt, treibt den Jenenser Professor, auch in 'so unpoetischen Tagen' eine sehr würdige Bestimmung für die Kunst zu finden: die getrennten Kräfte der Seele soll sie vereinigen zu harmonischem Bunde, und den ganzen Menschen in uns soll sie wieder herstellen. Das aber vermag sie nur, wenn sie auf der geistigen Höhe des Zeitalters steht; wenn blos reife und gebildete Hände sie ausüben. Kann der gebildete Mann in Gedichten die Vorurtheile und gemeinen Sitten wiederfinden wollen, die ihn im wirklichen Leben verscheuchen? Die Matadorstücke der Jugend werden zunichte, vor einem männlichen Geschmack; aber bestehen bleibt die veredelte, zur reinen Menschheit hinaufgeläuterte Individualität. Idealisirung, so erkennt der Verfasser der 'Räuber' nun, ist eins der obersten Erfordernisse des Poeten; idealisiren aber heißt: das Vortreffliche des Gegenstandes von gröbern (oder doch) fremdartigen Beimischungen befreien, alle einzelnen Züge der Harmonie des Ganzen unterwerfen, und das Individuelle und Locale zum Allgemeinen erheben; und was der Dichter so an Idealen gewinnt, muß einem innern Ideal von Vollkommenheit entstammen, das in der Seele des Schaffenden selbst wohnt. Jedoch Bürger ist weit entfernt von dieser Idealisirkunst: der ganze trübe Strudel einer ungebändigten Leiden= schaft brauft und wallt noch in seinen Liedern, sie besingen den Schmerz mitten im Schmerz, statt ihn aus der sanftern und fernenden Erinne= rung zu formen, sie sind oft nichts mehr als pathologische Gelegenheits= gedichte, denen die idealische Reinheit mangelt und deren unreife Crуditäten den gebildeten Geschmack beleidigen. Daß Bürger sie auch bei wiederholter Durchsicht begnadigte, zeigt, daß ihm selbst, nicht nur seinen Werken, die letzte Hand noch fehlt; aber weil er, so gut wie einer, es werth ist, sich zu vollenden, so strebe er seine reichen Gaben zu gatten mit immer gleicher ästhetischer und sittlicher Grazie, mit männlicher Würde, mit Gedankengehalt, mit hoher und stiller Größe, und die höchste Krone der Classicität wird er erringen.

Bürger glaubte einen Haupttrumpf auszuspielen, als er in seiner scharfen 'vorläufigen Antikritik' den anonymen Kritiker als einen Metaphysikus kennzeichnete, nicht einen Künstler: 'er hat, wie Macbeth, keine Kinder'; denn hätte er welche, meinte Bürger — er würde auch ihnen das Todesurtheil gesprochen haben. Schiller konnte mit Recht erwidern, daß er für die Hoheit der Kunst streite, nicht für den Ruhm seiner eigenen Producte, und daß der Gegner gegen seine Gedichte nur so viel Vernünftiges vorbringen solle, als er immer vermöge. Er hatte sie nicht 'begnadet', die wildesten Lieder der Jugend, er wußte genau, daß er, zugleich mit Bürger, dem Vorbild seiner Lyrik, sich

selber preisgab; und weit entfernt, für den 'Venuswagen' und die
Derbheiten der 'Anthologie' väterliche Zärtlichkeiten zu hegen, wünschte
er vielmehr, von neuen Forderungen bewegt, das Beste seiner Früh=
zeit nur, in geläuterter Form, fortleben zu sehen. Und dies grade, das
Gericht über sich selbst, erklärte die naive Heftigkeit der Recension:
statt auf den Boden des Gegners zu treten, und ihn zu treffen, von
da aus, stellte er, wie einst in der 'Egmont'=Kritik, seine Natur der fremden
mit unbefangener Sicherheit entgegen: und während so die wuchtigsten
Hiebe in die Luft gingen, ließ er seine eigene künstlerische Persönlich=
keit nur anschauen und legte die Wurzel frei seines Classicismus.

Auch in jener andern Kritik eines Lyrikers, welche am Ausgang von
Schillers Aesthetik steht, wie diese am Eingang, in der Besprechung von
Matthissons Gedichten aus dem Herbst 1794, wird mehr Schillers
Kunstauffassung deutlich, als die Eigenart des Kritisirten, — wenngleich
hier ein sympathisch wägendes Lob den Gegenstand dennoch mit
anschauen läßt. Einfachheit sucht Schiller, von Schwaben rückkehrend,
Stimmungen der Kindheit, der Einsamkeit, sanfte Schwermuth und
Stille der Natur; und er findet sie in Matthissons sentimentalisch
verzierten Gedichten wieder, wo Sylphen im Nebelduft tanzen, wo
Lunas Dämmerlicht leuchtet, und eine mit Aufzählungen und Contrasten
bewußt operirende, verzopfte Kunst der Natur Herr zu werden strebt.
Nicht weil ihn Matthissons Person (der ihn in Ludwigsburg aufgesucht)
mehr zugesagt hatte als diejenige Bürgers, sondern weil er hier einen
sorgsam gestaltenden Künstler zu erkennen glaubte, der einem Maximum
der Schönheit streng und keusch zustrebte, maß er ihm das Lob reichlich
zu, gleichwie Bürger den Tadel; und in einer umständlichen ästhetischen
Deduction aus Principien begründete er sein Urtheil und gelangte von
Neuem zu der Anschauung seiner Classik: daß nur in dem allgemein
Menschlichen der echte Gegenstand der Dichtung liege; je weniger
individuell also der poetische Ausdruck sei, je weniger zufällig, desto
näher komme er dem Ideal: dem großen Stil.

Schillers oberste poetische Interessen hießen Lyrik und Drama;
und war er über jene sich theoretisch klar geworden an dem Object

Bürgers, so fragte er nun, in zwei Aufsätzen für die 'Neue Thalia', nach dem 'Grund des Vergnügens an tragischen Gegenständen' und nach dem specifischen Wesen der 'tragischen Kunst'. Aus den Vorlesungen von 1790 noch hervorgegangen, aber geformt erst gegen Ende 1791, zeigen diese Abhandlungen einen Doppelkopf: von der Empirie gehen sie aus, von Schillers eigenen Erfahrungen und den Lessingschen Ideen in der Dramaturgie, und gradweg wollen sie lehren, wie die Wirkungen der Tragödie erzeugt werden; aber schon zieht es sie hinüber zu den abstracten philosophischen Formeln, und Kants Größe verkünden sie beredt. Wie der tragische Affect Lust gewähren könne, war eine Frage, welche Lessing und seinen Kreis, Mendelssohn, Nicolai, intim beschäftigt hatte; Schiller beantwortete sie, noch unter dem ersten Eindruck der 'Kritik der Urtheilskraft', Kantisch, nicht Lessingsch-Aristotelisch. Ganz scheint er den Zusammenhang der beiden Naturen im Menschen zurückzuschieben, und nur ihren Widerstreit noch empfindet er, nur die Obmacht des Geistes. 'Den preise ich selig', so hatte er einst an Körner geschrieben, 'dem es gegeben ward, der Mechanik seiner Natur nach Gefallen mitzuspielen und das Uhrwerk empfinden zu lassen, daß ein freier Geist seine Räder treibt'; und die nämliche Anschauung, aus der Sprache des Gefühls in die Sprache der Doctrin übersetzt, legt er nun der Begriffsstimmung der Tragödie zu Grunde. Als ein freies Vergnügen definirt er, im Anschluß an Kants 'uninteressirtes Wohlgefallen', die Kunst, und Schillers Lieblingswort begegnet so gleich hier, am Eingang seiner Aesthetik: auch durch sie, in einem neuen Sinne, geht 'die Idee von Freiheit' hindurch. Frei aber ist dasjenige Vergnügen, bei dem die Seele nicht dem Mechanismus unterworfen wird, bei dem nicht physische Ursachen die Empfindung bedingen und nicht fremde Gesetze die Herrschaft sich anmaßen über den Geist. Wo das Umgekehrte eintritt, wo die Kunst darstellt, wie Vernunft Herr wird über die Sinne, da entsteht das Erhabene: auf dem Vermögen des Widerstands in uns gegen die scheinbare Uebermacht der Natur ruht es, so lernte Schiller von Kant, und das Gelernte giebt er freudig nun weiter.

Welche Weisheit auch hätte der leidende Mann begeisterter auffassen können, als die ihn spornte, sein heroisches Ich aufzurichten gegen den kranken Körper? Die ihn hieß, jede gesammelte Kraft der Seele einzusetzen, um Meister zu werden des stockenwollenden 'Uhrwerks'? Aller Haß des Idealisten, aller Widerwille seiner Natur gegen grobe Mechanik verkörpert sich jetzt für Schiller in diesen Begriff des 'Uhrwerks'; und wenn ihn Leibnitzens Optimismus einst gelehrt, mit jenem berühmten Gleichniß, die prästabilirte Harmonie der beiden Uhren, Geist und Materie, zu erkennen, wenn der Zögling der Medicin den Zusammenhang der thierischen und geistigen Natur begriffen, so wird dem vom Krankenbett Erstehenden nun doch der Körper zum Kerker des Geistes nur, und im Kant findet er, im Kant sucht er sich für sein Gefühl den Beweis. In dem Sieg des moralischen Zweckmäßigen über bloße Naturkraft, über alles, was nicht moralisch ist, was nicht unter der höchsten Gesetzgebung der Vernunft steht, sieht er das Wesen der Tragödie: denn was sorgen wir uns um die Natur mit allen ihren Gesetzen, fragt er, wenn grade die verletzte Natur, Schmerzen der Triebe, Sinne, Leidenschaften, die moralische Zweckmäßigkeit in uns in ihrem vollsten Lichte zeigt? 'Uebereinstimmung im Reich der Freiheit ergötzt uns unendlich mehr, als alle Widersprüche in der natürlichen Welt uns zu betrüben vermögen'. Dies Reich der Freiheit aber ist das Reich des Geistes, und auch die echte Tragik offenbart ihn so, den Triumph des Geistes über Natur.

'In dem Aufsatz, das tragische Vergnügen betreffend, wirst Du viel Kantschen Einfluß gewahr werden', hatte Schiller an Körner geschrieben, den 4. December 1791; aber in das tiefere Studium Kants trat er erst jetzt, nach dem dänischen Geschenk, ein, und aus der vollen Abhängigkeit vom Meister gelangte er zu eigener Theorie: in den Vorlesungen vom Winter 1792 auf 93, welche Schillers Hörer Michaelis herausgegeben hat, in dem Briefwechsel mit Körner, der auf das philosophische Gespräch 'Kallias' vorbereiten sollte, in den Aufsätzen 'Ueber Anmuth und Würde' und 'Vom Erhabenen' hat er diese Theorie entfaltet, bis sie, in Jena, in Schwaben und nach der Heimkunft, in den Briefen 'Ueber die ästhetische Erziehung des Menschen' zum letzten Abschluß kam.

'Ich wollte Poesie treiben', berichtete Schiller, am 15. October 1792, 'aber die nahe Ankunft der Collegienzeit zwingt mich, Aesthetik vorzunehmen. Jetzt stecke ich bis an die Ohren in Kants Urtheilskraft'. Was vor Kant in der Aesthetik geleistet, erscheint dem eifrigen Jünger nun als spärlicher Ansatz: psychologisch-empirische Regeln ohne Vollständigkeit sind es, so erzählt er seinen Studenten, und eine nach vorhandenem Muster ängstlich gebildete Theorie. Er aber will nicht, wie die englischen und französischen Aesthetiker, wie die Lessing und Herder in Deutschland, den Weg von unten herauf wählen, von der Erfahrung zum Gesetz, er will, von oben herabschreitend, legislative Aesthetik begründen: was das Schöne ist, das Erhabene, gilt es aus der Vernunft heraus zu bestimmen, apriorisch, nicht empirisch. Mit den üblichen Eintheilungen des akademischen Unterrichts nun, in Schulformeln und lehrbaren Sätzen, entwickelt Schiller sein Thema: zum ersten Mal lassen diese Collegienhefte Schiller im Professortalar anschauen; denn was er aus seinen Vorlesungen selber veröffentlicht hat, Historisches wie Aesthetisches, ist sorgsam gefeilt und für den Druck umgeformt. Wie Burke, wie Moritz, wie Kant das Schöne bestimmt haben, wird wissenschaftlich entwickelt, und auf der Kantischen Anschauung ruht aller Nachdruck des Lehrers, ihr Terminus ist auch der seine; aber schon regt sich deutlich der Gegensatz selbst zu ihr, und in zwei Sätze drängt sich Schillers Widerspruch zusammen: 'Die Kantische Kritik leugnet die Objectivität des Schönen aus keinem genügenden Grunde', lautet der eine, der andere aber: 'Eine Handlung nach dem Gesetze der Vernunft ist dann schön, wenn sie aussieht, als geschähe sie aus Neigung'. Jenes ist der Grundgedanke des 'Kallias' geworden, dieses der Grundgedanke von 'Anmuth und Würde'.

Auf den ersten Bericht Schillers bereits, daß er in Kants Studium eingetreten, hatte Körner erwidert, am 13. März 1791: 'Ich bin äußerst begierig darauf, was Kants Ideen in Deinem Kopfe hervorbringen werden. Kant spricht bloß von der Wirkung der

Schönheit auf das Subject. Die Verschiedenheit schöner und häßlicher
Objecte, die in den Objecten selbst liegt, untersucht er nicht. Daß
diese Untersuchung fruchtlos sein würde, behauptet er ohne Beweis,
und es fragt sich, ob dieser Stein der Weisen nicht noch zu finden
wäre.' Die Anregung, welche Körner hier gegeben, und welche bei
Schillers Besuch in Dresden, im Frühjahr 1792, sich verstärkt
haben wird, nahm Schiller auf: so fern ursprünglich seiner eigenen
Subjectivität die Frage nach dem objectiven Schönen gelegen haben mag,
so eifrig doch strebt er dem Punkte zu, wo ein Weiterbau der Aesthetik
schien beginnen zu können; und als er endlich meint, jenen Stein der
Weisen zu besitzen, meldet er, ganz erfüllt von der Größe des Ereignisses,
um das Jahresende 1792: 'Den objectiven Begriff des Schönen
glaube ich gefunden zu haben. Ich werde meine Gedanken darüber
ordnen, und in einem Gespräch: Kallias oder über die Schönheit, auf
die kommenden Ostern herausgeben. Du wirst Deine Freude daran
erleben, denn es wird in mir heller mit jedem Schritt. Oft wünsche
ich, daß mir meine Gesundheit auch nur so lang bleiben möchte, bis
dieser Kallias geendigt ist'. Und weil seine temperamentvolle Ungeduld
die giltige Ausgestaltung des Fundes nicht erwarten mag, drängt
es ihn gebieterisch, in einer Reihe von umfangreichen Berichten,
philosophischen Abhandlungen mehr als Briefen, das wichtigste Neue
dem Freunde sogleich zu entfalten.

Nun ist es aber characteristisch zu sehen, wie Schiller, indem er
ein Objectives zu suchen glaubt, ein Subjectives findet, aus nur
subjectiven Antrieben heraus. Ein 'Bedürfniß der Vernunft', so
gesteht er selbst, spornt ihn, nicht eine Erkenntniß des Wirklichen oder
gar eine Erfahrung: das Bedürfniß nämlich, auch im Aesthetischen
das Walten der Vernunftgesetze nachzuweisen; und weil er zwischen
Wahrheit und Schönheit die Grenzen doch erhalten will, so kommt er
zu dem Schlusse: das Schöne muß zwar keineswegs vernunftmäßig,
allein es muß vernunftähnlich sein. Das Wesen der Vernunft aber,
so hat er aus Kant gelernt, verlangt, daß sie frei sei, daß sie sich rein
aus sich selbst bestimme, ohne alle Einmischung der Triebe, ohne alle

Rückſicht auf Nutzen oder Legalität des Handelns; und auch das Weſen
des Schönen verlangt demnach, daß es zwar nicht frei ſei, aber frei
erſcheine. Und ſo iſt denn der Stein der Weiſen gefunden in der
Formel, welche er am 8. Februar 1793 verkündet (demſelben Tage,
da er ſeinen Ekel ausſpricht an den entarteten Söhnen der Freiheit,
den franzöſiſchen Schindersknechten): 'Schönheit iſt Freiheit in der
Erſcheinung'. Zwiſchen den zwei Welten, welche die tragiſchen
Abhandlungen noch in Gegenſatz und Kampf ſehen, ſchlägt Schiller
nun die Brücke, und zwiſchen Geiſt und Natur, zwiſchen dem Reich
der Freiheit und dem Reich der Erſcheinungen ſtellt Kunſt die Verbindung her.

Und wie bezeugt ſich nun dieſe Schönheit in den Objecten, dieſe
Freiheit der Erſcheinungen? Durch das Subject dennoch, welches
ſeinen eigenen Freiheitsbegriff den Erſcheinungen nur leiht und unter-
ſchiebt; die Idee der Selbſtbeſtimmung, an der der Geiſt ſich berauſcht,
trägt er hinüber in die Natur, und rückſtrahlend ſieht er ſie nun ſein
Ich glanzvoll wiederum erhellen: 'die ſchöne Sinnenwelt', ſchreibt
Schiller, 'iſt das glücklichſte Symbol, wie die moraliſche ſein ſoll, und
jedes ſchöne Naturweſen außer mir ein glücklicher Bürge, der mir
zuruft: Sei frei wie ich'. Der ganze Ichcultus des Jahrhunderts,
philoſophiſch geſteigert und geweitet, ſcheint ſich in ſolchem Wort zu
ſammeln; und gleichwie ſpäter ein anderer Kantſchüler, Heinrich Kleiſt,
Glück das erfreuliche Anſchauen unſerer eigenen moraliſchen Schönheit
nennt, ſo gewinnt jetzt auch in Schiller dieſes ethiſche Narciſſusthum
noch einmal Macht, und ein einziger herrlicher Spiegel der freien
Menſchenſeele ſcheint ihm die ganze Welt des Schönen. Nur eine
Conſequenz ſolcher Anſchauung iſt es, wenn er ſpäter an Matthiſſon es
lobt, daß er die todte Natur durch ſymboliſche Operationen vermenſch-
licht; denn, ſagt er, 'ein edler Geiſt begnügt ſich nicht damit, ſelbſt
frei zu ſein, er muß alles Andere um ſich her, auch das Lebloſe, in
Freiheit ſetzen. Schönheit aber iſt der einzig mögliche Ausdruck der
Freiheit in der Erſcheinung'. Schon der Jüngling hatte ähnlich
empfunden, der Verfaſſer der Anthologie, wenn er bekannte: 'Stünd'

im All der Schöpfung ich alleine, Seelen träumt ich in die Felsen-
steine'; der Dresdener Dichter dann hatte gemeint, der größte Schatz
des Menschen sei: sein 'Ebenbild'; und in einfachster Form hatte
Schiller die philosophische Theorie verkündigt, den Sommer vor dem
großen Funde, als er mit dem Blick auf den Abendhimmel ausrief:
'Ach man muß doch das Schöne in die Natur überall hineintragen'.
Von solcher Anschauung aus das objective Schöne zu finden, mußte
freilich mißlingen, und schon Körner erwiderte trocken: 'Dein Princip
der Schönheit ist blos subjectiv; es beruht auf der Autonomie, welche
zu der Erscheinung hinzugedacht wird'.

Merkwürdig aber bleibt, wie Schiller, seinen Beweis verfehlend,
dennoch in genialem Treffen eine Reihe ästhetischer Bestimmungen
entdeckt, fruchtbar für höhere Kritik. In ungestümem Ansturm wirft
er seine Natur hinein in Kants Princip; und er findet, zwar nicht
was er suchte, aber doch was des Suchens werth war. Stärker als
seine Theorie erweist sein poetisches Temperament sich, und in die
Natur des Schönen, nach seiner Terminologie, in das Wesen des
Kunstwerks, nach der heutigen, glücken ihm tiefe Blicke. Die Leerheit
dieser Bestimmungen zu überwinden und den Begriff der Freiheit,
jenes negative Ideal, zu erfüllen mit positivem Gehalt, bedurfte es
nur der Selbstbesinnung auf Schillers eigene Erfahrung; und hätte
er nicht, in der Jagd nach der puren Vernunft, alles Empirische jetzt
zurückgewiesen, sein weiter Blick und sein genialer Eifer hätten ihn
wirklich können Steine der Weisen finden lassen. Denn diese großartige
ästhetische Mythologisirung, die jedem Ding eine Persönlichkeit gab,
lehrte alles Fremde, alles was nicht zum Wesen des Objectes gehörte,
fernhalten: den Zweck und die Regel zuerst, weil 'eine Regel, ein
Zweck nie erscheinen kann'. Nicht allein die Beziehung auf das
Moralische war damit abgeschnitten, es war auch ausgesprochen, daß
der Grund ästhetischen Wohlgefallens nur aus den Gegenständen
selber fließen könne, nicht aus auswärtigen Gesetzen: es war 'Natur
in der Kunstmäßigkeit' gefordert, als welches 'sich selber die Regel
giebt, durch seine eigene Regel ist'. Und auch die Technik des schönen

Gegenstandes kann darum nichts Auswärtiges sein, aus der ganzen Existenz des Dinges muß sie fließen, und dieses muß der Technik gleichsam freiwillig zugestimmt haben: denn alle Dinge betrachtet der Geschmack als Selbstzwecke, und er duldet ganz und gar nicht, daß in seiner Republik eins dem andern als Mittel dient oder gar das Joch trägt. 'In der ästhetischen Welt ist jedes Naturwesen ein freier Bürger, der mit dem Edelsten gleiche Rechte hat und nicht einmal um des Ganzen willen darf gezwungen werden, sondern zu allem schlechter= dings consentiren muß.'

Und hier ist nun der Punkt gefunden, wo der Widerspruch Schillers gegen Kant vom Aesthetischen ins Ethische überspringt: gegen den Zwang seines Moralsystems empört er sich, gegen die mönchische Härte und 'Rigidität' seines Pflichtbegriffes. Das ist, im Tiefsten, der Ausgangspunkt von 'Anmuth und Würde'.

Angedeutet war dieser Gegensatz schon in den beiden ästhetischen Briefen an Körner, vom 18. und 23. Februar 1793. Hatte Kant gelehrt, daß der freie Wille sich blos durchs sittliche Gesetz bestimme, mithin unter Abweisung aller sinnlichen Antriebe und 'mit Abbruch aller Neigungen, so ferne sie jenem Gesetz zuwider sein könnten', und hatte er vor der 'Herabwürdigung des Sittengesetzes zu unserer ver= traulichen Neigung' gewarnt, so strebte Schiller zunächst nur, die moralische Handlung zu ergänzen durch den Begriff der schönen Handlung: und diese, sagt er, kommt zu Stande, wenn die Pflicht mit einer Leichtigkeit erfüllt wird, als handelte blos der Instinct: 'aus diesem Grunde ist das Maximum der Charaktervollkommenheit eines Menschen moralische Schönheit, denn sie tritt nur alsdann ein, wenn ihm die Pflicht zur Natur geworden'. Und weil dem Begriff der Freiheit, welchen die Schönheit einschließt, alle Härte, aller Zwang naturgemäß entgegensteht, so kann auch ein Character nicht schön sein, welcher unter dem Zwange des Sittengesetzes seine Sinnlichkeit demüthigt: 'daher gefällt uns Cäsar weit mehr als Cato, Thomas Jones weit mehr als Grandison'. Schon der Eleve Schiller hatte den gleichen Gedanken ausgesprochen, wenn er den Starksinn eines

Cato, den Gleichmuth eines Seneca 'ein wirkliches Extremum' nannte, 'das den einen Theil des Menschen allzu enthusiastisch herabwürdigt'.

An diesem Punkte also befand [sich Schiller bereits, und eben hatte er Körner einen weiteren Brief versprochen, 'wo alles dies mehr entwickelt werden' sollte, als eine neue Kant'sche Schrift ihm zur Hand kam: 'Religion innerhalb der Grenzen der bloßen Vernunft'; und obgleich es ihn verdroß, daß Kant darin die christliche Religion durch Philosophie zu stützen und somit das 'morsche Gebäude der Dummheit' zu flicken suchte, so ward er doch von Neuem von der geschlossenen Schärfe dieses Denkens tief ergriffen. 'Zwar einer seiner ersten Grundsätze', schreibt er am 28. Februar, 'ist empörend für mein Gefühl. Er behauptet eine Propension des menschlichen Herzens zum Bösen, das er das radicale Böse nennt. Er setzt es über die Sinnlichkeit hinaus in die Person des Menschen, als den Sitz der Freiheit. Gegen seine Beweise läßt sich nichts einwenden, so gern man auch wollte'. Sehr viel drastischer sprach sich damals Goethes Ablehnung dieses philosophisch-protestantischen Rigorismus aus, und er schrieb an Herder: 'Kant hat seinen philosophischen Mantel, nachdem er ein langes Menschenleben gebraucht, ihn von mancherlei sudelhaften Vorurtheilen zu reinigen, freventlich mit dem Schandfleck des radicalen Bösen beschlabbert, damit doch auch Christen herbeigelockt werden, den Saum zu küssen'. Und Herder, Spinozist wie Goethe und auf die Einheit des Alls leidenschaftlich dringend, befestigt im Glauben an die Güte der Menschennatur, nicht an ein radicales Böse — Herder trat auf ähnlichen Wegen wie Schiller, nur mit der ganzen morosen Bitterkeit seines Temperaments und mit der Entrüstung des überzeugten Monisten, seinem alten Lehrer Kant entgegen: das objective Schöne wollte auch er, in der 'Kalligone', finden; und 'daß die Pflicht zur Natur werde, hatte er schon 1787 in seiner Schrift 'Gott' gefordert: ihr hatte, in Schillers erster Weimarer Zeit, ein Gespräch Herders und Schillers gegolten.

Von vielen Seiten vorbereitet, gesammelt in stiller Betrachtung, dem nächsten Freunde vertraulich entfaltet, und lebendig geweitet durch

Zustimmung und durch Widerspruch, trat so Schillers neue ästhetische Anschauung in die Welt hinaus; und aus dem versprochenen Brief an Körner ward die Abhandlung für die Neue Thalia, 'Anmuth und Würde'. An die christliche Lehre hatte Kant sein jüngstes Werk, deutend und umdeutend, geknüpft; Schiller zeigte sogleich die Uebereinstimmung zu Kant, wie den Gegensatz, indem auch er von alter Mythologie ausging, aber nicht von christlicher, sondern von griechischer: wie Herder einst aus dem Bilde der 'Nemesis' sein Thema entwickelt hatte (eine Schrift, von der Schiller ganz 'voll' gewesen), so ging auch er von antiker Götterlehre aus: 'Die griechische Fabel', so beginnt er, 'legt der Göttin der Schönheit einen Gürtel bei, der die Kraft besitzt, dem, der ihn trägt, Anmuth zu verleihen', und er zeigt, wie also Anmuth ein Anderes sei als die 'Schönheit des Baus'; keine freie Gabe der Natur, sondern ein erworbener Reiz, eine bewegliche Schönheit, die auch vom Minder-Schönen, die vom Nicht-Schönen selbst kann gewonnen werden. An Lessings Untersuchungen im 'Laokoon', an Mendelssohns Aufsatz 'Ueber das Erhabene und Naive in den schönen Wissenschaften' waren diese Sätze angelehnt, aber Schillers 'Eigenthum' waren sie dennoch geworden: seinem Individuum war es völlig gemäß, eroberte Schönheit höher noch zu schätzen, als die angeborene, die architektonische nach seinem Wort. Wieder empfindet er begeistert die Selbstherrlichkeit der Seele und läßt jenes Wort des 'Wallenstein' vorklingen, wenn er ruft: 'endlich bildet sich der Geist sogar seinen Körper und der Bau selbst muß dem Spiele folgen'; er läßt an Franz Moors und Wurms Ungestalten denken, wenn er ausführt, wie ein feindseliger, mit sich uneiniger Geist jede Schönheit des Baus zerstören müsse; und er tritt von hier aus dem einseitigen Genie-Cultus entgegen, welcher, nach der verkehrten Denkart der Menschen, grade das am höchsten schätzt, was von Naturbedingungen abhängig ist, nicht was bewußter Wille sich eroberte. So hatte er einst an Erhard gerühmt, seinem jungen Freunde, der sich aus widrigsten Verhältnissen heraufgearbeitet: daß sein moralischer Character 'größtentheils sein eigenes Werk' sei; und gegen die bloßen

'Günstlinge der Natur' unter den Poeten, deren ganzes Talent oft die Jugend ist, sprach er nun bittere Worte. Schiller dachte offenbar an Bürger, aber noch ein anderer fühlte sich verletzt: Goethe; und nur der Zusammenhang mit Kant trat ihm aus 'Anmuth und Würde' entgegen, nicht der Gegensatz gegen Kant, in welchem Schiller ihm nahe kam: 'Die Kantische Philosophie', so empfand Goethe, 'hatte Schiller mit Freuden in sich aufgenommen; sie entwickelte das Außerordentliche, was die Natur in sein Wesen gelegt, und er, im höchsten Gefühl der Freiheit und Selbstbestimmung, war undankbar gegen die große Mutter, die ihn gewiß nicht stiefmütterlich behandelte. Anstatt sie als lebendig vom Tiefsten bis zum Höchsten gesetzlich hervorbringend zu betrachten, nahm er sie von der Seite einiger empirischen Natürlichkeiten. Gewisse harte Stellen sogar konnte ich direct auf mich deuten: sie zeigten mein Glaubensbekenntniß in einem falschen Licht; dabei fühlte ich, es sei noch schlimmer, wenn sie ohne Beziehung auf mich gesagt worden: die ungeheure Kluft zwischen unsern Denkarten klaffte nur desto entschiedener'.

Die Kluft klaffte, sofern dem Monismus Goethes Schillers Dualismus entgegenstand; und scharf sonderte Schiller, erfüllt von der 'Würde des Menschen', nach dem Glauben der Zeit, erfüllt von christlich-spiritualistischem Hochmuth trotz allem, den freigeborenen Menschen aus der Reihe der Naturwesen noch ab: den Ring der Nothwendigkeit, der durch Thier- und Pflanzenwelt geht, sah er durchbrochen vom sich selbst bestimmenden Willen; und wenn Herder das Reich des Schönen durch alles, was organische Natur ist, bewußt hindurch verfolgte, wenn Goethe, der Entdecker des 'Zwischenkiefers', der Verfasser der 'Metamorphose der Pflanzen', ihm auch hier zur Seite war in der Ehrfurcht vor dem 'lebendig geheimnißvollen Ganzen' der Welt, so mußte Schiller, schon im 'Kallias', sich die Natur vermenschlichen, um ihr Schönheit nur zu 'leihen', und auf den Menschen schränkte er die Wirkungen der Anmuth jetzt ausdrücklich ein: aus den thierischen Bildungen, meint er, spricht blos die Natur, nie die Freiheit; sprechend im engern Sinne ist nur die menschliche Bildung.

Und die Bestätigung seines Glaubens findet er wiederum im griechischen Mythus: Aphrodite repräsentirte nur die menschliche Gattung, sagt er, und ihr Reich endet an der Grenze der Freiheit, da, wo auch der Mensch weiter nichts ist, als ein Naturding und ein Sinnenwesen.

Aber grade Schillers Glaube an die Griechen, seine bis zum Aberglauben gesteigerte Pietät für die Antike gab den gemeinsamen Boden her, auf dem er mit Goethe, mit Herder zusammentreffen, von dem aus er Kant bestreiten konnte. Dem humanen Gefühle des Griechen, so erkennt er, ist es gleich unmöglich, die Sinnlichkeit zu vereinzeln, wie die Intelligenz, und Natur und Sittlichkeit, Materie, Geist, Erde und Himmel fließen in seinen Dichtungen schön und wunderbar zusammen. 'Dem Griechen ist die Natur nie bloß Natur, darum darf er auch nicht erröthen, sie zu ehren; ihm ist die Vernunft niemals bloß Vernunft, darum darf er auch nicht zittern, unter ihren Maßstab zu treten'. Gegen den Absolutismus der reinen Vernunft kämpft er von hier aus; und der von Kants Größe noch ganz Erfüllte richtet, ähnlich wie Herder, was er gegen den Meister auf dem Herzen hat, scheinbar nur an seine Jünger, diese Kärrner des bauenden Königs. Er freilich, der unsterbliche Verfasser der Kritik, dieser heitere und freie Geist, er hat sich gegen die Mißdeutung verwahren wollen, welche auf dem Wege einer finstern Ascetik Vollkommenheit sucht; welche die herrliche Aeußerung moralischer Freiheit umwandelt in eine Knechtschaft der Sinne; aber wie das Geschlecht der Ausleger sich eher den Geist als den Buchstaben des Systems entreißen ließe, so hat es auch hier grade an dem Punkte sich festgeklammert, wo vielleicht mehr die Zeitumstände, als objective Maximen den Meister leiteten. Die unwürdige Gefälligkeit der Philosophen gegen den schlaffen Zeitcharakter auf der einen Seite, und der nicht weniger bedenkliche Perfectionsgrundsatz auf der andern Seite, der um eine abstracte Idee von allgemeiner Weltvollkommenheit zu realisiren, die Wahl der Mittel wenig achtete — diese beiden Extreme, meint Schiller, erklären zur Genüge die Härte jenes Sittlichkeitsbegriffes: und beiden entgegenzutreten, wie der Lehrer,

war auch er bereit. Auch er, wenn er vom Philosophischen ins
Dichterische hinüberblickte, fand auf der einen Seite die Auswüchse
der Empfindelei vor, er sah, daß auf 'Siegwarts' Thränen Kotzebues
rührselige Frivolität folgen wollte, und daß der jugendliche Geniecult
und der Regeltrotz zur Carricatur ward, wenn er sich bis ins Mannes-
alter hinüberschleppte, wie bei Bürger; und eben damals schrieb er
im rechten Gegensatz zur Sturm- und Drangmoral an den Augustenburger: daß das Herz allein (dieses Idol der Geniezeit) nur ein
unsicherer Führer sei. Aber auch jener Illuminatenmoral, welche
um des humanen Zweckes willen mit gefährlichen Mitteln jesuitisch
agirte, und welche 'unvorbereiteten Köpfen' das Gute aufdrängen
wollte, war er seit Ludwig Capets Tode feind geworden; und darum
verwarf der Dichter des Posa nun auch dieses Jugendideal des
'Perfectionsgrundsatzes', und von dem Despotismus der Aufklärung
ward er frei.

Da aber Schiller nicht die durch Zeitumstände bedingte Wahrheit, da er ewige Wahrheit zu finden hofft, so muß er abstreifen von
Kants Lehre, was nur dem Moment zu gehören schien: nicht für die
entarteten Knechte will er sorgen, sondern für die Kinder des Hauses,
welche jene Härten niemals verschuldeten. Die Natur, ruft Schiller
nun und tritt dem Goetheschen Standpunkt dicht zur Seite, 'die
menschliche Natur ist ein verbundeneres Ganze in der Wirklichkeit, als
es dem Philosophen, der nur durch Trennen was vermag, erlaubt ist
sie erscheinen zu lassen. Nicht um sie wie eine Last wegzuwerfen, oder
wie eine grobe Hülle von sich abzustreifen, nein, um sie aufs innigste
mit seinem höheren Selbst zu vereinbaren, ist der reinen Geisternatur
im Menschen eine sinnliche beigesellt; und Tugend ist nichts anderes
als eine Neigung zu der Pflicht'. Die beiden großen Gegensätze,
Pflicht und Neigung, glaubt er so in einem höhern Dritten lösbar,
zu dem ethisch wie ästhetisch muß gestrebt werden; nicht gilt es, die
Triebe zu vergewaltigen, sondern sie milde zu besänftigen; keine
Unterdrückung durch den Geist, aber auch keine Usurpation durch die
Sinne soll sein: nicht Monarchie und nicht Ochlokratie, Freiheit!

Derjenige aber, welcher jenen idealen Ausgleich gefunden hat, die instinctive Harmonie von Sittlichkeit und Neigung, ist wahrhaft eine schöne Seele zu nennen: sie hat kein anderes Verdienst, als daß sie ist, und ohne von der Schönheit ihres Handelns zu wissen, ohne Wahl und ohne Zwang, reißt sie hin durch ihr anmuthiges Leben und Sein.

Groß und kühn steigen diese Auseinandersetzungen auf, in welchen der 'Anmuth' benannte erste Theil der Abhandlung endigt: zwar von dem ästhetischen Ausgangspunkt der Untersuchung ist Schiller, durch den frischen Eindruck des 'radicalen Bösen' gereizt, weit abgeirrt, aber grade dieser innerste Trieb zum Bekenntniß giebt ihm Stärke und Wucht. Von dichterischer Wärme sind seine Sätze ganz erfüllt, und dichterische Bilder auch scheinen in Schiller schon aufsteigen zu wollen: jenes Ideal der schönen Seele, wie es vorgedeutet war in der Elisabeth des 'Karlos', ward neu geformt dann in Max Piccolomini, der zwischen Pflicht und Neigung das Rechte trifft durch bloßen Instinct, nicht aus Wahl; 'sprich und laß Dein Herz entscheiden', so bittet er Thekla, die aber erwidert: 'O, das Deine hat längst entschieden. Folge Deinem ersten Gefühl'. War doch der Gedanke, dramatisirten Kant zu geben, Schiller gradezu ausgesprochen worden durch Fischenich, welcher an Lotte schrieb: 'Ich wünschte, daß Schiller einmal das Ideal eines sittlichen Mannes nach Kantischen Grundsätzen darstellte und diesen herrlichen Anblick durch die verschiedenen Gradationen der menschlichen Handlungsweise contrastirte. Ich bin von der mächtigen Wirkung überzeugt. Jeder bewahrt dieses Ideal in sich, und wird eine treffliche Nachahmung außer sich mit Innigkeit umfassen. Bei jeder Handlung wird ihm der Held als Richter vorschweben, und wie an einem Gott wird er seinen Muth aufrichten. Schiller könnte mich durch nichts so sehr als durch dieses Unternehmen verbinden'.

In der Darstellung der 'Anmuth' hatte sich Schiller von Kant frei entfernt; in der Darstellung der 'Würde' näherte er sich ihm wieder an, durch den Begriff des 'Erhabenen'. So wie die Anmuth der Ausdruck einer schönen Seele ist, sagt er, so ist Würde der Ausdruck einer erhabenen Gesinnung; und im Affect, wenn die Nothwendigkeiten der Natur sie bestürmen, muß die schöne Seele selbst in eine erhabene sich wandeln: sie muß würdig dulden, doch nicht mit kalter Ruhe; wie ein Mensch, doch nicht wie ein Stoiker. Eine Fülle der Antithesen geht ihm auf, in die er sich verlieren will: Anmuth ist weibliche Tugend, Würde männliche, beide vereinigt erst geben die volle Menschheit; daß Würde nicht Härte wird, muß sich ihr Anmuth verbinden, daß Anmuth nicht in Schlaffheit entartet, muß sich ihr Würde gesellen; man fordert Anmuth von dem, der verpflichtet, und Würde von dem, der verpflichtet wird. Deutlich scheint das Geschenk des Augustenburgers, Schillers eigenes Empfangen und das edle Geben der Freunde in seine Erinnerung zu treten, wenn er fortfährt: der verpflichtende, 'um sich eines kränkenden Vortheils über den andern zu begeben, soll die Handlung seines uninteressirten Entschlusses durch den Antheil, den er die Neigung daran nehmen läßt, zu einer affectionirten Handlung heruntersetzen, um sich dadurch den Schein des gewinnenden Theiles zu geben. Der andere soll, um durch die Abhängigkeit, in die er tritt, die Menschheit (deren heiliges Palladium Freiheit ist) nicht in seiner Person zu entehren, das bloße Zufahren des Triebs zu einer Handlung seines Willens erheben und auf diese Art, indem er eine Gunst empfängt, eine erzeigen'. Eindrücke seines Lebens, wie hier, läßt Schiller mannigfach in die Darstellung belebend eindringen; er scheint Mannheimer Erfahrungen auszusprechen, wenn er nicht ohne Bitterkeit die Unarten der Komödianten aufzählt, ihre nachgeahmte, steife Würde, ihre Tanzmeisteranmuth; und Jenenser Erfahrungen kommen zu Wort, wenn er von der falschen Gravität der Gelehrten redet, die man 'besonders auf hohen Schulen' studiren kann: 'Nicht anders, als wenn sie Allem, was Natur heißt, einen unversöhnlichen Haß gelobt hätte, steckt sie den Leib in lange faltige Gewänder, die den ganzen Gliederbau des Menschen verbergen, beschränkt den Gebrauch der Glieder durch einen lästigen Apparat unnützer Zierrath und schneidet sogar die Haare ab, um das Geschenk der Natur durch ein Machwerk der Kunst zu ersetzen'. Schiller selbst hatte an diesem Unfug einst theilgenommen und war mit einer Perrücke in Leipzig eingezogen, er hatte sich ohne Sorgfalt und Geschmack oft gekleidet, seit der Elevenzeit her, aber ein Anderer war der Gatte Lottens auch äußerlich jetzt geworden und seine gewählte Eleganz, das 'schön verzierte seidene Kleid', in dem er etwa bei Staatsvisiten erschien, stach den guten Schwaben in die Augen. Und noch einmal spricht (zugleich mit Nachwirkungen aus Winckelmanns Darstellung vom Laokoon) Schillers eigenes Erleben, wenn er die Ruhe im Leiden schildert, 'als worin die Würde eigentlich besteht', jene heroische Ruhe, die selbst dem Tode nicht ungerührt zwar, doch gefaßt entgegensieht: 'Gesetzt wir erblicken an einem Menschen Zeichen des qualvollsten Affectes. Aber indem seine Adern auflaufen, seine Muskeln krampfhaft angespannt werden, seine Stimme erstickt, seine Brust emporgetrieben, sein Unterleib einwärts gepreßt ist, sind seine Gesichtszüge frei und es ist heiter um Aug und Stirn'. Die Freiheit des Geistes von dem Zwang der Sinnlichkeit bezeugt sich ihm hier von Neuem, und es ist deutlich, wie aus diesem eigenen Erleben Schillers Theorie vom Erhabenen sich immer reicher und größer ausbildete.

'Nicht gar sechs Wochen' hatte Schiller gebraucht, um 'Anmuth und Würde' zu vollenden, und er war des raschen Gelingens froh: 'Urtheile daraus ob ich fleißig bin', ruft er, 'und fleißig genug für einen Kranken. Die Arbeit hat mir viel Freude gemacht, und, ich denke, keine ganz ungegründete'. Lebhaft redet diese Freude zu dem Leser aus der frei entwickelten und sorgsam gegliederten Abhandlung, mit ihrem klaren Bau der Sätze, ihren reizvollen Abbiegungen vom Wege und dem ausgebreiteten Detail geistreicher Beobachtung, die nur selten ermüdet durch 'allzuviel Sprünge auf demselben Fleck': 'das Werk einer Meisterhand', so nannte sie der für Schiller competenteste Beurtheiler, Kant. 'Ich kann Dir nicht sagen', schreibt Schiller, 'wie es mich freut, daß diese Schrift in seine Hände fiel, und daß sie diese Wirkung auf ihn machte'. In der zweiten Auflage seiner 'Religion innerhalb der Grenzen der bloßen Vernunft' hatte sich Kant über Schiller herausgelassen' und hatte den Begriff einer 'Neigung zur Pflicht' abgelehnt, als seiner Vorstellungsart nicht gemäß: die Grazien, sagt er, müssen sich in ehrerbietiger Entfernung von dem Geschäft der Pflichtbestimmung halten, sonst werden sie 'aus Begleiterinnen der Venus Urania Buhlschwestern im Gefolge der Venus Dione'. Aber nicht in karthäuserartiger Stimmung, vielmehr mit fröhlichem Herzen soll die Pflicht erfüllt werden: nicht mit Anmuth, aber auch nicht mit verborgenem Haß des Gesetzes, nach Sklavenart. In der That mochte Schiller, im Eifer der Polemik, Kants Anschauung stark ins Extrem getrieben haben; und den entscheidenden Ausgangspunkt seiner Ethik hatte er nicht völlig erkannt. Grade weil Kant den alten Glauben an einen Zusammenklang von Glückseligkeit und Sittlichkeit starr abwies, hatte er das Wesen des Sittlichen im Kampf gegen jedes Glücksverlangen gefunden: und dies eben, den Kampf, die Seele Kantischer Ethik, hatte der auf Harmonie dringende Poet überwinden — und Kantianer hatte er dennoch bleiben wollen. So hatte er den vergeblichen Versuch gemacht, hier wie später, Bestimmungen mit einander zu versöhnen, die nur außerhalb des Systems zu vereinigen waren. Die nachkantische Philosophie hat ein Aehnliches auf breitester Basis dann erstrebt, von Fichte über Schelling zu Hegel, und ganz in diese kommende Richtung fallen Schillers Versuche: auf einem eben erst betretenen Gebiet glückt es dem Neuling doch, Zukunftspfade einzuschlagen.

Zwei Aufsätze zugleich hatte Schiller zu schreiben begonnen, so meldete er am 27. Mai 1793: 'Der eine handelt von Anmuth und Würde, der andere ist über pathetische Darstellung. Ich glaube, daß beide Dich interessiren werden'. Auch der zweite erschien sogleich in der 'Neuen Thalia' unter dem Titel: 'Vom Erhabenen. (Zur weiteren Ausführung einiger Kantischer Ideen)'; ihr schloß sich die Abhandlung 'Zerstreute Betrachtungen über verschiedene ästhetische Gegenstände' an, von verwandtem Gedankengange. Zu dem Thema von 'Anmuth und Würde' ist hier die Gegenseite gefügt: der Harmonie von Moralgesetz und Sinnlichkeit dort, tritt der tragische Conflict beider Mächte entgegen, dem Schönen und dem Anmuthigen das Erhabene und das Pathetische; und wie in unwill=kürlicher Reaction fällt Schiller nun doch aus seinem neuen Standpunkt zurück auf den alten: wieder gewinnt Kants Theorie vom Erhabenen Macht über ihn, und nur die 'weitere Ausführung Kantischer Ideen' setzt er sich bescheiden zum Ziel. Der letzte Zweck der Kunst, heißt es jetzt, ist die Darstellung des Uebersinnlichen; und die tragische Kunst insbesondere erreicht diese Aufgabe, indem sie uns die Unabhängigkeit von Naturgesetzen im Zustand des Affects vergegenwärtigt. Beide diese Momente fordert also das Pathetische: unser Sinn muß gefesselt sein durch die Darstellung des Leidens, unser Geist durch die Darstellung der Freiheit. Erhalten wir nur das Erste ohne das Zweite, so entsteht die bloß zärtliche Rührung, die Wirkung auf die Thränendrüsen: Kotzebue. Erhalten wir das Zweite ohne das Erste, so entsteht eine kalte Verstandeswirkung: wo der Ausdruck der leidenden Natur fehlt, fehlt auch die ästhetische Kraft, und unser Herz bleibt ungerührt. Darum kein falscher Stoicismus, keine französischen Drapirungen aus Rücksichten der Decenz: voller Kampf, welcher uns unsere Kraft erst recht soll kennen lehren. Je mehr unser Gemüth nach außen Grenzen findet, desto mehr erweitert es sich nach innen; und herausgeschlagen aus allen Verschanzungen der Natur, werfen wir uns in die unbezwing=liche Burg unserer Freiheit. Die Nothwendigkeiten dieser Welt schafft so der Mensch gleichsam in ein Ding seiner freien Wahl um: zu einer eigenen Willenshandlung sieht Schiller, von seinem Gegenstand fort=gerissen, Laokoons Tod sich wandeln, und er selbst sollte später ein Aehnliches darzustellen unternehmen, in dem Untergange seiner 'Maria Stuart'. Als ein Auswärtiges und Fremdes empfindet er nun den physischen Zustand, im vollen Gegensatz zu 'Anmuth und Würde'; aber gegen die Härte des Imperativs richtet sich sein Mißfallen noch immer, und er stellt dem moralischen Urtheil das ästhetische bewußt entgegen: jenes demüthigt, weil es ein ethisches Ideal aufstellt, daß wir auch im besten Falle nie ganz erreichen können, dieses erfreut, weil es unser Freiheitsbedürfniß beruhigt durch die Anschauung seines

möglichen Sieges. Nicht weit genug kann er darum Aesthetisches
vom Ethischen jetzt abrücken: nicht die Tugend, sagt er, gewinnt uns im
Künstlerischen, sondern die Kraft: die Richtung, nach der sie geht,
ist gleichgültig. Wie der große consequente Bösewicht Object der
Tragik ist, entwickelt er, hier wie in Tagen des Franz Moor und des
Fiesko; und er warnt vor der Sulzerisch aufs Praktische bedachten
Kunstübung, welche die Schaubühne als moralische Anstalt betrachtet
und ohne Weiteres gute Menschen und gute Staatsbürger erziehen
will: 'Den Menschen moralisch auszubilden und Nationalgefühl in
dem Bürger zu entzünden ist zwar ein sehr ehrenvoller Auftrag für
den Dichter. Aber was die Dichtkunst mittelbar ganz vortrefflich macht,
würde ihr, unmittelbar, nur sehr schlecht gelingen. Die Dichtkunst
führt nie ein besonderes Geschäft aus. Ihr Wirkungskreis ist das
Total der menschlichen Natur. Sie kann dem Menschen weder rathen,
noch mit ihm schlagen, noch sonst eine Arbeit für ihn thun; aber zum
Helden kann sie ihn erziehen, zu Thaten kann sie ihn rufen, und zu
Allem, was er sein soll, ihn mit Stärke ausrüsten'.

Was eine sich verfinsternde Zeit in Schiller an productiven
Gedanken aufregte, ist hier in allgemeinen Linien bereits angedeutet:
entwickelt und vollendet ist es in den Briefen 'Ueber die ästhetische
Erziehung des Menschen'. In drei großen Abschnitten erschienen
sie 1795, im ersten, zweiten und sechsten Stück von Schillers neuer
Zeitschrift 'Die Horen'; aber mannigfacher Wechsel der Intention hat
auch dieses Werk nur ganz allmählich zu gestalten vermocht, vom
Anfang 1793 bis in die Mitte 1795 läuft die Arbeit fort, und ein
Fragment ist sie geblieben, das nach verschiedenen Seiten hin Ergänzung
forderte und erhielt: in einem zweiten Aufsatze 'Ueber das Erhabene'
und in drei Abhandlungen: 'Von den nothwendigen Grenzen
des Schönen, besonders im Vortrag philosophischer Wahrheiten', 'Ueber die Gefahr ästhetischer Sitten', 'Ueber den
moralischen Nutzen ästhetischer Sitten'.

Aelter als das Wort der 'ästhetischen Erziehung' ist der Gedanke
bei Schiller: sieben ausführliche Briefe hatte er bereits an den Prinzen

von Augustenburg gerichtet, aus Jena und aus Ludwigsburg, ehe er, im Februar 1794 gegen Körner, den Ausdruck zuerst brauchte: er wolle, bevor er auf den Begriff der Schönheit selbst eingehe, diesen Briefen eine allgemeine Betrachtung 'über die ästhetische Erziehung des Menschen' voranschicken. Und den endgültigen Titel des Werkes bestimmt er erst im September 1794: 'Ich bearbeite jetzt meine Correspondenz mit dem Prinzen von Augustenburg', schreibt er, 'die ich Dir gewiß binnen drei Wochen schicke. Sie wird unter dem Titel: Ueber die ästhetische Erziehung des Menschen ein Ganzes ausmachen, und also von meiner eigentlichen Theorie des Schönen unabhängig sein'. Zwischen zwei großen Themen: einer Analyse des Schönen, wie sie im 'Kallias' geplant war, und dem Problem ästhetischer Erziehung, schwankt so Schiller durch diese ganze Zeit, und der Zwiespalt des Planes setzt sich fort, zum großen Nachtheil des Werkes, bis in die Ausführung hinein. Grade in Jena, nach der Rückkunft aus Schwaben, wird die Begriffsbestimmung des Schönen ihm von Neuem zur Aufgabe; und hatte der Umgang mit den Stuttgarter Künstlern ihn ganz von den ästhetischen Briefen fort zum 'Wallenstein' geführt, so brachten nun der vertraute Verkehr mit Humboldt und der starke Eindruck, den Fichtes neue Lehre ihm machte, erst die letzte metaphysische Vertiefung, von der die Umarbeitung der Briefe das Product ist: statt in drei Wochen sie zu vollenden, rang er neun Monate noch mit dem Stoff, und bekannte zuletzt erschöpft gegen Ende 1795: 'Es ist hohe Zeit, daß ich für eine Weile die philosophische Bude schließe. Das Herz schmachtet nach einem betastlichen Object'.

Zwischen der älteren und der neueren Fassung der Briefe hat die Betrachtung also zu scheiden: diese liegt vor in den Werken, jene hat ein glücklicher Fund aus den Hauspapieren des Augustenburgers ans Licht gebracht. Sie ist frischer in der Form, von unmittelbarer Beziehung auf das Leben, unphilosophischer und fragmentarischer; sie strebt der Analyse des Schönen weniger eifrig, dem Problem des neuen Titels eifriger nach, und Schillers Ausgangspunkt läßt sie

deutlicher anschauen: die Verknüpfung von philosophischen und politischen
Gedanken, von Kant und der französischen Revolution, von Aesthetik
und geselliger Erziehung.

Nicht zufällig fand Schiller in Schwaben erst den rechten Ausdruck
für sein Thema: über Erziehung nachzudenken, die wahre und die falsche,
lag im Anblick der sich auflösenden Karlsschule ihm doppelt nahe. Er
selbst, am eigenen Schicksal, hatte die Erziehungskünste der Zeit
empfunden; und wohl konnte es Rousseaus alten Schüler reizen, neben
den 'Emile' ein Grundbuch künstlerischer Erziehung jetzt hinzustellen.
Hatte Lessing in seinen theologischen Zeiten von der 'Erziehung des
Menschengeschlechts' gehandelt, hatte Kant gemeint: 'Die Cultur,
nach wahren Principien der Erziehung zum Menschen und Bürger
zugleich, ist vielleicht noch nicht recht angefangen, viel weniger vollendet',
so glaubte nun auch Schiller, die Lösung der großen Frage fördern zu
sollen, nach seiner Art. Die Lösung war neu in ihm, aber das Interesse
alt: schon als der Karlos der 'Thalia' über seine 'viehische Erziehung'
klagte, sprach mehr der Dichter als sein Held, und mit Recht tadelte
Vater Schiller das harte Wort; und nicht minder deutlich prägten
persönliche Eindrücke Schillers sich aus, als der Verfasser der 'Schaubühne als moralische Anstalt' die Worte niederschrieb: 'Von der Schaubühne würden sich Irrthümer der Erziehung bekämpfen lassen; das
Stück ist noch zu hoffen, wo dieses merkwürdige Thema behandelt
wird. Falsche Begriffe führen das beste Herz des Erziehers irre;
desto schlimmer, wenn sie sich noch mit Methode brüsten und den zarten
Schößling in Philantrophinen und Gewächshäusern systematisch zu
Grund richten. Der gegenwärtig herrschende Kitzel, mit Gottes
Geschöpfen Christmarkt zu spielen, diese berühmte Raserei, Menschen
zu drechseln, verdiente es mehr als jede andere Ausschweifung der
Vernunft, den Geißel der Satire zu fühlen'. Von so derb unmittel-
baren Absichten war Schiller jetzt fern, so fern, wie von jeder directen
'Wirkung auf das Zeitalter'; nur auf einem weiten Umwege sollte die
Kunst wirken, nur mittelbar, hier wie überall: aber wie groß der
Abstand auch sein mochte zwischen jenem alten Ideal und diesem

neuen — Glieder einer Kette sind sie dennoch und Schillers Natur ist es, die sie zusammenhält.

Ausschweifungen der Vernunft die Geißel der Satire fühlen zu lassen — diese Absicht zuletzt bestimmt die ästhetischen Briefe, diese ist Schillers rechtes 'Eigenthum'. Der Allbeherrscherin Vernunft wird das relative Recht der Sinne nicht nur ethisch und ästhetisch entgegengestellt, gleichwie in 'Anmuth und Würde', — auch was in der politischen Welt die Despotin angestiftet, wird gegeißelt, und ein weites Bild entrollt sich von der Cultur der Zeit, in satirischer Absicht. Der ideale 'Menschenfeind', der sociale Pessimist ist Schiller noch immer, der die Wirklichkeit tief unter den Forderungen seiner Seele erblickt, der nur mit dunkelsten Farben das Gegenwärtige malt, die Erschlaffung wie die Verwilderung des Zeitalters; und um so größer ist seine Entrüstung, um so bitterer sein polemischer Zorn, als der Versuch, den Staat umzuformen, unternommen worden im Namen der Göttin Vernunft selber. 'Eine geistreiche, muthvolle, lange Zeit als Muster betrachtete Nation hat angefangen, ihren positiven Gesellschaftszustand gewaltsam zu verlassen und sich in den Naturzustand zurückzuversetzen, für den die Vernunft die alleinige und absolute Gesetzgeberin ist' — so bestimmt nicht nur der Correspondent des Prinzen von Augustenburg den Inhalt der Revolution, so erschien sie führenden Geistern in Frankreich und Deutschland überall. Vergeblich, daß die Besonnenheit vor dem unmöglichen Sprung in die Natur zurück gewarnt hatte, vor dem Hochmuth der Vernunft, welcher Staatsordnungen willkürlich entstanden glaubte und willkürlich tilgbar, vergeblich, daß Mirabeau ausgerufen mit klarer Einsicht in geschichtliches Werden: 'Wohl freilich sind wir keine nackten Wilden vom Orinoko, die eine bürgerliche Gesellschaft erst bilden wollen' — Principien hatten es über die Erfahrung davongetragen, Doctrinen aus Rousseaus Schule über das Vorbild der englischen Geschichte. 'Ich fand das Gegengewicht der menschlichen Leidenschaften in der Aufklärung', so schreibt 1791 aus Paris Karl Reinhard, Schillers Landsmann, an ihn, und die ganze Theorie der Zeit steckt in solchem

Wort: die Theorie, der Schiller geglaubt bis jetzt, und der er nun voll sittlichen Unwillens den Rücken wendet.

Die 'reichhaltigsten Ideen aus den Künstlern', so gestand Schiller seinem Körner, hatte er in den ästhetischen Briefen philosophisch ausführen wollen, und 'ordentlich verwundert' hatte er wahrgenommen, daß seine gegenwärtigen Gedanken, von der Schönheit, die den Weg zur Wahrheit erst bahnen müsse, dort bereits vorgedeutet waren. Aber wie weit doch stand der Optimismus der 'Künstler' ab von jenem heiligen Zorn, welcher Schiller jetzt erfüllte, über den Epikuräismus der Zeit, die Beschränktheit im Denken, die Kraftlosig=keit im Handeln, die klägliche Mittelmäßigkeit im Hervorbringen! Mit dem Lobe des Jahrhunderts hatte er damals begonnen:

> Wie schön, o Mensch, mit deinem Palmenzweige
> Stehst du an des Jahrhunderts Neige,
> In edler stolzer Männlichkeit, . . .
> Frei durch Vernunft;

doch nun erkannte er es als einen lieblichen Wahn nur, daß einst die Philosophie den moralischen Weltbau würde übernehmen können, und scharf empfand er, daß der Schattenthron des Aberglaubens, daß das Barbarische der Sitten nicht eher umfallen werde, als bis sich der reinen Vernunft die geläuterte Thatkraft einst gesellt habe: nicht an Licht, sondern an Wärme fehlt es der Zeit, ruft er, nicht an philo=sophischer, sondern an ästhetischer Cultur. Und diese erst, weil sie vom politischen Zustand vollkommen unabhängig ist, weil in ihr der ganze Mensch aufgerufen wird, Sinnlichkeit und Vernunft zumal, wird den Zukunftsstaat vorbereiten, der die vereitelten Hoffnungen wirklich macht.

Denn keineswegs ist Schiller, wenn er die Kunst von dem Leben des Tages jetzt abrückt, wenn er sie als Spiel und Schein bestimmt, die der Wirklichkeit entgegensteht — keineswegs ist er gemeint, das Aesthetische aus der Beziehung auf Gesellschaft und Staat völlig zu lösen; vielmehr ist es grade sein Enthusiasmus für die kommende Zeit, welcher seine Flucht aus der gegenwärtigen erst erklärt. Es ist

Haß aus Liebe; und wenn einst Marquis Posa das Jahrhundert seinem Ideal nicht reif fand und darum ein Bürger derer leben wollte, welche kommen werden, so fühlt jetzt Schiller sich an die Gegenwart, aus der es ihn hinaustreibt, mit starken Banden dennoch gebunden: 'Ich möchte nicht gern in einem andern Jahrhundert leben', ruft er, 'und für ein anderes wirken. Man ist ebenso gut Zeitbürger, als man Weltbürger, Staatsbürger, Hausvater ist'. Aber weil denn diese Zeit so schlecht ist, so schlaff, so nichtig, bedarf sie der anspannenden Kunst, der idealistischen, der erhabenen: für den Menschen aus der Hand der Natur, sagt er, ist das Schöne Bedürfniß, für den Menschen aus der Hand der Kunst dagegen das Erhabene. Weit entfernt also, jene ewigen Principien zu finden, zu denen es ihn doch hintreibt, giebt er vielmehr der Kunst seiner Epoche nur zeitlich bestimmte Gesetze: daß sich der Künstler über den Zeitgeschmack erhebe, zu den Mustern der Griechen und einiger verwandten Neueren, fordert er eben deshalb jetzt, weil das entwürdigte Jahrhundert selbst das Bild des höchsten Schönen scheint verloren zu haben. Und wie weit er auch von dem primitiven Standpunkte der Nützlichkeitspoesie jetzt abgewichen ist, — zuletzt ist doch die Wirkung der Kunst außerhalb der Kunst noch gesucht, nicht in ihr: Bändigerin der Triebe ist sie, Erzieherin, Helferin zur Tugend; und auch dem Gottesglauben ist sie verschwistert, jetzt wie einst: noch dieser beiden starken Anker, Religion und Geschmack, bedarf die Pflicht, trotz Kant, um im Drange des Lebens nicht zu scheitern.

Der nämliche Gedankengang, philosophisch vertieft bald, und bald reicher aufblühend im schönen Affect der Beredsamkeit, eröffnet die neue Fassung der ästhetischen Briefe. Gefallen ist manches schärfere Wort, und daß der schwäbische Aufenthalt Epoche macht, bestätigt sich auch hier: die letzten Klänge der Jugend verschwinden, der Nachhall der Sturm- und Drangtöne, der selbst in die ästhetischen Schriften sich noch gerettet, mit realistischen Schilderungen von den Wirkungen der Sinnlichkeit, von der Ungereimtheit der Sitten und dem Druck der Convenienzen. Minder prägnant in der Anknüpfung auf die Gegenwart werden die politischen Lehren der Zeit jetzt entwickelt, aber

mit mehr wissenschaftlicher Haltung und in scharfsinniger Logik: beide
Jenenser Freunde konnten Schiller darin angeregt haben, Wilhelm
von Humboldt, der von den 'Grenzen der Wirksamkeit des Staates'
geschrieben, in einem Aufsatz für die 'Thalia', Fichte, der eine
'Berichtigung der Urtheile des Publikums über die französische
Revolution' angestrebt und auf dessen beiden Schriften, die 'Vorlesungen über die Bestimmung des Gelehrten', wie die 'Wissenschafts-
lehre' die ästhetischen Briefe ausdrücklich hinweisen. 'Die neue Ansicht,
welche Fichte dem Kantschen Systeme giebt', schreibt Schiller an
Körner, im Juli 1794, 'trägt nicht wenig dazu bei, mich tiefer in
diese Materie zu führen'; und an Hoven schreibt er im November,
obgleich ihm bereits Zweifel über diesen 'subjectiven Spinozismus'
gekommen waren, welcher im Ich seine eigene 'Gottheit' gefunden:
'Fichtes überlegenes Genie wird alles zu Boden schlagen, denn
nach Kant ist er gewiß der größte speculative Kopf in diesem Jahrhundert'.

Eine unmittelbare Hinneigung zu Fichtes Ideen mußte Schiller
in sich vorfinden, trotz manchen Widerspruches: das erschaffende
Subject in den Mittelpunkt der Erkenntniß zu stellen, war seiner Anschauung gemäß gewesen, auch ohne alle Transcendentallehre. Die
Briefe des Julius an Raphael, so gut wie der 'Kallias', spiegeln
diese Philosophie des Ichs ab; und im Anklang an Fichte sprechen
nun die ästhetischen Briefe von dem ewig beharrenden ICH, von der
'Anlage zu der Gottheit' im Menschen, und von dem Absoluten in
ihm, dem eigentlichsten Merkmal der Gottheit. Ein umständlicher
metaphysischer Weg wird beschritten, welcher Person und Zustand im
Menschen, den Sach- und den Formtrieb scharf auseinanderlegt und
einen dritten Grundtrieb, der beide verbände, für unmöglich hält:
der alte Dualismus lebt auf in gewandelter Form, die alte Neigung
des Dichters zum Contrast, die bei dem Philosophen auf Verwandtes
trifft. 'Alles bestimmte Denken beruht auf dem ursprünglichen Act
des Entgegensetzens', meinte Schiller; und so ist seine ganze Aesthetik
denn von Antithesen erfüllt, im Großen wie im Einzelnen: das

Schöne und das Erhabene stellt sie gegeneinander, die schmelzende und die energische Schönheit, Anmuth und Würde, naiv und sentimentalisch. So hatte schon der Knabe, aus dem Naturell heraus, nicht aus der Theorie, seine Mitschüler characterisirt, indem er Gruppen zusammenraffte zu einem 'Widerspiel'; und der geborene Dramatiker, dem sich die Welt in Contrasten auseinanderlegt, in Gestalten, Anschauungen, Wechsel der Rede, hatte dort gesprochen wie hier.

Aber daß die Gegensätze sich auflösen in einem Dritten, nicht daß sie sich befehden, ist Schillers, des Aesthetikers, Ziel. Die schmelzende und die energische Schönheit verspricht er in einem ungewissen 'Idealschönen' aufzuheben, Anmuth und Würde findet er in den Götterbildern der Griechen vereinigt, im Belvederischen Apoll und der Juno Ludovisi; und so stellt auch das ganze Reich der Kunst zwar nicht die reale Versöhnung des ewig Antithetischen dar, aber doch ihre symbolische Ausgleichung: der ästhetische Trieb, der Spieltrieb, ist es, der den Sachtrieb und den Formtrieb in sich beschließt und die vollständige Anschauung der Menschheit giebt: 'der Mensch spielt nur, wo er in voller Bedeutung des Wortes Mensch ist, und er ist nur da ganz Mensch, wo er spielt'.

Characteristischer als die philosophischen Abstractionen von solcher Art, Ideengänge, die bei allem Scharfsinn und aller Beweglichkeit der Darstellung um so leichter ermüden, weil Schiller, unzufrieden mit sich selber, sie immer von vorne wieder aufnimmt, mit neuen Entschuldigungen über die Weite des Weges — kennzeichnender für Schillers Kunstübung ist, was er über das Ideal des modernen Dichters aussagt, über Inhalt und Form in der Poesie, über den ästhetischen Staat der Zukunft: seine besten Gedanken über das Thema der 'ästhetischen Erziehung' umschließen diese Ausführungen. Zur Zeitflucht mahnt er den Künstler, wie in der ersten Fassung der Briefe; zwar der Sohn der Zeit ist er, doch nicht ihr Zögling oder Günstling soll er sein: seinen Stoff zwar mag er von der Gegenwart nehmen, aber in einer edleren Zeit, in dem Muster der Griechen, ja, jenseits aller Zeit soll er seiner Kunst die Form finden. Aufwärts nach seiner Würde und dem Gesetz des Schönen blicke er, nicht niederwärts nach dem Glück und dem Bedürfniß, aus dem Bunde des Möglichen mit dem Nothwendigen strebe er das Ideal zu erzeugen, präge es aus in Täuschung und Wahrheit und werfe es schweigend in die unendliche Zeit. Nicht auf augenblickliche Wirkung soll er dringen (wie jener junge Dichter der 'Räuber', der sein Buch lieber vom Schinder verbrannt, als es unbeachtet wissen wollte): befragte er sich auch, so ruft er, der so ungeduldig zur That strebt, ob diese Unordnungen in der moralischen Welt nicht mehr seine Selbstliebe schmerzen, als seine Vernunft?

Begeistert und begeisternd, groß und prächtig auch in ihren Irrthümern, erhebt sich die Rede des Dichters, sie eilt zu einem rhetorischen Schlusse hin, für den ersten Theil der Briefe in den 'Horen', als sie an die Jünger der Kunst sich wendet; und also, mag man sich vorstellen, wie der Strom der Rede hier ausfließt, in schön geschwungenen Sätzen, hat Schiller zu seinen Jüngern enthusiastisch gesprochen, den Hardenberg und Karl Graß: 'Gieb, werde ich dem jungen Freunde der Wahrheit und Schönheit zur Antwort geben, gieb der Welt, auf die Du wirkst, die Richtung zum Guten, so wird der ruhige Rhythmus der Zeit die Entwicklung bringen. Fallen wird das Gebäude des Wahns und der Willkürlichkeit, fallen muß es, es ist schon gefallen, sobald du gewiß bist, daß es sich neigt; aber in dem innern, nicht bloß in dem äußern Menschen muß es sich neigen. Lebe mit deinem Jahrhundert, aber sei nicht sein Geschöpf; leiste deinen Zeitgenossen, aber was sie bedürfen, nicht was sie loben. Der Ernst deiner Grundsätze wird sie von dir scheuchen, aber im Spiele ertragen sie sie noch; ihr Geschmack ist keuscher als ihr Herz und hier mußt du den scheuen Flüchtling ergreifen. Ihre Maximen wirst du umsonst bestürmen, ihre Thaten umsonst verdammen, aber an ihrem Müßiggange kannst du deine bildende Hand versuchen. Verjage die Willkür, die Frivolität, die Rohigkeit aus ihren Vergnügungen, so wirst du sie unvermerkt auch aus ihren Handlungen, endlich aus ihren Gesinnungen verbannen. Wo du sie findest umgieb sie mit edeln, mit großen, mit geistreichen Formen, schließe sie ringsum mit den Symbolen des Vortrefflichen ein, bis der Schein die Wirklichkeit und die Kunst die Natur überwindet'.

Mit großen Formen soll der Künstler die Zeit umgeben, so lehrt Schiller: scharf unterscheidet er vom Stoff die Form, und allen Werth der Poesie will er jetzt in diese legen, nicht in jenen. Vom philo= sophischen Begriff geht er auch hier aus, nicht von der Erfahrung des künstlerischen Bildens, für welche auch Inhalt und Form 'ein verbunkeneres Ganze' ausmachen, als Kants gelehrte Scheidekünste empfunden hatten. Aus dem Innersten der 'Kritiken' ist er geflossen, dieser Gegensatz, und Schiller selbst schreibt einmal an Fischenich: 'Hier hört man auf allen Straßen Form und Stoff erschallen'. Wie Kant an den Erscheinungen diese Beiden unterschieden: die Materie, welche uns von außen gegeben wird, und die Form, welche unsere Vernunft ihr ertheilt, so schlug durch ihn die gleiche Entgegensetzung auch in die Kunst zum ersten Mal hinüber mit voller Schärfe, und ein nothwendiges Resultat seines gesammten Denkens war es nur, wenn er in der Kritik der Urtheilskraft alles ästhetische Urtheilen auf die Form gründete. Darum widersprach Herders consequenter Monismus heftig dem 'groben Töpferwort Form', Schillers Dualismus aber übernahm jetzt den Gegensatz in voller Ueberzeugung und bildete ihn fruchtbarer aus, als der kunstfremde Kant vermocht hatte: wieder hatte seine Neigung zur Antithese und sein eigenes dichterisches Temperament als ein unbedingtes Kunstprincip gefaßt, was höchstens für eine besondere Gruppe von Werken und von Wirkungen galt. 'In einem wahrhaft schönen Kunstwerk', so meinte der Verfasser der 'Schaubühne als moralische Anstalt' nun, 'soll der Inhalt nichts, die Form aber alles thun'; und er fand das eigentliche Kunstgeheimniß des Meisters darin: daß er den Stoff durch die Form vertilge. Und doch war er schon im Eingang seiner 'Kallias'=Studien dem Wesen der Sache näher gewesen, als er aussprach, daß für den Künstler, was man Stoff nennt, 'schlechterdings ein geformter Stoff' sei; und er ahnte alſo gut, daß jener verſtandesmäßige Contraſt ſich in dem Augenblick bereits aufhebt, wo der Künſtler die Natur ſchaffend anblickt durch ſein Temperament. Solcher genialen Ahnungen giebt es manche noch in den äſthetiſchen Schriften, wo ſich Schiller plötzlich, ruckweiſe über ſich ſelbſt erhebt: dort etwa, wo er nun doch erkennt, daß auch die Natur, nicht bloß der Menſch, am Aeſthetiſchen theilhat, daß auch das Thier ſpielt; oder wo über ſeiner moraliſtiſchen Anſchauung der ferne Gedanke aufblitzt: daß in der Zeit des erfüllten ſittlichen Ideals von Moralität und moraliſchen Thaten nicht mehr die Rede ſein werde, ſo wenig wie im goldenen Alter der Natur und der Kindheit.

Woher wir kommen und wohin wir gehen — immer von Neuem erfaſſen dieſe beiden großen Fragen den Dichter, der an der Gegenwart kein Genügen hat. Das Schöne der Antike und das Idealſchöne der Zukunft, die Entſtehung der Cultur in den Urzeiten und der kommende Staat, in dieſen Gegenſätzen beginnt die Betrachtung der äſthetiſchen Briefe, in ihnen ſetzt ſie ſich fort, endet ſie. Vom Staate hat der Menſch ſeiner Zeit ſich abgewendet, erkennt Schiller, weil jener nicht gewußt hat, den einzelnen Menſchen zu ehren, die lebendige Individualität; weil er beſtenfalls die Vernunft befriedigt, aber nicht die Stimme der Empfindung. Indem der Staat das unſichtbare Reich der Sitten ausbreitet, ſo fordert der Poet, ſoll er doch das Reich der Erſcheinung nicht entvölkern: Einheit fordert zwar die Vernunft, die Natur aber Mannigfaltigkeit, und von beiden Legislationen wird der Menſch in Anſpruch genommen. Und darum müſſen ſich wohl die Theile zum Ganzen heraufſtimmen, aber auch das Ganze muß wiſſen, die Theile ſich ausleben zu laſſen.

Allein dieſe freie Polypennatur der antiken Welt — wie weit ſind wir Modernen von ihr abgekommen. Zu einer gemeinen und groben Mechanik iſt die ſtaatliche Organiſation herabgeſunken, zu einem bloßen 'Uhrwerk'; keine Harmonie mehr, kein Ganzes — Fragmente der Menſchheit nur in hundert Bruchſtücken. Ein Abdruck von ſeinem Amt, ſeinem Geſchäft, ſeiner Wiſſenſchaft ward jeder

Einzelne: und nur die Kunst vermag wiederherzustellen, was verloren
ging: Totalität. Sie wird wirklich im ästhetischen Staat; und sie ist
vorgebildet schon jetzt in den Kreisen des 'ästhetischen Umgangs', in jenen
'auserlesenen Cirkeln', auf jenen Inseln der Glückseligen, wo (wie
in Schillers eigenem Heim) nicht Convention herrscht, sondern schöne
Natur; wo der Mensch durch die verwickeltsten Verhältnisse (man
denkt an Schillers Doppelliebe) mit kühner Einfalt hindurchgeht,
mit ruhiger Unschuld. Auch das Grundgesetz dieses kommenden
Reiches kann nur Freiheit sein, Schillers unwandelbares Ideal:
weder der Einzelne wird hier mit dem Ganzen, noch das Ganze
mit dem Einzelnen streiten, und die endlich gewonnene Harmonie
wird Natur sein und Vernunft zugleich: keines braucht nachzugeben,
damit das andere mächtig sei; nur Sieger sind, nicht Besiegte.
In rhythmisch bewegten Sätzen, reich und mächtig zeichnet Schiller
dieses Zukunftsbild ab und läßt in ihnen glanzvoll sein Werk
ausklingen: 'Kein Vorzug, keine Alleinherrschaft wird geduldet, so weit
das Reich des schönen Scheins sich verbreitet. In seinem Gebiete
muß auch der mächtigste Genius sich seiner Hoheit begeben, und
zu dem Kindersinn vertraulich herniedersteigen. Die Kraft muß
sich binden lassen durch die Huldgöttinnen und der trotzige Löwe
dem Zaum eines Amors gehorchen. Beflügelt durch ihn entschwingt
sich auch die kriechende Lohnkunst dem Staube und die Fesseln der
Leibeigenschaft fallen, von seinem Stabe berührt, von den Leblosen
wie den Lebendigen ab. In dem ästhetischen Staat ist alles —
auch das dienende Werkzeug ein freier Bürger, der mit dem edelsten
gleiche Rechte hat'.

Versöhnung von Natur und Geist hatte Schiller gefordert,
wieder und wieder, und sie zu vollziehen in seinem eigenen Schaffen
war die Aufgabe, die jetzt ihm zu Füßen lag. Was er denkend
begonnen, mußte er dichtend vollenden: die ästhetische Erziehung
seines Selbst. Die vereinzelten Kräfte seiner Seele zusammenfassen
zur Totalität, zur Harmonie sollte ihn das Anschauen des
lebendigsten Beispiels nun lehren: Goethes. Einst hatte er sie

jugendlich erstürmen gewollt, die Freundschaft des Mannes, und sie hatte sich ihm versagt; jetzt, da die Zeit erfüllt war, fiel die reife Frucht ihm in den Schooß. Und so ward in zwei genialen Menschen denn Schillers ideale Forderung lebendige Wahrheit: die Versöhnung von Natur und Geist.

Anmerkungen.

— —

Zu S. 17. **Die Endnersche Wohnung in Gohlis.** Daß die Schwestern Stock bei Endner wohnten, ist nicht ausdrücklich bezeugt, darf aber angenommen werden; sie theilten in Leipzig die Wohnung mit ihrem Bruder, in Gohlis wird es nicht anders gewesen sein. Mit Rücksicht auf die Freundinnen hat vermuthlich dann Schiller seine Wohnung im Nebenhause aufgeschlagen. Die Tradition meldet, daß später er selbst mit Göschen in die Endnersche Wohnung gezogen sei: offenbar dann, als durch Körners Vermählung die Wohnung der Schwestern frei ward.

S. 27. **Schiller an Huber.** Die Briefe Schillers an Huber sind bisher stets nur unvollständig in gelegentlichen Publicationen mitgetheilt worden. Hoffentlich entschließt sich die Besitzerin, die Cottasche Buchhandlung, recht bald, diese Secretirung aufzuheben, für welche ein Grund nicht erkennbar ist.

S. 27. **Unterthänigstes Pro Memoria an die Consistorialrath Körnersche weibliche Waschdeputation.** Das durch die Tradition überlieferte Datum der Entstehung, Herbst 1785 (vergl. Neue Berlinische Monatsschrift, August 1804, S. 93 f.), läßt sich auch aus inneren Gründen wahrscheinlich machen; denn an Huber schreibt Schiller am 5. October 1785: 'Eine schwere Scene im Karlos, die mit der Fürstin, ist bis auf das letzte Viertel zu Ende', und eben von der gestörten Arbeit an dieser Scene erzählt das Gedicht, das auch hier an die Wirklichkeit des Tages fest anknüpft.

S. 29. **An die Freude.** Körner und nach ihm Caroline von Wolzogen verlegen die Entstehung des Liedes nach Gohlis, wie es scheint irrig. Denn Schillers Freunde Göschen und Kunze haben es (nach Schillers Brief an Göschen vom 29. November und Kunzes Brief an Schiller vom 11. December 1785) erst in der Dresdener Zeit kennen gelernt: und bei dem vertrauten Verkehr zwischen Schiller und ihnen in Gohlis scheint es unmöglich, daß ein damals entstandenes Werk (und eines, welches seinem Wesen nach so völlig auf die Theilnahme der Freunde gestellt war, ihnen nicht sogleich hätte mitgetheilt werden sollen.

S. 64. 'Ich drücke Dich im Geiste an mein Herz — mein Rodrigo.' Wittmann, in den 'Bildern aus der Schillerzeit' S. 56, übersieht, daß Schiller damals nur auf den Posa der ersten Conception anspielen konnte, und ist daher erstaunt, dem unreifen Huber die Rolle des Mentors zuertheilt zu sehen; aber niemals hätte Schiller den Marquis der letzten Akte mit Huber vergleichen können, und eben unter diesem Gesichtspunkt wird die Aeußerung doppelt interessant.

S. 93. 'Resignation'. Daß das Gedicht in Dresden entstand, macht auch der Eifer wahrscheinlich, mit welchem Schiller es im December 1785 an Göschen sendet (Geschäftsbriefe Schillers S. 10 f. und die Drucklegung unter allen Umständen empfiehlt, auch in einer Nachschrift nochmals auf den Gegenstand zurückkommt: nur für Schöpfungen, denen er noch unmittelbar nahe steht, pflegt er ein so lebhaftes Interesse zu hegen; fiele das Gedicht in die Mannheimer Zeit 'wie Viehoff u. A. wollen', so würde er auf die Veröffentlichung vermuthlich weniger bereit hingedrängt haben. Meine Angabe in Bd. I, S. 367 ist nach dieser Erwägung zu verbessern.

S. 134. Der Kurfürst von Mainz. Vergl. Fischenich an Lotte, 18. November 1793: 'In mehreren Reden sind alle seine Schwachheiten und Laster aufgedeckt, und wenn nur die Hälfte wahr ist, so hatte die Maitressenregierung in Mainz nie ihres Gleichen.'

S. 135. Lottens Opfermuth. Nicht Caroline v. Dacheröden, wie ich im Text sagte, sondern Wilhelm v. Humboldt ist der Erzähler.

S. 138. Heer an Lotte, Juni 1787. Bisher ungedruckt. Original im Goethe=Schiller=Archiv zu Weimar.

S. 148. Die berühmte Frau. Die Hypothese von Fielitz (Schiller und Lotte I, 148, daß Sophie von Laroche in dem Gedicht vorschwebt, ließe sich mit der im Text ausgesprochenen Vermuthung wohl vereinigen.

S. 181 f. Fragebogen der Jenaer Universität. Bisher ungedruckt. Original im Besitz des Herrn Oberstlieutenant Dr. Jähns.

S. 200 f. Schiller und Charlotte von Kalb. Die Darstellung in Charlottens Memoiren setzt den entscheidenden Brief um ein Jahr früher, in Schillers ersten Rudolstädter Aufenthalt; Schillers Briefe aus Jena (in 'Schiller und Lotte' 2, 46 f.) scheinen aber deutlich auf den Herbst 1789 hinzuzeigen. Demnach hätte Schiller Charlotten vorgeschlagen, nach Jena, nicht nach Rudolstadt, zur Besprechung über ihre Scheidung zu kommen, und hätte am 11. September jene Ablehnung seines Vorschlages empfangen, von welcher die Memoiren S. 147 berichten; zwischen dem 11. und dem 28., dem Tage des Briefes an Körner, folgte dann dasjenige Schreiben Schillers, welches für Charlotte ihres 'Lebens Loose' enthielt.

S. 226. Schiller in Karlsbad. Caroline Wolzogens Mit=
theilung: Schiller hätte in Karlsbad 'sehr eingezogen' gelebt, will offenbar
nur so verstanden werden, daß er sich dem Badetrubel und andrängenden
Bekanntschaften entzogen habe; einem kleineren Kreise aber schloß er sich auch
hier auf: er verkehrte mit Reinhart, Pape (an Körner II 252), der Gräfin
Lanthieri und den 'österreichischen Kriegern', von denen Caroline selbst berichtet.
Auch ein 'junger braver Esculape' wird erwähnt (Briefe an Schiller S. 172),
den Schiller 'immer mit sich hatte'.

S. 240. Conradis diätetische Vorschläge. Bisher ungedruckt.
Original im Goethe=Schiller=Archiv.

S. 240. Schillers Chaise. Frau von Lengefeld schreibt an Lotte,
im Juni 1792: 'Daß ihr eure Chaise nicht hergegeben habt, verdenke ich
euch gar nicht, weil natürlich so eine Sache gar nicht ohne den größten Schaden
kann verlehnt werden. Frau denkt darinn gar zu leicht, man muß wirklich
auf seine Sachen Achtung geben, wenn nicht Alles soll zu Grunde gehen.'
Schiller hat also den Vorsatz, einen eigenen Wagen anzuschaffen (an Körner,
1. Januar 1792), in der That ausgeführt, und die Angabe von Schloßberger
(Neuaufgefundene Urkunden S. 48) und Anderen, daß Schiller im gemietheten
Wagen nach Schwaben gefahren sei, ist irrig. Vergl. auch Beziehungen S. 121
und Boas, Nachträge II, S. 462.

S. 255. Hauptmann Schiller an Reinwald. Der bisher un=
gedruckte Brief, Solitude 26. August 1789 datirt, befindet sich im Goethe=
Schiller=Archiv zu Weimar.

S. 257. Nanette Schiller. Zu den in 'Schillers Beziehungen'
abgedruckten drei Briefen Nanettes kann ich den folgenden fügen, welchen Herr
Oberstlieutenant Dr. Jähns besitzt:

'Theuerste Frau Schwägerin

Daß es mir freilich lieber gewesen wäre mündlich mit Ihnen zu sprechen
als von Hir aus zu schreiben können Sie sich leicht vorstellen es ist mir ganz
unbegreiflich mich schon wieder von Ihnen getrennt zu sehen, ich erinnere mich
jez immer mit vieler Liebe und Dankbarkeit an Sie wie viel Freude ich genossen
und wie die Zeit die ich bei Ihnen Theuerste Frau Schwägerin zugebracht so
angenehm aber auch viel zu schnell herumgegangen Mein lieber Bruder und
Sie haben uns so viel Liebe erwiesen daß wir Ihnen nicht genug danken
können und wie sehr hat es mich gefreut Sie auch persönlich kennen zu lernen;
ich werde mir den Winter recht sehr angenehm machen durch Erinnerung an
Sie Ich werde mich manches mal im Geist zu Ihnen versezen weil ich jetzt
doch sicherer urtheilen kann wie Sie Ihre Tage zubringen.

Wan es unterdessen einen schönen Tag gab dachte ich immer heute reitet

Schiller spazieren und freute mich darüber, es giebt jez aber der schönen Tage
wenig mehr wenigstens hier Wan nur überhaupt Schillers Gesundheit nicht
nothleidet diesen Winter weil doch das üble Wetter Einfluß auf Ihn hat.

Wie bekommt ihm denn das Bad, es wird doch gewiß gute Wirkung
machen! . . .

Bei Herr Präceptor Göriz war ich vor einigen Tagen auch und es scheinen
mir recht brafe Leute zu sein die Tochter ist ein recht artiges sanftes Mädchen
und es ist mir recht lieb bekantschaft mit ihr zu machen.

Adlerskron soll noch in Stuttgart sein hat man mir gesagt, er war gar
nicht auf der Solitude.

Sagen Sie doch Schiller daß ich mir alle Mühe gegeben habe den Absalon
zu finden aber es war vergebens ich will aber erst darum aussuchen ob ich nicht
finde, dann es würde mir viel Freude machen wan ichs noch bekömme. Ich
wolte ich konte in der Solitude wieder mit nach Jena kommen, dan wäre ich
vergnügt es thut mir recht leid daß unser Hanß darauf so leer reißt entzwischen
konten Sie es unterdeſſe bewohnen — Nun leben Sie recht wohl beſte Frau
Schwägerin noch tauſend Dank vor all Ihre Liebe und Freunde die Sie uns
gemacht möge der Himmel Ihnen Beiden Gesundheit und alles Gute verleihen
daß wir alle uns bald wieder sehen tauſend küſſe meinem lieben Bruder von
mir Gott erhalte Ihn nur gesund u. laſſe das Bad gute Wirkung auf ihn
machen . . .

Wan Sie die Fräulein Seguer und das alte Weible † sehen so bitt ich
mich Ihr zu anpfehlen der Tischgeſellſchaft ebenfalls eine anpfehlen, nun leben
Sie nochmal recht wohl denke Sie zu Zeiten meiner und behalte sie lieb ihre
treue Nanet

       † wie die Mama gesagt hat

       auch einen freundlichen Gruß an die Jungfer Singerin und an die
Schäze und dan zulezt an den König Philipp. Solitude d. 4te Novbr. 1792'. —

Unter dem König Philipp war, wie es scheint, Schiller zu verstehen, etwa
als Haustyrann. Vergl. Beziehungen S. 969 und Schiller und Lotte III, 27.

———

Bogen 1—12 des vorliegenden Bandes sind seit dem November 1889
ausgedruckt gewesen.

Druck von Breitkopf und Härtel in Leipzig.